EL ABUELO QUE VOLVIÓ PARA SALVAR EL MUNDO

Jonas Jonasson

EL ABUELO QUE VOLVIÓ PARA SALVAR EL MUNDO

Traducción del inglés de
Enrique de Hériz

Título original: *Hundraettåringen som tänkte att han tänkte för mycket*
Ilustración de la cubierta: © R. McGuire/Gratisography,
T. Archibald/Getty Images - Stanislas Zygart

Publicado por primera vez por Piratförlaget, Suecia, 2018
Publicado por acuerdo con Partners in Stories Stockholm AB, Suecia

Ediciones Salamandra
www.salamandra.info

Prólogo

Soy Jonas Jonasson y quiero daros una explicación.

Se suponía que nunca iba a escribir una continuación de la historia del abuelo que saltó por la ventana y se largó. Mucha gente lo deseaba, empezando por su protagonista, Allan Karlsson, que no dejaba de deambular por mi cabeza y reclamaba constantemente mi atención.

«Señor Jonasson», decía, sin venir a cuento, mientras yo estaba absorto en mis pensamientos. «¿Ya ha cambiado de opinión, señor Jonasson? ¿No quiere hacer otro intento antes de que me haga viejo de verdad?»

No, no quería. Ya había dicho todo lo que podía decir acerca del que tal vez era el siglo más miserable de la historia. En su momento creí que si recordábamos los fallos del siglo XX entre todos, además de mejorar nuestra memoria se reduciría nuestra tendencia a cometer al menos esos mismos errores. Envolví el mensaje con cariño y humor, y pronto se difundió por todo el mundo.

Es evidente que no ha hecho del mundo un lugar mejor.

Pasó el tiempo y mi Allan interior dejó de ponerse en contacto conmigo. Mientras tanto, la humanidad seguía avanzando, o al menos moviéndose, en cualquier dirección.

Con cada suceso aumentaba mi sensación de que el mundo estaba más incompleto que nunca. Mientras tanto, yo sólo era un espectador.

Poco a poco volví a sentir la necesidad de levantar la voz, a mi manera o a la de Allan. Un día me oí preguntándole directamente si aún seguía conmigo.

—Sí, aquí estoy —dijo Allan—. ¿Qué se le ofrece, señor Jonasson, después de tanto tiempo?

—Lo necesito —dije.

—Para qué.

—Para poder contar cómo son las cosas, e indirectamente cómo deberían ser.

—¿Así, en general?

—Sí, más o menos.

—Señor Jonasson, sabe que no servirá de nada, ¿verdad?

—Sí, lo sé.

—Bien. Cuente conmigo.

•

Vale, hay una cosa más. Esta novela trata sobre hechos recientes o que aún están de actualidad. Para la trama, me he servido de figuras públicas, tanto políticos como personas de su entorno inmediato. Muchos de los personajes del libro aparecen con sus nombres reales, otros me los he ahorrado.

Los líderes políticos suelen mirar al común de los mortales por encima del hombro en lugar de a los ojos, por eso me parece justo que nos burlemos un poquito de ellos. Pero eso no los hace menos humanos y, como tales, se merecen una moderada dosis de respeto. Me gustaría decir a cada uno de estos dirigentes: «Lo siento.» Y: «Aguántense. Podría haber sido peor.» Y también: «¿Y qué, si lo fuera?»

JONAS JONASSON

Indonesia

Una vida de lujo en una isla paradisíaca debería ser motivo de satisfacción para cualquiera. Sin embargo, Allan Karlsson nunca había sido cualquiera y no iba a empezar a serlo a los ciento un años.

Durante cierto tiempo, tumbarse bajo una sombrilla y que le fueran sirviendo a su antojo bebidas de colores le había resultado agradable. Sobre todo, cuando podía tener a su lado a su mejor y único amigo, el incorregible ladronzuelo Julius Jonsson.

Pero el viejo Julius y Allan, aún más viejo, se hartaron pronto de no hacer más que despilfarrar los millones del maletín que llevaban casualmente con ellos desde Suecia.

No es que tuvieran algo en contra de despilfarrar, sólo que eso se había vuelto demasiado monótono. Julius había llegado a alquilar un yate de cuarenta y cinco metros de eslora, con todo el personal de a bordo incluido, sólo para sentarse junto a Allan en la proa con sendas cañas de pescar en las manos. Y habría sido una escapada agradable, si al menos les gustara pescar. O, ya puestos, si les gustara el pescado. Pero la verdad era que en sus excursiones en yate los dos acababan haciendo en cubierta lo mismo que habían aprendido a hacer en tierra firme; o sea, nada de nada.

Y hablando de tener mucho dinero y pocas cosas que hacer: Allan se empeñó en que Harry Belafonte viajara desde Estados Unidos hasta Bali para cantar tres canciones el día del cumpleaños de Julius. Al final, Harry también se quedó a cenar, y eso que no había cobrado por ello. Entre una cosa y otra, fue una noche de sorpresas.

A la hora de explicar por qué había escogido a Belafonte en vez de a cualquier otro, Allan remarcó que Julius tenía debilidad por ese estilo musical, más moderno y juvenil. Julius agradeció el gesto sin mencionar que el artista en cuestión había dejado atrás su juventud a finales de la Segunda Guerra Mundial, aunque, claro, comparado con Allan todavía era un crío.

La presencia de la estrella en Bali apenas aportó una pincelada de color a una existencia por lo demás gris y aburrida, pero la visita en sí tuvo un impacto trascendental en las vidas de Allan y Julius. No fue por lo que cantó Belafonte ni por nada parecido, sino por algo que éste llevaba consigo y a lo que dedicó toda su atención durante el desayuno previo a su vuelta a casa. Era una especie de herramienta: un objeto negro y plano con una manzana medio mordisqueada por un lado y una pantalla que se iluminaba al tocarla por el otro. Harry la tocaba una y otra vez y gruñía una y otra vez, luego soltaba una risita nerviosa sólo para volver a gruñir. Allan no era una persona especialmente curiosa, pero todo tenía un límite.

—Tal vez no me corresponda inmiscuirme en sus asuntos privados, joven Belafonte, y espero que no le importe mi atrevimiento, pero puede decirme qué está haciendo... ¿Ocurre algo en ese...? En fin, en *eso*.

Harry Belafonte se dio cuenta en el acto de que Allan nunca había visto una tableta y se la enseñó encantado. La tableta era capaz de mostrar qué estaba pasando en el mundo en ese mismo momento y también lo que ya había sucedido; poco le faltaba para enseñar lo que iba a ocurrir. Según por dónde la tocaras, aparecían fotos y vídeos de todas las cosas imaginables y de algunas inimaginables. Si tocabas unos botones salía música y, si tocabas otros, la tableta se ponía a hablar. Por lo visto, era mujer y se llamaba Siri.

Después del desayuno y la demostración, Belafonte cogió su maletita, su tableta negra y a sí mismo y se dirigió al aeropuerto para emprender el viaje de vuelta. Allan, Julius y el director del hotel alzaron las manos para despedirse de él. Apenas habían perdido de vista el taxi del artista cuando Allan se volvió hacia el director y le pidió que le consiguiera una tableta como la que usaba Harry Belafonte: sus contenidos le habían parecido muy divertidos y eso era más de lo que podía decirse de la mayoría de las cosas.

El director acababa de regresar de un congreso de hostelería en Yakarta donde había aprendido que la tarea principal del personal de un hotel no consiste en atender al cliente, sino en colmarlo de satisfacciones. Si se añade el dato de que los señores Karlsson y Jonsson eran dos de los mejores clientes de la historia del turismo balinés, nadie debería extrañarse de que al día siguiente el director tuviera lista una tableta para Karlsson, además de un teléfono móvil, de regalo.

Allan no quería parecer desagradecido y se calló que el teléfono no le servía de nada: todas las personas a las que querría llamar llevaban al menos cincuenta años muertas. Salvo Julius, claro, pero éste no tenía con qué contestarle. Aunque eso en particular era de fácil arreglo.

—Toma —le dijo Allan a su amigo—. En realidad el director me lo ha regalado a mí, pero no tengo a quién llamar excepto a ti, y tú no tenías con qué contestarme hasta ahora.

Julius le agradeció el detalle y prefirió callarse que Allan seguía sin poder llamarlo, aunque ahora por la razón contraria.

—No lo pierdas —dijo Allan—. Parece caro. Era mejor antes, cuando los teléfonos estaban atados con un cable a la pared y siempre sabías qué estaban haciendo.

•

La tableta negra se convirtió en la posesión más preciada de Allan. Y, además, usarla le salía gratis: el director del hotel había dado instrucciones al personal de la tienda de informática de Denpasar para que configurasen la tableta y el teléfono con toda la parafernalia de accesorios y extras; esto incluía, entre otras cosas, cargar las tarjetas SIM al hotel, que vio cómo se duplicaban los gastos en telecomunicaciones sin que nadie entendiera por qué.

En cuanto aprendió el funcionamiento de aquel cacharro extraordinario, el anciano lo encendía nada más despertarse para ver qué había ocurrido por la noche. Lo que más le divertía eran las noticias breves con historias curiosas de todos los rincones del mundo. Como aquélla sobre un centenar de médicos y enfermeras de Nápoles que se habían turnado de tal forma para fichar en el trabajo que ninguno de ellos iba a trabajar, aunque todos seguían cobrando. O aquella otra, de Rumania, que contaba que había tal cantidad de funcionarios encarcelados por corrupción que ya no cabían en las prisiones de ese país; ¿y qué solución habían propuesto los funcionarios con cargos pendientes? Legalizar la corrupción para que no hiciera falta construir más cárceles.

Allan y Julius establecieron una nueva rutina matinal. Antes, Allan se abalanzaba sobre el desayuno mientras se quejaba de que los ronquidos de su amigo le llegaban a través de la pared; ahora se mantenía esa costumbre, pero se añadían los comentarios de Allan sobre lo que había hallado en la tableta desde su último encuentro.

Al principio, a Julius le encantaban aquellos resúmenes de las noticias del día, entre otras cosas porque así sus ronquidos dejaban de ser el centro de atención. Le gustó de inmediato la idea rumana de legalizar lo ilegal: sólo podía pensar en lo fáciles que serían las cosas para un ladrón si existiera una sociedad así.

Sin embargo, Allan se lo desmontó enseguida porque, si el hurto se volviera legal, el concepto de «robo» en sí dejaría de tener sentido. Julius, que había estado a punto de proponerle dejar Bali y mudarse a Bucarest, se desinfló en el acto: la principal fuente de placer para un ladrón de poca monta procedía, claro está, de engañar a alguien para quitarle algo (idealmente, alguien que lo merecía o que, al menos, no saldría demasiado perjudicado con ello), pero si un timo dejaba de ser considerado como tal, ¿dónde estaba la gracia?

A Allan lo tranquilizó saber que los rumanos habían salido como un solo hombre a protestar contra los planes de políticos y funcionarios: el rumano medio no tenía tantas inclinaciones filosóficas como los que estaban en el poder. El rumano medio, hombre o mujer, consideraba que a los ladrones había que encerrarlos fuera cual fuese su título o su posición, hubiera o no hubiese sitio suficiente para ello.

Las charlas del desayuno en el hotel de Bali terminaron por versar cada vez con más frecuencia sobre el lugar del mundo al que deberían trasladarse Julius y Allan ahora que la vida se había vuelto tan monótona en su destino actual. Cuando, una mañana, Allan leyó la noticia de que la temperatura del Polo Norte era veinte grados más alta de lo habitual, se preguntó si debían considerarlo una opción.

Julius se llenó la boca de fideos, terminó de masticar y luego dijo que el Polo Norte no le parecía un lugar adecuado ni para Allan ni para él, sobre todo ahora que el hielo estaba a punto de fundirse: a Julius le bastaba con mojarse los pies para pillar un catarro. Además había osos polares, y lo único que Julius sabía sobre los osos polares era que siempre parecía que se habían levantado de mal humor, desde el mismísimo día de su nacimiento. Al menos las serpientes de Bali eran tímidas.

Allan dijo que no debería extrañar a nadie que los osos polares estuvieran de mal humor, teniendo en cuenta que se les estaba derritiendo el suelo bajo los pies. Si al final todo se iba a desmoronar, probablemente lo mejor que podían hacer los osos polares era buscar tierra firme mientras aún estuvieran a tiempo, es decir, irse a Canadá, porque en Estados Unidos había presidente nuevo otra vez. ¿Se lo había comentado ya a Julius? Y, vaya, por lo visto el nuevo no estaba dispuesto a permitir que cualquiera pasara por la frontera.

Sí, Julius había oído hablar de Trump (así se llamaba). El oso polar podía ser blanco, pero antes, y sobre todo, era un extranjero: lo mejor sería que no se hiciera demasiadas ilusiones.

En la tableta negra de Allan, las noticias grandes y pequeñas tenían la curiosa costumbre de aparecer todas a la vez. Predominaban las grandes, lo cual resultaba bastante desagradable. Allan buscaba las más breves y divertidas, pero le acababan entrando todas en el paquete: el bosque no le dejaba ver los árboles.

En sus primeros cien años de vida, a Allan nunca le había preocupado tener una visión global de las cosas, pero ahora su juguete nuevo le contaba que el mundo se hallaba en un estado lamentable, y eso no hacía más que recordarle por qué en el pasado había tomado la acertada decisión de darle la espalda y pensar sólo en sí mismo.

Le venían a la memoria sus primeros años como chico de los recados en la fábrica de nitroglicerina de Flen. Allí, la mitad de los trabajadores dedicaba su tiempo libre a anhelar la revolución roja, mientras que la otra mitad vivía aterrorizada ante la amenaza de China y Japón. Su noción del «peligro amarillo» se nutría de novelas y folletos que dibujaban un escenario en el que el mundo blanco sucumbía devorado por el amarillo.

Allan no prestaba atención a esas menudencias, y siguió por el mismo camino después de la Segunda Guerra Mundial, cuando los camisas pardas hicieron del marrón el color más feo de todos. Era tan poco consciente de lo que pasaba a su alrededor entonces como la siguiente vez que la gente convergió en torno a una expresión ideológica. Esa vez se trataba más de un anhelo de acercarse a algo que de alejarse: se puso de moda la paz en la Tierra y también las furgonetas Volkswagen con flores y, a menudo, el hachís. Todo el mundo amaba a todo el mundo, salvo Allan, que no amaba a nadie ni a nada... excepto a su gato. No es que estuviera amargado: él era así.

La etapa floral de la vida duró hasta que Margaret Thatcher y Ronald Reagan llegaron al poder en sus reinos respectivos. A ellos les parecía más práctico amarse a uno mismo y lograr el éxito individual, pero si insistías en odiar a alguien, tenían que ser los rusos. Básicamente no había más amenazas y, cuando Reagan acabó con el comunismo soviético (sólo con «hablar» de lanzar misiles desde el espacio), la paz y la felicidad fueron absolutas para todos excepto para la mitad de la humanidad que no hacía una comida diaria y para los miles de mineros británicos que se habían quedado sin trabajo. Con esta nueva mentalidad, nadie tenía por qué preocuparse de su vecino, bastaba con ignorarlo; y eso hacía la gente, por lo menos hasta que volvieran a soplar vientos de cambio.

De manera un tanto inesperada, quizá, la ideología de los camisas pardas resurgió. Esta vez no la trajeron los alemanes, o al menos no fueron los primeros ni los principales; ni siquiera los segundos, o los del medio, pero se puso de moda en varios países. Y aunque Estados Unidos tampoco había sido el instigador, pronto se convirtió en el foco más llamativo gracias a su nuevo presidente. Era imposible decir hasta qué punto él se lo creía: parecía cambiar de opinión cada día. Ahora la vieja cantinela del «hazlo tú mismo si quieres que salga bien» ya no bastaba: había llegado el momento de señalar las amenazas externas que hacían peligrar la vida de blancos occidentales que todos nos merecemos.

• • •

Allan, por supuesto, quería usar su tableta negra como un instrumento de puro entretenimiento, pero le costaba mucho protegerse de algunos contextos más amplios que empezaba a percibir. Pensó en deshacerse de la tableta, luego en no tocarla durante un día entero, y otro y otro más, sólo para acabar admitiendo, a su pesar, que ya era demasiado tarde: el hombre que había conseguido preocuparse menos que nadie por el estado de las cosas empezaba a preocuparse por el estado de las cosas.

—Maldita sea —dijo en un murmullo.

—¿Cómo dices? —preguntó Julius.

—Nada, sólo lo que he dicho.

—¿Maldita sea?

—Eso.

Indonesia

Allan consiguió reconciliarse con su relativo y novedoso interés por el resto de la humanidad, y su tableta negra lo ayudó a recuperar el terreno perdido. Le dio la bienvenida con la noticia de un noruego que tenía un lago donde cebaba rutilos y mojarras con bolitas llenas de caroteno: cuando los lucios del lago se comían los peces que habían sido alimentados con esas bolitas, su carne adquiría un tono rosado y en ese momento el noruego los pescaba, los fileteaba y los vendía como salmón. Reducía al mínimo los riesgos de su fraude exportándolo sólo a Namibia, donde vivía, cómo no, un inspector de sanidad de Oslo retirado. El inspector hizo saltar la alarma, al noruego lo encerraron y el precio del salmón en África Suroriental volvió a la normalidad.

Y etcétera. La tableta negra hizo que Allan disfrutara de la vida de nuevo, pero Julius seguía sintiéndose frustrado: llevaba meses sin emprender ni un solo proyecto deshonroso. En sus últimos años como delincuente, en Suecia, se había dedicado a poner en marcha una variante discreta de este negocio de lucios asalmonados. Importaba verduras de países lejanos, las volvía a empaquetar y las vendía como suecas. Con eso ganaba mucho dinero. Gracias al clima frío del norte, junto con la particularidad de que el sol nunca llega a ponerse del todo, tomates y pepinos maduran lentamente y desarrollan un sabor de clase mundial. O, en palabras del poeta decimonónico Carl Jonas Love Almqvist: «Sólo Suecia tiene grosellas suecas.»

A Julius no le interesaban especialmente las grosellas; además, no tenían mucho mercado, pero no se podía decir lo mismo de los espárragos verdes: cuando la primavera cedía el paso al principio del verano, la gente estaba dispuesta a pagar cuatro o cinco veces el precio normal de un manojo de espárragos, siempre que fuera sueco.

Los espárragos suecos de Julius Jonsson llegaban en barco desde Perú. El negocio funcionó bastante tiempo, hasta que a uno de sus intermediarios, cegado por la codicia, no se le ocurrió otra cosa que vender espárragos de Gotland en la plaza de Hötorget, en Estocolmo, unas cinco semanas antes de que siquiera hubieran brotado los primeros espárragos de Gotland. Esto levantó rumores de fraude y las autoridades alimentarias del país empezaron a inquietarse. Se organizaban controles de forma improvisada, donde y cuando nadie se los esperaba. En poco tiempo, Julius perdió tres fletes peruanos, todos requisados y destruidos en nombre de la ley; y a su intermediario, al contrario que a él, lo encerraron: es la suerte del intermediario.

Sin embargo, pese a que el largo brazo de la ley parecía incapaz de llegar al cerebro de la operación, Julius había perdido el interés. Estaba harto de esa obsesión sueca por mantener el orden a toda costa. ¿Acaso alguna vez se había visto morir a alguien por comer espárragos peruanos?

No, lo mejor que podían hacer los ladrones de poca monta, si todavía les quedaba un poco de dignidad, era dejar de molestar, así que Julius había decidido retirarse. Destiló alcohol de forma ilegal, practicó la caza furtiva de alces, tomó prestada sin permiso la electricidad de su vecino y poca cosa más. Hasta que un hombre centenario llamó a su puerta. El anciano, que dijo llamarse Allan, llevaba consigo una maleta robada que abrieron tras una agradable cena con su correspondiente vodka. Resultó que estaba llena de millones.

De modo que una cosa llevó a la otra y la otra a la tercera: Julius y Alan se quitaron de encima a todos los individuos tercamente empeñados en recuperar su dinero y terminaron en Bali, donde se lo estaban gastando todo a buen ritmo.

Allan vio que Julius cabeceaba. Con el ánimo de acabar con el aburrimiento de su amigo, se empeñó en leer de la tableta negra noticias que mostraban diferentes grados de inmoralidad en varios lugares del mundo. Ya habían repasado Rumania, Italia y Noruega. En Sudáfrica, el presidente Zuma se había terminado el desayuno sin inmutarse la mañana en que se hizo público que se había construido una piscina privada y un teatro con el dinero de los contribuyentes. Una sueca, estrella de una banda de baile, había recibido toda la atención que se merecía por haber descrito en su declaración de la renta siete vestidos y dieciocho pares de zapatos como «un viaje de negocios».

Pero las cabezadas seguían: Julius debía encontrar algo que hacer antes de acabar deprimido de verdad.

Allan, que no se había permitido preocuparse absolutamente por nada en cien años, no podía estar en paz si veía a su amigo perdiendo chispa. Tenía que haber algo en lo que Julius pudiera involucrarse.

Hasta ahí habían llegado las cavilaciones de Allan cuando intervino el azar. Ocurrió una noche después de que Allan se hubiera ido a la cama. Julius sintió que necesitaba ahogar sus penas, se sentó en el bar del hotel y pidió una copa del arak local. Tenía un sabor parecido al ron, aunque estaba hecho de arroz y caña de azúcar, y era tan fuerte que te lloraban los ojos al beberlo. Julius había aprendido que la primera copa servía para difuminar los problemas y la segunda para borrarlos. Para estar más seguro, solía tomarse una tercera antes de acostarse.

Con la primera ya vacía y la segunda a medio camino, los sentidos de Julius se agudizaron hasta hacerle notar que no estaba solo en el bar: tres sillas más allá había un asiático de mediana edad, también con su copa de arak en la mano.

—Salud —dijo Julius alzando la copa.

El hombre respondió con una sonrisa, tras lo cual ambos dieron un trago largo y apretaron los labios en una mueca.

—Ya me parece que todo va mejor —dijo el hombre, con los ojos anegados en lágrimas, igual que Julius.

—¿Primera o segunda?

—Segunda.

—Como yo —dijo Julius.

Los dos se acercaron y decidieron pedir una tercera ronda de lo mismo.

Charlaron un rato hasta que el hombre se animó a presentarse:

—Simran Aryabhat Chakrabarty Gopaldas —dijo—, ¡un placer!

Julius miró al hombre que acababa de recitar su nombre. Había bebido la cantidad suficiente de arak para decirle lo que pensaba:

—No se puede tener un nombre como ése.

—Sí que se puede, sobre todo si uno es de origen indio.

Simran Etcétera Etcétera había ido a parar a Indonesia tras un incidente desafortunado con la hija de un hombre carente de toda compasión.

Julius asintió: si se trataba de no tener compasión, los padres de las chicas se llevaban la palma, sin duda. Pero ¿eso justificaba tener un nombre tan largo que te obligaba a disponer de una mañana entera para presentarte?

No obstante, el hombre, que se llamaba como se llamaba, se tomaba el asunto de su nombre de pila con una actitud pragmática, o tal vez sólo fuera sentido del humor.

—¿Cómo le parece que debería llamarme?

A Julius le había caído en gracia el indio exiliado, pero si se iban a hacer amigos aquella retahíla de nombres era inconcebible: tenía que aprovechar la oportunidad.

—Gustav Svensson —contestó—. Es un nombre como debe ser: se pronuncia sin problemas, es fácil de recordar...

El hombre dijo que nunca había tenido problemas para recordar Simran Aryabhat Chakrabarty Gopaldas, pero estuvo de acuerdo en que Gustav Svensson sonaba bien.

—Sueco, ¿verdad? —preguntó.

«Sí», confirmó Julius con una inclinación de cabeza. No se podía ser más sueco que eso.

Y, en ese momento, una nueva idea de negocio echó raíces en su mente.

•

Julius Jonsson y Simran Nosequé empezaron a congeniar de verdad cuando la tercera copa de arak caló en sus cuerpos. Aún no habían acabado la noche y ya decían que volverían a verse, misma hora, mismo lugar, al día siguiente. Aparte de eso, Julius también había decidido que el hombre del nombre imposible se llamaría Gustav Svensson. A Simran Aryabhat Chakrabarty Gopaldas le había parecido bien: tampoco es que el nombre que había usado hasta entonces le hubiera dado tan buena suerte.

Los dos ancianos siguieron viéndose y haciendo el mismo plan varias noches seguidas. El indio se acostumbró a su nuevo alias: le gustaba.

Se había registrado en el hotel con su nombre anterior la noche en que se habían conocido y siguió alojándose allí mientras planificaba con Julius su futura sociedad. Cuando el director del hotel le dijo, con un volumen cada vez mayor, que la estancia del cliente indio había que pagarla, Gustav comunicó a Julius que se disponía a abandonar el lugar de forma permanente... sin pagar... y sin dar explicaciones. Al fin y al cabo, la dirección no parecía dispuesta a entender que él, Gustav, no podía hacerse responsable de la cuenta de Simran.

En cambio, Julius sí lo entendía. ¿Cuándo tenía previsto marcharse Gustav?

—Idealmente, en los próximos quince minutos.

Esto también lo entendió Julius, pero no quería perder a su nuevo amigo, así que se despidió dándole el teléfono que le había regalado Allan.

—Quédese esto para que pueda localizarlo. Lo llamaré desde la habitación. Váyase y cruce por dentro de la cocina: es lo que haría yo.

Gustav siguió el consejo de Julius y se fue de allí. Más tarde, esa misma tarde, el director del hotel apareció después de haber estado deambulando por ahí durante al menos una hora en busca de su cliente indio.

Julius y Allan contemplaban la puesta de sol en la orilla, sentados en butacas cómodas y con sendas bebidas. El director se disculpó por la intromisión, pero tenía una pregunta:

—Señor Jonsson, ¿no habrá visto usted por casualidad a nuestro cliente, el señor Simran Aryabhat Chakrabarty Gopaldas? Últimamente he visto que pasaban tiempo juntos en nuestro establecimiento.

—¿Simran qué? —dijo Julius.

•

A partir de ese día, Gustav Svensson y Julius Jonsson se vieron obligados a citarse fuera del hotel para hablar de negocios. El director, por su parte, aunque no podía culpar a Jonsson de la desaparición de su cliente, no pudo evitar que su nivel de suspicacia hacia los caballeros suecos aumentara levemente: en su caso, la cantidad de dinero en juego era muy superior. Cierto que hasta entonces siempre habían pagado, pero en aquel momento la cuenta pendiente era mayor de lo habitual y parecía aconsejable proceder con cautela.

Los encuentros de Jonsson y Svensson pasaron a celebrarse en un bar mugriento del centro de Denpasar. Resultó que Gustav era casi tan mangante como Julius. En su tierra, la India, había vivido muy bien durante años a base de alquilar coches, cambiarles el motor y devolverlos. La compañía de alquiler tardaba meses en descubrir que el vehículo en cuestión había envejecido siete años y a esas alturas era imposible averiguar cuál de los cientos de clientes que lo habían alquilado era el culpable, salvo que fuera un miembro del personal de la empresa.

En esa época los coches de lujo formaban parte de la vida cotidiana de Gustav, y así fue como se dio cuenta de que las posibilidades de atraer a una chica guapa eran directamente proporcionales a lo bonito que fuera el coche que él llevara en ese momento. Por culpa de esta ecuación se metió en más de un problema. Finalmente, llegó a la conclusión de que lo mejor sería dejar a la chica, la industria automovilística y la India. Ella estaba embarazada y el padre, además de ser miembro del Parlamento, era militar de profesión. Cuando Gustav le pidió la mano de su hija, por razones meramente estratégicas, el hombre lo amenazó con enviarle el séptimo de caballería.

—Menudo cabrón cascarrabias —dijo Julius—, ¿no podía pensar en qué era lo mejor para su hija?

Gustav estaba de acuerdo. De todos modos, que el padre hubiera descubierto que su BMV de seis cilindros había pasado a tener sólo cuatro mientras estaba de viaje de negocios en Singapur había complicado un poco las cosas.

—¿Le echaba la culpa a usted?

—Sí, sin pruebas.

—¿Y era inocente?

—Ése es otro tema.

En resumidas cuentas, Gustav dijo que le parecía bien que Simran Aryabhat Chakrabarty Gopaldas dejara de existir.

—Aunque es una lástima que no haya podido saldar cuentas con el hotel... En fin, brindemos, amigo mío.

•

Algún tiempo después de ese feliz encuentro inicial en el bar, Julius Jonsson y su nuevo socio, Gustav Svensson, con ayuda de una parte importante del dinero que quedaba en el maletín, se convirtieron en propietarios de una plantación de espárragos en la montaña. Julius cogió las riendas del negocio, Gustav hacía de capataz y un enjambre de balineses sin recursos se partía la espalda en los campos.

Con la ayuda de sus antiguos contactos en Suecia, Julius y su nuevo socio se dedicaban a exportar los «espárragos de cultivo local de Gustav Svensson» en unos preciosos manojos atados con cinta azul y amarilla. Ni Julius ni el hombre que hasta hacía poco tenía otro nombre declaraban en ninguna parte que los espárragos fueran suecos: lo único que tenían de sueco era el precio y el nombre de su cultivador indio. A diferencia del de Perú, este negocio no era tan ilegal como le habría gustado a Julius, pero no se puede tener todo. Además, Gustav y él consiguieron establecer una línea de negocio suplementaria y algo más turbia: como los espárragos suecos gozaban de tanta fama, la variedad balinesa de Gustav podía enviarse por barco a Suecia, donde se empaquetaba en cajas, y luego exportarse a hoteles de lujo de todos los rincones del mundo. Bali, por ejemplo. Allí, los hoteles de gama alta tenían una reputación internacional que mantener y no les importaba gastarse aquellas rupias de más si con ello evitaban servir a sus clientes la variedad local, de textura más blanda.

Allan estaba encantado de que su amigo Julius hubiera vuelto a las andadas. Con eso, la vida habría vuelto a ser una fiesta, tanto para Julius como para su amigo centenario y su tableta negra, de no ser porque el maletín con dinero que nunca se acababa por lo visto empezaba a agotarse. De los cultivos de las montañas sacaban una respetable cantidad de dinero, pero la vida en el hotel de lujo donde los dos residían era todo menos gratis: hasta los espárragos suecos de importación del restaurante costaban un ojo de la cara.

Hacía tiempo que Julius quería abordar el asunto de sus finanzas comunes con Allan. Simplemente, no había encontrado el momento de hacerlo. Una mañana, a la hora del desayuno, se dio la ocasión perfecta. Allan se había presentado con su tableta negra, como siempre, y las noticias del día incluían una retorcida historia de amor fraternal: el líder de Corea del Norte, Kim Jong-un, había ordenado envenenar a su hermano en un aeropuerto de Malasia. Allan dijo que no le extrañaba en absoluto: él había tenido tratos con el padre de Kim Jong-un... y con su abuelo.

—De hecho, tanto el padre como el abuelo intentaron matarme —recordó—. Ahora los dos están muertos y yo sigo aquí sentado, así es la vida.

Julius se había acostumbrado a que Allan soltara este tipo de comentarios sobre su pasado y ya no se sorprendía por nada. Lo más probable era que hubiese oído esa historia antes, pero no la recordaba.

—¿Conociste al padre del líder de Corea del Norte? ¿Y a su abuelo? Pero ¿cuántos años tienes?

—Cien. Casi ciento uno, por si no te habías dado cuenta —dijo Allan—. Se llamaban Kim Jong-il y Kim Il-sung. El primero era apenas un niño, pero estaba muy enfadado.

Julius se resistió a la tentación de seguir indagando. En lugar de eso, dirigió la conversación hacia el tema que quería tratar desde el principio.

El problema, tal como había insinuado Julius con anterioridad, era que el maletín del dinero se estaba transformando rápidamente en un maletín sin dinero, y habían pasado ya dos meses y medio desde la última vez que habían saldado cuentas con el hotel: Julius no quería ni pensar a cuánto debía de ascender la factura.

—Pues no lo pienses —sugirió Allan, y le dio un bocado a su *nasi goreng* ligeramente picante.

Era más urgente el asunto con el tipo de la compañía de alquiler de barcos, que se había puesto en contacto con ellos para comunicarles que les cortaba la línea de crédito y que estaba dispuesto a hacer lo mismo con los señores Karlsson y Jonsson si no liquidaban su deuda en una semana.

—¿Alquiler de barcos? —preguntó Allan—. ¿Hemos alquilado un barco?

—El yate de lujo.

—Ah, vale, cuentas eso como barco.

Entonces Julius le confesó que estaba planeando darle una sorpresa por su centésimo primer aniversario, pero que, habida cuenta de su situación financiera, la celebración no estaría a la altura del listón marcado por Harry Belafonte.

—Bueno, a ése ya lo conocemos —dijo Allan—, y mis fiestas de cumpleaños y yo nunca nos hemos llevado bien del todo, así que no te preocupes.

Pero a Julius sí le preocupaba: quería que Allan supiera que le agradecía el gesto de Belafonte. Había sido increíble; nadie en toda su vida, y Julius no era precisamente un crío, había tenido con él un detalle tan bonito como ése.

—Pero si ni siquiera era yo quien cantaba —dijo Allan.

Julius añadió que, en cualquier caso, celebrarían una fiesta: ya había encargado el pastel en la única pastelería que se había mostrado dispuesta a fiarles y luego los esperaba un paseo en globo aerostático para admirar la belleza de la isla acompañados del piloto y dos botellas de champán.

A Allan lo del paseo en globo le sonó agradable. Quizá podrían prescindir del pastel, si tan apurados estaban de dinero: sólo las ciento una velas ya debían de costar una fortuna.

Pero, según Julius, el estado de cuentas de su capital conjunto no dependía de esas ciento una velas de cumpleaños. La noche anterior había rebuscado en el maletín para hacer una estimación aproximada de cuánto les quedaba;

luego había hecho otra, a partir de lo que suponía que el hotel daba por hecho que debían. En cuanto al yate, no se había visto obligado a fiarse de ninguna estimación porque el de la agencia había tenido la amabilidad de decirle la cantidad exacta.

—Me temo que estamos en números rojos. Debemos al menos cien mil dólares —anunció Julius.

—¿Eso es con o sin las velas? —preguntó Allan.

Indonesia

El hombre centenario siempre había tenido un efecto tranquilizador entre quienes lo rodeaban, salvo en algunos momentos aislados de la historia en los que ciertas personas se habían enfadado con él sin razón aparente. Le pasó al conocer a Stalin, en 1948. Esto le costó cinco años en un gulag. Y pocos años después resultó que los norcoreanos tampoco eran grandes admiradores suyos precisamente.

¡Bah! Todo esto pertenecía al pasado: lo importante era que ahora acababa de convencer a Julius de que «primero» celebrarían sus ciento un años tal como estaba planeado (ya que Julius lo deseaba tanto) y «luego» ya se sentarían a resolver sus finanzas. Todo saldría bien. Con un poco de suerte, tal vez apareciera otro maletín lleno de dinero.

Obviamente, Julius no contaba con ello, aunque en compañía de Allan todo era posible. A pesar de su menos que óptima situación económica, había aceptado la sugerencia de Allan de que en el globo aerostático hubiera cuatro botellas de champán en vez de dos: tal vez tuvieran algún momento de calma chicha ahí arriba, y en ese caso habría que entretenerse de algún modo.

—Quizá deberíamos llevar también unos sándwiches —musitó Julius.

—Pero ¿para qué? —preguntó Allan.

• • •

En esos días, el director del hotel no les quitaba el ojo de encima ni al viejo ni a su amigo, más viejo todavía. Su cuenta sobrepasaba ya los ciento cincuenta mil dólares. Eso representaba apenas una pequeña parte de lo que el mismo director había ganado el año anterior con aquel par de suecos manirrotos, pero al mismo tiempo era una cantidad demasiado alta para permitir que quedara sin pagar, así que ya había tomado cartas en el asunto: unos días antes (o mejor dicho, unas noches antes) había colocado a un hombre frente al lujoso bungaló de los caballeros para que los vigilara discretamente, sólo por si acaso se les pasaba por la cabeza saltar por uno de los ventanales y desaparecer.

Además, en la relación del director con los señores Jonsson y Karlsson había una buena dosis de gratitud. El primero había sugerido, de un modo bastante convincente, que antes de terminar la semana tendría el dinero. Y después de todo tampoco era la primera vez que el señor Jonsson se aferraba a su dinero un poco más de lo que tocaba: a lo mejor tan sólo era una cuestión de amor al dinero; ¿y a quién no le pasaba?

En resumidas cuentas, al director le pareció prudente y estratégicamente inteligente mantener la calma e ir a la playa para sumarse a la fiesta de cumpleaños del mayor de los dos. Comería pastel y escogería las palabras con esmero.

•

Además del cumpleañero, de Julius y el director del hotel, en la fiesta estaba presente el piloto del globo. A Gustav Svensson le habría encantado asistir, pero tuvo el sentido común de no hacerlo.

El globo estaba hinchado y listo para volar; sólo un ancla clásica sujeta a una palmera le impedía despegar por su cuenta y riesgo. El calor del aire del globo lo regulaba el hijo del piloto, de nueve años, que estaba profundamente contrariado: él quería estar al lado del pastel, a tan sólo unos pocos metros, y no allí.

Allan contemplaba las ciento una velas, tan innecesarias. ¡Qué forma de malgastar el dinero! ¡Y el tiempo! Julius tardó varios minutos en encenderlas todas con la ayuda del mechero de oro del director (que acabó en el bolsillo del propio Julius).

Por lo menos el pastel estaba bueno y el champán era champán, aunque no estaba a la altura del grog. Allan pensó que todo podría estar peor.

Y de pronto lo estuvo.

El director del hotel hizo tintinear su copa con la intención de decir unas palabras.

—Mi estimado señor Karlsson —dijo.

Y Allan lo interrumpió:

—Muy bien dicho, señor director. Es usted muy amable, pero no vamos a quedarnos aquí plantados hasta mi próximo cumpleaños; ¿no va siendo hora de despegar?

El director del hotel se quedó aturullado y Julius hizo un ademán de cabeza al piloto del globo, que soltó de inmediato su pedazo de pastel: al fin y al cabo, estaba allí por trabajo.

—¡Oído! Voy a llamar al servicio meteorológico del aeropuerto. Sólo quiero asegurarme de que no haya cambiado el viento, vuelvo en un minuto.

Tras sortear el peligro de padecer un discurso, había llegado el momento de subir a bordo. Montar en la cesta era fácil, incluso para alguien de ciento un años: había una escalera portátil de seis peldaños en el exterior de la cesta y por dentro una más pequeña con tres.

—Hola, muchachito —dijo Allan, alborotándole el pelo al ayudante de nueve años.

Éste, que respondió con un tímido «buenos días», sabía cuál era su lugar y se le daba bien su trabajo. Con el peso añadido de aquellos extranjeros, el ancla ya no era necesaria.

Julius pidió al chico que le hiciera una demostración; así aprendió que la temperatura del globo, y en consecuencia la altura del vuelo, se controlaban por medio de la palanca roja que había en lo alto del tubo del gas. Para despegar, sólo había que girarla hacia la derecha, y de nuevo a la izquierda cuando se quisiera bajar para aterrizar.

—Primero a la derecha, luego a la izquierda —dijo Julius.

—Exacto, señor —confirmó el muchacho.

Y entonces ocurrieron tres cosas simultáneamente en apenas unos segundos.

Una: Allan se fijó en las miradas anhelantes que el niño dirigía al pastel y le sugirió que echara una carrera y se sirviera una porción: en la mesa había platos y cubiertos. No hubo que convencer al niño, saltó de la cesta antes de que Allan hubiera terminado la frase.

Dos: Julius profirió una maldición al ver que se le había soltado la palanca roja sin querer. El aire caliente entraba a chorro en el globo, que...

Tres: ... empezó a elevarse.

—¡Paren! ¿Qué hacen? —exclamó el piloto.

—No soy yo, es esta jodida palanca —contestó Julius.

El globo estaba a tres metros de altura, luego a cuatro, luego a cinco.

—¡Allá vamos! —dijo Allan—. ¡Esto sí que es una fiesta!

El océano Índico

Karlsson, Jonsson y el globo, aún sobrevolando el mar abierto, tardaron bastante en alcanzar la distancia suficiente como para dejar de oír los gritos del piloto. La verdad era que tenían el viento en contra.

Cuando dejaron de oírlo, todavía lo vieron un buen rato: no paraba de agitar los brazos. También veían al director a su lado; no tan nervioso, pero igual de disgustado o incluso más: el hombre estaba viendo con sus propios ojos cómo se alejaban volando ciento cincuenta mil dólares. Mientras tanto, el niño de nueve años había vuelto a concentrarse en el pastel aprovechando que todos estaban distraídos.

Al cabo de unos minutos, ya no se veía tierra firme en ninguna dirección. Julius dejó de maldecir la palanca roja y la tiró por la borda, harto de intentar fijarla de nuevo en su posición.

El gas y la llama permanecerían encendidos irremediablemente y, en cierto modo, eso era positivo: de lo contrario habrían caído al mar con la cesta y todo.

Julius miró alrededor. A un lado del depósito de gas encontró un navegador GPS. ¡Por fin una buena noticia! No es que hubiera forma de manejar el aparato, pero al menos así sabrían cuándo había alguna posibilidad de aterrizar.

Mientras Julius se zambullía en la geografía, Allan abrió la primera de las cuatro botellas de champán que habían llevado para la ocasión.

—¡Caramba! —exclamó cuando el corcho salió disparado por el borde de la cesta.

A Julius le parecía que Allan no estaba tomándose en serio la situación. Ninguno tenía la menor idea de adónde se dirigían.

«Claro que la tenemos», pensó Allan.

—He dado la vuelta al mundo tantas veces que ya empiezo a entender la pinta que tiene. Si el viento sigue igual, estaremos en Australia dentro de unas semanas, aunque si sopla un poco hacia ese lado, tendremos que esperar algo más.

—Y en ese caso, ¿dónde acabaremos?

—Bueno, en el Polo Norte no, y de todos modos tampoco querías ir. Es más probable el Polo Sur, creo.

—Qué demonios estás...

—Tranquilo, tranquilo. Aquí tienes tu copa. Ahora, brindemos por nosotros, es mi cumpleaños. Y no te preocupes: el gas del depósito se terminará mucho antes de llegar al Polo Sur. Siéntate.

Julius hizo lo que decía Allan y se sentó junto a su amigo con la mirada fija y perdida en el vacío. Allan se dio cuenta de que Julius estaba preocupado y necesitaba consuelo.

—Sí, es verdad, ahora mismo todo parece muy negro, amigo mío, pero yo las he visto de todos los colores en mi vida y aquí me tienes. Ya verás, el viento cambiará; el viento, o lo que sea.

A Julius lo ayudó un poco la calma inexplicable de Allan. Tal vez el champán se encargaría del resto.

—Pásame la botella, por favor —dijo en voz baja.

La cogió y dio cuatro tragos generosos sin molestarse en usar una copa.

• • •

Allan tenía razón: el gas se terminó cuando aún no había tierra a la vista. El depósito empezó a chisporrotear y la llama estuvo un rato dibujando una danza irregular antes de apagarse del todo justo en el momento en que los amigos se disponían a agotar el contenido de la botella número uno.

Descendían con suavidad hacia la superficie del océano Índico, que ese día más bien parecía el Pacífico.

—¿Crees que la cesta flotará? —preguntó Julius, viendo que la superficie del agua se acercaba.

—Pronto lo descubriremos —respondió Allan—. ¡Mira esto!

El hombre de ciento un años había estado rebuscando en una caja de madera con material para accidentes e imprevistos y sostenía en el aire una junta nueva para la palanca roja.

—¡Qué lástima no haberla visto cuando aún estábamos a tiempo! ¡Y mira!

Dos bengalas.

La caída en el mar fue mejor de lo que Julius se había atrevido a esperar: la cesta del globo golpeó el agua y se hundió medio metro bajo la superficie gracias a su velocidad y su peso, luego se inclinó hasta un ángulo de cuarenta y cinco grados, recuperó la verticalidad y se quedó cabeceando como un corcho en un sedal con movimientos cada vez más suaves.

El golpe y la inclinación posterior derribaron a los dos ancianos, que acabaron juntos, apelotonados en una de las paredes del cesto. Julius se levantó rápidamente, cuchillo en mano, con la intención de separar la cesta del globo desinflado, que ya no servía de nada. Se estaba esparciendo en el agua pero pronto se hundiría y, por poco que pudiera, se llevaría consigo la cesta y a sus dos ocupantes.

—Bien hecho —lo felicitó Allan, aún tirado en el rincón.

—Gracias —dijo Julius, y ayudó a su amigo a sentarse en el banco.

Luego desmontó los cilindros de gas y los tiró al mar junto con las cuatro sujeciones que los mantenían en pie. Gracias a eso el receptáculo pasó a pesar como mínimo cincuenta kilos menos. Julius se secó el sudor de la frente y se dejó caer al lado de su amigo.

—¿Y ahora qué? —dijo.

—Creo que tendríamos que tomarnos otra botella de champán para que no nos pille aquí sentados el bajón de la primera. ¿Puedes disparar una de esas bengalas mientras la descorcho?

El agua se filtraba por los laterales de la cesta, pero Allan pensó que el asunto no parecía tan grave: al menos daba la impresión de que tenían unas cuantas horas por delante antes de hundirse; quizá más, si encontraban algo decente con lo que achicarla.

—En dos horas pueden pasar muchas cosas —dijo.

—¿Por ejemplo? —quiso saber Julius.

—Bueno, también puede ser que pasen pocas... o ninguna.

Julius desenvolvió la primera bengala e intentó aclararse con las instrucciones en indonesio. Estaba un poco borracho y sin fuerzas para desesperarse, al menos no tanto como correspondía. Por un lado, sabía que iba a morir pronto; por el otro, lo acompañaba un hombre que posiblemente era inmortal, un hombre que no había sido ejecutado por el general Franco, ni encerrado de por vida por el servicio de inmigración de Estados Unidos, ni estrangulado por el camarada Stalin (aunque le había faltado bien poco), ni condenado a muerte por Kim Il-sung o Mao Zedong, ni recibido un solo disparo de las patrullas fronterizas iraníes, un hombre al que no le habían tocado un solo pelo de la calvorota en sus veinticinco años como agente doble dentro de los círculos de poder de la Guerra Fría, ni lo había matado el mal aliento de Breznev, ni arrastrado el presidente Nixon en su caída.

Lo único que sugería que Allan podía morir, tras haber fracasado en el intento a lo largo de tantos años, era que estaba en alta mar, sentado en una cesta de mimbre por la que se filtraba agua, perdido en algún lugar entre Indonesia, Australia y la Antártida; pero si el hombre de ciento un años recién cumplidos sobrevivía también a esto parecía razonable pensar que Julius se salvaría con él.

—Creo que sólo hay que tirar de aquí —dijo, y tiró de la cuerda correcta, pero con la bengala de emergencia al revés, de modo que salió disparada hacia el agua y no paró hasta apagarse, probablemente, a unos cuantos cientos de metros de profundidad.

A Julius se le pasó por la cabeza rendirse, pero Allan descorchó la siguiente botella, se la ofreció a su amigo y le dijo que diera unos tragos, con o sin copa, porque parecía necesitarlos.

—Luego creo que deberías volver a intentarlo con la otra bengala, pero apunta hacia arriba si te parece bien: así será más fácil que alguien la vea.

El océano Índico

La misión oficial del carguero norcoreano *Honor y Fuerza* era transportar treinta mil toneladas de grano desde La Habana hasta Pyongyang. Menos oficial era el objetivo de reducir la velocidad del barco en la costa sureste de Madagascar y permitir que subieran a bordo, al amparo de la oscuridad, cuatro kilos de uranio enriquecido. Ese cargamento había ido cambiando de manos, de un mensajero al siguiente, desde el Congo hasta Burundi pasando por Tanzania y Mozambique hasta llegar a esa isla al este del continente africano que estaba legítimamente en la ruta del *Honor y Fuerza*.

Los norcoreanos sabían que el mundo tenía puestos los ojos en ellos. Pocos años antes, un buque gemelo del *Honor y Fuerza* había sido capturado con la bodega llena de petróleo en un puerto de Libia controlado por los rebeldes y el capitán había tenido que echar mano de sobornos para que lo dejaran continuar el viaje. Volviendo desde Cuba, no podían detenerse en Somalia, Irán ni en ningún otro país con una reputación similar a riesgo de sufrir un abordaje en alta mar de las tropas de la ONU. Había ocurrido ya varias veces, la última cerca de Panamá. En aquella ocasión, debajo del grano había motores de avión y equipamiento electrónico de última generación, una carga que violaba las sanciones vigentes de la ONU contra la orgullosa República Popular Democrática. Enojados, los coreanos habían informado al mundo de que era el mundo, y no los coreanos, quien había puesto allí todos esos motores y dispositivos electrónicos.

Esta vez, la ruta de regreso desde Cuba se había trazado por el otro lado; al fin y al cabo, la Tierra era redonda. El argumento oficial era que la República Popular Democrática se negaba a dejarse maltratar de nuevo en Panamá; desde luego, no se mencionaba que pensaban aprovechar el viaje para hacer un recado.

Hasta entonces todo había salido bien: el capitán Pak Chong-un había llenado la bodega con un grano de altísima calidad que al Líder Supremo no le importaba lo más mínimo (él nunca se quedaba sin comer), pero además llevaban ya los cuatro kilos de uranio enriquecido dentro de un maletín forrado con plomo. Necesitaban aquel uranio para librar la batalla crucial y permanente contra los perros estadounidenses y sus aliados al sur del paralelo 38. La cantidad, apenas cuatro kilos, quizá no era suficiente para construir el futuro de la nación, pero no se trataba de eso: sólo estaban poniendo a prueba los canales de distribución. Si todo salía bien, los rusos habían prometido que sus esfuerzos podrían duplicarse unas cuantas veces.

El capitán Pak podía sentir los satélites imperialistas siguiendo la ruta del barco de regreso a Pyongyang, dispuestos, como siempre, a encontrar cualquier razón para abordarlos, humillarlos y deshonrarlos.

Pak guardaba el maletín en la caja fuerte del camarote del capitán. Estaba claro que, si aquellos imbéciles abordaban el barco, encontrarían sin problemas lo que andaban buscando, pero de momento no había señal de que eso fuera a producirse. No habían cometido ningún error. Pronto ya nada podría evitar el regreso triunfal del capitán.

Pak Chong-un se vio obligado a interrumpir sus pensamientos cuando el primer oficial entró en la sala sin llamar.

—¡Capitán! —exclamó—. Hemos detectado una bengala de emergencia a cuatro millas náuticas al norte. ¿Qué hacemos? ¿Ni caso?

¡Joder! Justo cuando todo parecía ir tan bien. Varias ideas cruzaron a la vez la mente del capitán Pak. ¿Sería una trampa? ¿Alguien que pretendía apoderarse del uranio? Por supuesto, lo mejor sería fingir que no lo habían visto, tal como había sugerido el primer oficial.

Sin embargo, tenía la certeza de que otros sí lo verían: los estadounidenses, desde el espacio. Y seguro que estaban tomando fotos. Un barco norcoreano que no prestaba auxilio a alguien en apuros en alta mar... Eso sería un delito según la ley marítima y un absoluto desastre para las relaciones internacionales del Líder Supremo (mientras que el capitán Pak se enfrentaría a un pelotón de fusilamiento).

No, la opción menos problemática sería averiguar la razón de aquella bengala.

—¡Debería avergonzarse, marinero! —dijo el capitán Pak Chong-un—: los representantes de la República Popular Democrática de Corea no dejan en la estacada a quien se encuentra en apuros. Establezca un nuevo rumbo y prepárese para una intervención de rescate, ¡es una orden!

Asustado, el primer oficial saludó como pudo y desapareció a toda prisa. Se maldijo por no haberse mordido la lengua: si el capitán lo mencionaba en un informe, sería el fin de su carrera... en el mejor de los casos.

•

A esas alturas, a los amigos de la cesta el agua de mar les llegaba por los tobillos. Allan estaba sentado con su tableta negra, maravillado de que funcionara en medio de la nada.

—¡Escucha esto! —dijo.

Y le contó a su amigo que no sólo los presidentes hacían el ridículo por el mundo, como por ejemplo el de Zimbabue,

Robert Mugabe, el hombre que tras calificar la homosexualidad de «antiafricana» había decidido que debía castigarse con diez años de cárcel para que los homosexuales aprendieran. Ahora, la esposa del propio Mugabe salía en las noticias por haber atacado con un cable de extensión eléctrico a una chica que había pasado más tiempo de la cuenta en una habitación de hotel con el hijo de la pareja. Por lo visto, esa familia también tenía problemas con la heterosexualidad.

Julius estaba demasiado angustiado para opinar sobre las últimas noticias que le comentaba su amigo; estaba a punto de pedirle que se callara para poder quedarse allí sentado y morir en paz cuando lo interrumpió una sirena. A lo lejos, Allan y él divisaron un barco: iba directo hacia la cesta.

—¿No te parece de lo más alucinante? —dijo Julius—. También vas a sobrevivir a esto, Allan.

—Y tú, por lo que parece —contestó Allan.

•

Los únicos objetos que subieron los dos ancianos al barco fueron la tableta negra de Allan y la última botella de champán. Allan sostenía la tableta en una mano y la botella en la otra cuando él y Julius se encontraron con el capitán Pak en la cubierta de proa.

—Buenos días, capitán —dijo sucesivamente en inglés, ruso, mandarín y español.

—Buenos días —contestó en inglés el soprendido capitán.

Aunque él dominaba tanto el ruso como el mandarín, y sabía algo de español por sus frecuentes excursiones de ida y vuelta a Cuba, era el único miembro de la tripulación que hablaba inglés. Le había salido de manera instintiva: cuantas menos personas pudieran oír y entender lo que decían, mejor sería para todos, al menos hasta que se hubiera aclarado la misteriosa situación de esos dos.

El capitán Pak comunicó a los dos náufragos que sus vidas habían sido salvadas en nombre de la República Popular Democrática de Corea y para mayor gloria de su Líder Supremo.

—Transmita nuestros saludos y agradecimientos al Supremo la próxima vez que lo vea —dijo Allan—. ¿Dónde podemos bajarnos siguiendo su trayecto? En Indonesia sería fantástico, si no es mucho problema. No llevamos documentación para identificarnos, y entrar y salir de un país siempre es un poco complicado, ¿verdad?

Sí, el capitán Pak sabía lo complicado que podía llegar a ser entrar y salir de un país; de hecho, tratándose del suyo era particularmente complicado, pero eso no era razón suficiente para confraternizar con unos caballeros extranjeros rescatados de una cesta en alta mar, y mucho menos delante de la tripulación, fuera en el idioma que fuese.

—Como oficial al mando, estoy obligado por ley a custodiar el cargamento de este barco durante toda la travesía, así como a proteger los intereses de los propietarios del cargamento. Según esa misma ley, tengo la obligación de conducir el barco a su destino con la mayor brevedad posible.

—¿Y eso qué significa? —preguntó Julius nervioso.

—Significa lo que acabo de decir —contestó el capitán Pak.

—Significa que no nos va a soltar hasta que lleguemos a Pyongyang —aclaró Allan.

Julius no tenía ningunas ganas de ver Corea del Norte.

—Pero, por favor, querido capitán... —dijo—, por casualidad tenemos por aquí una botella de champán. Nos pareció que podía ser útil si alguien nos recogía, como finalmente ha sucedido. No está tan fría como debería pero, si no le importa, nos encantaría compartirla con usted, así podremos conocernos mejor y ver qué soluciones se esconden a la vuelta de la esquina.

«Bien dicho», pensó Allan, mostrando la botella para subrayar sus palabras.

El capitán se la quitó de la mano y les comunicó que la confiscaba porque a bordo no estaba permitido el alcohol.

—¿Nada de alcohol? —preguntó Julius.

«¿Nada de alcohol?», pensó Allan, a punto de pedir que lo devolvieran a la cesta.

—Caballeros, dentro de dos horas serán interrogados. Por ahora no son sospechosos de haber cometido ningún delito, pero eso siempre puede cambiar. Tengo la intención de interrogarlos yo mismo. Las dos primeras preguntas serán: quiénes son ustedes y por qué han decidido salir a mar abierto flotando en una cesta de mimbre con una botella de champán. Pero ya nos ocuparemos de eso en su momento.

El capitán Pak se volvió hacia su primer oficial y le comunicó que debía recoger todas sus pertenencias y mudarse con el resto de la tripulación: tenía que ceder su camarote de oficial, así podrían instalar a los dos extranjeros. Aparte, el primer oficial debía asegurarse de que siempre hubiera un marinero montando guardia delante del camarote, salvo que prefiriese montarla él mismo para garantizar que nadie haría daño a los dos caballeros o, en todo caso, impedir que ellos pudieran hacérselo a otros.

El primer oficial contestó con un saludo militar. No estaba muy contento con el desarrollo de los acontecimientos. ¡Mira que verse obligado a mezclarse con la tropa por culpa de dos ancianos blancos...! No, el capitán debería haberlos dejado en el mar. Este asunto sólo podía terminar tan mal como había empezado.

El capitán Pak Chong-un percibió que se estaba cociendo un problema. Una vez más, revisó el contenido de la caja fuerte de sus aposentos, pese a su sistema de cierre de alta seguridad... y a que llevaba la llave colgada del cuello en una cadena.

La caja contenía el cuaderno de bitácora, una copia de la legislación marítima y un maletín forrado con plomo con cuatro kilos de uranio enriquecido en su interior.

Sólo le faltaban tres días para dar por cumplida la misión que el Líder Supremo le había encargado en persona. No había nubes en el horizonte de esta misión, al menos en un sentido literal. Lo que significaba que, como siempre, los satélites estadounidenses no le quitaban el ojo de encima: eso sí que era una nube en toda regla, aun siendo metafórica. La otra eran los dos extranjeros metidos en el camarote del primer oficial, justo al otro lado de la pared.

El capitán Pak se permitió resumir la situación antes de recorrer los pocos pasos que lo separaban del camarote contiguo: «Uf.» Se quedó mirando fijamente al guardia hasta que éste se dio cuenta de que debía abrirle la puerta y luego se lo quedó mirando hasta que entendió que debía cerrarla.

—Caballeros, ha llegado ya la hora del interrogatorio —dijo el capitán Pak Chong-un.

—Fantástico —respondió Allan.

El Congo

El Congo es el segundo país más grande de África y siempre ha sido rico en dos cosas: en recursos naturales y en pobreza.

El período más terrible de su historia coincide con el reinado de Leopoldo II de Bélgica, que usó el país como su plantación privada de caucho. Esclavizaba a todo aquel que se cruzaba en su camino y fue responsable de la muerte de más de diez millones de personas. Eso equivale a toda Suecia; o a toda Bélgica, si prefieren.

Cuando el Congo obtuvo la independencia después de muchos años de dificultades, un tal Joseph Mobutu terminó ocupando el sillón presidencial. Se hizo famoso por vender los recursos de su país a quien más dinero le ofreciera por debajo de la mesa (dinero que luego se metía en los bolsillos) y cambió su nombre por el de «el guerrero todopoderoso que, gracias a su resistencia y a su inflexible deseo de vencer, va de conquista en conquista dejando a su paso una estela de fuego».

Estados Unidos pensó que este tipo era el futuro del Congo y de toda África. Así pues, gracias a la amable ayuda de la CIA, el guerrero todopoderoso permaneció unas cuantas décadas en el poder. El caucho, por su parte, se vio sustituido por el uranio como recurso natural más interesante. De hecho, Estados Unidos recibió del Congo el uranio que necesitaba para las bombas atómicas de Hiroshima y Nagasaki y, como muestra de agradecimiento, colaboró en la construcción de un centro de investigación nuclear congoleño liderado por el todopoderoso que dejaba a su paso una estela de fuego. Probablemente no fue la decisión política más brillante en la historia de Estados Unidos.

En el país donde todo, sin excepción, estaba contaminado por la corrupción, desaparecieron grandes cantidades de barras de uranio enriquecido. Algunas aparecieron desperdigadas y pudieron recuperarse, pero la mayoría (no se sabía cuántas) seguía en paradero desconocido.

Pasó el tiempo. Los servicios de espionaje más importantes del mundo occidental se habían cansado de buscar en balde, y lo único que les quedaba era intentar que no llegara más uranio al mercado negro. Algunos de los que tenían unidades operativas se consolaban pensando que al menos el uranio desaparecido perdía potencia a medida que pasaban los años.

Sin embargo, la canciller alemana Angela Merkel, gracias a sus conocimientos en la materia, no podía tener una visión tan optimista del asunto. *Frau* Merkel llevaba más tiempo en el poder que la mayoría de los líderes mundiales y contaba con ser reelegida en el otoño siguiente. Merkel, química de formación, sabía que, para cuando el isótopo desaparecido dejara de representar una amenaza potencial para su país, ella ya no ocuparía la misma posición. Sin duda, tenía mucho que dar todavía, pese a sus sesenta y tres años y tras veintiocho dedicada a la política; aun así, el tiempo de vida que le quedaba era sin duda considerablemente más breve que el del uranio enriquecido: cuatro mil quinientos millones de años.

Corea del Norte

Kim Jong-un no había pedido ser quien acabó siendo. De hecho, tenía dos hermanos por delante en la línea de sucesión, pero uno selló su destino cuando se puso bajo el ala a toda su familia y se escapó del país con un nombre falso para irse de juerga a Tokio; a Disneyland, para colmo: perdió dos a cero. En cuanto al otro, su padre, Kim Jong-il, lo consideraba «demasiado débil», cosa que, básicamente, quería decir que sospechaba que era gay: hay lugares en el mundo donde escoger a quién se ama es una decisión cuestionable.

El padre tenía ya una edad avanzada cuando sucedió al Eterno Presidente Kim Il-sung, y probablemente había planeado permanecer en el cargo por un período igual de largo antes de que su hijo menor lo relevara, pero uno de los problemas de la vida es que tanto los de arriba como los de abajo se mueren cuando se mueren. De pronto, ahí estaba él, Kim Jong-un, a sus veinticinco años, con la carga de tener que mantener el legado de su padre, que acababa de morir; o, idealmente, de llevarlo un poco más allá, puesto que su padre había pasado a la historia como el hombre capaz de convertir a un pueblo hambriento en un pueblo muerto de hambre.

En cuestión de unos pocos meses, el joven Kim había pasado de astro de la Game Boy a general de tres estrellas.

Los analistas internacionales no le auguraban un futuro prometedor: ¿un bebé al mando de una cohorte de oficiales bregados en mil batallas entre los que se contaba el propio tío del bebé? Nunca funcionaría.

Y no funcionó... para el tío y para los generales. Es posible que tramaran algo, pero antes de poder llevarlo a cabo fueron objeto, todos y cada uno de ellos, de una buena purga. El joven Kim demostró que no era alguien a quien se pudiese mangonear o tratar a la ligera. Al tío lo sentenciaron a muerte por, entre otras cosas, haber sido infiel a su esposa. En ningún lugar de las doce páginas del veredicto se decía una palabra sobre el hecho de que el padre del joven Kim hubiera tenido cinco hijos con tres mujeres.

Algunos años antes, el joven Kim había asistido a la escuela en Suiza bajo un nombre falso mientras su madre viajaba por Europa para comprarse el tipo de cosas que el norcoreano medio no había visto ni en fotografías. Le interesaban más el baloncesto y los videojuegos que las chicas, pero sus notas eran más o menos buenas. Tomó el poder apremiado por las prisas, aunque con cierto entusiasmo, y cuando tuvo que escoger entre imitar al abuelo que había creado un país y el padre que por poco lo destruye, optó por el abuelo.

El joven Kim era extrovertido, le gustaba mezclarse con el pueblo y era capaz de darle una palmadita en la espalda a un ciudadano si se encontraba de buen humor... ¡Incluso de hablar con él! Pero sobre todo reajustó los mecanismos del sistema comunista autóctono. A partir de entonces disminuyó la velocidad con que las mesas de todo el país se iban quedando sin comida.

Así, mientras el mundo seguía con una sonrisa congelada los pasos del cachorro, éste no sólo se aseguró de que sus ciudadanos dejaran de morirse de hambre, sino que incluso se dio cuenta de que el país que había heredado tenía que escoger entre simplemente acurrucarse y morir o pelear contra el resto del mundo, que buscaba destruirlo.

Y escogió pelear.

Sin embargo, había un pequeño problema financiero que resolver en Corea del Norte: poner al día los viejos tanques soviéticos, y la artillería costaba mucho más dinero del que habían conseguido almacenar. Lo mejor, en tal caso, era poner énfasis en el proyecto que papá había puesto en marcha con relativo éxito.

No muchas bombas: sólo unas pocas, pero con una dosis extra de energía en su interior.

Armas nucleares, en pocas palabras.

Con el desarrollo del programa de armamento nuclear y una cantidad desorbitada de pruebas de lanzamiento de misiles, Kim comunicó al mundo, que seguía mirándolo con una sonrisa burlona, que Corea del Norte no había abandonado la partida. El joven Kim quedó bastante satisfecho al ver que el mundo reaccionaba con miedo, sanciones y condenas reiteradas. De paso, había dejado de ser «el joven Kim» para convertirse en el Líder Supremo.

Como un regalo caído del cielo, Estados Unidos reemplazó a un presidente que había ganado el Nobel de la Paz por uno que caía constantemente en las trampas de Kim Jong-un: cada vez que a Donald Trump se le calentaba la boca con la cantinela de que Corea del Norte sería destruida por «el fuego y la furia», no hacía más que reforzar la posición del Líder Supremo.

En sus primeros años en el poder, Kim Jong-un había conseguido más cosas que su padre en toda su vida. Sólo había un asunto que lo preocupaba de verdad: el hecho de que la fábrica doméstica de plutonio tuviera tantos problemas para producirlo. La desventaja del plutonio es que la tierra no lo produce de forma natural: quien desee juguetear con este elemento (por ejemplo, para construir armas nucleares) antes tiene que asegurarse de que puede crearlo.

Y no es una tarea fácil.

Incluso conseguir cinco minúsculos gramos es muy complicado. Pero supongamos que alguien lo consigue. A continuación debe estabilizarlo, idealmente hasta un noventa y nueve por ciento o más, con la ayuda de un elemento químico, el galio, que a su vez tiene una problemática tendencia a fundirse con la misma facilidad que una tableta de chocolate al sol.

Para evitar que todo el proceso para obtener el plutonio resulte fallido, hay que disponer de una centrifugadora de lujo, y eso es tan complicado como el mismo proceso al que debería contribuir.

Y todo por cinco gramos de plutonio 239 de uso militar. Para una carga nuclear digna de mención se necesita algo así como cinco kilos.

Probablemente, todo habría salido bien si los rusos no se hubieran empeñado en marear a los norcoreanos: se habían comprometido de tapadillo a entregarles una centrifugadora, pero no hacían más que poner excusas. Y la opción de esperar una eternidad hasta que se les disiparan las dudas estaba descartada: Kim Jong-un no quería ser el perrito faldero de nadie.

Por otro lado, los rusos eran los maestros de la doblez: podían votar unas sanciones contra Corea del Norte un lunes, medio prometer una centrifugadora el martes y ofrecer los contactos más valiosos para obtener uranio antes de terminar la semana.

Porque la alternativa al plutonio casero era el uranio enriquecido, que podía conseguirse en el mercado negro en las partes más oscuras de África. Por desgracia, la orgullosa República Popular Democrática tenía muchos enemigos, y media tonelada de material para construir armas nucleares no era algo que pudiera mandarse por DHL.

Recientemente, los esquizofrénicos personajes de Moscú les habían puesto en la pista del uranio enriquecido del Congo, pero... ¿sería un proveedor fiable? ¿Y funcionaría el método de entrega?

Ambas cuestiones estaban investigándose.

Estados Unidos, Corea del Norte

El nuevo presidente de Estados Unidos se había visto obligado a despedir a su asesor de Seguridad Nacional cuando resultó que el propio asesor era un peligro para la seguridad nacional. Aparte de eso, en el período inicial de su presidencia, Trump estaba empeñado en lograr que los medios de comunicación le siguieran el rollo, pero no le acababa de funcionar del todo.

En consecuencia, que cuatro misiles de medio alcance Pukguksong-2 recorrieran quinientos kilómetros sobre el mar de Japón a una orden del Líder Supremo de Pyongyang supuso una distracción que Trump recibió de buen grado.

Por iniciativa de Estados Unidos, Japón y Corea del Sur, el Consejo de Seguridad de Naciones Unidas se reunió y tardó bien poco en condenar de manera unánime las pruebas nucleares de Corea del Norte. La embajadora estadounidense ante la ONU afirmó que había llegado «el momento de exigir responsabilidades a Corea del Norte, no con nuestras palabras, sino con nuestras acciones». Cuando le preguntaron por dichas acciones, estuvo encantada de remitir el asunto al presidente, que tuiteó una serie de sugerencias.

Dio la casualidad de que ese año la pequeña Suecia era miembro del mencionado Consejo de Seguridad. Margot Wallström, ministra sueca de Asuntos Exteriores, era célebre por su locuacidad y su carácter emprendedor. Se decía, aunque nunca se confirmó, que Benjamin Netanyahu tenía una foto suya en la pared de su despacho en Jerusalén y que le encantaba tirarle dardos cada vez que necesitaba desahogarse, y todo porque Suecia, a instancias de Margot Wallström, había dado el paso de reconocer al Estado de Palestina, un Estado sin fronteras, sin un gobierno funcional y, desde el punto de vista de Netanyahu y compañía, lleno de terroristas.

Pero Wallström persistió. En el caso de Corea del Norte, apuntó alto en el Consejo de Seguridad: promovió entre sus colegas la idea de que, dada la gravedad del asunto, ella, en su calidad de representante tanto de Suecia como del Consejo de Seguridad de Naciones Unidas, debía visitar personalmente Pyongyang para establecer una línea directa de contacto con el Líder. La visita debía ser autorizada por Corea del Norte y tendría un carácter completamente extraoficial. Era una jugada diplomática de alto nivel, pero también un intento serio de apaciguar la retórica bélica que llegaba de ambos lados.

Ningún país occidental tenía una relación diplomática tan genuina con Corea del Norte como Suecia. El Consejo de Seguridad dio luz verde a Wallström; sólo faltaba convencer al Líder Supremo para que hiciera otro tanto.

•

Si Torsten Lövenstierna hubiera sido un atleta, habría sido multimillonario y famoso en todo el mundo, pero era un diplomático y por eso nadie ha oído jamás hablar de él.

En sus casi treinta años vinculado al Ministerio de Asuntos Exteriores de Suecia, Lövenstierna, altamente cualificado, había prestado servicio en Egipto, Irak, Turquía y Afganistán. Entre sus méritos se contaban haber ocupado un puesto dentro de la ONU en Nueva York, haber ejercido como asesor especial durante las inspecciones en Irak, haber tenido un papel relevante en Mazar-e Sharif y haber prestado servicio como cónsul general de Suecia en Estambul.

Todo lo que Torsten Lövenstierna no supiera sobre la alta diplomacia no merecía saberse. Lo habían nombrado embajador de Suecia en Pyongyang, tal vez el destino diplomático más complicado de todos.

Para algunos, era un genio. En cualquier caso, éste fue el hombre que recibió el delicado encargo de llevar a los norcoreanos por la senda de un arbitraje discreto.

La paz mundial estaba en juego. Torsten Lövenstierna se preparó meticulosamente, como siempre. Como parte de dicha preparación solicitó, y se le concedió, una audiencia con el Líder Supremo. El embajador no estaba nervioso (llevaba demasiado tiempo realizando tareas diplomáticas para eso), pero sí increíblemente concentrado.

Con gran precisión, usando la palabra correcta en el momento adecuado, le transmitió los argumentos que enarbolaba Naciones Unidas para celebrar un arbitraje discreto en Pyongyang en aras de la mencionada paz mundial. Era tan hábil en su trabajo que consiguió acabar su discurso sin una sola interrupción. Lo que logró Torsten Lövenstierna ante el Líder Supremo sin duda puede considerarse un hito de la diplomacia.

Al terminar, el embajador expresó su agradecimiento al Líder Supremo por haberle dedicado unos momentos de su valioso tiempo y esperó una respuesta.

El Líder miró a los ojos al célebre diplomático y le dijo:

—¿Una cumbre de paz secreta? ¿Aquí? Es la idea más estúpida que he oído en toda mi vida.

Y con eso dio por finalizada la audiencia.

—En tal caso, solicito permiso para retirarme —dijo Lövenstierna, y echó a andar por el gigantesco despacho del Líder Supremo.

Y probablemente allí se habría terminado el asunto si no llega a ser por Allan Karlsson.

El océano Índico

El capitán Pak Chong-un ocupó la única silla vacía que quedaba ante la mesa del camarote del primer oficial; Allan y Julius ya estaban sentados en las otras dos.

El capitán sacó papel y bolígrafo y empezó preguntando cómo se llamaban los dos caballeros, de dónde eran y por qué habían decidido flotar en una cesta de mimbre a cincuenta millas de tierra firme.

Julius pensó que era el tipo de situación que mejor se le daba a Allan y no dijo nada; Allan no pensó demasiado y, en cambio, habló mucho.

—Me llamo Allan y éste es Julius, mi mejor amigo. Es cultivador de espárragos, yo no soy nada, aparte de viejo. Hoy mismo he cumplido ciento un años, ¿se imagina?

El capitán Pak se lo imaginaba. Pensó que el interrogatorio había tenido un principio difícil: aquel hombre que afirmaba ser mayor de lo que parecía razonable tenía una especie de desenfado que obligaba al interrogador a permanecer al mismo tiempo ansioso y alerta.

—Bueno, señor Allan, usted puede ser tan mayor como quiera —dijo el capitán Pak—, pero ¿de dónde es y qué hace aquí?

—¿Que qué hacemos aquí? —dijo Allan—. Por favor, querido capitán, si quien no nos quiere desembarcar es usted.

—No proteste —dijo el capitán Pak—, es posible que los suelte antes de que se den cuenta, aunque, si lo prefieren, no creo que tarden más de diez o doce días en llegar nadando hasta Timor Oriental.

Ni Allan ni Julius lo preferían, por eso Allan le explicó que su fiesta de cumpleaños en Bali había acabado mal. Se suponía que iban a dar un paseo en globo para sobrevolar la isla, pero la dirección del viento había cambiado y el globo se había soltado. Cuando el capitán y su barco habían tenido la amabilidad de pasar por allí, ya sólo quedaba la cesta. Allan se imaginaba que todo aquello debía de sonar muy raro, pero siempre hay una explicación.

—¿No le parece? —preguntó.

—¿Cómo dice? —contestó el capitán.

—Que siempre hay una explicación... ¿no le parece, capitán?

Julius miró a Allan con preocupación. Intentó transmitirle que tal vez no era buena idea calentarse tanto la boca: el capitán todavía tenía la opción de echarlos por la borda.

—Entonces, ¿quiere decir que son indonesios? —preguntó el capitán Pak, escéptico.

—No, somos de Suecia —dijo Allan—. Un país maravilloso. ¿Lo ha visitado usted, capitán? ¿No? Bueno, pues merece mucho la pena: debería plantearse seriamente visitarlo. Nieve en invierno y días largos en verano. Y la gente es muy amable; en general, claro: sin duda podríamos haber prescindido de algunos individuos, eso pasa incluso en nuestro país. Mire, yo mismo tenía una directora con un carácter horroroso en el asilo donde vivía antes de que termináramos aquí. En Bali, quiero decir. Me estremezco sólo de pensar en ella. Tal vez entienda de qué estoy hablando, ¿verdad, capitán?

Al capitán no le hacía ninguna gracia que el anciano le devolviera las preguntas desde el otro lado de la mesa; debía tener cuidado si no quería acabar perdiendo el control de la situación.

—Empecemos por el principio.

Y anotó los nombres completos de Allan y Julius, su nacionalidad y sus profesiones. Profesiones, de hecho, no tenían. Y lo de flotar en el mar no había sido su intención. Cuando el capitán Pak decidió creerse su historia, él mismo, poco a poco, empezó a creer que sobreviviría a este capítulo de su vida.

El interrogatorio se detuvo cuando alguien llamó a la puerta. Al aterrado marinero que había fuera le habían encomendado la tarea de averiguar si había alguna posibilidad de que los invitados se quedaran a cenar. Al capitán le pareció adecuado, si podían esperar quince o veinte minutos.

—¿Se mantiene la prohibición del alcohol? —preguntó Allan cuando ya se había ido el marinero.

El capitán le confirmó que sí: con la comida se les serviría agua o té.

—Té —dijo Allan—. Capitán, ¿de verdad que no prefiere soltarnos en algún lugar a medio camino?

—Eso pondría en peligro mi cargamento y mi vida. Si se portan bien, podrán acompañarnos hasta la República Popular Democrática.

—¿Si nos portamos bien?

—Exacto. Allí el Líder Supremo se hará cargo de ustedes de la mejor manera posible.

—¿Igual que se hizo cargo de su hermano hace no mucho tiempo? —preguntó Allan.

Julius lo maldijo por dentro. ¿Era incapaz de controlarse? ¿Acaso quería convertirse en comida para los tiburones?

Puede que el capitán Pak no tuviera una tableta negra como la de Allan, pero podía acceder a los medios de comunicación de todos los rincones del mundo mientras estaba en alta mar, y por tanto estaba al corriente de las acusaciones que habían salido en las noticias internacionales, así que le dijo al señor Karlsson que era evidente que se había dejado influir por la propaganda imperialista.

—Ningún líder coreano mataría a sus parientes ni a sus invitados de otros países.

Por un segundo, Julius alimentó la esperanza vana de que el anciano de ciento un años diera un paso atrás. Transcurrido ese segundo, Allan dijo:

—Oh, sí, sí que lo harían. La única razón por la que estoy sentado aquí es que Mao Zedong me salvó la vida hace unos años, cuando Kim Il-sung intentó fusilarme. Por suerte, el propio Mao cambió de opinión en el último momento.

¿Qué estaba oyendo el capitán Pak? Muchas cosas malas, y todas a la vez... ¡Un caucásico blasfemando contra el nombre del Eterno Presidente de la República, que había entrado en la susodicha eternidad veintitrés años atrás!

—¿Hace unos años? —dijo el capitán Pak, ganando tiempo para ordenar sus pensamientos.

—Ah, es que el tiempo vuela. Fue en el cincuenta y cuatro, creo, cuando Stalin iba por ahí dándose aires de grandeza. ¿O sería en el cincuenta y tres?

—Señor Karlsson, usted... ¿conoció al Eterno Presidente de la República?

—Sí, a él y a su colérico hijo. Aunque por supuesto ambos han pasado ya a mejor vida: no todo el mundo se encuentra cada vez más sano con el paso de los años, como yo. Menos por la memoria, claro... y el oído... y las rodillas... y no sé qué más: lo he olvidado... ¿Lo ve? Lo que le decía de la memoria.

El capitán Pak se dio cuenta de que su vida seguía en peligro: el riesgo no había pasado en absoluto. El hombre que tenía delante constituía una amenaza directa para su salud. Llevar a Pyongyang a alguien que tal vez hubiera denigrado al Eterno Presidente sólo podía acarrear... aquello que los imperialistas insistían en que le había sucedido al hermano del Líder Supremo.

Y, sin embargo, quitarle la vida a alguien que había llegado a sentarse con el Eterno Presidente sin confirmarlo antes con el nieto de dicho líder...

¿Cara o cruz? El capitán Pak sopesó sus opciones.

Para su propia sorpresa, Julius aún no se había desmayado. ¿Entendía Allan lo que se estaban jugando o la vejez lo había cegado definitivamente? En cualquier caso, con tanta palabrería, el anciano de ciento un años había provocado una situación en la que la amenaza del capitán de tirarlos por la borda venía más a cuento que nunca.

Pensó en cómo podía salvar la situación y se oyó decir:

—Allan, aquí donde lo ve, es un gran defensor de la libertad para la República Popular Democrática. Y también es experto en armas nucleares, ¿verdad, Allan?

El capitán Pak dejó de respirar unos segundos. En un acto reflejo, llevó su mano derecha hasta la llave de la caja fuerte que tenía colgada del cuello para asegurarse de que seguía allí. «¿Un experto en armas nucleares?», pensó.

Allan estaba pensando lo mismo: le daba miedo haber intentado una jugada demasiado agresiva contra el abstemio que estaba al otro lado de la mesa. Tal como estaban las cosas, era mejor seguir la corriente de la farsa que acababa de arrancar su amigo.

—Muy amable de tu parte, Julius. Sí, supongo que ambos somos expertos, aunque en áreas diferentes: mi especialidad es ensamblar eso que en tiempos más felices se llamaban «bombas atómicas». Se me da casi tan bien como hacer vodka a partir de leche de cabra. Sin embargo, por lo que tengo entendido, con el vodka no sumaría demasiados puntos en este barco; además, supongo que tampoco habrá cabras a bordo.

Allan se dio cuenta de que el capitán se buscaba algo alrededor del cuello cada vez que se mencionaban las armas nucleares. Podía ser pura casualidad, claro, aunque tal vez explicara por qué parecía tan atormentado. Algo había leído el hombre de ciento un años acerca del programa de armas nucleares de Corea del Norte. Apenas unos días antes, Kim Jong-un había provocado la ira del resto del mundo al lanzar un misil sobre el mar de Japón. Este suceso despertó la curiosidad del antiguo dinamitero, que quiso ponerse al día con su tableta negra, donde podía leerse absolutamente todo siempre que uno supiera dónde buscarlo.

Por lo visto, habían ocurrido muchas cosas en el apartado de las bombas atómicas en los más de setenta años transcurridos desde la última vez que Allan había tenido motivos para sumergirse en ese asunto. De todos modos, parecía que los norcoreanos no eran exactamente los líderes en ese terreno: «principiantes» sería una palabra más adecuada. Los comentaristas internacionales daban por hecho que las centrales de plutonio del país aún no habían conseguido producir lo que se esperaba de ellas.

¿Y si se lo mencionaba al capitán para ver cómo reaccionaba? Quizá podía añadir una pequeña promesa, para mayor seguridad. Sus alternativas y las de Julius no consistían en desembarcar en Indonesia o quedarse en Corea del Norte, sino en quedarse en Corea del Norte o que los tiraran por la borda: Corea del Norte le parecía más agradable.

—Tal como le decía, las armas nucleares y yo somos amigos íntimos, y por lo visto ustedes tienen muchos problemas.

La mano del capitán Pak volvió de inmediato a la llave.

Allan siguió hablando:

—A juzgar por los pobres resultados de las primeras pruebas nucleares de su país, o aún no han entendido del todo el proceso de producción de plutonio o tienen una grave carencia de uranio. O tal vez las dos cosas. Por lo que respecta al uranio, podría ser que no hubieran entendido cómo aprovecharlo al máximo: es lo que suele ocurrirles a los chapuzas de las armas nucleares. No me extraña que la gente se ría de ustedes.

—¿Quién se ríe de nosotros? —preguntó el capitán Pak, a la defensiva.

—¿Y quién no? —respondió Allan, mientras Julius rezaba en silencio para que cerrara la boca.

Pero Allan se olía algo: el capitán no ponía objeciones a su visión del estado de las cosas, sólo había saltado por lo de las risas. ¿Y si Allan había dado en el clavo con más exactitud de la que cabía esperar?

—Uranio —declaró, avanzando a tientas. Eso era, sin duda—. Uranio —repitió.

La mano con la que el capitán agarraba la llave casi se le puso blanca de tanto apretar.

—¿Por qué repite todo el rato la palabra «uranio»? —preguntó el coreano, enojado y vacilante al mismo tiempo.

—Porque si alguien tiene a su disposición dos centrales nucleares de plutonio y sigue lanzando bombitas de juguete, lo más probable es que tenga un problema. Todos los que no consiguen producir plutonio se ven obligados a buscar consuelo en el... Lo ha adivinado: en el uranio.

De nuevo el capitán quiso llevarse la mano a la llave, pero cayó en la cuenta de que ya la tenía allí. Allan le dijo que no tuviera miedo: no debía sorprenderle que el mayor experto del mundo en armamento nuclear, por no pecar de falsa modestia, comprendiera la situación.

Quien no la comprendía era Julius; ¿acaso Allan había aprendido a leer la mente?

—¿Qué situación? —preguntó el capitán Pak, aunque ya temía la respuesta.

Allan estaba a punto de decir que el barco del capitán estaba lleno de uranio, pero si se equivocaba, la situación podía empeorar.

—No perdamos demasiado tiempo con lo obvio —propuso—. Estas cosas es mejor resolverlas con discreción, pero usted, señor capitán, tendrá que tomar una decisión muy pronto: o bien Julius y yo vamos a Pyongyang y damos un buen repaso a esas pruebas de armas nucleares, o tendrá que tirarnos por la borda y luego justificarlo ante el Líder Supremo.

El capitán Pak quería sepultar a los dos caballeros a varios miles de metros bajo el mar pero, al mismo tiempo, el mayor de los dos sabía mucho del tema, quizá más que los propios expertos de la república. ¿Dar de comer toda aquella sabiduría a los peces era un acto patriótico?

Allan se daba cuenta de que el capitán no se había decidido todavía. Hizo un último intento.

—Creo que hoy es su día de suerte, señor capitán, aunque más bien parece un lacayo. Hagámoslo, por el bien de todos.

Y prometió explicar al Líder Supremo de la República Popular Democrática todo lo que sabía acerca de la tecnología que se escondía tras el concepto de la presión hetisostática.

—¿Hetistosát...? —intentó decir el capitán Pak.

—Casi —contestó Allan—. En pocas palabras: cómo obtener el doble de energía de un cuarto de uranio, o dicho de otro modo: con la misma cantidad de uranio, pero multiplicando por ocho la energía. Con mi ayuda, podrían hacer saltar por los aires la mitad de Japón gastando sólo unos pocos kilos; aunque yo no se lo recomendaría: los japoneses que quedaran por ahí estarían muy enfadados, eso ya se lo puedo adelantar, y los estadounidenses también, seguro, aunque ellos hicieron lo mismo una vez, y con relativo éxito.

—¿Hetistosát...? —volvió a intentar el capitán, pero Allan lo hizo callar.

—Es mejor no decirlo en voz alta, capitán, incluso si consiguiera llegar a pronunciarlo correctamente.

El capitán Pak se quedó sentado en silencio; parecía esperar instrucciones de Allan sobre lo que debía hacer a continuación.

Bueno, para empezar, el capitán debía revocar de inmediato aquella regla tan quisquillosa sobre el alcohol. Si quería sumarse y compartir el champán con Allan y Julius, podía hacerlo, aunque nadie lo obligaba. Si daba la casualidad de que en los aposentos del capitán se había escondido algo bueno de beber, sería más que bienvenido para que el champán no se sintiera tan solo.

—¿Revocar la prohibición del alcohol? —preguntó sorprendido el capitán.

—Cállese y déjeme terminar.

Julius cerró los ojos al oír cómo Allan le gritaba al hombre de quien dependían sus vidas.

Allan siguió hablando para informarlo de que prefería no dormir en la misma habitación que Julius porque su amigo era bastante ruidoso, aunque en aras de una sana cooperación estaba dispuesto a no darle importancia. En cualquier caso, una vez resuelto el asunto del alcohol, el capitán tenía que ponerse en contacto con el Líder Supremo; Allan le sugirió que lo hiciera por medio de un mensaje cifrado.

—Dígale que ha encontrado la solución a todos sus problemas y que la República Popular Democrática florecerá como nunca gracias a su ingenio y a la presión hetisostática. El programa de armamento nuclear de Corea alcanzará cotas que ni siquiera parecían posibles. Dando por hecho lo del champán, claro, y todo lo demás.

El capitán Pak tomaba notas en su papel.

—Presión he-ti-sos-tá-ti-ca —dijo Allan—: una presión hetisostática de mil doscientos supone entre sesenta y ochenta GDM más de lo que puede producir Estados Unidos, y el doble de lo que puede producir Rusia.

—GDM —repitió el capitán sin dejar de escribir.

—El doble, señor capitán; ¿entiende lo que significa algo así?

No, el capitán no lo entendía, y Julius tampoco; ni siquiera Allan, como se hizo patente cuando los dos amigos se encontraron de nuevo a solas.

—Creo que me he inventado más de lo que era estrictamente necesario —reconoció.

—Ah, ¿sí? ¿Cuánto? —preguntó Julius.

—Todo.

•

El capitán Pak no hizo ninguna promesa antes de abandonar el camarote de los dos amigos, más allá de que «procesaría las cosas».

En cierto modo, había tomado ya la decisión. La situación seguía siendo potencialmente fatal para él, pero las ventajas potenciales para la República Popular Democrática, y por extensión para él mismo, eran enormes. Tocarle un solo pelo al hombre que poseía el secreto de la técnica de la nosecuántos hetisostática, o disgustarlo siquiera, podía ser una estupidez.

El capitán sentía que había llegado a una conclusión, al menos en la medida de lo posible. Pronto se sentaría a formular el mensaje cifrado que iba a mandar a su Líder Supremo. Sólo había una cosa de la que debía ocuparse antes.

Diez minutos después de que el capitán hubiera dejado a Julius y Allan para irse a procesar toda la información, alguien llamó cautelosamente a la puerta de los caballeros: era el marinero que estaba de guardia, que, después de transmitirles los saludos del capitán Pak Chong-un, les entregó primero la botella de champán y luego una de ron cubano añejo. A continuación, les preguntó en ruso qué más deseaban beber los caballeros con su comida.

—Creo que con esto nos arreglaremos, gracias —dijo Allan—. Si quiere, puede tomarse nuestro té.

El marinero hizo una reverencia y se alejó sin llevarse el té. Al cabo de unos minutos volvió con carne estofada y arroz.

Los dos amigos se pusieron las botas, pero la cuestión era: ¿qué debían abrir para bajar la comida?

—Creo que deberíamos empezar con el ron —propuso Allan— y dejar el champán para el postre. En cuanto al té, quizá podríamos haberlo usado para cepillarnos los dientes; de haber traído cepillos, claro. Ya pensaremos mañana algo inteligente sobre las presiones hetisostáticas y los GDM.

—¿«Pensaremos»? —dijo Julius.

El océano Índico

El informe cifrado del capitán del *Honor y Fuerza* era absolutamente sensacional. Kim Jong-un lo leyó personalmente y sacó sus propias conclusiones. El Líder Supremo se parecía a Trump, el de Washington, en algunas cosas, por ejemplo en su reticencia a delegar tareas en su equipo de gobierno, con la pequeña diferencia de que Trump sacaba sus conclusiones sin haberse leído los informes.

El capitán había conseguido deletrear correctamente el concepto inexistente de «presión hetisostática» y había anotado en el orden adecuado el acrónimo GDM, que no significaba nada. Pero en la misiva del capitán, el experto internacional Allan Karlsson era suizo, en vez de sueco.

Tal vez esto último haya sido una suerte, habida cuenta de lo que estaba a punto de ocurrir: una ministra de Exteriores sueca que quería hablar de armamento nuclear seguida, a los pocos días, de un sueco experto en armamento nuclear quizá hubiera sido demasiada coincidencia para un cerebro proclive a las teorías de la conspiración.

En cambio, tal como estaba planteada, la situación encajaba en el reino de lo probable, y Kim Jong-un vio en ella algunas posibilidades.

El *Honor y Fuerza* iba a atracar en el puerto situado a las afueras de Pyongyang al cabo de unos días. «¿Y si yo...?», se dijo Kim Jong-un, y se dio la razón: la guerra de imagen no dejaba de ser una guerra y, con ayuda de la ONU y de aquel suizo, en cuestión de días la república empezaría a adquirir un peso extraordinario en dicha área.

El Líder Supremo dio una orden brusca a su secretario, que esperaba al otro lado de la puerta:

—Tráigame al embajador sueco.

—Sí, Líder Supremo. ¿Cuándo, Líder Supremo?

—Ahora mismo.

•

—¿Quería el Líder Supremo hablar conmigo? —preguntó el embajador Lövenstierna al cabo de una hora, ya en el palacio de Kim Jong-un.

—Más que hablar con usted, quería hablarle a usted —precisó Kim Jong-un—. He decidido invitar al Consejo de Seguridad de la ONU a una ronda de conversaciones informales. ¿Cómo dijo que se llamaba esa que quería venir?

—Margot Wallström, la ministra de Asuntos Exteriores —dijo el embajador.

—Esa misma. Como le decía, tráigamela inmediatamente.

Lövenstierna encajó la información con una inclinación de cabeza.

—En tal caso, solicito permiso para retirarme —dijo por segunda vez en veinticuatro horas.

Y una vez más cruzó el despacho del Líder Supremo. Si iba pensando algo, se lo guardó para sí.

Tanzania

Al contrario que a sus colegas estadounidenses, a los alemanes no se les daba demasiado bien el espacio exterior; en cambio, eran buenos en tierra firme, sobre todo si era africana. El equivalente alemán de la CIA, el Bundesnachrichtendienst, había instalado una de sus muchas inexistentes sedes internacionales en una peluquería del centro de Dar es Salaam. La dirigía un agente desagradable, pagado de sí mismo, pero capacitado para el cargo. Su ayudante era una mujer dócil, depresiva y bastante más capacitada que él.

Tras varios meses de trabajo con un dudoso auxiliar de un laboratorio del Congo, además de tejer pacientemente una red de contactos en un entorno donde la gente tiende a presentarse como lo que no es, el BND había conseguido reunir indicios claros de que una cantidad limitada de uranio enriquecido estaba a punto de salir del Congo, vía Tanzania, en dirección al sur.

Por desgracia, unas vacaciones se interpusieron en el camino: una de las pocas cosas que el arrogante agente A consideraba más importantes que salvar el mundo era su viaje a Alemania en Navidad y Nochevieja para intentar salvar lo que quedaba de su familia.

La dócil agente B aceptaba la obligación de tomarse un descanso en el trabajo y se pasaba las vacaciones metida en la peluquería de Dar es Salaam. Ya no tenía una familia a la que visitar en Rödelheim, desde que su esposo la había cambiado por otra más joven y con los dientes más bonitos.

Al terminar las vacaciones, se armaron de paciencia para reemprender la tarea de montar el rompecabezas día a día, semana a semana. El paquete parecía haber salido del Congo y luego lo habían transportado a través de Mozambique. Este último dato les preocupó mucho: el gobernante de la isla era un antiguo combatiente de la lucha por las libertades, un marxista-leninista, un colega de Kim Jong-un.

El hombre arrogante y la mujer dócil se estaban acercando: por lo visto, un pesquero había llevado el uranio hasta Madagascar, al este de la costa africana. Era un país que tiempo atrás había tenido estrechos vínculos con la afortunadamente extinta Unión Soviética.

En Madagascar le habían perdido la pista y ya no tenían más confidentes a los que acudir.

El agente A, en su condición de jefe, decidió que B tenía que averiguar qué estaba pasando. La dócil B hizo lo que le mandaban. Tras analizarlo brevemente, le dijo a su jefe que había tres hipótesis sobre la ubicación del paquete de uranio en cuestión. La menos probable era que el isótopo estuviera todavía en Madagascar. Lo normal era que desde allí lo hubieran trasladado a algún lugar. Cualquier vuelo que entrara o saliera de Madagascar era, irremediablemente, un vuelo internacional; por tanto, era imposible montarse en un avión con unos cuantos kilos de uranio en la maleta sin ser descubierto. Así pues, sólo quedaba el barco; es decir, el mismo medio de transporte con el que el uranio había llegado a Madagascar. Volverlo a empaquetar y mandarlo de vuelta con el mismo método, pero en otro pesquero, no le pareció lógico.

La conclusión de la mujer dócil fue que el uranio había salido en barco de Madagascar. Sin embargo, tenía que tratarse de un barco con un tamaño adecuado para la navegación transoceánica ya fuera por una dirección (el Índico) o por la otra (el Atlántico).

El hombre arrogante asintió, dijo que estaba de acuerdo y adoptó ese mismo razonamiento en su subsiguiente informe para Berlín sin que la mujer dócil protestara lo más mínimo.

El próximo paso consistió en elaborar una lista de todos los cargueros que habían recalado en fechas recientes en el puerto de Toamasina y luego habían reemprendido la navegación desde allí. Como este método no dio resultados claros, A y B ampliaron la búsqueda para incluir barcos potencialmente sospechosos que hubieran pasado cerca de Madagascar durante el período en cuestión.

El resultado era la lista de nombres de barcos que estaban consultando en ese momento. Una lista de uno: el carguero norcoreano *Honor y Fuerza*.

En su trayecto entre La Habana y Pyongyang.

Había pasado hacía quince días muy cerca del sur de Madagascar.

La relación entre alemanes y estadounidenses no estaba en su mejor momento, sobre todo desde que se había sabido que los segundos habían intervenido el teléfono móvil de la canciller. Nada más enterarse, Angela Merkel llamó con dicho teléfono al presidente Obama para decirle que esperaba que la CIA también estuviera escuchando lo que iba a decirle.

En coherencia con su personalidad, así como con la tirantez de las relaciones con Estados Unidos, el más alto representante del BND en África Central no tuvo ningún problema en mentir cuando le explicó a su colega estadounidense por qué necesitaba su ayuda para determinar la ruta y la velocidad exactas del barco norcoreano *Honor y Fuerza*, así como, por supuesto, la ubicación actual del navío.

La CIA, a la que se le comunicó que esa búsqueda tenía que ver con una sospecha de espionaje industrial a la marca de coches Volkswagen en Brasil, dijo lo que sabía rápido y sin rechistar: después de la metedura de pata con el teléfono de la canciller, la CIA iba a estar en deuda con los alemanes un buen rato.

El barco norcoreano había seguido una derrota muy pegada a la costa sur de Madagascar, en todo caso más de lo recomendable en una navegación óptima. Los registros temporales, según el cálculo establecido a partir de los informes satelitales de la CIA, también indicaban que el barco había reducido su velocidad al pasar por ahí.

Los agentes alemanes llegaron a la conclusión de que había un riesgo inminente de que el uranio acabara en Corea del Norte, o sea, destinado al programa de armamento nuclear que Alemania y el mundo en general habían condenado.

¡Tenían que darse prisa!

O, como se supo luego, en realidad no tenían por qué.

Hacía ya dos horas que el *Honor y Fuerza* había entrado en aguas norcoreanas e iba a atracar en el puerto de Nampo ese mismo día.

Corea del Norte

¿Uranio o plutonio? ¿Plutonio o uranio? Kim Jong-un quería que la respuesta fuera «plutonio», y lo habría sido si los rusos hubiesen cumplido su promesa centrífuga o si la única persona de todo el hemisferio norte capaz de cagarla más que el director del Instituto para la Energía Nuclear de Pyongyang no fuera su colega de la fábrica de plutonio de Yongbyon. Lo que estos hombres habían logrado, con un enorme coste para la República Popular Democrática, había sido suficiente como para inquietar a los estadounidenses y a todos sus peleles repartidos por la zona, pero estaba lejos de ser una demostración de poder real.

El Líder Supremo quiso actuar en consecuencia y empezó por despedir al director de la central de plutonio, al norte de la capital, aludiendo a su incompetencia, o sea, a su traición. Era, por supuesto, una decisión correcta, como todas las que tomaba el Líder Supremo, aunque en la práctica había significado sustituir al director despedido por un hombre que, básicamente, se merecía lo mismo que él. En cuanto al director del instituto ubicado en Pyongyang, por algún motivo no hacía más que intentar escabullirse con la espalda pegada a la pared, aterrorizado.

Ciertas cosas uno tiene que hacerlas personalmente: el Líder Supremo dio la orden de comprar uranio enriquecido en el mercado libre. De entrada, sólo tres o cuatro kilos: el proveedor era un contacto de los rusos y había que ponerlo a prueba, además de comprobar si funcionaba el método de contrabando antes de transportar cantidades importantes. No iban a pagar cientos de millones de dólares por un uranio que podía terminar en manos del mismísimo diablo.

Unos cuantos kilos (incluso media tonelada) no eran suficientes para ganar una guerra a gran escala, pero ésa nunca había sido la intención. Kim Jong-un era muy consciente de que un ataque a Corea del Sur o a Japón sólo podía comportar destrucción para los implicados, y aún más si alcanzaba territorio de Estados Unidos, aunque sólo fuese Guam.

Por otro lado, cuatro kilos (al contrario que media tonelada) eran demasiado poco para lograr el verdadero propósito, que era reafirmarse y obligar a los perros de Washington a descartar sus planes de hacer lo que ya habían hecho en Irak, Afganistán y Libia. La historia demostraba que los países incapaces de devolver el mordisco acababan devorados. El feliz efecto secundario del proceso armamentista era que alentaba una retórica cada vez más bravucona, lo que a su vez elevaba el espíritu de lucha local a niveles nunca vistos. De este modo, el Líder Supremo se volvía más supremo todavía.

En el fondo, Kim Jong-un sólo creía en sí mismo, su papá y su abuelo. La religión, en su sentido más amplio, estaba prohibida en Corea del Norte; sin embargo, el Líder Supremo no podía evitar pensar que había habido algún poder superior involucrado cuando la persona que más necesitaba de todo el planeta para cumplir sus propósitos había aparecido flotando dentro de una cesta en medio del mar apenas unos días antes sólo para ser recogida por el mismo barco que iba de vuelta a casa con el cargamento de uranio de prueba. Suponiendo que esa persona fuera quien afirmaba ser, claro: aún había que investigar ese detalle.

En cualquier caso, la habían recogido, y el capitán que lo había hecho había demostrado ser capaz de pensar por sí mismo: sólo por eso sería premiado con una medalla y con una investigación a fondo por parte del director de Seguridad Interior. *Pensar por sí mismo*: de eso a organizar un golpe de Estado sólo había un paso.

Había mucho uranio por ahí, si uno tenía los contactos necesarios, y en ese momento ellos los tenían. Además, a Kim Jong-un le encantaba el detalle de que el principal distribuidor del tan preciado uranio fuera el director de una fábrica creada por los estadounidenses en el Congo.

El sueño, por supuesto, sería una bomba de hidrógeno, pero para eso en primer lugar necesitaban afianzar una línea de producción de plutonio (que, de nuevo, aquellos cagones no habían sido capaces de crear) y luego que sucediera algo único y extremadamente complicado: que el deuterio y el tritio se mezclasen en átomos de helio al mismo tiempo que ocurría... algo más. El cerebro de Kim Jong-un era demasiado valioso para la nación como para perder el tiempo con cosas que sus investigadores deberían ser capaces de resolver en una tarde.

La ventaja de la bomba de hidrógeno era que podía borrar del mapa a Japón y Corea del Sur de un plumazo, la desventaja era que treinta segundos después la República Popular Democrática habría dejado de existir. Sin embargo, mientras los perversos estadounidenses, japoneses y surcoreanos no cayeran en la cuenta de que Kim Jong-un era consciente de eso, la amenaza cumpliría su función... siempre que fueran capaces de fabricar esa bomba.

Pero la bomba de hidrógeno tendría que esperar: las centrales de plutonio seguían sin dar resultados. Sin embargo, Kim Jong-un estaba a punto de recibir uranio y tal vez la visita del hombre que sabría sacarle el máximo provecho.

Lo único que faltaba por hacer era comunicarlo al mundo entero.

Corea del Norte

Como nunca se equivocaba, Kim Jong-un obviamente no se había dejado arrastrar por un arrebato de entusiasmo juvenil al recibir el mensaje cifrado del capitán del *Honor y Fuerza*, ese en el que se afirmaba que la solución al desarrollo de sus armas nucleares tenía ciento un años y estaba a punto de llegar al puerto de Nampo, sesenta kilómetros al sur de Pyongyang.

Al contrario, se había sentado a reflexionar un poco con el té de la tarde porque, en realidad, ¿cómo sabían que el suizo Karlsson era quien afirmaba ser, más allá de por el hecho de que él mismo lo dijera?

Por lo visto, según el segundo y más detallado informe del capitán del *Honor y Fuerza* al Líder Supremo, Karlsson había demostrado conocer en profundidad toda la problemática de la producción de plutonio en la República Democrática del Congo. Eso era, por supuesto, una prueba circunstancial, otra era el hecho de que fuera suizo. El Supremo había vivido y estudiado en Suiza en su juventud. Se podían decir muchas cosas de los suizos: eran, sin ningún género de duda, capitalistas detestables, como casi todo el mundo, o incluso un poquito más que todo el mundo, y además adoraban su maldito Schweizerfranc; ¡como si tuviera algo de lo que careciera el won norcoreano!

Por otro lado, siempre eran puntuales, como si a todos les hubieran implantado quirúrgicamente un reloj suizo en la cabeza, y sus negocios siempre eran un éxito, así que un experto suizo en armamento nuclear no podía ser un fraude, ¿verdad?

De todos modos, habría que asegurarse bien antes de dejar entrar al suizo.

Así fue como Kim Jong-un se puso en contacto con el director de laboratorio de la central de plutonio de Yongbyon, el que acababa de reemplazar al jefe recién desaparecido. Todavía no se podía hacer responsable a este hombre de todos los fracasos de la central, pero sólo era cuestión de tiempo. Por el momento, el director había recibido el encargo de reunirse con el suizo en cuanto éste pisara suelo norcoreano y no permitir que se acercara al Líder Supremo hasta no tener claro quién era y a qué se dedicaba.

•

En el puerto de Nampo, Allan y Julius bajaron a tierra escoltados. Los recibió un hombre de mediana edad vestido de civil y flanqueado por seis soldados jóvenes y nerviosos.

—Los señores Karlsson y Jonsson, supongo —dijo el hombre en inglés.

—Bien supuesto —contestó Allan—. Yo soy Karlsson, ¿y usted? Se suponía que nos íbamos a reunir con el Líder Supremo para ofrecerle nuestros servicios. A mí me parece que usted no es él, en cuyo caso, él no es usted, supongo.

El hombre vestido de civil estaba demasiado concentrado en su tarea para permitirse el lujo de distraerse con la explicación de Allan.

—Tiene razón en que no soy el Líder Supremo: soy el director de laboratorio de una de las centrales de desarrollo de la República Popular Democrática. Vamos a olvidarnos de mi nombre. He preparado un lugar donde sentarnos a hablar sin que nos molesten; si la conversación procede como debería, el Líder Supremo los recibirá después. Dado que el tiempo apremia, ¿tienen la amabilidad de seguirme, por favor?

El director de laboratorio echó a andar hacia las oficinas del puerto sin esperar respuesta mientras los seis jóvenes soldados rodeaban a Allan y Julius para asegurarse de que lo seguían.

Pronto el trío estuvo instalado en una sala de reuniones que el puerto había tenido la amabilidad de poner a su disposición después de recibir órdenes del personal del Líder Supremo. Los seis jóvenes soldados se quedaron al otro lado de la puerta.

—Vamos a empezar. Me dirigiré a usted, señor Karlsson, porque es usted quien afirma ser un experto en armas nucleares con ganas de poner sus servicios a disposición de la República Popular Democrática. Por eso mismo tengo unas cuantas preguntas que hacerle respecto a su compromiso con nuestra causa, así como sobre las especificidades de su posible contribución. En resumen, mi tarea es averiguar si es usted un charlatán o no.

«¿Un charlatán?», pensó Allan. «Nadie se convierte en un charlatán sólo porque de vez en cuando la necesidad lo obligue a inventarse cosas sobre sí mismo.»

—No, no soy un charlatán —mintió—, sólo soy viejo... y he viajado mucho... y tengo hambre y sed... y seguro que algo más también. Por cierto, aquí mi amigo Julius se dedica al cultivo del espárrago; espárrago verde, sobre todo.

Hasta ese momento, Julius no había dicho una palabra. ¿Qué podía decir? Asintió moviendo la cabeza con cautela: deseaba con todas sus fuerzas estar en cualquier otro lugar.

—Espárragos —confirmó—, verdes, como acaba de oír.

Al director de laboratorio no le interesaba Julius, así que se inclinó por encima de la mesa y miró a los ojos a Allan.

—Me encanta oír que dice usted la verdad. Sólo quisiera recordarle, señor experto en armamento nuclear, que yo también soy un experto: sus tonterías y la verborrea sobre el cultivo de espárragos o sobre cualquier otro asunto no le van a servir de nada. ¿Está listo para mis preguntas? La primera es qué motivos tiene para ayudar a la República Popular Democrática.

Julius rogó al Dios en el que, considerando el país donde estaba, no debía creer: «Por favor, no permitas que Allan se pase de la raya.»

—Bueno, si vamos a ser sinceros, el señor director de laboratorio no debe de ser un gran experto en armamento nuclear; de lo contrario, mis servicios no serían necesarios. Cuando habla de «central de desarrollo», entiendo que se refiere a una planta de producción de plutonio. ¿Trabaja usted en la del norte de la ciudad? En realidad, no creo que tenga importancia, porque no han conseguido producir ninguna cantidad medible de plutonio válida para usos armamentísticos.

En cuestión de segundos, el director de laboratorio había perdido el control de la conversación. Allan siguió hablando:

—Aunque no hay razón para inquietarse. Esto del plutonio es terriblemente difícil. Creo que deberían pasarse al uranio, e imagino que ya habrán llegado a esta conclusión por sí mismos.

Todo charlatán que se precie irradia tal nivel de seguridad en sí mismo que es difícil reaccionar ante él. Al director de laboratorio apenas le quedaba nada de su certidumbre inicial.

—¿Quiere hacer el favor de contestar a mi pregunta? —dijo en tono brusco.

—Me encantaría poder hacerlo —dijo Allan—, pero tengo ya una edad avanzada y he de confesarle que he olvidado cuál era.

Al director de laboratorio le ocurría prácticamente lo mismo, pero se devanó los sesos y consiguió repetirla.

La respuesta a la pregunta de por qué Allan quería ayudar era, básicamente, que no quería ayudar. Sin embargo, le gustaba la idea de sobrevivir a su segunda visita a Corea del Norte. Con esa idea en mente, quizá fuera conveniente bajar un poco el tono.

—No tiene más que mirar a su alrededor, señor director de laboratorio —dijo, señalando hacia las ventanas de la oficina del puerto.

Tenían ante sus ojos una zona industrial destartalada. Un arce muerto, a la izquierda del almacén más cochambroso, era el único punto de vegetación del paisaje.

—Es difícil superar la belleza de su República Democrática, la exuberancia de su naturaleza, la devoción de su pueblo, su lucha contra un mundo cada vez más cruel. Alguien tiene que atreverse y ponerse del lado de la paz y el amor. Hace unos días su país nos salvó la vida a mí y a mi amigo Julius, así que lo mínimo que podemos hacer es devolverles el favor de la mejor manera posible: tienen nuestros servicios a su entera disposición. Si desean algún consejo sobre cómo optimizar el cultivo de espárragos, no encontrarán mejor hombre que Julius para esa faena; si por casualidad prefieren priorizar la optimización del poco uranio enriquecido que puedan tener por ahí, cuenten conmigo.

A veces la gente funciona de tal modo que oye lo que quiere oír y cree lo que quiere creer. El director de laboratorio, bastante satisfecho con aquella descripción sincera de su país, asentía con la cabeza mientras manifestaba que la República Popular Democrática tenía la intención de contar con los servicios de Karlsson principalmente, no de Jonsson. Pero, para ser más concretos... según los informes, Karlsson era un experto en ¿«presión hetisostática»? El director había buscado información por todas partes, pero no había encontrado referencias de que algo así existiera, y menos aún de su funcionamiento.

Julius se puso a rezar de nuevo.

Allan respondió.

—Lo recuerdo de mi relativa juventud en Los Álamos, Estados Unidos. Los estadounidenses trabajaban día y noche para construir una bomba atómica hasta que al final tuve que meterme yo y contarles cómo hacerlo, pero de eso no se dice ni media palabra en internet, ¿verdad?

No. El director de laboratorio tuvo que reconocer que nadie hablaba de eso, y entendía que no se debía sólo al hecho de que internet se hubiera inventado cuarenta años después.

—La presión hetisostática la creé yo en un laboratorio secreto en las afueras de Ginebra, aunque ahora ya no es tan secreto como hasta hace apenas un momento, antes de decírselo a usted. Como sin duda sabrá, señor director de laboratorio, la masa crítica del uranio enriquecido del grado en cuestión está en los veinticinco kilos; veinticinco coma dos, para ser exactos. Con mi presión, los neutrones se mantienen en su lugar mucho más tiempo y la reacción en cadena recibe oleadas sucesivas de energía, una y otra vez, hasta que queda destruido lo que deba destruirse con una cantidad considerablemente inferior del isótopo clave. Esto sobre todo es adecuado para alguien que prefiere montar el arma nuclear en un misil en vez de ir por ahí cargando con una bomba que pesa unas cuantas toneladas.

Allan había visto en alguna parte la cifra de veinticinco coma dos, y sonaba suficientemente seguro de sí mismo como para que el director de laboratorio también se sintiera seguro.

—Pero, siendo más concretos... —volvió a intentar el coreano.

—¿Más concretos? ¿Cuántas semanas tenemos? Tal vez al Líder Supremo no le importe que lo hagamos esperar. Aunque creo que hablo tanto en mi nombre como en el del cultivador de espárragos aquí presente cuando digo que, si vamos a hacer esto, será mejor que lo hagamos con algo de comida y también una cama; o mejor dicho, dos camas: Julius y yo somos buenos amigos, pero preferimos dormir separados. Cuando los dos estemos bien descansados, yo estaré más que dispuesto a contarle, e incluso diría que encantado de explicarle, lo que quiere saber, señor director de laboratorio.

El hombre de ciento un años tenía el don de la palabra, pero el director de laboratorio sabía lo que Allan sólo sospechaba: que Kim Jong-un de ningún modo esperaría una o dos semanas, ni siquiera una hora. Había que tomar una decisión, y cuanto antes mejor. El director había recibido la orden de pegarles un tiro en la nuca a cada uno, en lugar de darles comida y una cama para dormir, si la situación así lo exigía, pero también le habían otorgado la potestad de dejarlos entrar si le parecía que era lo mejor para los intereses de la nación.

Entonces, ¿qué debía hacer? Era cierto que el anciano era un charlatán, pero también que había clavado la masa crítica del uranio, con decimales y todo. Y además parecía estar completamente al tanto del asunto en cuestión.

El director de laboratorio cogió un cigarrillo y miró a su alrededor en busca de su mechero. Julius sacó del bolsillo el del director del hotel y se lo ofreció. El director de laboratorio le dio las gracias, encendió el cigarrillo y le dio una calada profunda.

Después de dar la segunda, el director de laboratorio tomó una decisión apresurada. «Apresurada» sería la palabra clave. El Líder Supremo había extendido una invitación a la enviada de la ONU: quería reunirla con el suizo. La enviada estaba a punto de llegar, el tiempo apremiaba y había que tomar una decisión.

—Vamos a repasar todos los detalles de su sistema de presión, eso téngalo bien claro, pero antes voy a pedir que me dejen mandarlo ante el Líder Supremo —dijo.

Le había fastidiado perder su mechero, pero estaba encantado de comprobar la seguridad que transmitía su voz: mucha más de la que en realidad sentía o volvería a sentir en su vida.

El director de laboratorio llamó a los seis soldados, que seguían nerviosos, y les ordenó que llevaran a los extranjeros hasta el coche que los esperaba.

• • •

Allan y Julius habían conseguido salir indemnes del encuentro con su primer peligro mortal en tierra coreana, sólo faltaba todo lo demás. Unos minutos después estaban sentados uno a cada lado de un soldado norcoreano en el asiento trasero de un GAZ-3111 ruso del año 2004, uno de los nueve especímenes que los rusos habían producido ese año antes de enviar a la mierda a Corea del Norte y firmar un contrato con la Chrysler.

—Buenos días, me llamo Allan —le dijo en ruso al soldado.

No recibió respuesta. El anciano pasó a saludar del mismo modo a los dos soldados que viajaban frente a él y se encontró con el mismo silencio. Luego miró a Julius y dijo que esperaba que el Líder Supremo fuera un poco más locuaz o la tarde prometía ser aburrida.

Julius no contestó, pero pensó que alguien capaz de usar la palabra «aburrida» en una situación así debía de haber perdido gran parte del sentido común. Lo que estaba haciendo Julius ahora: poner su vida en manos de un hombre de ciento un años completamente desbocado era muy duro. Respiró hondo y empezó a contar mentalmente en sentido contrario a partir de 999: otras veces le había funcionado.

Allan sintió el ambiente enrarecido e intuyó que Julius estaba agobiado por algo. El motivo, sin embargo, no estaba tan claro. Cuando su amigo acababa de dejar atrás los 200 en su cuenta regresiva de autoayuda, Allan le preguntó si se animaría a leerle algo emocionante de la tableta negra.

187, 186... No, esa pregunta ya era demasiado. Julius interrumpió la cuenta y abrió mucho los ojos.

—¡Maldita sea! —exclamó—. Nosotros sí que vamos a salir en las noticias internacionales bien pronto, como no tengamos cuidado. ¿Qué tal si te concentras en tu puta presión hetisostática? Dentro de diez minutos necesitarás algo que decirle al hombre que tiene nuestras vidas en sus manos, así que ¿puedes dejar tu maldita tableta un segundo y pensar algo útil?

Allan había estado mirando fijamente a Julius, pero en ese momento sus ojos se desviaron un poco a la izquierda y miró por la ventanilla.

—Te has equivocado en lo de los diez minutos: creo que ya nos toca.

•

Llevaron a Allan y Julius al santasanctórum, el despacho del Líder Supremo, con una superficie de trescientos metros cuadrados y techos de dieciséis metros de altura, una mesa de roble al fondo de la sala, un maletín, un intercomunicador, una pluma de ave y unos cuantos documentos encima de la mesa, cuatro retratos del Eterno Presidente en las paredes y nada más. El Supremo no estaba presente. Los escoltas se fueron a toda prisa y cerraron la puerta de doble hoja, dejando a los dos viejos un rato solos en la estancia.

—Menuda corriente de aire entra por las ventanas, aquí se podría echar a volar una cometa —dijo Allan—, y casi un globo aerostático también.

—Piensa en la presión hetisostática —respondió Julius—. ¿Me has oído? Presión hetisostática.

Resultaba difícil pensar en algo que no existía, pero Allan no quiso preocupar a Julius con esa reflexión: su amigo ya parecía bastante alterado tal como estaban las cosas.

En ese momento se abrió una puerta más pequeña, justo al otro lado de la mesa. Entró un soldado con pistolera y adoptó la posición de firmes. Tras él iba el Líder Supremo. A Allan lo sorprendió que fuera tan bajito.

—Por favor, tomen asiento —dijo Kim Jong-un, señalando dos sillas que había junto a la mesa mientras él también se sentaba.

—Gracias, Líder Supremo —dijo Julius en un tono tan nervioso como servil.

—Lo mismo digo —intervino Allan—. ¿Hay alguna bebida sabrosa para romper el hielo? Lo de la comida puede esperar, si es demasiado problema.

Kim Jong-un no necesitaba romper ningún hielo. Aun así, usó el intercomunicador soviético de los setenta para pedir una tetera. El pedido apareció en menos de un minuto en manos de un soldado norcoreano que, no sin cierta dificultad, se esforzaba por combinar la espalda recta, el peso de la bandeja y unas palabras en coreano con las que seguramente pedía perdón por el retraso.

El Líder Supremo despidió al soldado y alzó la taza hacia sus invitados.

—Brindo por una colaboración larga y fructífera... o lo contrario.

Allan hizo ver que bebía; Julius bebió, aunque se quedó preocupado por la última parte del brindis del Líder Supremo. Sin embargo, en cuanto aquel té horrible se hundió en su alma, decidió que lo mejor era seguir permitiendo que Allan se encargara solito de salvarles la vida: el de los ciento un años sin duda tenía sus defectos, pero si algo se le daba bien era precisamente sobrevivir. Además, hombre precavido vale por dos; Julius hizo cuanto pudo por dejar la pelota en el tejado de Allan con la esperanza de quedar él en el banquillo.

—Líder Supremo —dijo—. Me llamo Julius Jonsson y soy el ayudante ejecutivo del mayor experto del mundo en armamento nuclear, es decir, de mi querido amigo Allan Karlsson, aquí presente. Si me permite, le cedo la palabra.

—Ah, no, de eso nada —respondió Kim Jong-un con una sonrisa—: esta reunión la he convocado yo y yo decido quién habla. ¿Dice usted que es el ayudante ejecutivo? ¿Dónde están los demás ayudantes?

Julius perdió de inmediato las fuerzas que había logrado reunir brevemente para hablar, Allan se dio cuenta y se apresuró a echarle una mano.

—Líder Supremo —dijo—, con el mayor de los respetos le ruego que, mientras mi amigo y ayudante ejecutivo ordena sus pensamientos, me permita decir algo que considero importante, incluso muy importante. Aunque, desde luego, esa importancia depende de cuán preocupado esté usted por el futuro de su país.

Kim Jong-un estaba preocupado en extremo por el futuro de su país, entre otras cosas porque éste estaba ligado inextricablemente al suyo.

—Permiso concedido —dijo, liberando así a Julius de la zarpa que lo tenía atenazado.

—Bien —dijo Allan—. En ese caso, me gustaría empezar elogiándolo por su batalla abierta contra el mal que lo rodea: está usted promoviendo el legado de su padre y su abuelo de un modo ejemplar.

Julius seguía sin atreverse a hablar, pero iba recuperando poco a poco la esperanza de sobrevivir: era evidente que Allan tenía el estado de ánimo idóneo para engatusar a su interlocutor.

—¿Qué sabe usted de eso? —preguntó Kim Jong-un, a la defensiva.

Lo cierto era que Allan sabía bien poco sobre la trayectoria del político coreano, aparte de lo que había leído en su tableta negra, y no todo era maravilloso.

—Lo sé todo —contestó—, pero sentarme aquí a elogiar sus logros significaría abusar de su valioso tiempo.

Era verdad que su tiempo era valioso, o por lo menos breve: en cualquier momento la ministra sueca de Asuntos Exteriores y enviada de la ONU, Margot Wallström, aterrizaría en el Aeropuerto Internacional de Sunan, y a partir de entonces el plan de relaciones públicas del Líder Supremo entraría en una fase crítica.

—Me parece bien, entonces —concedió Kim Jong-un—. Explíqueme eso tan importante que quería usted decirme. Imagino que está relacionado con la presión hetisostática.

—Exacto —respondió Allan—. Mi humilde sugerencia es que mi ayudante y yo compartamos con Corea del Norte todo lo que merece la pena saber sobre la presión hetisostática y que, a cambio, usted nos ayude a regresar a Europa una vez completada nuestra tarea. Por muy fantástico que sea su país..., en fin, en ningún lugar se está tan bien como en casa, como suele decirse.

Kim Jong-un asintió y dio la impresión de que él sentía lo mismo. El caso es que no le parecía demasiado comprometido aceptar un trato como ése, sobre todo teniendo en cuenta que no tenía la menor intención de cumplir su parte: si aquel hombre era tan competente como viejo, sería un crimen permitir que se dedicara a holgazanear en Europa, o en cualquier otro sitio, desperdiciando sus conocimientos. A partir de ahora el anciano pertenecía a la República Popular Democrática, y punto.

—¡De acuerdo! —dijo el Líder Supremo.

Y a continuación anunció sin preámbulos que Karlsson y su ayudante disponían de cuatro kilos de uranio enriquecido para jugar, más otros quinientos que estaban en camino. Daba la casualidad de que los primeros cuatro habían llegado en el mismo barco que los caballeros.

—Perfectamente resguardados en plomo —dijo Kim Jong-un mientras apoyaba la mano en el maletín marrón que estaba encima de la mesa.

Por desgracia, no hubo tiempo de escuchar qué presión hetisostática se podría alcanzar con el contenido del maletín: un ayudante había entrado en el despacho para susurrar algo al oído al Líder Supremo.

—Gracias —dijo Kim Jong-un—. Me habría encantado oír algo más sobre esa presión suya, pero tenemos que ponernos en marcha. Nos vamos a KCNA, los tres. No, olviden esto último: el ayudante ejecutivo no nos sirve para nada, así que lo mandaremos directamente al hotel.

Kim Jong-un se levantó e indicó por señas a los caballeros que lo siguieran.

Julius no sabía qué era peor: que Kim Jong-un lo obligara a visitar un montón de siglas o que no lo dejara ir.

—¿KCNA? —dijo ansiosamente Julius en voz baja—. ¿Qué es eso?

—Será lo que tenga que ser —contestó Allan—, sólo espero que, a diferencia del té, se pueda beber, o al menos comer.

Corea del Norte

Corea se había mantenido como un imperio unificado 1.274 años y luego entró en decadencia rápidamente. Después de la Segunda Guerra Mundial, los estadounidenses y los rusos no lograron ponerse de acuerdo sobre qué querían los coreanos y tampoco se les ocurrió preguntárselo a ellos. Los rusos colocaron un gobierno comunista en el norte; los estadounidenses, uno anticomunista en el sur. El tipo del norte se creía con derecho a mandar en toda Corea, el del sur pensaba lo mismo, pero desde el otro lado.

Esto desencadenó un episodio violento que en los libros de historia aparece como la Guerra de Corea. Era cierto que había habido otras guerras en la misma península, pero la gente tiene muy poca memoria.

Cuando ya habían muerto dos millones de coreanos (aparte de algún que otro extranjero), el tipo del norte y el del sur decidieron decir basta. Señalaron una línea en el suelo (una que estaba allí desde antes de la guerra) y acordaron que, hasta nueva orden, cada uno se quedaría en su lado.

Los comunistas del norte inventaron la «autarquía» como ideología política, mientras que al otro lado sus vecinos del sur tuvieron la sensatez de no pretender darle nombre a su dictadura.

Pasaron los años. A ambos lados, los líderes llegaban y se iban, como suele ocurrir con los líderes. En el sur, la dictadura fue perdiendo su poder de forma gradual, mientras que en el norte la autarquía prosperó tanto que el pueblo empezó a pasar hambre.

Si uno sólo confía en sí mismo, es lógico que sospeche constantemente de los demás: cuando el sur permitió la instalación de armamento nuclear táctico estadounidense en su lado de la frontera, los del norte se lo tomaron muy mal, al menos desde la perspectiva de la reducción armamentística.

En la sede de la compañía sueca Volvo, en las afueras de Gotemburgo, se había celebrado por todo lo alto la entrega de mil flamantes coches a Pyongyang. Luego se vio que esa celebración había sido prematura porque los norcoreanos redefinieron sus prioridades: en lugar de pagar lo que debían a los suecos, decidieron construir instalaciones para hacer pruebas de armas nucleares. A día de hoy, Volvo no ha recibido un solo won norcoreano por sus vehículos.

Pese a todo, hubo algunas conversaciones a ambos lados de la frontera: seguro que se podía encontrar una solución. Sí, tal vez. Hubo un tiempo, en los albores del siglo actual, en que las cosas pintaban muy bien.

Pero volvamos a eso de que los líderes llegan y se van. En 2017, el nivel de tensión entre Corea del Norte por un lado y casi todo el mundo por el otro había llegado a cotas históricas. Los últimos dirigentes políticos en llegar, y que todavía no se habían ido, se llamaban Kim Jong-un y Donald J. Trump, y atrapada entre ambos estaba la enviada sueca de la ONU, Margot Wallström.

Ella siempre supo que su misión no sería fácil.

•

La enviada y su avión habían aterrizado en el Aeropuerto Internacional de Sunan diez minutos antes de lo previsto. El Líder Supremo fue informado y, tal como estaba planeado, aplazó de inmediato su reunión con los señores Karlsson y Jonsson.

A Wallström la acompañaron a su limusina y le comunicaron que el Líder Supremo la esperaba. Podían llevar su maleta a la habitación de hotel que le habían reservado o a la embajada sueca, lo que prefiriese.

El trayecto la condujo en dirección sur, hacia el centro de Pyongyang. Al cabo de cuarenta minutos, la limusina circulaba por delante del palacio del Líder Supremo. Pasó de largo y siguió adentrándose en la ciudad.

—Perdón, ¿no íbamos a ver al Líder Supremo? —preguntó la ministra de Asuntos Exteriores.

—Correcto —contestó el conductor sin dar más explicaciones.

Diez minutos después, en cualquier caso, el trayecto llegó a su fin. Invitaron a la ministra Wallström a salir de la limusina y la llevaron hasta un edificio de ocho plantas.

—¿Dónde estamos? —preguntó desconcertada a la mujer sonriente que la escoltaba.

—Es la oficina principal de la agencia de noticias KCNA, el Líder Supremo la está esperando.

¿Una agencia de noticias? Margot Wallström se sintió incómoda: se suponía que aquel viaje iba a desarrollarse en la discreción más absoluta para no alimentar aún más la polarización entre las partes. Aunque lo más probable era que en ese país ninguna agencia de noticias se atreviera a informar sobre su presencia sin la bendición del Líder Supremo: tal vez su preocupación fuera infundada.

Subieron tres plantas y luego avanzaron por un pasillo largo, después giraron a la izquierda, a la derecha y de nuevo a la izquierda.

—Hemos llegado —dijo la escolta—. Entre, por favor.

Si Margot Wallström se esperaba lámparas de araña y sillones de terciopelo, se llevó un chasco. Más bien parecía..., en fin, ¿qué era? ¿La antesala de un escenario teatral? ¿Un estudio de televisión? Había cables tirados por todos lados, dos focos arrinconados y...

Allí estaba él.

—Bienvenida, señora ministra de Asuntos Exteriores —dijo el Líder Supremo en tono amable—. ¿Ha ido bien el viaje?

—Sí, gracias. Es un verdadero placer conocerlo, pero tengo que preguntarle... ¿dónde estamos y qué hacemos aquí?

—Vamos a salvar al mundo juntos —dijo Kim Jong-un—, aunque antes quiero presentarle a un hombre al que yo mismo apenas he tenido tiempo de saludar.

Allan Karlsson, empujado desde detrás de una cortina, se acercó a saludar a la ministra de Asuntos Exteriores.

—Le presento a una verdadera eminencia, el señor Karlsson, de Suiza, quizá la persona del mundo que más sabe de armamento nuclear. Ha venido a la República Popular Democrática sólo por amor a nuestra causa.

La ministra de Asuntos Exteriores, Margot Wallström, se encontró en una situación inesperada. Sin embargo, a instancias de Kim Jong-un, estrechó la mano que le tendía el suizo.

—Buenos días —dijo la ministra en inglés y con tono vacilante.

—Buenos días tenga usted —contestó Allan en puro sueco, incluso con un poco de acento de Sörmland.

A Kim Jong-un no pareció importarle no entender el saludo del experto en armamento nuclear, pero Margot Wallström se percató, horrorizada, de que el hombre que por lo visto se disponía a mejorar el arsenal nuclear de Corea del Norte no era suizo, sino sueco. ¿Qué estaba pasando?

Karlsson, ¿así se llamaba? La ministra de Asuntos Exteriores reprimió el instinto de ponerse a hablar en sueco con él. Al fin y al cabo, él se había presentado como suizo, así que lo mejor que podía hacer en aquel momento era seguirle la corriente.

El Líder Supremo les dio unas palmaditas en la espalda, tanto a Allan como a la enviada de la ONU, y les dijo que estaría encantado de cenar con ellos esa misma noche en el palacio. Jonsson, el ayudante ejecutivo de Karlsson, también estaba invitado.

¿Jonsson? Ese nombre tampoco sonaba suizo precisamente.

—Pero antes que nada haremos la rueda de prensa —dijo Kim Jong-un, señalando a un hombre que llevaba puestos unos auriculares y que en ese instante se puso a hablar por un micrófono.

—Pero, Líder Supremo, no podemos hablar con la prensa y mantener nuestra conversación en secreto al mismo tiempo. No creo que esto sea lo que acordamos —objetó Margot Wallström.

Kim Jong-un se echó a reír.

—Obviamente, no diremos una palabra sobre el contenido de nuestras conversaciones; ¿cómo íbamos a hacerlo, si ni siquiera hemos conversado todavía?

No, la conferencia de prensa era una modesta manifestación de la buena fe mutua. Como líder de la República Popular Democrática, Kim Jong-un tenía responsabilidades para con su pueblo, de cuya dignidad la ministra de Asuntos Exteriores tal vez no era consciente.

—Se llama «transparencia», señora Wallström.

—Vaya, ¿qué le parece? —exclamó Allan en sueco.

¿Quién era ese tipo más viejo que Matusalén? Estaba claro que era sueco, se hacía pasar por suizo y parecía estar implicado en el futuro nuclear de Corea del Norte. Y daba la sensación de que el respeto que le merecía su jefe era, como mucho, moderado.

En el escenario, una mujer había empezado a dirigirse en coreano a la audiencia, que por un momento había dejado de aplaudir. Luego se pasó al inglés.

—Y con estas palabras quisiera dar la bienvenida a la enviada de la ONU y ministra de Asuntos Exteriores del reino de Suecia, la señora Wallström, así como al mayor experto mundial en armamento nuclear, un fiel amigo de la República Popular Democrática, llegado directamente de Suiza: el señor Allan Karlsson.

Kim Jong-un llevó a Wallström y Karlsson al borde del escenario, donde se detuvo, obligándolos luego a continuar. A ellos no les quedó más remedio que ponerse bajo la luz de los focos, que los iluminaba desde todos los ángulos. Los guiaron hasta dos marcas que fijaban respectivamente su posición a ambos lados de una mesa, y a continuación recibieron un educado aplauso del público. A Margot Wallström no le podía gustar menos que la hubieran metido en esta situación.

Allan echó un vistazo a su alrededor y descubrió al menos tres cámaras de televisión apuntando hacia ellos.

—Anda, es la primera vez que salgo por la tele —le dijo en sueco a la ministra de camino a la mesa, con sus micrófonos.

La periodista empezó volviéndose hacia la enviada de la ONU.

—Señora Wallström, usted está entre nosotros porque la ONU y la República Popular Democrática comparten su preocupación por la proliferación de armas nucleares en el mundo y por la retórica beligerante que una parte suele emplear con la otra.

Sí. Hasta allí, Margot Wallström se podía mostrar más o menos de acuerdo.

—O que emplean ambas partes —aclaró—: el problema es mutuo.

—Dígame, señora Wallström, ¿qué opina de nuestro país, por lo que ha podido ver hasta ahora?

Lo que había visto Margot Wallström se reducía al aeropuerto y al paisaje del campo y la ciudad que la había acompañado en el recorrido hasta el centro de Pyongyang. El campo le había parecido más bien pobre, aunque no miserable; en la ciudad, las calles eran anchas, no había coches y se veían monumentos por todas partes. El culto a la personalidad era patente.

Como buena diplomática, respondió que esperaba tener la oportunidad de disfrutar del país antes de regresar al suyo. Por ahora le había parecido verde y hermoso. El clima también era bastante agradable.

Cuando un sueco dice eso, significa que no es polar; y era cierto.

La periodista asintió.

—Sí —le dijo—. Nuestro lema es «Una nación poderosa y próspera». Veo que ha entendido por qué, señora ministra de Asuntos Exteriores.

Sin esperar respuesta de Margot Wallström, se volvió hacia Allan.

—Y el señor Allan Karlsson, el mayor experto mundial en presión hetisostática mil doscientos, poseedor de unos conocimientos que, en el nombre de la paz, desea compartir con la República Popular Democrática. ¿Qué le parece a usted nuestro hermoso país?

—Bueno, no es mi primera vez aquí —dijo Allan—: tuve algunos asuntos aquí hace tiempo, en la época del Eterno Presidente. Me parece que hoy en día hay menos atascos que entonces.

Kim Jong-un indicó por señas que deseaba ser convocado al escenario. Al parecer, la periodista tenía preparada otra pregunta para el suizo, pero el Líder Supremo no confiaba en que el anciano contestara como era debido. ¿«Atascos»? ¿Qué manera de hablar era ésa?

La presentación del Líder Supremo sonó magnífica. Era imposible saber qué había dicho la periodista exactamente si no se hablaba coreano, pero el público, que hasta entonces se había comportado con tibieza, se puso en pie y le dedicó una cerrada ovación.

Kim Jong-un saludó con una inclinación de cabeza primero a la ministra de Asuntos Exteriores y luego al suizo, antes de sumarse a ellos en la mesa.

El público siguió aplaudiendo.

Y aplaudió más aún: no se detuvo hasta que el Líder Supremo mandó hacerlo con un movimiento de la mano. La periodista consiguió hacerse oír de nuevo.

—Líder Supremo —dijo—, usted es el paladín de la paz en el mundo; ¿qué posibilidades contempla para que, bajo su liderazgo, el susodicho mundo sea un lugar mejor para vivir?

Kim Jong-un asintió con gesto pensativo. Era una muy buena pregunta. Casi podría habérsela formulado él mismo. Y de hecho así era.

—La paz entre dos partes presupone la cooperación de todos: no puedo lograr la paz yo solo, necesito ayuda. La paz sólo llegará cuando todos la quieran. Debo decir, muy a mi pesar, que los Estados Unidos de América y sus aliados pretenden llevarnos a todos a la destrucción, pero hago lo que puedo, hago lo que puedo. En la República Popular Democrática jamás perdemos la esperanza. Y me alegro de que, en esta lucha, esté de nuestro lado Naciones Unidas, aquí representada por la señora Wallström, que también es ministra de Asuntos Exteriores de un país neutral como Suecia. Con la ayuda de la nación Suiza, también neutral y representada aquí por el señor Karlsson, tal vez a largo plazo la fuerza nuclear definitiva pueda desplazarse de los belicistas de Washington, Tokio y Seúl hasta aquí, el epicentro de la paz y el amor.

La ministra Wallström estaba a punto de perder los estribos: ¿aquel cabrón se había plantado allí para situar a Suecia y Suiza, dos países neutrales, del lado de Corea del Norte en una carrera armamentística nuclear? ¿Y dónde se estaba emitiendo eso? Daba igual donde fuera, rápidamente se convertiría en noticia internacional.

—¿Puedo decir algo?

—Sí, para eso estamos aquí —respondió Kim Jong-un—. Esta misma noche nos pondremos manos a la obra con esta tarea tan ardua la República Popular Democrática, la ONU y las naciones de Suecia y Suiza, que tan orgullosamente se han negado a seguir los pasos de los halcones estadounidenses.

La periodista se dio cuenta de que el programa había llegado a su fin. Le dio las gracias al líder haciendo una reverencia francamente exagerada y diciendo que no quería seguir obstaculizando una labor tan importante como la que tenían por delante el Líder Supremo y los otros.

—Vaya, Líder Supremo, en nombre de la paz, y sienta el amor de su pueblo. Lleve con usted a sus amigos: nuestro amor lo hacemos extensivo a ellos también.

De nuevo detrás del escenario, un Kim Jong-un encantado afirmó que todo había ido muy bien; ¿no opinaba lo mismo la ministra de Asuntos Exteriores?

No, no opinaba lo mismo.

—Con el debido respeto, Líder Supremo, lo que acaba de pasar no formaba parte de nuestro acuerdo, y en vez de facilitar nuestras próximas conversaciones lo que hace es complicarlas.

Kim Jong-un sonrió.

—Ah, sí, nuestras conversaciones. Creo que con una bastará. Tal como le he dicho, será bienvenida en el palacio a primera hora de la noche para cenar. Ahora mismo la escoltarán hasta el hotel y la recogerán de nuevo hacia las diecisiete horas, disfrute hasta entonces los fantásticos servicios del Ryugyong: según muchos críticos, es el mejor hotel del mundo.

La ministra, tan molesta como perpleja, fue escoltada de nuevo por los pasillos, acompañada por el suizo-sueco Karlsson. Luego, por fin se encontraron solos en el asiento trasero de la limusina de Wallström. Era imposible que el conductor se enterase de lo que decían, o de en qué idioma lo decían. En cuanto el coche recorrió unos cientos de metros, la ministra de Asuntos Exteriores consideró que había llegado el momento adecuado.

—Debo decirle que hay unas cuantas cosas que me parecen muy curiosas —le dijo en sueco y en voz baja a Allan.

—Me lo imagino —contestó Allan—. ¿Cuál le parece más curiosa de todas? Podemos empezar por allí e ir bajando, o ir subiendo desde abajo, como prefiera.

En realidad, Margot Wallström había planeado alojarse en la embajada, pero necesitaba pasar más tiempo con aquel hombre increíble que tenía al lado.

—Empecemos por el principio: explíqueme qué hace un sueco que se hace pasar por suizo en Pyongyang trabajando con un propósito diametralmente opuesto al que yo he venido a representar.

—Buena pregunta —dijo Allan—, y muy bien formulada, pero preferiría no empezar por el principio porque no terminaríamos nunca; mire si soy viejo. Mejor, déjeme empezar por el día en que cumplí ciento un años en una preciosa playa de arena blanca en Bali, Indonesia.

Y entonces le contó la historia del globo aerostático, la caída al mar, el rescate, aquella mentira inocente acerca de la presión hetisostática para ganar tiempo y al menos sobrevivir a corto plazo y la llegada a Pyongyang apenas unas horas antes que ella. No tenía ni idea de cómo se había convertido en suizo: hasta donde podía recordar, nunca había estado en Suiza.

—Aunque dicen que es precioso, y también que los suizos son incluso demasiado ordenados.

—Sí —dijo la ministra—, pero la cuestión es si se van a alegrar mucho cuando se enteren de que hay un supuesto traidor en sus filas.

—¿Lo tienen?

—Es usted, señor Karlsson.
—Ah, se refiere a eso...

•

El hotel Ryugyong era una obra impresionante de 105 plantas y 330 metros de altura. Los norcoreanos llevaban construyéndolo desde 1987 y no había forma de terminarlo. El avance era lento porque las arcas del Estado se dedicaban básicamente a la producción de armas nucleares y desfiles militares. En tres décadas sólo habían construido la planta baja y el primer piso; a ese ritmo, les iba a costar unos mil quinientos años acabar el edificio.

Aun así, la planta baja era elegante. A la derecha había un mostrador de recepción dorado que ofrecía espacio para registrar la entrada o salida de hasta doce personas a la vez, y a la izquierda un bar muy agradable, con tres pianistas contratados para tocar prácticamente el día entero. Lástima que el presupuesto aún no había alcanzado para comprar un piano, pero era una prioridad.

Julius estaba sentado al borde de la cama de la habitación 104 esperando a que Allan regresara de la sopa de letras KCNA. No podía imaginarse cómo sería ese lugar, pero por el momento había conseguido evadirse de la situación en la que se encontraba: estaba pensando en su socio de Bali para el negocio de los espárragos. Y, para ser sincero, tampoco era demasiado divertido: ahora Gustav tenía que manejar él solo toda la operación. ¿Cómo iba a terminar todo aquello?

Había un teléfono en la mesita de noche. A lo mejor funcionaba, al contrario que los ocho ascensores del edificio, así que valía la pena intentarlo.

Llamó a su socio, el indio Gustav Svensson. La llamada funcionó, pero después de los timbrazos en vez de oír a Gustav oyó el mensaje del buzón de voz.

Julius dejó grabadas unas cuantas frases llenas de exasperación. Con las prisas, olvidó mencionar que seguía vivo, pero tal vez su socio lo dedujera por sí mismo.

Luego se quitó los zapatos y se tumbó en la cama. Bostezó y cerró los ojos, esforzándose por pensar en algo que no fueran los espárragos o la sopa de letras.

No funcionó.

Corea del Sur

¿Qué tal van los espárragos?

¿Este mes también hay tres entregas?

¿Alguna devolución?

¿Llegaremos a quinientos millones antes de la mitad del año?

En el último piso de un edificio de catorce plantas de la ciudad de Goyang, al noroeste de la capital de Corea del Sur, había un hombre y una mujer con auriculares sentados ante cuatro monitores y varios dispositivos. Ambos eran civiles. Hasta aquí nada extraordinario, con la salvedad de su ubicación: un sencillo apartamento de dos habitaciones, y el hecho de que estos dos civiles no servían al Estado de la República de Corea, sino al de Alemania.

La mujer era una agente diplomática de bajo rango; el hombre también, aunque su rango era un poco más bajo. Oficialmente estaban involucrados en varios proyectos germano-coreanos relacionados con la construcción de viviendas, pero apenas se los veía en esos contextos. En lugar de eso, se quedaban allí sentados, por orden del Bundesnachrichtendienst, el BND. Eran colegas de trabajo del director arrogante y la agente dócil de la sede de Dar es Salaam.

La tarea primordial de los dos diplomáticos falsos en el apartamento de Goyang consistía en grabar las conversaciones que registraban los micrófonos instalados por los estadounidenses en Corea del Norte. Así se ahorraban tener que hacer ellos mismos el trabajo y además disfrutaban de sus buenas dosis de placer: robar a los servicios secretos estadounidenses era una de las pequeñas alegrías de la vida.

Uno de sus objetivos más fáciles era aquella joya: el hotel Ryugyong de Pyongyang, en perpetua construcción. Allí casi nunca, por no decir nunca, ocurría algo interesante.

Ese día era una excepción.

Desde la habitación 104, un cliente desconocido para el BND había dejado un mensaje en un teléfono sin batería de Indonesia que pertenecía a un receptor igualmente desconocido. El mensaje era en inglés, codificado, y consistía en cuatro preguntas:

¿Qué tal van los espárragos?

¿Este mes también hay tres entregas?

¿Alguna devolución?

¿Llegaremos a quinientos millones antes de la mitad del año?

Los diplomáticos falsos no sabían qué significaban los espárragos de aquel código. Sin embargo, la cantidad (¡quinientos millones!) hacía pensar en el narcotráfico o en algo peor. Los alemanes sabían que una pequeña cantidad de uranio enriquecido acababa de llegar a Pyongyang. Difícilmente podía costar quinientos millones, pero... ¿y si había varias entregas en marcha? ¿Tres, por ejemplo? ¿Tres al mes?

¿Qué estaba tramando Kim Jong-un? ¿Planeaba declarar una guerra mundial? ¿Y de dónde sacaba el dinero? ¡Quinientos putos millones de dólares! ¡Y con 104 plantas por construir en el único hotel de lujo de todo el país!

Más preguntas sin respuesta. ¿Una devolución? Entonces ¿qué era lo que se suponía que iban a transportar desde Corea del Norte? ¿Y cómo? ¿Y hacia dónde? ¿Indonesia? Ay, mierda.

Corea del Norte

Julius estaba encerrado en contra de su voluntad en la capital de Corea del Norte; anhelaba la paz de Bali y lo fácil que era robar desde allí. Su objetivo de llegar a los quinientos millones de rupias (casi cuarenta mil dólares) era realista, pero quizá había dejado de serlo ahora que él ya no estaba allí, pendiente de todo.

Por otro lado, la deuda que él y Allan habían contraído con el hotel y con el tipo de la compañía de alquiler de yates era mucho mayor que eso. En ese sentido, mantenerse a cierta distancia era económicamente ventajoso, aunque irse hasta Corea del Norte quizá fuera exagerado.

Cuando se terminara todo aquel lío, tal vez podrían trasladar el negocio de los espárragos a una zona en la que no le debieran dinero a nadie.

—¿Tailandia? —dijo Julius en voz alta justo cuando se abría la puerta.

Allan la mantuvo abierta y dejó que entrara primero Margot Wallström, la ministra de Asuntos Exteriores.

—Permítame presentarle a mi amigo Julius Jonsson —dijo Allan—. Es soltero, por si la ministra se lo estaba preguntando.

Margot Wallström le lanzó una mirada furiosa.

—Gracias, pero no: llevo más de treinta años felizmente casada.

Julius saludó a la ministra y le pidió que disculpara a Allan, eran cosas de la edad. A veces salían de su boca comentarios extrañísimos; casi siempre, en realidad.

La ministra Wallström asintió y dijo que ya se había dado cuenta.

En la limusina, después de la horrible rueda de prensa, se había formado una idea aproximada de quiénes eran Karlsson y Jonsson. Por lo visto, el hombre de los ciento un años era, en efecto, un experto en armas nucleares, o al menos lo había sido en el pasado. La única buena noticia del día era que en realidad no pretendía echar una mano a Kim Jong-un.

La parte mala era que tampoco tenía un plan para evitar hacerlo.

La impresión general en el edificio de la ONU era que, si bien Corea del Norte tenía cierta capacidad para fabricar armamento nuclear, todavía se trataba de una capacidad limitada, por mucho alboroto que armara el Líder Supremo para que nadie se diera cuenta. En cualquier caso, la amenaza era real: las armas nucleares eran tan potentes que incluso una pequeña carga medio defectuosa podía destruir una ciudad entera; como Seúl, por ejemplo, o Tokio; o una isla entera, como Guam.

Margot Wallström se estremeció al pensarlo, y todavía más al caer en la cuenta de que el hombre que en principio podía dar un empujón al programa de armamento nuclear de Corea del Norte estaba en aquella misma habitación de hotel, rebuscando en el mueble bar vacío, ¡y encima era sueco! ¿Y si Suecia se convertía en el motor principal de un cambio en el equilibrio del poder mundial?

No, ella tenía que hacer todo lo que estuviera en sus manos para impedirlo, idealmente sin acabar encerrada treinta años o más en una cárcel del país acusada de espionaje o de lo que se le pasara por la cabeza al Líder Supremo.

—¿Creen que ustedes podrían salir de aquí conmigo en mi avión? —les preguntó—. Veintinueve de los treinta asientos están vacíos.

A Julius se le iluminó la cara.

Allan dejó de buscar licores.

—Tan vacíos como el minibar de esta habitación de hotel —dijo—; como todo el hotel, de hecho.

La ministra de Asuntos Exteriores siguió hablando:

—Puedo intentar conseguirles pasaportes diplomáticos, pero me temo que todo lo demás tendrán que resolverlo por su cuenta.

—¿Lo demás? —preguntó Julius.

—Llegar al avión a tiempo para el despegue.

Allan sólo había escuchado la primera parte de lo que había dicho la ministra.

—¿Pasaportes diplomáticos? —dijo—. No he vuelto a tener ninguno desde mil novecientos cuarenta y ocho, cuando Churchill y yo volamos a casa juntos desde Teherán. ¿O fue en el cuarenta y siete? No, en el cuarenta y ocho.

—¿Winston Churchill? —preguntó la ministra.

—Sí, así se llama... o se llamaba: supongo que hace mucho que murió, como casi todo el mundo.

La ministra de Asuntos Exteriores se sintió de pronto como si estuviera en una película, y le dolió el estómago sólo de pensar en lo que estaba a punto de hacer: la acusación de espionaje no sería del todo inapropiada. Aun así, hizo unos retratos de Julius y Allan con la cámara de su teléfono y les prometió conseguirles pasaportes en cuestión de días.

—Firmen al dorso de mi tarjeta, así en la oficina tendrán con qué empezar a trabajar.

«Qué mujer tan pragmática», pensó Julius. «Y es preciosa, lástima que ya esté comprometida.»

•

• • •

A la representante sueca de Naciones Unidas le habían asignado la habitación 105, contigua a la de Allan y Julius. Una vez allí, donde en principio debía prepararse para la cena, se dedicó básicamente a sopesar cómo podía rescatar a los dos suecos y de paso dejar a Kim Jong-un sin una información que nunca debería llegar a tener. Daba la sensación de que el Líder Supremo no quería que ella estuviera por allí más de lo imprescindible, pero ella necesitaba tiempo para que a Karlsson y Jonsson se les ocurriera un plan. Además, tenían que llegar los pasaportes diplomáticos, y no podría encargarlos hasta que llegara a la embajada, al cabo de unas horas. En ese momento le parecía que el tiempo era su principal enemigo, aunque en dura competencia con todo lo demás.

Se duchó, se cambió, se acicaló como pudo, y al fin se plantó, lista, delante del espejo. Se miró y dijo: «¿Qué estoy haciendo aquí?»

La figura del espejo le devolvió la mirada, pero no respondió.

•

Kim Jong-un pidió a sus invitados que tomaran asiento, pero él permaneció de pie en la cabecera de la mesa con las manos apoyadas en el respaldo de su silla. Por lo visto tenía algo que decir.

Entraron por la puerta dos camareros con las manos llenas de platos, seguidos de un tercero con dos botellas de vino. Sin embargo, tras una mirada del Líder Supremo, los tres desanduvieron el camino de inmediato.

Allan se había llevado un chasco con este ir y venir de comida y bebida en apenas unos segundos.

—Amigos... —empezó Kim Jong-un.

—¿Y si vamos comiendo mientras hablamos? —sugirió Allan.

El Líder Supremo hizo ver que no había oído el comentario y soltó un discurso sobre la paz y la libertad.

Su noción de «paz» parecía incluir la provisión de más armas letales para su país. La de «libertad» no quedaba muy clara, excepto que todo ciudadano tenía derecho a amar a su líder, junto con la obligación de no dejar de hacerlo.

A continuación, el Líder Supremo les dijo que le alegraba que la providencia hubiera llevado al señor Karlsson, llegado desde Suiza para contribuir a la causa de la lucha contra el imperialismo estadounidense, y que Wallström, la enviada especial de la ONU, se hubiera sumado por razones similares.

—Bueno —dijo Margot Wallström—, como usted bien sabe, señor Kim, mi tarea consiste en realidad en intentar abrir líneas de diálogo entre distintas personas para que empiecen a hablar entre ellas, tal como estamos haciendo ahora mismo, en vez de montar un circo delante de las cámaras de televisión, como ha ocurrido hace un rato. Creo que ya le había expresado mi indignación ante eso, ¿verdad?

«No sólo es preciosa, también es valiente», pensó Julius. «Ahora, a ver si Allan es capaz de quedarse calladito...»

Kim Jong-un miró a la enviada de la ONU sin escuchar lo que decía y siguió con su discurso.

Empezó a hablar de lo feliz que era todo el mundo en la República Popular Democrática, de lo bien que crecían los cultivos y lo agradable que era el clima en la mitad norte de la península, comparado con el de la mitad sur. En resumidas cuentas, no era de extrañar que decenas de miles de coreanos huyeran del sur hacia el norte cada año.

Los platos de comida y la bebida fueron devueltos a la cocina una vez más, haciendo que Allan perdiera la paciencia. A veces, morderse la lengua o mostrar aquiescencia era una estrategia muy sabia, pero había llegado el momento de elevar la voz, antes de que todos se murieran de hambre.

Julius, al percatarse de lo que estaba a punto de hacer Allan, intentó desesperadamente establecer contacto visual con él para decirle con muecas y gestos de las manos: «¡No, Allan, no lo hagas!»

Pero anda si lo hizo.

—Perdóneme, señor Líder Supremo. Ha mencionado usted mi nombre no hace mucho en su discurso a propósito de ya no sé muy bien qué. Y aquí me tiene, viejo y frágil, pero siempre a su servicio. De todos modos, me temo que le resultaré bien poco útil si estoy muerto, y ahora mismo estoy a punto de morir de hambre. ¿Hay alguna posibilidad de que lo que nos quiera decir salga un poco más resumidito y algo más rápido de lo que tal vez fuera su intención?

La sonrisa orgullosa de Kim Jong-un se volvió gélida.

—Pronto se le permitirá comer, señor Karlsson, pero por mucha eminencia que usted sea en el contexto de la tecnología nuclear, no tiene ningún derecho a expresarse como quiera en la República Popular Democrática.

Vaya, así que estaba en ese plan.

—No pretendía ofenderlo, oh, Ser Supremo, pero es posible que, aparte de todo lo demás, últimamente no haya dormido demasiado bien. Verá, mi amigo, el cultivador de espárragos aquí presente, no guarda tanto silencio como debería por las noches.

Kim Jong-un se había perdido.

—¿Qué quiere decir?

—No quiere decir nada... —intervino Julius.

—Quiero decir que ronca —dijo Allan—. Ay, y de qué manera. ¡Si el Ser Supremo pudiera hacerse una idea de cómo ronca...! Pese a que el barco que nos recogió era grande como un almacén, nos vimos obligados a compartir camarote, y bueno, últimamente no he dormido tanto como debería. Pero... ¿de qué estábamos hablando? Ah, sí, de comida, tal vez acompañada con algo de beber. ¿Puede ser que ya esté de camino?

A esas alturas, el tren de pensamientos de Kim Jong-un había descarrilado por completo: cuando el personal asomó de nuevo la nariz desde la cocina, les dio luz verde.

Se sirvió entrecot con salsa de champiñones. No era precisamente asiático, pero a los invitados les pareció apetecible y lo regaron con un cabernet sauvignon australiano.

Los ánimos empezaron a calentarse alrededor de la mesa. Allan decidió tolerar el parloteo del Líder Supremo un rato más; sin embargo, cuando el Ser Supremo afirmó que su nación había detonado una bomba de hidrógeno el año anterior, se vio obligado a objetar: había leído algo sobre eso en su tableta y la verdad era que aquella supuesta bomba de hidrógeno apenas había hecho «pum».

—El hecho de que haya transportado cuatro míseros kilos de uranio en un barco que podría cargar con treinta mil toneladas desde Dios sabe dónde hasta Pyongyang me parece prueba suficiente, uno, de que no tienen la bomba de hidrógeno ni de lejos; dos, de que prácticamente no saben nada de plutonio; y tres, de que toda su provisión de uranio cabe en un maletín. En resumidas cuentas, no tiene nada, aparte de esos cuatro kilos... y a mí, de pura chiripa, y yo tengo el vaso vacío.

Kim Jong-un le hizo señas a un camarero. La insolencia del suizo era en verdad excesiva. En fin, había dos posibilidades: o terminaba siendo útil, y entonces no habría razón para enviarlo de vuelta a Europa; o no, y entonces sólo tendría que mandarlo a dormir eternamente. En ambos casos, acabaría lamentando haberle faltado al respeto.

El líder decidió seguir siendo amable y generoso.

—Debo decir, señor Karlsson, que es usted un hombre locuaz, y supongo que, habida cuenta de su edad, tiene derecho a serlo. Aunque la razón principal de su estancia entre nosotros sea el trabajo, me aseguraré encantado de que haga algunas salidas para conocer nuestra bella capital. ¿Qué le parece si preparamos una visita al centro comercial más exclusivo de la ciudad para mañana después del trabajo?

Por desgracia no podré acompañarlos, pero estoy seguro de que se las arreglarán con el guía que pondré a su disposición.

Con lo de «centro comercial más exclusivo» el Líder Supremo se refería al único centro comercial de la ciudad.

¿Ir de tiendas? A Allan no le hacía ninguna falta, pero le pareció buena idea seguirle la corriente para que Julius dejara de poner esa cara de atormentado.

—Me parece una propuesta encantadora —comentó—. Suena sobre todo relajante, después de una larga jornada en el laboratorio. Y supongo que podremos pedir unas monedas prestadas, ¿no? Con las prisas no trajimos más que un par botellas de champán que, por desgracia, ya han volado.

Kim Jong-un respondió que Karlsson y su amigo no debían preocuparse por el dinero: si encontraban una o dos cosas para llevarse a casa de recuerdo, podían considerarlas un regalo.

En cuanto al proyecto de paz, Karlsson disponía de seis días en el laboratorio: los plazos cortos acostumbraban a potenciar la creatividad. Una vez probados los resultados, el Ser Supremo les prometía una medalla al valor y un billete de primera clase para volar a Suiza.

Julius seguía sin atreverse a abrir la boca, sobre todo después del intento fallido en el despacho del Líder Supremo.

Allan, en cambio, ya estaba más allá del atrevimiento.

—En seis días se pueden conseguir muchas cosas, siempre y cuando logre mantenerme con vida... Últimamente no me he encontrado demasiado bien. Desde hace unos treinta o cuarenta años, a decir verdad. Supongo que ya estoy entonando el canto del cisne, como suele decirse. Claro que Noé llegó a los novecientos cincuenta; la diferencia es que yo existo de verdad.

—¿Quién? —preguntó Kim Jong-un.

—Noé, el de la Biblia. Una lectura muy amena. Ay, espere, ¿qué digo? Supongo que no la habrá leído, porque entonces tendría que ejecutarse usted mismo, si he entendido bien sus leyes.

¿Al maldito suizo se le había ocurrido mencionar la Biblia (un libro prohibido) en medio de una cena en el palacio de la República Popular Democrática? Ahora sí que había cruzado una línea.

Pero Margot Wallström acudió entonces al rescate: intervino agradeciendo al Líder Supremo la oportunidad de reunirse en privado.

Kim Jong-un asintió, pese a que no había prometido nada semejante.

—Mañana estaré ocupado con asuntos importantes, pero podríamos quedar para comer al día siguiente. Y luego podrá irse, señora Wallström: váyase y dígales que tengo en mis manos al experto en armas nucleares más grande del mundo. Eso debería bastar para que Estados Unidos mostrara cierta humildad, siempre que esa virtud exista en dicho país.

Margot Wallström bebió un trago extraordinariamente largo de su copa de vino para calmar los nervios, mientras se preguntaba qué podría pasar si a alguien se le ocurría reunir a Kim Jong-un y a Benjamin Netanyahu en la misma sala: la monumental falta de sentido del humor y del ridículo de uno frente a la monumental falta de sentido del humor y del ridículo del otro; sólo faltaría que el mediador fuera Donald Trump.

•

Durante todo el trayecto desde el palacio hasta el hotel, Julius estuvo taladrándole la oreja a Allan: ¿cómo demonios se le había ocurrido discutir de esa manera con el Líder Supremo?

—¿Discutir? ¿Acaso alguien ha muerto por un poquito de sinceridad?

—¡Aquí, desde hace ya unos cuantos años, la sinceridad ha hecho que la gente cayera como moscas!

¿Quería Allan que se sumaran a la lista?

Allan admitió que no.

—Pero ¿puedes dejar de preocuparte por todo? —añadió—. Son tonterías. Esto saldrá bien, ya verás.

—¿Cómo demonios esperas que salga bien? ¡Después de lo de esta noche no nos va a soltar!

—Antes tampoco nos habría soltado. No tengo ninguna intención de ayudar a ese charlatán, o no más de lo necesario. Cuando se dé cuenta, será mejor que hayamos abandonado el país, si es posible en compañía de ese maletín que tanto lo enorgullece.

—¿Y cómo pretendes conseguir que desaparezcamos?

—Con la ayuda de esa encantadora ministra sueca de Asuntos Exteriores. ¿Ya te has olvidado de ella?

—Dame más detalles, Allan.

—El diablo está en los detalles.

•

De la cena medio surrealista en el palacio del Líder Supremo, Margot Wallström se fue directamente en su limusina a la embajada sueca para poner en marcha la preparación de los pasaportes. No se trataba tan sólo de sacarse de la manga un par de pasaportes en la embajada: Suecia era Suecia y las normas eran las normas.

Al jefe de la policía fronteriza de Suecia no le alegró demasiado la llamada desde Pyongyang. Titubeó, se opuso, volvió a titubear y planteó una serie de objeciones formales cuando la ministra le pidió que expidiera dos pasaportes diplomáticos cuya adecuación a las normas era extremadamente dudosa. Dijo que no entendía cómo podía ser que la ministra lo pusiera en semejante situación.

Como no iba a servir de nada explicarle que debía sacar a dos suecos de Corea del Norte si quería evitar la Tercera Guerra Mundial, Margot Wallström decidió cambiar de táctica: le dijo al jefe de la policía fronteriza que no hacía falta que él entendiese lo que estaba haciendo, lo importante era que hiciera lo que ella le decía. Cuando el jefe de la Policía de Pasaportes replicó, preguntándose una vez más si la ministra le estaba sugiriendo en serio que falsificara firmas y preparase pasaportes para dos personas a las que nadie había visto la cara siquiera en la oficina de pasaportes de Estocolmo, ella contestó con un simple:

—Sí, y he dicho pasaportes diplomáticos.

—He entendido que quiere que sean diplomáticos, aunque todo lo demás...

—En cuanto a todo lo demás, o hace lo que le digo o hace lo que le digo. Si le parece necesario, puedo pedirle al primer ministro que se ponga en contacto con usted y le repita la orden; si no es suficiente, tengo contactos en la casa real: si quiere, el rey puede llamarlo por teléfono, y también el portavoz. ¿Con quién más le apetecería hablar? ¿Con el secretario general Guterres?

El hombre guardó silencio; ¿qué tenía que ver el rey con todo eso?

—Por favor, señor jefe de la Policía de Pasaportes, no tenemos mucho tiempo: la vida de dos ciudadanos suecos está en juego, aparte de otras muchas vidas.

Al fin, accedió a seguir adelante con la solicitud, con la condición de que se la mandara por escrito cuando le transmitiera por vía electrónica las fotografías y las firmas.

—Sí, sí —dijo la ministra de Asuntos Exteriores Margot Wallström—, pero hay que hacer los pasaportes de inmediato y mandarlos por valija diplomática a Pyongyang antes de una hora.

—¿Tan rápido? Pero si ya es casi la hora de comer...

—De eso nada.

Estados Unidos

—¿Qué demonios...? —le dijo el presidente Trump al asesor de Seguridad Nacional H. R. McMaster, flamante sustituto del asesor de Seguridad Nacional Michael T. Flynn, quien, por supuesto, se había convertido en un riesgo para la seguridad nacional.

El caso era que la Fox había emitido el vídeo de una supuesta rueda de prensa en Corea del Norte y Breitbart News había publicado un artículo sobre el asunto: con eso, el presidente sabía todo lo que hacía falta saber sobre el tema, si no fuera porque seguía sin tener ni idea de cuál era la situación en realidad.

Esa zorra sueca de Wallström se había empeñado en mantener una reunión secreta con Kim Jong-nosecuántos en... en como se llame la capital de Corea del Norte. ¡Y va y se planta a su lado en la televisión coreana! ¿Le parecía muy discreto salir con ese loco de remate? Y por si fuera poco, le había dado un abrazo en directo a un comunista suizo que se encontraba allí para mejorar el programa norcoreano de armamento nuclear.

—Bueno —dijo el teniente general McMaster—, en realidad ella no ha abrazado al suizo comunista: puede que los de Breitbart se hayan equivocado en eso.

El presidente rechazó el comentario del asesor de seguridad con un ademán. Cuando Wallström volviera, iba a tener que darle un tirón de orejas; pero ¿quién era ese comunista al que le había dado un abrazo?

—Ya le he dicho que no lo ha abrazado.

El presidente Trump estuvo un buen rato maldiciendo a los suizos engreídos antes de darse cuenta de que en realidad debía llamarlos. Cogió el teléfono y ordenó a su secretaria que lo pusiera en línea directa con el presidente de Suiza.

—Y ya que estamos, averígüeme su nombre —le dijo a la secretaria, que le contestó que se llamaba Doris Leuthard y que, visto su nombre de pila, lo más probable era que se tratara de una mujer.

—¿Otra zorra? ¡Manda huevos! Bueno, venga, páseme esa llamada.

—Son las dos de la madrugada en Europa, señor —dijo la secretaria.

—Bien —dijo el presidente Trump.

Suiza, Estados Unidos

Para la presidenta Leuthard había sido una mañana frenética que se había convertido en una tarde y una noche frenéticas. Se había obligado a acostarse justo después de la una con la esperanza de estar más o menos recuperada a la mañana siguiente, hacia las seis.

Había conseguido dormir unos cuarenta y cinco minutos cuando la despertó su ayudante: llamada entrante de la Casa Blanca, Washington.

Doris Leuthard se incorporó. Se sentía mareada, pero se espabiló: si te llama el presidente de Estados Unidos no puedes simplemente dar la vuelta a la almohada y seguir durmiendo.

—Buenos días, señor presidente —dijo Doris Leuthard—. ¿Que si me ha despertado? Ah, no, no se preocupe.

—Perfecto —dijo el presidente Trump—, porque en Zúrich ya es de noche, ¿no?

Sí, la presidenta Leuthard le confirmó que en efecto era así; igual que en Berna, donde vivía ella. En cualquier caso, ¿cuál era el motivo de su llamada?

Doris Leuthard hizo la pregunta, pero ya intuía la respuesta: desde la tarde anterior, la confederación que ella representaba estaba sumida en el asombro y la perplejidad ante el hallazgo de un compatriota desconocido en Pyongyang. Desde entonces, tanto ella como su Consejo Federal habían trabajado intensamente con sus servicios de inteligencia y sus contactos para averiguar qué estaba ocurriendo.

El presidente Trump prefería gritarle a su colega suiza en vez de hablar con ella. Le preguntó qué estaban haciendo y quiso saber si se daba cuenta de que estaba desafiando a Estados Unidos al iniciar una colaboración con Corea del Norte en materia de armamento nuclear. Además, eso contradecía totalmente las sanciones contra dicho país que había ratificado la Unión Europea.

Como Doris Leuthard hizo una pausa un poco larga para respirar hondo antes de contestar, Donald Trump aprovechó para decirle que pensaba asegurarse de que la Unión Europea expulsara a Suiza si no retiraba de inmediato todas las ayudas que hubiera destinado a ese loco de allí abajo.

La presidenta Leuthard no sabía ni por dónde empezar; ¿cuántos errores podía llegar a cometer un presidente en tan poco tiempo?

—Bueno, Suiza no pertenece a la Unión Europea, así que le resultará difícil conseguir que nos expulsen, señor presidente. Aparte de eso, no estoy segura de que sus poderes presidenciales lleguen hasta el extremo de poder rehacer la lista de estados miembros de la Unión Europea. Por cierto, las sanciones contra Corea del Norte las regula la ONU, de la que nosotros somos miembros: si es eso lo que quiere modificar, tendré que pedirle que llame y despierte a Guterres, su secretario general, en vez de a mí.

—Pero si me ha dicho que no estaba durmiendo —objetó el presidente Trump.

Doris Leuthard tuvo la lucidez suficiente para no iniciar una conversación con el presidente de Estados Unidos sobre si estaba o no durmiendo a las dos de la madrugada; en lugar de eso, le dijo que compartía su preocupación.

—No tenemos ni idea de quién es ese que afirma ser suizo, pero estamos trabajando intensamente para averiguarlo, se lo aseguro.

—Mejor así —contestó el presidente Trump—, y tendrá que hacer algo más que eso. En cuanto sepa algo, me llama de inmediato, ¿entendido?

La presidenta Leuthard estaba cansada de por sí, pero después de dos minutos al teléfono con el presidente estadounidense estaba exhausta.

—Cuando lo sepamos, tomaremos las medidas más convenientes. Las circunstancias dictarán cuáles deben ser. No puedo prometerle, aunque tampoco lo puedo descartar, que le vaya a informar personalmente, sobre todo ahora que ha expresado su deseo de que así sea. La Confederación Suiza, en cualquier caso, se atiene al derecho de tomar sus propias decisiones en lo que concierne a la seguridad nacional.

El presidente Trump colgó sin decir adiós. Se puso a murmurar mientras intentaba entrar en Breitbart.com para comprobar si los suizos sabían más de lo que había querido admitir su presidenta, pero ni siquiera los de Breitbart parecían tener la oreja suficientemente pegada al suelo.

Mientras Donald Trump hablaba con esa horrible mujer suiza, ocurrieron dos cosas al otro lado de la puerta de su despacho. La primera era que Ryan Hutton, un agente retirado de la CIA, había llamado a la Casa Blanca y había conseguido, tras dar algunos rodeos, que le pasaran al asesor de Seguridad Nacional, McMaster. El agente Hutton tenía casi ochenta años, pero afirmaba conservar intactos el intelecto y la visión. Si el teniente general así lo deseaba, Hutton podía decirle quién era el experto suizo en armamento nuclear de Pyongyang.

—Adelante, por favor —dijo H. R. McMaster.

Bueno, en primer lugar el suizo en cuestión era sueco, ni más ni menos. Se llamaba Allan Karlsson y debía de tener cerca de cien años ya. Después de haberse pasado los años cincuenta en un gulag soviético en Siberia por haber desafiado a Stalin en público, en los setenta y ochenta había sido agente a sueldo de Estados Unidos en Moscú. Pero antes de todo eso le habían concedido la Medalla Presidencial de la Libertad por su aportación crucial en la fabricación de la primera bomba atómica del mundo.

—¿Otro sueco? —fue el primer comentario del presidente Trump—. ¿Pues cuántos hay allí? ¿Qué le pasa a ese país?

—Se trata de un hombre que recibió nuestra Medalla de la Libertad, señor presidente.

—Ya, de eso hace sesenta años: ha tenido mucho tiempo para olvidar qué es la libertad. Si no, ¿qué hace en Pi-oy... Piong... P...?

—Pyongyang, señor. No lo sabemos. El caso es que no sabemos nada más, aparte de lo que se ha dicho en esa rueda de prensa y de los datos aportados por Hutton, el ex agente de la CIA.

—Dos suecos y un norcoreano: eso son tres comunistas en fila —dijo el presidente Trump—. Tráigame a esa jodida de Wallström ahora mismo, antes de que Suecia conquiste el mundo entero. ¿Hay algo más? Quiero un poco de paz y tranquilidad.

Sí, según el asesor de Seguridad había algo más: lo segundo que ocurrió mientras Donald Trump hablaba con aquella horrible mujer suiza tenía que ver con ciertos micrófonos que la Agencia Nacional de Seguridad había instalado en un hotel de Pyongyang. Como en aquel hotel no solía alojarse casi nadie, nunca había demasiado que oír, pero por lo visto les había tocado el gordo: al parecer, se estaba transportando con regularidad hacia Corea del Norte algo a lo que, en sus mensajes codificados, se referían como «espárragos». La cifra de quinientos millones había aparecido por algún lado, sin duda eran dólares.

Al presidente Trump le gustaban los espárragos, pero vivía tan tranquilo sin saber que la variedad más exclusiva, servida en muchos de sus hoteles de Estados Unidos, se importaba de Suecia: la marca era Gustav Svensson.

—¿Quinientos millones de dólares por unos espárragos? —dijo el presidente Trump—. Tan buenos no son. Averigüe qué significa ese código.

Corea del Norte

Allan y Julius se reunieron con la ministra Wallström en el salón del desayuno antes de empezar la primera jornada de trabajo de los dos amigos en la fábrica de plutonio que había al norte de Pyongyang.

Mientras los tres tomaban asiento, ella les contó que los pasaportes diplomáticos que les había prometido iban a llegar por mensajero desde Pekín. Si todo iba bien, estaría en condiciones de entregárselos al día siguiente por la mañana.

—He pensado mucho en todo esto, pero no se me ocurre que pueda hacer nada más por ustedes.

—Sólo con eso, nuestra situación ha mejorado mucho —dijo Allan.

Julius se limitó a asentir. La ministra de Asuntos Exteriores le seguía pareciendo fantástica, pero nadie lo era tanto como para quitarle de la cabeza que su vida estaba a punto de acabar y que nunca volvería a ver sus adorados espárragos ni el dinero que producían.

—Mi reunión con Kim es mañana —siguió diciendo Margot Wallström—. Ya me ha hecho saber que quiere que luego me vaya de aquí, lo que significa que mi partida tendrá lugar, como muy tarde, al día siguiente. ¿Han tenido tiempo de pensar el modo de escabullirse conmigo?

«¿Lo hemos tenido, Allan?», se preguntó Julius.

Pero el hombre de los ciento un años tenía la cabeza ocupada en otras cosas. En vez de responder, dijo que su tableta negra parecía estar del mejor humor posible en ese preciso momento. Primero estaba el parlamentario polaco de la Unión Europea que había afirmado que las mujeres tenían que cobrar menos que los hombres porque eran menos inteligentes. A propósito de la inteligencia de los hombres, Trump acababa de tuitear desde Estados Unidos que una de las actrices más premiadas y más queridas del mundo era una incompetente. Y en Brasil se acusaba de corrupción al presidente Temer, que acababa de reemplazar a la presidenta Rousseff, salpicada por varios casos de corrupción y expulsada del cargo tras haber reemplazado a Lula, que estaba a la espera de que lo encerrasen también por corrupción.

—¿No escribió alguien que los humanos merecen compasión? —dijo Allan, y añadió que, hablando de Trump, no acababa de entender qué era eso de «tuitear».

Julius le dedicó una mirada inexpresiva a su amigo.

La ministra dijo que, si se presentaba la ocasión, estaría encantada de explicarle a Karlsson el fenómeno de Twitter, o, ya puestos, podían incluso sumergirse en la historia de la literatura sueca, pero que en ese momento el asunto más urgente que tenían entre manos era saber si los caballeros habían urdido algún plan de supervivencia.

Allan dijo que, si tan empeñada estaba la ministra en cambiar de tema, entonces su respuesta sería que la palabra «plan» tal vez era una exageración.

—Bien, señor Karlsson, ¿qué diría usted que tienen, si no llega a ser un plan?

—Nada de nada —dijo Allan—, salvo problemas y una relativa confianza. Que tengamos más problemas o más confianza depende de a cuál de los dos se lo pregunte.

Margot Wallström dijo que se lo estaba preguntando a ambos, pero daba la impresión de que Julius rozaba la desesperación, así que le tocaba a Allan hablar por los dos.

Probablemente, cuando hubieran terminado su primera jornada de trabajo en la fábrica de plutonio, verían las cosas mucho más claras: a veces las soluciones parecen llegar como caídas del cielo cuando menos te lo esperas. Así había sucedido, por poner un ejemplo reciente, estando él y Julius con el agua por las rodillas en una cesta de mimbre en alta mar. El agua estaba templada, así que en ese sentido no les iba mal, pero no tenían mucho más de lo que alegrarse.

—Y entonces apareció un barco y vino a rescatarnos: eso fue un golpe de suerte.

—¿Seguro? —dijo Julius, que se acababa de despertar de su parálisis—. ¿Ese maldito barco no podría haber sido de cualquier otro país?

—Cómete el desayuno, Julius. Se puede ir a parar a países peores... o tal vez no, pero el caso es que estamos aquí. Puede que la comida sea un poco rara, pero sabe bien.

La mesa estaba llena de arroz, pescado, una sopa amarilla de ingredientes desconocidos y una cosa a la que llamaban *kimchi*. El bodegón se completaba con café y cruasanes franceses que establecían una alianza impía con todo lo demás.

—Me acuerdo de cuando estuve en China justo después de la guerra para volar aquellos puentes. En esa época encontrar café era impensable, aunque sí tenían un vodka hecho con arroz. No era lo peor que uno pudiera imaginarse para empezar el día.

La ministra de Asuntos Exteriores no sabía si dejarse impresionar por la personalidad locuaz de Karlsson o sumarse a la desesperación de Jonsson. De todos modos, como ninguna de las dos opciones cambiaba en nada la situación de los caballeros, lo dejó estar.

—A medida que se acerque el momento inevitable de mi partida, les informaré de la hora exacta. Si aparecen, perfecto; de lo contrario, les prometo que provocaré un escándalo diplomático tremendo en cuanto aterrice en Occidente. Sé perfectamente que no debo tirar de ningún cabo suelto más mientras esté aquí: si a nuestro amigo del palacio se le mete en la cabeza que estoy infringiendo alguna ley es capaz de hacerme arrestar. ¡Una representante del Consejo de Seguridad de la ONU encarcelada en Corea del Norte! Esto provocaría una crisis cuyas dimensiones no podrían compararse con nada que hayamos visto hasta ahora; ¿entienden la situación en que me encuentro?

Allan se dio cuenta de que la ministra se había terminado el desayuno y estaba a punto de levantarse.

—¿Puedo comerme ese cruasán, dado que usted ya se va...?

—Maldita sea, Allan —dijo Julius.

La ministra Wallström dijo que Allan podía quedárselo si quería y a continuación se disculpó: tenía asuntos que atender en la embajada para preparar su reunión inminente con Kim Jong-un. ¿Que qué sentido tenía? Ella también se lo preguntaba, pero en fin...

Así que se fue y, mientras esperaba en el vestíbulo la llegada de su limusina, oyó que Karlsson hablaba con su amigo del presidente turco Erdogan y le contaba cómo éste había llamado «fascista» a toda la población de los Países Bajos, «nazi» a la canciller alemana Angela Merkel y había descrito Israel como un estado terrorista que dedicaba la mayor parte de sus recursos a matar niños.

—Me importa una mierda ese Erdogan, o como quiera que se llame —dijo Julius enojado.

—A mí también, en realidad —dijo Allan—. Pero ¿no te parece que exagera un poco?

La limusina llegó y Margot Wallström fue invitada a entrar. Mientras se instalaba en el interior se preguntó si el mundo había enloquecido a Karlsson o viceversa.

•

Mientras que a Allan no parecía interesarle nada fuera de su tableta negra, Julius se animó y decidió hacer todo lo posible por aumentar sus posibilidades de salvación. Empezar por adquirir algunos conocimientos no era ninguna estupidez en esas circunstancias, así que decidió estudiar un poco y aprovechar para estirar las piernas.

Ryugyong tenía cuatro puertas de salida. En cada una de ellas había dos guardias (aunque los llamaban «guías») siempre dispuestos a llevar al suizo y a su ayudante de vuelta a su habitación si intentaban irse por su cuenta. Escapar de ese hotel no les iba a resultar tan fácil como del anterior, con o sin globo. Por cierto, ¿qué pensaban hacer? ¿Cruzar todo Pyongyang paseando para llegar hasta el aeropuerto? ¿Llamar un taxi? ¿A qué teléfono? ¿Y en qué idioma lo iban a pedir? ¿Y cómo iban a pagarlo? ¿Qué les hacía pensar que no sonaría la alarma en cuanto lo intentaran?

¿Y un conductor privado? Un chófer tenía que llevarlos los siguientes seis días por la mañana a la fábrica de plutonio y luego de vuelta al hotel: a lo mejor si Allan lo seducía como sólo él sabía hacerlo, tendría la amabilidad de pasarse por el aeropuerto.

Julius volvió junto al hombre de los ciento un años, que seguía en el salón del desayuno. Eran casi las nueve de la mañana. Allan se había acabado el *kimchi* y todos los cruasanes que quedaban menos el último, que se había guardado en el bolsillo para más tarde. Le dio la bienvenida a Julius y le dijo que había encontrado más información en la tableta. Antes de que Julius pudiera detenerlo, le explicó que el coste del muro entre México y Estados Unidos iba a cuadruplicar lo que costaría terminar con la hambruna de África Oriental.

—¿La hambruna de África Oriental?

Julius odiaba la tableta negra de Allan: echaba de menos al viejo tal como era antes de que todas las desgracias del mundo lo abrumaran.

—Y escucha esto —siguió Allan.

En un hospital recién inaugurado del Gran Estocolmo se acababan de instalar ciento sesenta y cinco váteres defectuosos. Por lo visto el agua salía por donde no debía, así que habían tenido que reconstruirlos todos, lo que sin duda debía de haber costado media hambruna africana.

Julius estalló:

—Ya estoy harto. Los niños hambrientos y los váteres defectuosos tienen toda mi solidaridad, pero ¿no podrías meterte en la cabeza que nos van a pegar un tiro dentro de unos días? ¿Qué te parece si damos prioridad a las cosas en su debido orden de una vez por todas?

Allan se hizo el ofendido.

—¿Has pensado algo por ti mismo mientras yo me ponía al día con el mundo o te has pasado todo el rato gimiendo y lloriqueando?

Julius le habló de los guardias de las salidas y le recordó las reglas que debían cumplir. Dichas reglas incluían, por cierto, que en menos de un minuto tenían que estar sentados en un coche que los esperaba fuera. El coche podría ser la solución de sus problemas de transporte: el coche y el hombre sentado al volante.

—En ese caso, supongo que deberíamos ir a saludarlo: siempre es emocionante conocer a alguien nuevo. Venga, amigo mío, ¡y alegra esa cara!

El chófer recibió a los dos extranjeros con un saludo y luego les pidió que montaran en el asiento trasero, a poder ser habiéndose desprendido antes del barro de los charcos.

—Prefiero sentarme delante para que podamos hablar —dijo Allan—. Por cierto, qué inglés tan fantástico el suyo.

Julius montó detrás y cuando el chófer quiso darse cuenta Allan ya estaba instalándose delante.

—No es del todo correcto —dijo, volviendo a ponerse al volante.

—Me llamo Allan —dijo Allan—. ¿Cómo se llama usted? Tengo entendido que Kim es un apellido muy común.

El chófer dijo que su nombre era tan intrascendente como él mismo, pero que se tomaba su trabajo muy en serio. Como ya sabían, los caballeros debían estar listos cada mañana a las nueve en punto para poderlos transportar al laboratorio, mientras que el trayecto de regreso estaba programado a las dieciséis horas. Se suponía que el hombre sin nombre debía quedarse esperándolos a la puerta del laboratorio todos los días por si se producía algún incidente imprevisto.

—Tengo entendido que el aeropuerto es bonito —dijo Allan—, tal vez podamos echarle un vistazo mañana o un día de éstos. ¿Le parecería bien al Innombrable?

No le parecía bien: el único desvío de la ruta entre el hotel y el laboratorio se produciría esa misma tarde, pues el chófer tenía órdenes de llevar a los caballeros al principal centro comercial de Pyongyang.

—Pero sin duda un pequeño rodeo no puede...

—Sí que puede —respondió el chófer.

No era un tipo agradable. Allan sacó su cruasán extra del bolsillo de la chaqueta y el chófer reaccionó horrorizado. Detuvo el coche y dijo que toda consumición quedaba terminantemente prohibida en su vehículo.

—¡Tire ese alimento a la cuneta de inmediato!

¿Tirar comida? ¿Eso le parecía una buena idea? Si Allan lo había entendido bien, en aquel país la comida era menos abundante que los desfiles militares.

—¡Nadie pasa hambre en la tierra del Líder Supremo! —dijo el chófer—. ¡Tírelo ahora mismo!

Allan obedeció.

—Eso no quiere decir que no pueda tener hambre —aclaró el chófer.

No se dijo ni una palabra más en el coche hasta que el conductor volvió a abrir la boca.

—Hemos llegado.

—Gracias por un viaje tan agradable —dijo Allan.

•

Moverse de un lado a otro a su antojo les resultó tan imposible en la fábrica de plutonio como en el hotel. Sin embargo, la seguridad allí se limitaba a un solo guardia que inspeccionaba a todo el que pasara en cualquier dirección, así como cualquier cosa que pudiera llevar consigo.

—Muy buenos días —saludó Allan—, me llamo Allan Karlsson y me gustaría saber si usted, al contrario que nuestro chófer, tiene un nombre.

El guardia aseguró a Allan que lo tenía; sin embargo, en aquel momento su objetivo primordial era revisar los bolsillos del señor Karlsson: no podía permitir que nada inapropiado entrara o saliera de la fábrica.

Allan dijo que confiaba en que ni él ni su amigo Julius merecieran el calificativo de «inapropiado», ya que eso les causaría problemas a todos los implicados.

—Bien —convino el guardia, y dejó entrar al supuesto suizo.

El plan de Allan era pasar el día hablando de tonterías con el director de laboratorio, que sustituía a un colega que había fallecido recientemente. Era el mismo hombre que los había recibido el día anterior en el puerto de Nampo.

Allan se empeñaba en saber cómo se llamaba la gente, pero los norcoreanos seguían haciéndose los duros.

—Puede llamarme señor Ingeniero —dijo el director de laboratorio.

—Ah, ya veo —contestó Allan—. Si tiene que ser así, quiero que a mí me llamen señor Karlsson.

—Es como lo llamamos —dijo el ingeniero.

Una vez resuelta la cuestión de los títulos, Allan dedicó una considerable parte del día a perder el tiempo. Soltó un discurso sobre la importancia de mantener limpio el laboratorio, otro sobre el hecho de que el armamento nuclear era un asunto muy serio y un tercero sobre lo mucho que merecía la pena esperar la próxima primavera.

El ingeniero se impacientó.

—¿No va siendo hora de que nos pongamos a trabajar?

—¿Ponernos a trabajar? —dijo Allan—. Eso es justo lo que estaba pensando; pensaba: «Ya va siendo hora de que nos pongamos a trabajar.»

El plan de Allan, todavía básicamente incompleto, por supuesto, preveía que Julius y él abandonarían el país con los mismos cuatro kilos de uranio enriquecido con los que habían llegado. Un factor positivo era que no tendrían que buscar el maletín porque ya no estaba en la mesa del palacio del Líder Supremo: ahora estaba a la vista, apoyado en una pared del laboratorio por si alguien lo necesitaba.

—Antes que nada, solicito permiso para poder inspeccionar visualmente el uranio que he venido a refinar —dijo Allan.

—¿Por qué? —preguntó el ingeniero.

Allan no sabía muy bien por qué, pero seguro que había alguna buena razón para saber qué pinta tenía el objeto que pensaba robar.

—Para asegurarme así de que no los hayan engañado —dijo—: si supiera la cantidad de uranio falso que se vende estaría muerto de miedo, señor Ingeniero. Aunque tal vez ése sea el caso.

—¿Qué caso?

—Que esté usted muerto de miedo. ¿Y bien?

El ingeniero negó con la cabeza, considerando la posibilidad de que el experto estuviera senil, y se fue a buscar el maletín. Lo depositó en la mesa del laboratorio y lo abrió.

El uranio enriquecido tiene una densidad alta y no es terriblemente peligroso desde el punto de vista de la radiación. Lo que vio Allan era un paquete del tamaño de un ladrillo cubierto de una capa fina de plomo. Midió el largo y el ancho.

—Veintiocho por doce centímetros: eso significa que dentro del plomo mide veintisiete por once. ¡Perfecto, está correcto! Lo felicito, señor Ingeniero.

El ingeniero estaba sorprendido, no tanto por el veredicto como por la rapidez con que lo había alcanzado.

—¿Ya ha concluido su inspección? ¿No quiere abrir el paquete?

—No, ¿para qué abrirlo? La medida es correcta. Vamos a pesarlo, para estar más seguros.

Allan se lo llevó a la báscula del laboratorio, a pocos metros de donde estaban.

—¿Cuál sería el peso correcto? —preguntó el ingeniero.

Allan no respondió hasta que vio la cifra en la báscula.

—Cinco coma veintidós kilos, exactamente; si incluimos la capa de ocho milímetros de plomo, claro. Doble felicitación, señor Ingeniero. Al final resultará que sabe usted lo que hace.

El ingeniero no lo entendía.

—¿Al final?

—No discutamos por unas palabras; ¿por qué no volvemos a dejar el maletín donde estaba, tal vez así podamos por fin pasar a otra cosa? Tenemos mucho que hacer y muy poco tiempo.

El ingeniero se preguntó cómo podía ser culpa suya que no consiguieran adelantar.

—Bueno, ¿por dónde íbamos? —preguntó Allan—. ¿Hemos hablado ya de lo importante que es mantener el laboratorio limpio?

—Sí —contestó el ingeniero—, dos veces.

—¿Y de lo importante que es asegurarse de que el uranio tenga el peso correcto?

—¿No es lo que acaba de hacer?

Julius lo miraba sin hablar: era racionalmente imposible imaginar la existencia de un talento natural mayor que el de Allan.

• • •

El ingeniero recién nombrado director de laboratorio estaba pasando un mal rato. Su futuro dependía por completo de los resultados del trabajo de Allan Karlsson, sobre todo porque era él quien había hablado bien del suizo ante el Líder Supremo después del breve encuentro en el puerto.

Por el momento, la central de plutonio no había obtenido los resultados previstos y los rusos no hacían más que marear la perdiz cuando les recordaban su promesa de entregar una centrifugadora. Como último recurso, el ingeniero había solicitado uranio enriquecido, el ingrediente que debía permitirles cumplir con las expectativas del Líder Supremo.

El ingeniero había reaccionado con relativo horror al saber que los mencionados rusos habían conseguido un contacto en África, que él había recibido el primer cargamento (un cargamento que, según sus órdenes, era meramente simbólico, pensado para comprobar que las cosas podían salir bien) y que en el paquete iba incluido un anciano experto del que se decía que era capaz de multiplicar por cinco o por diez el rendimiento de la misma cantidad de materia prima. «¿Presión hetisostática mil doscientos?» El ingeniero no era tonto, pero por mucho que se esforzara no conseguía llegar a ninguna conclusión lógica a partir de ese concepto. Por suerte, aún le quedaban cinco días: al día siguiente intentaría llevar él las riendas de la conversación, y bien cortas.

En el trayecto hasta el centro comercial, mientras Julius echaba una cabezadita en el asiento trasero, Allan iba sentado delante, pensando. Al fin y al cabo, no tenía con quién hablar. Reflexionó un poco más y después de un rato se dirigió a Julius:

—¿Sabes lo que tengo?

Julius abrió un ojo.

—No, no lo sé, ¿qué tienes?

—Un plan.

Julius se despertó de inmediato.

—¿Para sacarnos de este país?

—Sí. Es lo que querías, ¿no? ¿O has cambiado de opinión?

Su amigo sentado en el asiento trasero le aseguró que no había cambiado de opinión: quería saberlo todo de inmediato.

La idea de Allan era engañar al ingeniero para que se fuera, de modo que ellos pudieran escabullirse, pasar el control de seguridad con el maletín del uranio y convencer al chófer para que abandonara el coche, ya que probablemente sería imposible convencerlo de que los llevara al aeropuerto.

Julius procesó lo que Allan acababa de decir.

—¿Ése es tu plan?

—Sí, en resumen.

—Con independencia de todo lo demás, ¿cómo piensas pasar el uranio ante el guardia de la puerta? ¿Y cómo harás para que el chófer abandone el coche? ¿Y cómo nos meteremos en el avión de la ministra sin que nos pille el personal del aeropuerto?

Allan dijo que eran demasiadas preguntas a la vez para el cerebro de un anciano.

Los grandes almacenes de Pyongyang, los únicos que merecían tal nombre, consistían en cuatro plantas llenas de objetos y vacías de gente que pudiera comprarlos. El chófer anónimo guió a Allan y Julius por todas las plantas.

En la planta baja había ropa de hombre y de mujer; la primera ya la tenían, la segunda no la necesitaban.

En la segunda planta se vendían zapatos, abrigos, guantes y bolsos. ¿Por qué no comprarse un abrigo cada uno? Total, pagaba el Líder Supremo, y hacía muchísimo frío.

Junto a los abrigos, en un estante, había una hilera de unos cuarenta maletines, todos idénticos entre sí e idénticos al que contenía el uranio en el laboratorio. Por lo visto, en Corea del Norte se fabricaba un único modelo de maletín.

—El comunismo tiene sus cosas buenas —dijo Allan cogiendo uno.

Julius comprendió que el hombre de ciento un años acababa de tomar la decisión de hacer un cambiazo.

En la tercera planta no había nada interesante: algunos juguetes de oferta y un surtido de material de escritura y dibujo artístico. Allan iba delante; Julius, unos pasos por detrás de él, y el conductor, con pinta de aburrido, unos pasos por detrás de Julius.

Al llegar a la cuarta planta, este último cogió un rollo de cinta de plomo.

—¿Qué te parece esto, Allan?

—Qué listo: creo que ya tenemos todo lo que necesitamos.

Al volver a la planta baja vieron a una joven junto a la caja registradora esperando que apareciera algún cliente. Cuando Allan y Julius dejaron los abrigos, el maletín y la cinta en el mostrador, el chófer le dijo que mandara la cuenta al Líder Supremo, momento en el que la dependienta se desmayó. El chófer la recogió del suelo, se disculpó ante los suizos y lamentó no haberlo pensado antes.

En el breve trayecto de vuelta al hotel, el chófer tuvo tiempo de subrayar ante Julius, que iba sentado detrás, y Allan, que seguía empeñándose en ir delante, que a la mañana siguiente estaba terminantemente prohibido meter en el coche nada del bufet del desayuno.

—¿Ni siquiera un poco de *kimchi*? —preguntó Allan.

—Especialmente el *kimchi.*

—Tomamos nota, señor Anónimo. Madrugaremos más todavía para asegurarnos de que cuando volvamos a vernos estemos desayunados y en plena forma.

Allan pasó el resto de la tarde sentado a la mesa de la habitación del hotel con su tableta negra. Esta vez también tenía papel y bolígrafo. Parecía estar escribiendo fórmulas químicas y de vez en cuando soltaba un «¡ajá!» de satisfacción. Mientras tanto, Julius revisaba toda la habitación en busca de algún objeto que pudieran envolver con la cinta de plomo. Al final, se conformó con la caja de artículos de aseo que había en el lavabo.

—Buena elección —lo felicitó Allan—: perfecta por su tamaño y por todo.

Tanto la forma como el aspecto de la caja eran muy parecidos al bloque de uranio enriquecido del ingeniero. Pesaba mucho menos, claro, pero qué iba a saber el guardia de la puerta.

Justo antes de la medianoche, Allan terminó de escribir y surfear la red.

—Ya está. Mañana, el ingeniero y yo podremos evitar muchos más temas de conversación.

Corea del Norte

Estaba claro que, después de todo, Allan había concebido un plan. Y lo más importante, Julius había logrado entender en parte lo que implicaba, aunque sólo en parte.

Al día siguiente, en el salón del desayuno, Allan encontró debajo de una de las mesas auxiliares una caja de plástico con tapa llena de cucharillas. Volcó su contenido en la mesa con la intención de quedarse la caja, momento en el que una camarera oyó el repiqueteo metálico y acudió a toda prisa para preguntarle qué estaba haciendo.

Allan le pidió a Julius que sobornara a la camarera con el mechero de oro que le había robado al director del hotel de Indonesia.

—No se lo robé —protestó Julius mientras llegaba a un acuerdo rápido con la camarera—, lo que pasa es que acabó en mi bolsillo.

Allan no se tomó la molestia de ponerse a discutir sobre la definición de «cleptomanía».

—Llene esta caja de leche y muesli, por favor. Luego ciérrela bien y deje todo lo demás en manos del hombre cuyo mechero acaba de heredar.

La mujer dejó de mirar su reflejo en la superficie del objeto recién adquirido y salió disparada.

—Leche con muesli debe de ser lo último que nuestro chófer desee ver en su coche —dijo Julius.

—Veo que estamos en buena sintonía —le contestó Allan.

La papilla era necesaria para echar al chófer del coche. Ni Allan ni Julius tenían el músculo suficiente para sacarlo por la fuerza y sabía perfectamente dos cosas: primero, que el chófer no abandonaría el coche por su propia voluntad; segundo, que no los iba a llevar al aeropuerto por mucho que lo intentaran.

La ministra de Asuntos Exteriores, Margot Wallström, se unió a ellos. Se tomó un café y un cruasán franco-coreano de pie junto a la mesa de los caballeros y les dijo que tenía mucha prisa. Los pasaportes diplomáticos habían llegado, tal como se esperaba. La ministra se los pasó envueltos en una servilleta.

—Muy agradecidos, señora ministra —dijo Allan—: ¿cuándo se espera que tenga lugar la partida? Hoy tenemos que ocuparnos de algunas cosas, no estaría mal saberlo.

La ministra de Asuntos Exteriores estaba precisamente a punto de darles esa información: Kim Jong-un le había hecho llegar el mensaje de que su próximo encuentro no sólo sería el último, sino que además sería previo a su salida del país esa misma tarde.

—En pocas palabras, no quiere saber nada de mí, al contrario que el presidente Trump, cuyo personal me ha ordenado que me presente para darle algunas explicaciones. El aeropuerto ha confirmado que mi avión despegará a las quince treinta.

—¿Hoy mismo? —preguntó Julius angustiado.

—¿Y qué explicaciones quiere el presidente norteamericano? —preguntó Allan.

—No puedo descartar la posibilidad de que su nombre esté incluido en ellas, señor Karlsson.

La ministra parecía triste. A Julius le dio un poco de pena, pero sobre todo se dio pena él mismo.

—Como les decía, a las quince treinta —repitió la ministra—: espero verles ahí.

No estaba segura de si volvería a ver a los señores Jonsson y Karlsson.

Julius tampoco.

—¿Hoy mismo? —volvió a preguntar—. ¿Y cómo demonios vamos a tener tiempo de...?

—No empieces, Julle —dijo Allan—. Esto saldrá bien o saldrá mal, me cuesta demasiado plantearme cualquier otra opción. Venga, ya casi son las nueve y tenemos una dura jornada de trabajo que estropear. Y tráete el muesli.

—No me llamo Julle —contestó Julius.

•

El guardia en la puerta de la fábrica de plutonio tenía instrucciones detalladas: cualquiera que entrara o saliera debía recibir el mismo trato.

El segundo día, Karlsson y Jonsson se presentaron con sus abrigos nuevos. El guardia revisó todos los bolsillos y rincones, pero no encontró nada digno de mención.

Karlsson también llevaba un maletín que contenía un paquete plateado con algo dentro, así como unos cuantos documentos llenos de fórmulas escritas a mano.

—¿Qué es eso? —preguntó el guardia señalando las fórmulas.

—El futuro nuclear de la orgullosa República Popular Democrática —contestó Allan.

El guardia volvió a meter los papeles con cara de espanto.

—¿Y esto?

Sostuvo en alto el paquete.

—Artículos de aseo —dijo Allan sin mentir—, envueltos para regalárselos al señor Ingeniero. Pero, por favor, no diga nada: se supone que es una sorpresa.

Lo extraordinario y lo vulgar a la vez. Por un lado, el futuro de la nación, por el otro... ¿Qué?

El guardia se había permitido redoblar su suspicacia. Tiró con cuidado de la cinta hasta que pudo confirmar que aquel viejo estrafalario le había dicho la verdad: dentro de la caja negra encontró una navaja, crema de afeitar, jabón, champú, acondicionador, un peine, un cepillo de dientes y un tubo de dentífrico. Abrió algunos de los botes para olisquear su contenido.

—¿Cree que le van a gustar? —preguntó Allan.

El dentífrico olía a dentífrico; el champú olía a champú; la navaja de afeitar era, claramente, una navaja de afeitar.

—No sé... —dijo el guardia.

¿Seguro que era correcto introducir líquidos extraños como aquéllos?

—Voy a tener que pedirle que lo envuelva de nuevo con la cinta —dijo Allan—, el señor Ingeniero puede llegar en cualquier momento y, la verdad, me disgustaría si...

Y en ese momento llegó el ingeniero, enojado.

—¿Qué pasa aquí? Se supone que teníamos que haber empezado hace diez minutos.

El guardia envolvió el regalo a toda prisa mientras Allan entretenía al ingeniero contándole que lo único que pasaba era que el guardia estaba cumpliendo con su labor, y de modo muy honroso, por cierto. El señor Ingeniero tenía que plantearse muy en serio si tal vez había llegado la hora de ascenderlo. Por lo que Allan había percibido, aquel guardia estaba listo para desempeñar funciones más importantes. Jefe de vigilancia, como mínimo, aunque para eso era necesario aumentar el número de guardias, al menos con uno más, o no tendría a quién dirigir.

¿Acaso Karlsson pretendía pasarse otro día hablando de tonterías? Esto no podía seguir así.

—¡Vengan conmigo!

Mientras Allan parloteaba, el guardia había tenido tiempo de dejar el regalo del ingeniero en su estado original, momento en el que devolvió el maletín, ya cerrado, al experto en armamento nuclear. No había encontrado nada más que le pareciera digno de mención (la mezcla del muesli seguía en el suelo del asiento trasero del coche). Cuando Allan, Julius y el ingeniero echaron a andar, se los quedó mirando un buen rato.

«Jefe de vigilancia», pensó. «Eso estaría muy bien.»

•

El ingeniero llevó a Karlsson y Jonsson al laboratorio. Tras la primera jornada, él mismo había informado al Líder Supremo de que la tarea de recabar los conocimientos del suizo avanzaba muy despacio, aunque en la dirección adecuada. Al fin y al cabo, el tipo tenía más de cien años: quizá sería mejor dejarlo trabajar a su ritmo. El Líder Supremo estaba de acuerdo, el ingeniero tenía cinco días más para sacarle a aquel hombre todo lo que sabía. Le seguía pareciendo mucho tiempo.

—Bueno, veamos —dijo Allan, dejando sobre la mesa del ingeniero un fajo enorme de hojas llenas de fórmulas recién escritas—. En mi época, claro, la respuesta a todos los problemas era la fisión. Hoy en día, la fisión y la fusión van de la mano, aunque tal vez el señor Ingeniero ya sea consciente de ello.

El ingeniero hizo una mueca: la frasecita sobre la fusión sólo valía para afirmar una obviedad. Bueno, al menos el viejo se había presentado con unas notas que merecía la pena revisar.

—No mire, ingeniero: si avanzamos demasiado deprisa todo saldrá mal.

Al ingeniero le parecía que no estaban corriendo el riesgo de avanzar demasiado deprisa, pero decidió conservar la paciencia un rato más.

Allan continuó:

—El asunto al que nos enfrentamos es en qué medida se puede comprimir el uranio que ustedes han conseguido de manera tan meritoria.

—Ya sé que el asunto es ése —dijo el ingeniero—, y también que se supone que usted tiene la respuesta; ¿está en estos papeles?

Allan miró ofendido al ingeniero. ¿No era obvio que tenía la respuesta? Pero por ahora iban a dejar de lado los documentos, ¿acaso lo había olvidado el ingeniero? Allan reiteró que su máxima preocupación era que su alumno no fuera capaz de seguir la conversación, y en ese caso no tenía sentido mantenerla.

El ingeniero dijo que el señor Karlsson no debía preocuparse por eso: a esa velocidad hasta un niño podría seguirlo, y el ingeniero, por su parte, había dedicado casi una década entera a estos temas.

—Con resultados limitados —puntualizó Allan, y luego se disculpó: tenía que hablar de un asunto con su chófer, que esperaba fuera—. Enseguida vuelvo —añadió, y echó a andar.

Julius se dio cuenta de que la Operación Crear Confusión acababa de empezar. Se encogió de hombros, en un gesto tranquilizador, cuando se encontró con la mirada del ingeniero.

—Él tiene su manera particular de hacer las cosas —dijo—, pero al final siempre se sale con la suya.

«Con un poco de suerte», pensó.

El hombre de los ciento un años pasó directamente por delante del guardia con su abrigo, su maletín y todo; el guardia abandonó la silla de un salto y exclamó:

—¡Alto! ¿Adónde va, señor Karlsson?

—A ver a mi chófer, es para un asunto muy importante —contestó Allan.

El guardia agradecía que Allan hubiera sugerido la posibilidad de un ascenso, pero eso no significaba que tuviera la intención de no hacer bien su trabajo, así que Allan tuvo que someter de nuevo a revisión el abrigo y el maletín. El contenido del maletín era el mismo que unos minutos antes, salvo por los documentos llenos de fórmulas. Ningún problema: estaba permitido entrar con fórmulas, pero no sacarlas.

El chófer estaba limpiando el salpicadero con un paño blanco cuando Allan golpeó la ventanilla con los nudillos para llamar su atención.

—¿De vuelta al hotel, señor? ¿Ya? —preguntó el conductor.

—No, sólo quería ver qué tal va todo por aquí. ¿No hace demasiado calor? Si lo hiciera, basta con bajar la ventanilla para mejorar la ventilación.

El conductor se quedó mirando al anciano.

—Hay tres grados de temperatura.

—¿No es demasiado calor?

—No.

La tableta negra de Allan aguardaba a su dueño en el asiento trasero.

—Si lo desea, señor Chófer Anónimo, puede tomarla prestada mientras nos espera: me he dado cuenta de que hay demasiados desnudos dentro.

Horrorizado, el conductor informó a Allan de que no tenía intención de hacerlo.

—En ese caso, todo bien —dijo Allan.

Se dio la vuelta y echó a andar hacia la entrada. Estuvo a punto de saltarse al guardia, sólo a punto.

—Deme el abrigo, por favor, y el maletín.

Allan dijo que, si no le fallaba la memoria, no había cogido nada del coche, pero añadió que el Señor Guardia no debía confiar del todo en su palabra.

—He observado que a mi edad es probable que las cosas salgan mal cuando yo pretendo que salgan bien, mientras que no necesariamente salen bien cuando yo deseo lo contrario. Revise lo que tenga que revisar: la precaución es una virtud, y me consta que el Líder Supremo opina lo mismo.

Cada vez que se mencionaba al Líder Supremo, el guardia se ponía nervioso.

De vuelta en el laboratorio, Allan dijo:

—Oiga, se me ha ocurrido una cosa.

—¿Qué cosa? —quiso saber el ingeniero jefe.

Allan dio la impresión de prepararse antes de soltar, con un ritmo vertiginoso:

—$MgSO_4 - 7H_2O$ $CaCO_3Na_2B_4O_7 - 10H_2O$.

El ingeniero no pudo seguirlo.

—Repítamelo.

—Claro —contestó Allan—, pero hay que hacerlo todo en el orden exacto. ¿No se lo había dicho? De otro modo, según mi experiencia, algo puede ir mal. Y hacerlo mal no es una opción posible, ¿estamos de acuerdo?

El ingeniero murmuró que estaba de acuerdo en que hacerlo mal no era una opción mientras Julius permanecía a su lado, mudo por completo. ¿De dónde había salido todo aquello?

Había salido, por supuesto, de la tableta negra. Para una mirada no entrenada (la de Julius), o para otra pillada por sorpresa (la del ingeniero), podía tratarse de la solución a todos los problemas relacionados con el armamento nuclear de aquella orgullosa nación.

Pero no lo era: eran fórmulas que, interpretadas adecuadamente, describían la composición de sales de baño, dentífrico y lejía, respectivamente. Allan había buscado algo relacionado con lo nuclear, pero había terminado en un sitio web montado por un químico aficionado de Canadá. El químico quería contar al mundo qué había en los cuartos de baño y en los armarios de la limpieza. Al contrario de lo que solía proclamar a los cuatro vientos, Allan no tenía ningún problema de memoria: además de lo que acababa de decir, tenía aún en la reserva las fórmulas de la aspirina, la levadura en polvo, de varios productos de limpieza para el horno y de unas cuantas cosas más, todo ello gracias a un joven de Mississauga, a orillas del lago Ontario.

Al ingeniero le habría venido muy bien una aspirina (en cambio, de poco le habría servido la levadura en polvo o los productos de limpieza para el horno): el pobre hombre había recobrado la impaciencia.

—Y ahora, de una vez por todas, ¿podemos progresar un poco?

—Por supuesto que sí —respondió Allan—, lo que pasa es que tengo que...

Y entonces se fue al baño, donde estuvo metido quince minutos.

Cuando se presentó la gran ocasión, Allan había emprendido otro viajecito para visitar al chófer anónimo (y preguntarle si se estaba congelando, habida cuenta de que la temperatura no pasaba de los tres grados) y había llevado su conversación con el ingeniero unos pocos pasos más hacia delante o, en fin, más hacia a saber dónde. Mientras tanto, Julius hacía cuanto podía por mantener el ánimo del ingeniero, y el suyo propio, en un estado más o menos conveniente.

Con tantas prisas, Allan se había olvidado de informar a Julius sobre lo que debía ser su contribución más importante ese día: distraer la atención del ingeniero en un momento concreto para que Allan pudiera cambiar un maletín por el otro. El hombre de los ciento un años se inventó una excusa para que el ingeniero tuviera que visitar el frío almacén contiguo y aprovechó la oportunidad para dar unas breves instrucciones a su camarada:

—Cuando vuelva, lo distraes.

—¿Distraerlo? —dijo Julius—. ¿Cómo?

—Distráelo como sea, así yo podré cambiar los maletines.

—¿Y por qué no los cambias ahora que ha salido?

Allan miró a su amigo.

—Porque no se me había ocurrido: no siempre consigo que mis pensamientos lleguen tan lejos como esperan de mí quienes me rodean. Por lo general ya me suele parecer bien, aunque en ciertas ocasiones...

Hasta ahí había llegado en su discurso cuando regresó el ingeniero.

—Tenemos ocho hectogramos de galio almacenados —dijo—. Bueno, ¿qué relevancia tiene ese dato respecto a la compresión del uranio? Por favor, explíquemelo como si yo fuera su igual, no como a un idiota.

—Sólo ocho hectogramos —señaló Allan con cara de preocupación.

En ese momento, Julius cayó de bruces al suelo.

—¡Socorro! ¡Me muero!

El ingeniero se asustó de verdad. Hasta Allan se sobresaltó, aunque era lo que él mismo le había pedido.

—¡Ay! —gritaba Julius, tumbado en el suelo—. ¡Ay!

Allan se quedó donde estaba y el ingeniero acudió apresurado a socorrer a Julius.

—¿Qué le pasa, señor Jonsson? —dijo, arrodillándose ante aquel ayudante que parecía a punto de morir—. ¿No se encuentra bien?

Julius se dio cuenta de que Allan ya había conseguido dar el cambiazo.

—Sí, gracias —dijo—. Estoy bien, sólo ha sido un ataque de nostalgia.

—¿Nostalgia? —preguntó el ingeniero—. Si acaba de caer desmayado al suelo...

—Nostalgia aguda, pero ya se me ha pasado.

El ingeniero, que hasta entonces había tenido a Julius por el más sensato de los dos extranjeros, tuvo la sensación de que estaba tan mal como su colega.

—¿Le ayudo a levantarse, Jonsson?

—Gracias, ingeniero, es usted muy amable —respondió Julius tendiéndole la mano.

•

El ingeniero se encontraba en una situación desesperada. Primero, como sólo había tenido unos minutos en el puerto de Nampo para determinar si Karlsson era un charlatán, y era consciente de que si llegaba a la conclusión de que efectivamente lo era se vería obligado a obtener resultados con una premura para la que tal vez no estaba preparado, había decidido que Karlsson era honesto con el argumento apremiante de que él necesitaba que lo fuera por puro afán de supervivencia. Luego había llegado la constatación dolorosa de que probablemente ni era un charlatán ni estaba en plena posesión de sus facultades mentales, y parecía que la situación del ayudante era igual de desgraciada.

El ingeniero sopesó la idea de explicarle al Líder Supremo que el dilema original sólo había considerado la charlatanería, y que nadie se había parado a valorar la posibilidad de una demencia senil. Sin embargo, rápidamente vio que no iba a funcionar. Le quedaba la opción de mentirle al Líder Supremo (un pensamiento sobrecogedor) y decirle que ya no necesitaba a los caballeros: el ingeniero había comprendido la mecánica de la presión y en cuestión de semanas sería capaz de volcar ese conocimiento en resultados prácticos. En ese caso, éstas serían las últimas semanas de su vida, salvo que pudiera cumplir lo prometido.

Karlsson había demostrado que en su viejo cerebro cabían algunas fórmulas e incluso había dejado varias por escrito. Cuando se fueran los suizos, al terminar la jornada, el ingeniero pensaba mirárselas con atención.

Durante el almuerzo había perdido la calma con Karlsson, que se había puesto a recitar de memoria lo que había leído en su tableta negra sobre el presentador de un programa de televisión estadounidense que, tras haber sido inculpado en varios casos de abuso sexual, se había atrevido a afirmar que estaba enfadado con Dios porque no había acudido en su defensa. El ingeniero manifestó su disgusto con un rugido y dijo que le importaban un comino Dios y todos los estadounidenses del mundo, así como la presión hetisostática y lo que ésta podía lograr, porque estaba a punto de recibir quinientos kilos de uranio enriquecido. Cuando llegara ese cargamento ya no necesitaría a Karlsson. A continuación, amenazó al viejo con sacarlo a rastras de su laboratorio si no se ponía las pilas de inmediato.

¿Quinientos kilos? Era la segunda vez que Allan oía esta cifra. Cuatro kilos ya le parecía suficientemente grave.

—Bueno, bueno, señor Ingeniero —dijo—, no queremos hablarnos en ese tono, ¿verdad? El camarada Stalin también se enfadó conmigo una vez en Moscú, y sólo por esa razón me mandó a Siberia, pero lo único que obtuvo a cambio fue un infarto. Déjeme que le diga que el mal humor no es bueno para la salud.

El ingeniero no se encontraba bien, pero no abandonó la batalla con el cabeza dura de Karlsson.

En cierto momento, el hombre de los ciento un años se puso a mirar con atención una fotografía de la pared en la que un sonriente Líder Supremo posaba junto a un misil de alcance medio. Parecía estar observando fijamente la cabeza del misil y, al mismo tiempo, en un estado de trance contemplativo, murmuraba una fórmula. Debidamente descifrada, era una combinación de vitamina C y sales aromáticas, pero el ingeniero, pillado de nuevo por sorpresa, pensó que tal vez hubiera algo de esperanza todavía.

•

A las dos menos un minuto llegó el momento. Allan le había dorado la píldora al ingeniero hasta tal punto que éste ni siquiera protestó cuando el supuesto experto le pidió que fuera una vez más al frío almacén para ocuparse de alguna tarea inútil que tenía algo que ver con la fecha de caducidad del agua destilada... de todos los botes.

Cuando desapareció el ingeniero, Allan dijo:

—Creo que ha llegado la hora de despegar, es probable que tarde unos minutos en volver.

—Me he equivocado de champú —dijo Allan mientras depositaba el maletín en la mesa del guardia y abría la hebilla—: no huele tanto a lavanda, o a lo que sea, como debería. Al ingeniero le importa mucho la calidad, puede usted dar por hecho que mañana traeré otro paquete.

Sin darle tiempo a revisar un paquete que ya le resultaba familiar, Allan se quitó el abrigo con una sacudida.

—Pero será mejor que revise esto a fondo, más de una vez me he metido cosas en los bolsillos y luego no recuerdo qué son, ni para qué las quiero. Una vez salí de compras y descubrí que llevaba un candado en el bolsillo: todavía no he sido capaz de recordar qué quería cerrar con él.

El guardia hundió las manos en los bolsillos de Karlsson y a continuación se ocupó del abrigo de Jonsson.

—A mí me pasa lo mismo —dijo Julius—, aunque yo suelo decantarme por los mecheros.

Los ojos del guardia iban de un abrigo a otro mientras Allan, con toda la calma del mundo, cerraba el maletín.

—No podemos pasarnos el día aquí charlando, por muy agradable que sea. Nos espera el Líder Supremo. ¿Ha terminado ya con los abrigos? Bien hecho. Vamos, Julius.

Los dos ancianos echaron a andar hacia donde los esperaba el chófer: Julius, con mucha prisa; Allan, a su ritmo de siempre. Se subieron al vehículo, que arrancó mientras el guardia se quedaba allí plantado pensando en candados, en mecheros, en el Líder Supremo y en lo que acababa de pasar.

Al cabo de treinta segundos, el ingeniero se presentó en la entrada, más enfadado que nunca.

—¿Adónde han ido esos malditos idiotas?
—Bueno, se han ido, señor Ingeniero.
—Perfecto, mañana pienso estrangular a Karlsson.

•

Al chófer anónimo le sorprendió que los visitantes extranjeros desearan regresar al hotel cuando sólo eran las dos.

—Al hotel no, mi querido Comosellame. Primero pasaremos por el palacio para recoger al Líder Supremo: una reunión importante; qué emocionante, ¿no?

El chófer palideció por completo: para un servidor civil norcoreano, tener en su coche al Líder Supremo sería como, para un pastor protestante, llevar de paseo a Jesucristo en persona. De hecho, el hombre tenía órdenes de no conducir a sus invitados a ningún lugar que no fuera el hotel, pero el palacio les pillaba de paso.

—Entiendo que esto lo ponga nervioso —dijo Allan—, pero yo conozco bien al Líder Supremo. Es muy amable, sólo hay una cosa que lo irrita; o dos, si incluimos Estados Unidos.

El conductor anónimo preguntó cuál era la otra.

—La suciedad —dijo Allan—. La suciedad, el polvo, la basura, el desorden. Recuerdo una vez que un pobre ayudante derramó sin querer un vaso de zumo en... En fin, no hace falta que sigamos hablando de esto. Que descanse en paz. Y ahora tengo que pedirle que acelere, no queremos hacer esperar al Líder Supremo.

Condujo más rápido que nunca. Allan pidió a Julius, en sueco, que participara en la acción.

—No corra tanto —dijo Julius—, me mareo.

—¿No le he dicho que tenemos prisa? —contraatacó Allan.

Acelerar y frenar al mismo tiempo, por supuesto, era imposible. El conductor concluyó que el Líder Supremo era más importante que el menos viejo de los dos pasajeros: muchísimo más importante.

Cuando llegaron a la autopista, por supuesto desierta, Julius volvió a protestar por la velocidad. El chófer anónimo siguió sin hacerle caso, alentado por Allan, que hablaba sin parar tanto de las cualidades maravillosas del Líder Supremo como de sus accesos de cólera ante el mínimo atisbo de desorden.

—He de decir que su coche se encuentra en un estado impecable —dijo—. El Líder Supremo quedará encantado. Me ilusiona pensar que tal vez le pida que se presente por su nombre y así descubriremos por fin cómo se llama.

El chófer anónimo iba conduciendo con una mano y frotando el salpicadero con la otra, pese a que ya estaba limpio.

—Estoy mareado —dijo Julius mientras recogía con cuidado la caja de leche y muesli del suelo. Con el transcurso del día, se había convertido en una pasta terrorífica.

A continuación se oyó el ruido más horrible que el conductor anónimo había oído en sus cincuenta y dos años de vida: Julius había fingido un vómito estruendoso y derramado la mezcla del muesli por el asiento trasero, los delanteros y el cuello del conductor. Tal como estaba previsto, el chófer anónimo cayó presa del pánico. Con una derrapada de ciento ochenta grados, se pasó al carril contrario, frenó a fondo para dejar el coche aparcado y se bajó, todo de un tirón. ¿Cuál era la dimensión de la catástrofe?

Cuando tienes ciento un años ya no eres un prodigio de flexibilidad, suponiendo que alguna vez lo hayas sido. Aun así, Allan consiguió estirar un brazo hacia el otro lado, cerrar la puerta, bajar el seguro y dejar fuera al conductor al tiempo que Julius cerraba las de detrás y se pasaba al asiento delantero. Esto último salió más o menos bien; al fin y al cabo, rondaba los setenta años. El caso es que segundos después estaba sentado al volante mientras, desde fuera del coche, lo observaba el conductor más estupefacto de toda la península coreana.

—Bueno, a ver qué tal funciona este motor —dijo Julius metiendo la primera para arrancar.

—Tenemos que ir en la otra dirección —le recordó Allan.

Así fue como los dos amigos avanzaron un poco y dieron media vuelta en la carretera vacía, de tal modo que pasaron por delante del conductor anónimo, que seguía allí plantado sin acabar de entender lo que estaba ocurriendo. Allan bajó la ventanilla para despedirse.

—Adiós. Mañana no hace falta que nos recoja, aunque, ahora que lo pienso, no tendría con qué coche hacerlo.

•

El trayecto siguió en dirección sur, hacia el Aeropuerto Internacional de Sunan. Allan dijo que iban bien de tiempo y que no hacía falta que Julius condujera como el ladrón de coches que había sido en otra época. Además, no parecía haber riesgo de verse frenados por un atasco de tráfico; ni riesgo de tráfico, en realidad.

Julius asintió, luego se preguntó si Allan se habría planteado cómo debían proceder al llegar al aeropuerto: era una conversación que los dos habían ido aplazando en vista de todos los obstáculos que tenían por resolver.

Pero Allan había vuelto a caer en las garras de su tableta negra.

—Vaya, vaya, ya que hablamos de conducir, todo indica que las mujeres se van a ganar el derecho a hacerlo en Arabia Saudí: parece que el príncipe Abdulaziz es un tipo pragmático. No me extraña que los saudíes tengan un representante en la comisión de la ONU sobre la condición de la mujer.

—¿Puedes soltar esa maldita máquina de noticias y dedicar aunque sólo sea un segundo a nuestra supervivencia?

—dijo Julius, que reconocía haber sufrido antes esa misma clase de frustración.

—Por otro lado, todo es relativo —siguió Allan—. El príncipe es un wahabí y los wahabíes están contra casi todo, según tengo entendido. Por ejemplo, contra los musulmanes chiíes, los judíos, los cristianos, la música y el vodka. ¿Has oído algo tan horrible como eso? ¡Estar en contra del vodka!

Julius maldijo al ver que Allan seguía con lo suyo.

—¿Me quieres decir qué vamos a hacer? ¿Tenemos que atravesar la valla y no parar hasta que lleguemos al avión de la ministra? Si nos pillan, ¡se terminó! ¿O entramos conduciendo con toda normalidad? Y en ese caso, ¿qué les decimos a los guardias de la caseta? ¿Les pegamos un tiro? ¿Con qué? ¡Joder, Allan!

El hombre de los ciento un años apagó su tableta negra y se dedicó a reflexionar un instante.

—¿No sería mejor dejar el coche en la zona de aparcamiento para estancias breves, coger el maletín y los pasaportes diplomáticos y presentarnos en el mostrador de facturación?

•

Uno de los mostradores de facturación era distinto de los demás. Quedaba algo apartado y tenía encima un cartel enmarcado en oro con unas palabras en coreano traducidas debajo al inglés: Premium Check-In.

Allan saludó al hombre del mostrador con un «buenos días», se presentó como el enviado especial y diplomático Karlsson, del reino de Suecia, y preguntó si el avión de la ministra Wallström estaba listo ya para el embarque.

El hombre del mostrador cogió los pasaportes de Allan y Julius y los miró.

—Bueno —dijo—, nadie me ha informado de que ustedes...

—La información no va exactamente acorde con el cariz de improvisación implícito en las misiones diplomáticas ultrasecretas —dijo Allan—: la gente como nosotros siempre debe estar al margen. ¿Tendrá la amabilidad de acompañarnos al avión?

No, el hombre no deseaba tener esa amabilidad.

Julius pensó que Allan se estaba comportando admirablemente en el aeropuerto, aunque de momento no habían conseguido nada. Al cabo de un minuto, más o menos, apareció un hombre uniformado y les preguntó en qué podía ayudarlos.

—Buenos días, coronel —saludó Allan al hombre, que no era un coronel, sino el jefe de seguridad del aeropuerto.

—¿Qué está pasando aquí? —preguntó.

—¿Es usted quien nos va a acompañar al avión de la ministra Wallström? ¡Fantástico! ¿Le importa llevarme el maletín? Viajamos con poco equipaje, pero soy viejo y estoy agotado —dijo Allan, y apoyó el maletín del uranio en el mostrador.

—No les voy a acompañar a ninguna parte mientras no sepa quiénes son —dijo el jefe de seguridad, un poco a la defensiva.

Y en ese instante ocurrió un milagro.

—¡Karlsson y Jonsson! ¡Los agregados! ¿Ya están aquí? ¡Espléndido! —dijo Margot Wallström mientras avanzaba hacia ellos a grandes zancadas desde la entrada principal—. Vengo directamente del almuerzo con el Líder Supremo. Hemos hablado casi en exclusiva de usted, señor Karlsson, y me ha dado recuerdos para los dos, aparte de desearles que tengan una cálida bienvenida en su hogar, adonde llegarán lo antes posible.

El jefe de seguridad palideció. Sabía quién era la señora Wallström: él mismo la había recibido dos días antes y le había dado la bienvenida, según dictaban las órdenes que había recibido.

—Bueno, ¿por dónde íbamos? —dijo Allan—. ¿Me ayuda con el maletín?

Dos segundos de reflexión... cinco... diez... Luego, el jefe de seguridad dijo:

—Por supuesto, estimado caballero.

Y a continuación guió a la ministra y enviada de la ONU, con sus dos agregados, la maleta de la enviada y el maletín de uno de los agregados, por todos los controles de seguridad sin detenerse hasta llegar al aeroplano que los esperaba recién cargado de combustible y listo para volar.

Dieciocho minutos después, con treinta y seis de adelanto sobre lo previsto, el avión de la ministra de Asuntos Exteriores de Suecia abandonó el espacio aéreo norcoreano con dos pasajeros más de los que llevaba al aterrizar dos días antes.

Tres horas más tarde, el líder norcoreano Kim Jong-un tuvo un ataque de cólera como pocas veces se ha visto, y eso que el ingeniero de la fábrica de plutonio todavía no lo había informado de que el maletín de uranio enriquecido había pasado a contener una selección de fragantes artículos de aseo personal. El motivo era, por cierto, que el ingeniero acababa de ahorcarse en el almacén (justo después de descifrar que la primera fórmula correspondía al ingrediente principal de las medias de nailon). El chófer, por su parte, que además de carecer de nombre se había quedado sin limusina, estuvo veinticinco minutos esperando en el arcén de la carretera hasta que por fin, al ver que se acercaba un camión, dio un salto y se plantó delante. El jefe de seguridad del aeropuerto no compartía ese deseo de morir; de todos modos, sólo se le permitió vivir dos días más: fue sentenciado en un juicio sumario y consecuentemente ejecutado ante un pelotón de fusilamiento.

Estados Unidos

El servicio a bordo era excelente. Allan se tomó un vodka con Coca-Cola; Julius, un *gin-tonic*, y la ministra Wallström, una copa de vino blanco.

—Vuela usted en un avión precioso —dijo Julius—, doy por hecho que pertenece al gobierno sueco: será agradable volver a casa.

La ministra de Asuntos Exteriores bebió un sorbo de vino y respondió que el avión no pertenecía al gobierno sueco, sino a la ONU.

—Y aún tendrá que seguir añorando Suecia un poquito más, señor Jonsson. Vamos a Nueva York, el presidente Trump nos espera allí, en el edificio de la ONU. Me acabo de enterar de que también quiere verlo a usted, señor Karlsson. Mis colegas del Consejo de Seguridad han insinuado que no está precisamente de buen humor, aunque, tratándose de él, estar hecho un basilisco quizá sea su mejor humor.

—Vaya, vaya —dijo Allan—. Cómo son las cosas: voy a conocer a otro presidente estadounidense antes de irme a criar malvas.

—¿Ya ha conocido a uno antes? —preguntó la ministra Wallström, sorprendida.

—No, a dos.

•

El avión de la ONU aterrizó en el aeropuerto JFK y fue tratado con el respeto que merece todo avión de la ONU. Margot Wallström, Allan y Julius caminaron escoltados sólo unos pasos, hasta el Lincoln negro que los llevó a la zona VIP para entrar en los Estados Unidos de América. Allí los esperaba el principal estratega del presidente, Steve Bannon, pateando el suelo con impaciencia. Estaba enojado por varias razones, en parte porque lo usaban como chico de los recados, pero sobre todo porque Donald Trump le había echado bronca esa misma mañana porque, durante una conversación sobre la política a seguir en Oriente Próximo, había tenido un ataque de rabia y le había dado sin querer una patada en el culo al yerno del presidente. Como no podía echarle bronca de vuelta al presidente, puesto que sería despedido, se proponía echársela a un tercero: de algún modo tenía que desahogarse.

—No me venga con historias —le dijo Steve Bannon a la oficial de control de pasaportes—, el presidente está esperando.

La oficial se puso nerviosa al escuchar que este retraso afectaba al presidente, pero aun así se aseguró de cumplir con su trabajo. Dos de los tres diplomáticos no tenían la autorización ESTA.

—No me joda, ¡pero si son diplomáticos...! —objetó Steve Bannon.

—Tal vez sí —respondió la oficial de control—, pero yo tengo que hacer mi trabajo igualmente.

—Pues hágalo —dijo Bannon.

Hubo que hurgar en el ordenador de inmigración un buen rato, amén de hacer una llamada telefónica, antes de que la oficial estuviera en condiciones de estampar el sello de entrada para los diplomáticos Jonsson y Karlsson. En sus historiales nada sugería que pudieran ser enemigos del Estado, ninguno de los dos había nacido en Teherán.

—Bienvenidos —dijo al fin.

—Gracias —contestó Allan.

—Gracias —remató Julius.

—¡Vámonos ya! —dijo Steve Bannon.

—Espero que el presidente no esté tan enfadado —murmuró la ministra Wallström.

Sí que lo estaba.

•

Quizá habrían tenido que incluir en la inspección de Allan y Julius su equipaje de mano, pero lo normal es que los equipajes de mano se revisen en el aeropuerto de partida, no en el de llegada, y habían llegado en un avión de la ONU, y los tres eran diplomáticos, y encima estaba el broncas de Steve Bannon.

Podían buscarse las excusas que se quisieran, pero el hecho era que los Estados Unidos de América acababan de recibir de Corea del Norte cuatro kilos de uranio enriquecido cuidadosamente empaquetados en un maletín sin tener la menor pista de que eso estaba ocurriendo.

Julius se acordó en la limusina de camino al edificio de la ONU. También se dio cuenta de que Allan no le había dicho a la ministra de Asuntos Exteriores lo que llevaba en su equipaje.

—¿Qué vas a hacer con eso? —susurró, aprovechando que Margot Wallström estaba enfrascada en una conversación telefónica.

—Supongo que sería un buen regalo para el presidente —dijo Allan—, ya que tantas ganas tiene de conocerme. Pero, ¿por qué no te lo quedas tú de momento? No me parece correcto meterme en un edificio de la ONU cargado con uranio enriquecido sin haber avisado antes.

Julius hizo una mueca.

—No te preocupes —lo tranquilizó Allan—, lo tengo todo pensado.

• • •

La ministra de Asuntos Exteriores terminó su llamada y la limusina llegó a su destino. A Julius le tocó esperar en un banco de un parque cercano, Allan le prometió que volvería enseguida.

Mientras Karlsson y Wallström se acercaban al control de seguridad de la entrada principal, ella aprovechó la ocasión para darle un consejo al hombre de ciento un años, o tal vez le hiciera una súplica. Tras ver lo que había sido capaz de provocar durante la cena con Kim Jong-un, le sugirió que intentara ser un poquito más complaciente en esa ocasión.

Era evidente que estaba muy preocupada por lo que iba a suceder.

—¿Complaciente? —dijo Allan—. Claro que sí: es lo mínimo que puedo hacer, señora ministra, teniendo en cuenta que usted nos ha salvado la vida.

Estados Unidos

Donald John Trump nació en Nueva York el 14 de junio de 1946, exactamente un año después de que el ciudadano sueco Allan Emmanuel Karlsson resolviera el último problema al que se había enfrentado Estados Unidos en su esfuerzo por crear la bomba atómica.

Allan y Donald tenían más cosas en común de lo que podría pensarse en un principio. Por ejemplo, los dos habían recibido herencias de sus padres: a Allan le había tocado una casa de campo sin aislamiento ni agua corriente en el bosque a las afueras del pueblo de Malmköping, en la región de Sörmland, mientras que el padre del joven Donald le había dejado como legado veintisiete mil apartamentos en la zona centro de Nueva York.

Además, en ambos casos a los hijos no les había ido demasiado bien: Allan hizo volar por los aires su casita sin querer y se quedó sin hogar; Donald hizo más o menos lo mismo con el imperio inmobiliario de su padre, y sólo se salvó de la bancarrota gracias a la ayuda y la benevolencia de varios bancos.

Otro denominador común era que Donald y Allan se habían sentado a lamentarse por su mísera existencia más o menos al mismo tiempo, aunque en puntos opuestos del planeta: Allan en Bali, antes de caer hechizado por una tableta negra y dejarse llevar por los aires por un globo aerostático; Donald en una casa grande y blanca de Washington, rodeado de idiotas y malvados.

Ser presidente de Estados Unidos no era tan agradable como Donald Trump había imaginado. Echar a gente a la calle era una de las cosas más divertidas del mundo. Cuando lo hacía en el mundo de los negocios y en la tele, los demás reaccionaban con miedo y respeto, pero en cuanto hizo rodar un par de cabezas en la Casa Blanca (o trece, eso dependía bastante de cómo se llevara la cuenta), los medios de comunicación, corruptos en su mayoría, habían insinuado que estaba mentalmente desequilibrado.

Otra experiencia terrible fue que los republicanos (*sus* republicanos) no hicieran lo que él les decía, y que por lo visto la ley estuviera escrita de tal manera que no podía echarlos también a ellos a la calle.

Y todo ese blablablá sobre el racismo. Como cuando se difundió que su padre, Fred, supuestamente había sido arrestado en un desfile del Ku Klux Klan celebrado en Queens hacía una eternidad. Para empezar, eso no había ocurrido, y además lo habían soltado enseguida, así que ¿a qué venía tanto follón?

Lo peor de todo era que en ese país ya nadie podía nombrar las cosas por su nombre. Por lo menos no el presidente. Como decir que los mexicanos eran unos violadores y que los musulmanes, todos y cada uno de ellos, eran algo mucho peor.

También había cosas buenas, claro: un presidente tiene bastante que decir, en realidad. Puede empezar una guerra si lo cree necesario. Una guerra de verdad o una verbal. Su guerra contra los medios de comunicación deshonestos, los *fake media*, estaba en marcha. Donald Trump se vanagloriaba de haber inventado la palabra «fake», y si uno se inventa una palabra, puede decidir qué quiere que signifique. En la práctica, eso implicaba que *fake news* era todo aquello que a Trump no le gustara leer, escuchar o ver.

En cambio, con las guerras de verdad era más complicado. Al final, cuesta tanto echar a la calle a los jefes de Estado de otros países como a cualquier senador o diputado de la cámara. Así pues, la única opción válida que le quedaba era amenazar con cargárselos a bombazos. Era una táctica que le había funcionado en el mundo de los negocios, cambiando la palabra «bombazo» por «demanda», pero si el oponente era un enano loco y narcisista capaz de producir armas nucleares uno tenía que pensárselo dos veces antes de hacerlo. Aunque la cautela no era precisamente una de las virtudes de Donald Trump: eso lo reconocía incluso él mismo. Sin embargo, su tiempo era demasiado valioso como para perderlo en esas sutilezas, y además ese narcisista norcoreano le recordaba a alguien..., aunque no conseguía recordar a quién.

El caso es que Trump sabía que contaba con medio país de su lado siempre y cuando jugara bien sus cartas. Con la otra mitad no tenía nada que hacer, así que lo único que contaba era movilizar a los suyos. Hablar de nuevas leyes para restringir el uso de armas, por ejemplo, sería una mala estrategia: Donald Trump siempre se había ocupado de sus amigos, sobre todo de aquellos a los que no se podía despedir, como el *lobby* de las armas, por ejemplo. Que un psicópata acabara de cargarse a unas sesenta personas en Las Vegas con la ayuda de veintitrés armas de fuego era un fastidio, y además, de acuerdo con la ley de Murphy, seguro que pronto le caería encima un tiroteo en algún colegio.

Por otro lado, el presidente tenía que seguir recordándole al país todas las amenazas externas a las que se enfrentaba (es decir, aparte de los tiroteos masivos). Para más seguridad, había añadido unas cuantas de su propia cosecha. Desde luego, todos los miembros de su brigada de élite tenían que estar de acuerdo en que era absolutamente necesario levantar un muro para bloquear aquel país donde todos y cada uno de ellos eran violadores.

La guerra también era un buen factor movilizador. Él ganaba la guerra de Twitter prácticamente todos los días, sólo faltaba la otra, la que libraba contra el enano de los cohetes, el narcisista.

¿A quién le recordaba?

•

El jefe de gabinete de la Casa Blanca, Reince Priebus, tenía razón al querer acompañar al presidente en su viaje a Nueva York para encontrarse, entre otros, con la embajadora de Estados Unidos ante la ONU, Nikki Haley. Los acontecimientos de Corea del Norte eran preocupantes en todos los sentidos, incluido el detalle de que el propio Priebus tenía que hacerlo todo a la perfección a partir de ese momento si quería conservar su trabajo. Acababa de cometer el error de corregir a su jefe: la escuadra naval estadounidense que según el presidente navegaba rumbo a Corea del Norte en realidad no era una escuadra y, para colmo, navegaba en otra dirección: hacia Australia, más bien. El jefe se había puesto de mal humor y había culpado a Priebus de que los mentirosos de *The New York Times* hubieran publicado la verdad.

Aparte de que el presidente no era siempre tan preciso en sus afirmaciones como el mundo desearía, el hecho de que a menudo le diera por insultar a Kim Jong-un no hacía más que empeorar las cosas, pero lo peor que se podía hacer era intentar decírselo.

En cualquier caso, Priebus informó a su presidente de que la representante del Consejo de Seguridad, la ministra de Asuntos Exteriores, Margot Wallström, había llegado al edificio de la ONU y estaba lista para reunirse con él. Además, cumpliendo los deseos del presidente, la acompañaba el experto suizo en armamento nuclear, el sueco Allan Karlsson.

—¿Quiere que les...?

—Tráemelos —dijo el presidente Trump.

•

—Hola, señor presidente —saludó Margot Wallström.

—Lo mismo digo —añadió Allan.

—Siéntense —ordenó el presidente—. Empezaremos por usted, señora Wallström. ¿Con qué parte del cuerpo estaba pensando cuando empezó su visita a Pong... Piyong... a Corea del Norte con una rueda de prensa? Las ruedas de prensa son horribles, y las de Corea del Norte, todavía peores.

Margot Wallström contestó que no le había dado tiempo a pensar con ninguna parte del cuerpo: la habían llevado directamente del aeropuerto al estudio de televisión donde se representaba aquel espectáculo en directo del que el presidente y el resto del mundo ya habían sido informados.

—Kim Jong-un nos engañó a todos. Es así de sencillo —dijo la ministra Wallström—. En mi papel de representante de Naciones Unidas, déjeme que sea la primera en disculparme.

—Los engañó a ustedes —la contradijo el presidente—: a mí ese canijo torpedero nunca me va a engañar.

La ministra se disculpó: no era su intención ofender al presidente. Dicho eso, no estaba segura de que un epíteto como «canijo torpedero» pudiera resultar beneficioso para el clima de las conversaciones entre Corea del Norte y el resto del mundo. En su informe al secretario general, Wallström había dedicado un capítulo entero a la importancia de la corrección de los usos lingüísticos.

—Si desea una copia, señor presidente, me aseguraré de que...

—¿Un capítulo? ¿Quién va a leer eso? ¿Lo leería usted? Conteste a mi pregunta.

La ministra Wallström no recordaba que el presidente hubiera hecho ninguna pregunta, más allá de querer saber con qué parte del cuerpo pensaba, pero no se lo podía decir.

—Haré lo que pueda, señor presidente. ¿Puedo aprovechar la oportunidad para presentarle al señor Karlsson? No es suizo, como se ha dicho, sino sueco, y no ha ayudado a los norcoreanos en sus esfuerzos por fabricar...

—¿Quién es usted? —la interrumpió el presidente, volviéndose hacia Allan.

Allan estaba preguntándose lo mismo acerca del hombre que tenía delante. ¿Era el presidente o un desconocido? Bueno, en fin, la historia demostraba que se podía ser las dos cosas.

—¿Quién soy? Me llamo Allan Karlsson, tal como ha dicho la ministra. Y soy sueco, creo que eso también lo ha mencionado. Y, como también ha dicho, no he colaborado con Corea del Norte; de hecho, es probable que les haya puesto algunos palos en las ruedas. En resumen, ése soy yo, aunque por supuesto puedo contarle más.

—Dicen que recibió la Medalla Presidencial a la Libertad —dijo Donald Trump—, pero ese presidente ya es historia y este de aquí se la quitará si no responde bien a sus preguntas: se la quitará.

—Le prometo que haré todo lo que esté en mis manos, pero para eso tendría usted que hacerme alguna pregunta —contestó Allan—. De todos modos, devolver la medalla sería bastante complicado: desapareció no sé cómo en un submarino que iba a Leningrado en mil novecientos cuarenta y ocho. Es posible que desde entonces la tengan escondida los rusos. Siempre se lo puede preguntar al tío ese de Moscú: Putin; tengo entendido que se llevan bien.

El presidente Trump se quedó a cuadros. ¿Un submarino? ¿1948?

Allan aprovechó la oportunidad para seguir hablando:

—Pero le contestaré siempre que me sea posible. Debo decirle que es lo que acostumbro a hacer. Truman quería saberlo todo sobre la bomba atómica. Poco después vino Nixon: él tenía más curiosidad por el papel de los políticos en Indonesia, las intervenciones telefónicas, cosas así. Le conté lo que sabía y por lo visto quedó muy impresionado. Sea lo que sea lo que quiere saber, señor presidente, estoy dispuesto a prestar mis servicios. Espero que el arte de hacer vodka con leche de cabra no esté en lo alto de la lista, aunque en todo caso parece que la parte más interesante sería la de leche de cabra.

Allan había leído en la tableta negra que el comandante en jefe, pobre desgraciado, era abstemio y que siempre lo había sido.

Trump guardó silencio un momento.

—Habla demasiado —dijo al fin—, demasiado; ¿por qué no me cuenta qué hacía en Corea del Norte y por qué ha ayudado a ese idiota de allí con sus armas nucleares?

—No he ayudado a ningún idiota —dijo Allan—, salvo que contemos a Nixon. Acabé en Corea por casualidad con mi amigo Julius: nos rescató un barco en alta mar y, desgraciadamente, ese barco iba de regreso a su puerto, en las afueras de Pyongyang. Y por si eso no bastara, en el barco estaba prohibido el alcohol, igual que aquí, me imagino. El capitán se llamaba Pak, por cierto, a lo mejor se conocen.

El presidente Trump intentó encontrar algo de sustancia en el discurso del anciano, pero no lo consiguió.

—¿Quiere ir al grano? ¿Qué saben los coreanos que no supieran antes de que se lo dijera usted?

A Allan le empezaba a caer mal el tipo enfadado que tenía delante. ¿Qué le pasaba? Estaba a punto de preguntárselo cuando recordó la promesa que le había hecho a la encantadora señora Wallström: se suponía que iba a ser complaciente, ¿cómo se hacía eso?

—Si es por lo que les dije yo, lo más probable es que los norcoreanos sepan menos hoy que ayer. Les pasé unas fórmulas, es cierto; entre otras, una que muestra cómo purificar mejor las aguas residuales, si no me falla la memoria. No es una información con la que se pueda empezar una guerra.

—¿Aguas residuales? —dijo el presidente.

—También sirve para blanquear ropa. En cualquier caso, con la ayuda ejemplar de la ministra de Asuntos Exteriores Wallström, logramos huir antes de que descubrieran que las fórmulas que yo había garabateado no tenían ninguna utilidad para el armamento nuclear. Mi único delito, desde mi punto de vista, sería haber puesto mi vida en peligro en las costas de Indonesia. Si el presidente lo considera razón suficiente para quitarme la medalla, entonces lo único que queda por hacer es encontrarla.

Hasta el propio Allan se dio cuenta de que esto último no sonaba demasiado complaciente.

—Hablando un poco por hablar, ¿me permite una observación personal, señor presidente? —dijo mientras Trump aún estaba valorando su siguiente paso.

—¿De qué se trata?

Merecía la pena intentarlo.

—Su peinado me parece de una belleza extraordinaria.

—¿De una belleza extraordinaria? —dijo el presidente.

—Bueno, en realidad, usted tiene un porte extraordinario, pero el peinado le da un toque de distinción.

El presidente Trump se atusó la pelambrera rubia tirando a rojiza: su rabia se había aplacado.

—No es el primero que me lo dice, no es el primero.

Se lo veía claramente satisfecho. Era asombroso lo fáciles que eran algunas cosas. Allan se prometió que la próxima vez que se encontrara con un presidente estadounidense volvería a poner en práctica las artes de la complacencia.

Pensándolo bien, se dijo Donald Trump, el suizo sueco era bastante agradable, y bastante interesante, y con buen criterio, al parecer. Miró el reloj.

—Tengo que ocuparme de un asunto importante, no dispongo de más tiempo para usted.

Margot Wallström se levantó en el acto para abandonar una reunión de la que habría prescindido encantada. Por su edad, Allan fue considerablemente más lento.

—Espere, espere —dijo Donald Trump. Se le había ocurrido una idea y nunca tardaba mucho en pasar de la idea a la acción. El viejo tenía la lengua muy larga y era un tipo raro, pero sin duda tenía buen gusto: lo que le había dicho sobre el peinado era totalmente cierto—. ¿Le da usted al golf, Karlsson? —preguntó.

—¿Darle? No —contestó—. Tenía un amigo español que le daba a la armónica, pero eso era antes de morir, después ya no le daba a nada. Le volaron la cabeza en la Guerra Civil: una verdadera lástima, aunque hace ya un tiempo de eso.

Donald Trump se preguntó a qué guerra civil se referiría Karlsson. Sin duda no tenía edad suficiente para haber participado en la estadounidense. Bueno, en fin, fuera cual fuese, daba lo mismo: sería interesante contar con su presencia un rato más.

El problema era que uno de los mejores amigos del presidente, un magnate del sector inmobiliario que había invertido setecientos mil dólares en su campaña electoral y que a cambio estaba a punto de ahorrarse seis coma dos millones de dólares gracias a la correspondiente reducción en el pago de impuestos sobre bienes inmuebles, lo había invitado a una partida de golf en las afueras de Nueva York. No había mejor forma de celebrar algo así que jugar dieciocho hoyos, pero por desgracia un virus había dejado al magnate postrado en cama con fiebre. Trump detestaba cancelar una partida de golf por una tontería así; después de todo, el golf era el golf, y quedarse en aquel escritorio prestado del edificio de la ONU era una alternativa que no consideraba: cada vez que se sentaba allí, el mundo entero parecía querer un trozo de él.

Así que decidió irse al golf y le sugirió a Karlsson que se apuntara, si le apetecía, y así podrían seguir hablando un poco. De paso podía echarle una mano vigilando al *caddie* puertorriqueño: quizá los puertorriqueños no fueran los más ladrones, pero les gustaba demasiado remolonear.

—No sé si tengo algún talento especial para vigilar puertorriqueños —dijo Allan—, pero supongo que siempre podemos averiguarlo. Si el presidente desea mi modesta compañía, no seré yo quien vaya a aguarle la fiesta, pero debo confesarle que esto ya lo he hecho antes: me he visto involucrado en ciertas situaciones que me han llevado a conocer a dirigentes de todos los confines del mundo y en general no han terminado bien.

El viejo se estaba haciendo el difícil de nuevo, pero seguía teniendo cierto encanto.

—Vale, pues quedamos así —dijo el presidente—. ¡Qué bien!

Le comunicó a la ministra de Asuntos Exteriores que ya podía irse, con el comentario añadido de que debería tener más cuidado de ahora en adelante.

—Gracias por venir, ahora váyase.

—Debería ser yo quien le diera las gracias —dijo Margot Wallström.

Un diplomático es siempre diplomático.

•

El presidente de Estados Unidos no coge un taxi, ni siquiera un Uber, para ir desde Manhattan hasta un campo de golf cercano: va en helicóptero. Lo estaba esperando en la azotea del edificio de la ONU. A Trump y Allan los escoltaron hasta allí cinco agentes de los servicios secretos, tres de los cuales montaron con ellos en el helicóptero; otros cinco llevaban un buen rato esperando en el campo de golf tras haber limpiado la zona con la ayuda de un buen número de policías locales.

Mientras entraba en el helicóptero, Allan dedicó un pensamiento fugaz a su amigo. La temperatura era muy agradable para la estación, así que Julius no tenía motivos para quejarse por estar sentado al sol en un banco de un parque; sólo tendría que seguir sentado un rato más. ¿Cuánto podía durar una partida de golf? ¿Una hora?

Mientras sobrevolaban Manhattan y Queens, el presidente fue señalando todos los edificios que había heredado, comprado o vendido a lo largo de los años y unos cuantos que no había heredado ni comprado ni vendido, pero que habían caído en sus manos de todos modos. Luego habló de lo que pensaba hacer con las tasas inmobiliarias; de la sanidad pública y su reforma perversa; de varios acuerdos internacionales de libre comercio y de la decadencia generalizada. Sin querer mencionó una tasa de desempleo que era el doble de la real y le prometió a Allan que la reduciría a la mitad para dejarla, en consecuencia, tal como estaba.

Allan escuchaba. Conocía lo suficiente el contenido de su tableta negra como para detectar que el presidente exageraba, o se inventaba las cosas, con la misma frecuencia con que daba en el clavo.

El helicóptero aterrizó y el presidente y su acompañante suizo-sueco de ciento un años se bajaron a escasos metros del *tee* del hoyo uno: tratándose del presidente, no podía haber demoras. El hoyo uno era un par cuatro de trescientos diez metros, tenía una curvatura leve hacia la izquierda y una calle amplia y un profundo búnker en el lado derecho.

—¿Y bien? —fue la primera y única palabra que le dirigió Trump al puertorriqueño.

Éste le dijo al presidente que lo mejor que podía hacer era no correr riesgos y poner la bola en mitad de la calle, así quedaría en una buena posición para llevarla hasta el *green* con el siguiente golpe.

No obstante, el talento del presidente para el golf no le aseguraba que la bola siempre iría hacia donde se suponía que debía ir. Por ejemplo, esa vez: un tiro más contundente de lo debido y un poco de viento de lado.

—Maldito inútil, no sirves para nada —le dijo el presidente al pobre *caddie*—; eres un inútil que no sirve para nada.

Evidentemente, si el viento había arrastrado la bola hasta el búnker, era culpa del *caddie*.

Allan no tenía ni idea de golf, pero le pareció que el tipo que sostiene el palo tiene que ser como mínimo responsable de su propio golpe, y sobre todo se había hartado de la manía del presidente de repetir lo que decía como un disco rayado. Tal vez no pareciera demasiado complaciente mencionarlo, pero Wallström ya no estaba por ahí, así que... ¿qué podía pasar?

Siendo las cosas como eran, supuso que pasaría lo que pasara.

—¿Por qué dice las cosas siempre dos veces? —le preguntó Allan al hombre que acababa de lanzar la bola al búnker.

—¿Eh? —dijo el presidente.

Así, el hombre de los ciento un años se había vuelto a meter en un lío.

—A riesgo de cometer el mismo delito del que lo acuso, lo volveré a preguntar: ¿por qué dice siempre las cosas dos veces, señor presidente? Y además casi siempre son cosas que ni siquiera son ciertas.

—¿Que no son ciertas? ¡¿Que no son ciertas?! —gritó el presidente. En un instante volvió al estado de ánimo que tenía por la mañana, al ver a aquel viejo por primera vez—. Ah, así que usted es el correveidile de *The New York Times*, menuda rata.

Algunos golfistas se ponen más susceptibles que otros cuando acaban de caer en el búnker.

—Yo no soy el correveidile de nadie —contestó Allan—: a mi edad, no se puede ser nada que empiece por «corre». Sólo me preguntaba, en primer lugar, por qué le cuesta tanto decir la verdad y, en segundo, cómo puede ser culpa del puertorriqueño, supuestamente tan perezoso, que acabe de mandar su bola a un foso profundo; y en tercero, por qué tiene usted que repetir casi todos sus estúpidos comentarios justo después de haberlos formulado por primera vez.

Algunos golfistas son más susceptibles que los que son extrasusceptibles cuando acaban de caer en el búnker; tal vez el presidente Trump pertenecía a esa categoría.

—Maldito jodido yoquesequé —dijo—, resulta que lo invito a...

Iba a decir «a jugar al golf», pero Allan no era más que un supervisor de puertorriqueños.

—¿A qué, presidente? ¿A qué?

La repetición de Allan puso al presidente de peor humor todavía. Incapaz de articular palabra, blandió su hierro cinco amenazando al anciano.

—A mí me parece que sería mejor que controlara sus impulsos —señaló Allan.

El presidente no fue capaz de hacerlo.

—¿Mis impulsos? Nadie controla mejor sus impulsos que yo, ¡nadie! —dijo el presidente antes de lanzar el hierro cinco por encima de la cabeza del puertorriqueño, que, después de todo, tal vez fuera tan perezoso como sugería el presidente, porque por fortuna acababa de sentarse—. ¡Soy más equilibrado que nadie!

—Bueno, durante nuestro breve trayecto por el aire he contado siete estupideces; ocho, si incluimos tirar la bola al búnker nada más aterrizar. Si dejara de repetirlo todo, reduciríamos la cantidad de mentiras a la mitad.

Donald Trump no daba crédito a lo que estaba oyendo: así que, al fin y al cabo, aquel cabrón era un comunista. El presidente de Estados Unidos, desde luego, no podía confraternizar con una persona así.

—¡Largo de aquí! —gritó.

—Me iré encantado, señor presidente, pero me despido dándole un consejo: yo no sé nada de terapias, ni de esa clase de moderneces, pero en su lugar probaría a tomarme una copa. ¿No pasa ya de los setenta? Supongo que setenta años sin vodka pueden hacer enloquecer a cualquiera.

Y con eso se terminó el encuentro. Un agente de los servicios secretos se colocó entre el presidente y su invitado;

otro tironeó a este último de un brazo y le dijo que volarían inmediatamente de regreso al edificio de la ONU.

—Lo ayudo a embarcar, ¡venga!

—¿No podemos esperarnos un minuto? —preguntó Allan—, tendría gracia ver cómo se las arregla el tío para salir del búnker.

Estados Unidos

Allan encontró a su amigo en el banco del parque frente al cuartel general de la ONU donde lo había dejado una hora antes. Julius seguía sentado allí con el maletín norcoreano en el regazo. Pasar de Corea del Norte a Estados Unidos había supuesto un avance en la dirección adecuada, pero, al enterarse de que se encontraba en un país donde la posesión de uranio enriquecido podía implicar una sentencia de unos cuantos cientos de años de cárcel, Julius había vuelto a caer preso de la angustia.

—¿Qué tal la reunión? —preguntó a Allan a modo de saludo.

—Agradable.

—Bien. ¿Eso significa que por fin te has enterado de cómo podemos deshacernos de esto?

Sostuvo en alto el maletín por si Allan aún no había entendido a qué se refería.

—No, tan agradable no ha sido: ese tal Trump no se va a quedar con nuestro maletín. Parece que para explotar ya se basta él solito.

—¿Qué? Y entonces ¿qué vamos a hacer con el uranio? ¡¿Qué va a ser de nosotros?! Dijiste que lo tenías todo planeado; ¿cuál es el plan exactamente?

—¿Yo dije eso? Bueno, a mi edad se dicen muchas cosas. No sé, querido Julius, pero ya se solucionará. ¿Me puedo sentar a tu lado?

Allan no esperó la respuesta, a sabiendas de que no la iba a obtener, y tomó asiento. Le resultó muy agradable descansar un poco las piernas después de recorrer los pasillos interminables de la ONU, y si a eso se añadían la diferencia horaria y otras rarezas...

Aun así, Julius no se dejó aplacar tan fácilmente; ¿acaso Allan no era consciente de que estaban en Estados Unidos con cuatro kilos de uranio enriquecido y que jamás podrían abandonar el país con aquel maletín? Por mucho que se afanaran en mostrar sus pasaportes diplomáticos, en el aeropuerto saltarían las alarmas de inmediato.

Allan dijo que era perfectamente consciente, sobre todo ahora que Julius se lo había recordado.

Julius siguió hablando:

—Si hoy te ha parecido que el presidente estaba enfadado, ¿cómo crees que reaccionará cuando descubra con qué nos estamos paseando por el país?

—En ese caso tendremos que intentar no decírselo —contestó Allan.

A continuación, Allan echó un vistazo a su alrededor, le pidió el maletín a Julius y lo colocó en un extremo del banco con el abrigo norcoreano encima. Así dio forma a una cama provisional con cuatro kilos de uranio enriquecido y un abrigo como almohada. Se tumbó al fresco y cerró los ojos.

—¿Y ahora qué, piensas tumbarte a morir? —dijo Julius con sarcasmo mientras se movía hacia el otro lado para alejar sus pantalones de las suelas sucias de los zapatos de Allan.

No, ése no era el plan de Allan. Sólo quería recuperarse un poco: el día había sido muy largo. Después de todo, debido al diseño de la Tierra no era mucho más tarde de lo que había sido medio día antes.

Allí tumbado, el hombre de ciento un años parecía exhausto y patético a la vez, pero sobre todo se veía extremadamente viejo. No había transcurrido ni un minuto cuando una mujer que pasaba por ahí le preguntó si estaba bien y si necesitaban ayuda. Probablemente era sudamericana: los alrededores del distrito de la ONU eran bastante cosmopolitas. Allan rechazó su ayuda con amabilidad, le dijo que se encontraba bien y que pronto se pondría en marcha de nuevo.

Julius seguía hablando con ansiedad sobre el maletín y el futuro, pero Allan dejó de escucharlo: a Julius casi nunca se le ocurrían ideas nuevas cuando estaba preocupado y las viejas ya no espoleaban a nadie.

Al cabo de unos minutos se detuvo ante ellos un hombre: tendría unos sesenta años y llevaba sombrero. Igual que la mujer, les preguntó si todo iba bien y si podía ayudarlos en algo.

Julius estaba de mal humor y no dijo nada, pero Allan se dio cuenta de qué era lo que echaba en falta. Alzó la mirada y le preguntó al caballero si tenía algo de beber: acababa de padecer una reunión con el presidente de Estados Unidos, un tipo del que se podían decir unas cuantas cosas, un canalla malnacido con una personalidad tan desequilibrada como una carretera rural norcoreana, y encima, por lo visto, no había tomado una copa en toda su vida.

—¿El presidente? —preguntó el hombre del sombrero—. ¿El presidente de Estados Unidos? ¿Trump? Qué horror. A ver si tengo algo para consolarnos. —Rebuscó en la bandolera que llevaba colgada y sacó dos botellas pequeñas envueltas en una bolsa de papel—. No es gran cosa, pero algo es algo: Underberg, un digestivo. Va bien para el estómago.

—Al estómago de Allan no le pasa nada —dijo Julius—, ¿no tiene algo para su cabeza?

—Sí que le pasa —lo contradijo Allan—, aunque depende del porcentaje de alcohol, claro.

El hombre del sombrero dijo que le parecía que era del cuarenta por ciento o más; no lo había comprobado. En cualquier caso, él nunca viajaba al extranjero sin una de esas botellas marrones en el equipaje: iba bien para el estómago, ¿se lo había dicho ya?

Allan se incorporó con cierta dificultad, aceptó el ofrecimiento del hombre, desenroscó el tapón de la botellita y vació su contenido de un solo trago.

—¡Brrrr! —exclamó con chispas en los ojos—. Antes de beberse esto será mejor que se agarre el sombrero.

El hombre del sombrero sonrió. Al ver lo bien que parecía haberle sentado a Allan la botellita, Julius agarró de inmediato la otra. Rápidamente se puso a su nivel y los dos se quedaron mirando satisfechos al recién llegado.

—Soy el embajador Breitner —dijo éste—, representante de la República Federal de Alemania en la ONU. Tengo otra botella en la bolsa, pero creo que será mejor que me la quede para que ustedes dos, caballeros, no se peleen por ella.

—A lo mejor no nos pelearíamos —dijo Allan—. No somos violentos: la violencia casi nunca lleva a nada. Este Julius suele ver el lado oscuro de las cosas, pero nunca pasa de ahí.

Julius estaba a punto de ver el lado oscuro de lo que Allan acababa de decir, pero optó por seguirle la corriente y no dejar de sonreírles a su amigo y al hombre del sombrero.

—Vaya, otro empleado de la ONU. Entonces somos colegas —dijo Allan—: yo mismo y aquí mi colega, que ya no parece tan arisco, somos diplomáticos y agregados de la enviada especial de la ONU, Margot Wallström, de Suecia. Yo me llamo Allan y él, Julius; un buen hombre, en el fondo.

El embajador Breitner los saludó con un apretón de manos.

—¿No tiene usted hambre, señor Breitner? —preguntó Allan—. Esa cura milagrosa que nos ha proporcionado me ha abierto el apetito. Nos encantaría contar con su compañía en algún lugar cerrado, sobre todo si tuviera la generosidad de cargar con la cuenta porque acabo de percatarme de que no tenemos dinero. En algún momento tuvimos un mechero de oro, pero nos vimos obligados a cambiarlo por muesli con leche en Pyongyang.

El embajador Breitner se lo estaba pasando bien con sus nuevos compañeros; además, tenía curiosidad por aquel hombre de aspecto frágil que por lo visto había mantenido una reunión desastrosa con el presidente Trump. El otro también podía tener alguna historia interesante que contar. Y, por encima de todo, Breitner era un diplomático experimentado y, como tal, nunca dejaba de trabajar. ¿Pyongyang? Tal vez esos dos caballeros fueran una buena fuente de información.

—Bueno, pues resulta que dispongo de una o dos horas libres para un par de caballeros diplomáticos, y la República Federal se encargará de la cuenta: nos lo podemos permitir.

El alemán conocía un lugar en la Segunda Avenida. No estaba demasiado lejos para ir a pie, ni siquiera para Allan. Les sirvieron *schnitzel*, cerveza alemana y vodka de fruta, y el ambiente fue tan relajado que al segundo brindis el embajador Breitner sugirió que Allan y Julius le hablaran de tú.

—Por supuesto, Konrad —dijo Allan.

—Por una vez, estoy de acuerdo con Allan, Konrad —corroboró Julius.

Durante la cena, el embajador aprendió antes que nada cómo funciona un iPad (prefirió no mencionar que ya tenía dos) y luego cómo cultivar espárragos. Después del segundo brindis, la conversación se centró en cómo Allan y Julius habían ido a parar a Corea del Norte y en cómo se las habían arreglado para escaparse con la ayuda de la ministra Wallström y los pasaportes diplomáticos que ésta había hecho aparecer como por arte de magia.

Konrad Breitner relacionó fácilmente la historia de Allan y Julius con las noticias que había seguido en la prensa en los últimos días: ¡así que el experto suizo en armamento nuclear era sueco! No tenía demasiada pinta de traidor, aunque a la hora de liquidar el vodka de fruta estaba hecho un gamberro. Ya se había tomado tres, aunque no hacía más que quejarse diciendo que no entendía qué demonios pintaba aquella fruta dentro del vodka.

Julius no tenía, ni mucho menos, el talento de Allan para vivir la vida tal como se presentaba: eso de tener a sus pies un maletín lleno de uranio enriquecido lo atormentaba, y cuanto más vodka bebía más convencido estaba de que el embajador Konrad no hacía más que echarle miradas de reojo. Tal vez sólo fueran cosas de su imaginación, pero decidió pasar a la acción.

—Desde luego, estamos muy contentos de haber conseguido escaparnos con todos los planos técnicos de diseño que realizó Allan y que están dentro de ese maletín. Habría sido terrible si llegan a caer en manos del Líder Supremo.

Por un instante, Allan pensó que su amigo había decidido aguarle la fiesta, pero luego entendió lo que pretendía Julius: el cultivador de espárragos sólo quería librarse del uranio, y tampoco era cuestión de dejarlo tirado en cualquier lugar entre la Quinta Avenida y la Sexta y largarse pascando. ¡Tal vez Konrad fuera la respuesta a su problema!

—Me alegro mucho de que hayas revelado el contenido del maletín, Julius. Pensábamos entregárselo al presidente Trump, pero... en fin, como ya he dicho, él para estallar no necesita un plano de cómo hacer una bomba, y ahora nos preguntamos si seremos capaces de dejar en buenas manos, y de modo definitivo, esta documentación.

—¿Lo han hablado con la ministra Wallström? —dijo Konrad poniéndose sobrio de golpe.

Allan dijo que la señora Wallström era maravillosa desde todos los puntos de vista, pero a fin de cuentas era sueca y, como a todos los suecos desde 1966, la posibilidad de tocar material nuclear le provocaba un miedo patológico.

Julius se dio cuenta de que Allan lo había entendido y acudió al rescate.

—Por supuesto, lo más seguro sería que esos conocimientos se quedaran dentro de la Unión Europea, ¿no te parece, Allan?

—Aquí estás, Julius, brillante como siempre, como sólo tú puedes serlo. Eso sí, cuando decides mostrar esa parte de ti. Por favor, tómate la libertad de hacerlo más a menudo. Pero encontrar un líder fuerte de la Unión Europea que esté dispuesto a aceptar esa responsabilidad en beneficio de la paz mundial... Es más fácil decirlo que hacerlo. ¿Quizá ese francés nuevo, Macron?

—¿Macron? —dijo Julius en tono severo, aunque no hacía más que seguirle la corriente.

—Sí, ganó las elecciones hace poco, ¿no te lo comenté? No, claro que no: te pones aún más arisco cuando alguien intenta informarte. Lo curioso de Macron es que no es de izquierdas ni de derechas: es de ambas. No estoy demasiado seguro de cómo funciona eso, pero suena muy agradable y equilibrado.

El embajador de Alemania ante la ONU no tenía un pelo de tonto; aún más: llevaba unos minutos en guardia. Sin embargo, cayó en la trampa.

—Bueno, da la casualidad de que la canciller Merkel vendrá a Washington dentro de dos días, ¿les parece suficiente como garante? De la paz mundial, quiero decir.

Julius permitió que fuera Allan quien diera el tiro de gracia.

—¡Hombre, Konrad! ¡Es usted un genio! ¿Quiere decir que estaría dispuesto a pasarle a Angela Merkel nuestro maletín contaminado con armamento radiactivo? ¿Cómo puede ser que no hayamos pensado en ella?

El embajador Breitner sonrió con humildad.

—¿Para qué están los amigos? Salud, muchachos.

Al único que le quedaba algo en el vaso era a él, pero el brindis funcionó igualmente.

Ahora bien, el maletín podía estar forrado con plomo, pero ¿alguien sabía qué tipo de instrumentos podían encontrarse en los puestos de control de seguridad en Estados Unidos? Menuda sorpresa si empezaban a parpadear de golpe las luces de alarma radiactiva. Allan y Julius no le deseaban a Konrad, su nuevo amigo, una condena a cadena perpetua en Guantánamo, y menos después de haber pagado la cena.

—Pero tenemos un problema —dijo Allan.

Y le explicó que los documentos relacionados con el armamento nuclear estaban escondidos en un paquete envuelto en plomo y que eso podía causarle problemas en el control de seguridad del aeropuerto, por no hablar de lo que podía ocurrir si a los agentes del JFK se les metía en la cabeza revisar con atención dicho paquete.

—Ah —dijo el embajador Breitner en tono vacilante.

—Teniendo en cuenta lo que acabamos de decirle, ¿podemos sugerir que vaya a Washington en taxi, embajador? Julius y yo podríamos correr con los gastos, aunque es probable que eso requiera un plan de pago a plazos: ahora mismo estamos pelados.

—Pelados del todo —corroboró Julius.

Si el embajador acudía en coche a la embajada alemana, la mentira piadosa de Allan y Julius no se descubriría hasta su llegada: cuando hubiera pasado el maletín por la puerta, ya sería demasiado tarde, se habría evitado un escándalo mundial (nadie esperaba que los alemanes convocaran una rueda de prensa para hablar de eso) y el embajador Breitner saldría de ésta con una reprimenda a título interno. Y tal vez con un cese, pero se libraría de Guantánamo.

—¿En taxi? —dijo el embajador Breitner—. ¿Por qué no? Pensándolo bien, claro que puedo. Y no se preocupen por el precio: me voy a ahorrar el vuelo.

—Fantástico —dijo Allan—. En ese caso, ya podemos dejar de arreglar el mundo. Tenemos tiempo para una última ronda antes de caer muertos.

Habían necesitado seis vodkas de fruta cada uno para acompañar la cerveza y el *schnitzel*. Cuando el embajador Breitner se disculpó para ir al baño, Allan y Julius aprovecharon para intercambiar unas palabras.

—Quién me iba a decir que se te ocurriría algo así —dijo Allan felicitándolo.

—Aunque es un buen hombre, este Konrad: es una lástima que lo vayamos a meter en un lío —dijo Julius.

Allan procesó las cavilaciones de su amigo.

—Esto tiene remedio —dijo.

Y a continuación cogió una servilleta de papel y le pidió un bolígrafo a un camarero. Julius se preguntó qué habría tramado Allan y éste le dijo que quizá pudieran ayudar a su nuevo amigo Konrad si en el maletín, además del uranio enriquecido, había también un saludo para el pez gordo.

—¿Merkel?

—Así se llama, sí.

Allan escribió una carta en la servilleta.

Apreciada canciller Merkel:

Gracias a mi tableta negra he llegado a la conclusión de que usted es una dama a quien conviene tener en alta estima. Mi amigo Julius, cultivador de espárragos de profesión, y yo nos hemos traído por casualidad cuatro kilos de uranio enriquecido al salir de Corea del Norte tras visitar brevemente el país. Gracias a la suerte y a nuestra inteligencia, tanto el uranio como nosotros hemos ido a parar a Estados Unidos y, en un principio, nuestro plan era entregárselo al presidente Trump, pero hoy he tenido el dudoso placer de encon-

trarme con él y no ha parado de gritar y graznar; de hecho, su comportamiento me ha recordado bastante al de Kim Jong-un, así que el cultivador de espárragos y yo nos hemos replanteado las cosas. Trump ya debe de tener mucho uranio enriquecido y lo que podría llegar a hacer con otros cuatro kilos probablemente sea un misterio incluso para él.

En cualquier caso, en los aledaños del edificio de la organización conocimos a Konrad, su eminente embajador ante la ONU, *y decidimos juntarnos para cenar, lo que está resultando muy agradable. En este momento, Konrad está atendiendo una llamada de la naturaleza y por eso le escribo a toda prisa a sus espaldas, por así decirlo. Disculpe la caligrafía (continúa en la otra servilleta).*

Total que, después de un schnitzel, *varias rondas de cerveza y un vodka que no sé por qué razón sabía a manzana, Julius y yo hemos intimado con Konrad un poco más de la cuenta. Lo peor de todo es que él ha deducido de nuestra conversación que dentro del maletín que ahora está heredando usted hay varios documentos con instrucciones para fabricar armas nucleares, aunque en realidad el paquete que acaba de recibir contiene esos cuatro kilos de uranio enriquecido que he mencionado en la servilleta anterior. El hecho de que ahora dicho material esté en buenas manos, o sea, en las de la República Federal de Alemania, es un alivio para Julius y para mí. Tal vez a usted no le haga mucha gracia, pero al fin y al cabo la vida está llena de adversidades. Confiamos en que manejará el uranio de la mejor manera posible (continúa en la otra servilleta).*

Mi amigo Julius, por cierto, dice que a ustedes los alemanes también se les da bien el cultivo de espárragos; suponiendo, claro está, que los espárragos alemanes se cultiven realmente en Alemania, y no como los

En ese instante, Julius le quitó el bolígrafo de un tirón y le pidió que se concentrara.

—¡Konrad va a volver en cualquier momento! ¡Por el amor de Dios, date prisa!

Le devolvió el bolígrafo a Allan, que empezó una frase nueva.

En resumidas cuentas, lo que le pedimos es que no se enfade con el embajador Konrad: a nosotros nos ha parecido un buen representante para su país. Si tiene que enfadarse con alguien, hágalo con Donald Trump, o tal vez con Kim Jong-un, allá en Corea del Norte. Por cierto, dicen que le han echado el ojo a una cantidad de uranio que multiplica por más de cien lo que nosotros conseguimos robarles. Con quinientos kilos se podrían permitir seguir con sus pruebas fallidas hasta que den en la diana. Konrad está a punto de volver, será mejor que dejemos esto aquí.

Atentamente,

Allan Karlsson y Julius Jonsson

Allan plegó debidamente las tres servilletas y le pidió a Julius que las metiera en uno de los bolsillos laterales del maletín.

Julius dio por hecho que no le daba tiempo de tachar la tontería sobre su relación con los espárragos alemanes e hizo lo que se le pedía. Dadas las circunstancias, Allan no lo había hecho nada mal con las servilletas.

De todos modos, Konrad tardaba en volver. Como se sabe, las visitas al baño pueden variar mucho en función de su naturaleza, y estaba claro que aquélla era de las largas. Julius tuvo una inspiración repentina. Sacó un pedazo de papel del bolsillo interior de su gastada americana de verano: allí llevaba anotado el número de teléfono de Gustav Svensson. El teléfono de Konrad estaba encima de la mesa.

—¿Tú crees que...? —dijo Julius.

—Sin duda —contestó Allan.

Julius llamó... y se encontró hablando con el mismo buzón de voz que la última vez. Era muy molesto.

—¡Gustav, por el amor de Dios! ¿De qué sirve que tengas un teléfono si lo vas a llevar siempre apagado? Allan y yo hemos conseguido llegar a Nueva York desde Pyongyang y ahora iremos a...

—Que viene —advirtió Allan.

Rápido como el rayo, Julius dejó el teléfono en la mesa.

—Bueno, amigos míos, creo que deberíamos empezar a pensar en irnos ya —dijo Konrad sacando la cartera.

La cuenta estaba sobre la mesa, al lado del teléfono: Alemania estaba a punto de ser seiscientos veinte dólares más pobre, más otros cien de propina (más el coste de una llamada de quince segundos a Indonesia). Konrad dejó siete billetes de cien dólares y dos de veinte en la mesa, se levantó y dijo que había llegado el momento de despedirse.

—En cuanto a mí, supongo que lo único que puedo hacer es llevarme este maletín tan emocionante y coger un taxi —dijo.

—Sí, supongo que así es —dijo Allan, poniéndose en medio para que Konrad no se diera cuenta de que Julius estaba requisando la propina.

Estados Unidos, Suecia

Mientras Allan y Julius usaban parte de la propina para equiparse y casi todo el resto para pagar el autobús al aeropuerto de Newark, el presidente Trump estaba sentado en el club de golf, presa de una frustración que no era capaz de expresar con palabras.

¿Qué había significado esa reunión que había tenido que padecer? Y la ministra sueca de Asuntos Exteriores Wallström, ¿de verdad se había quedado allí sentada, en el edificio de la ONU, mirándolo con aquella sonrisita desdeñosa mientras el viejo desbarraba? A lo mejor sí que había ocurrido eso; sin duda alguna, sí: eso había ocurrido. Sí, eso.

Y el tal Karlsson, ¿quién demonios se había creído que era? ¡Hablarle de leche de cabra al presidente de Estados Unidos! ¡Y delante de la ministra Wallström, una histérica que no se quitaba de la cara esa sonrisa de desdén o, mejor dicho, de burla!

Por no hablar de lo que había ocurrido después.

El presidente estaba que echaba humo por las orejas: aquel comunista había puesto en duda su capacidad de controlar sus impulsos. Tendría que haberle dado en toda la cabeza con el palo de golf. En un alarde de autocrítica, Trump llegó a la conclusión de que a veces llevaba demasiado lejos sus esfuerzos por llegar a un acuerdo.

¿Qué debía hacer a continuación? Seguía echando humo. El presidente abrió la tapa de su portátil y entró en Twitter.

Tres minutos después, había ridiculizado a un presentador de televisión, insultado a un jefe de Estado, amenazado a un miembro de su gobierno con el despido y declarado que el descenso en su porcentaje de apoyo popular era un invento de ponga-aquí-el-nombre-del-periódico-que-se-prefiera.

Ya se sentía mejor.

•

La ministra Wallström había cumplido su promesa: los señores Karlsson y Jonsson tenían reservados sendos asientos en clase preferente en el vuelo a Estocolmo de esa misma tarde.

—¿Facturan alguna maleta? —preguntó la mujer del mostrador de facturación.

—No, gracias —dijo Allan.

—¿Sólo llevan equipaje de mano?

—El equipaje de mano lo acabamos de regalar.

El viaje a la madre patria de Allan y Julius fue una experiencia placentera que empezó incluso antes del despegue, cuando les ofrecieron algo de beber.

—¿Champán? ¿Un zumo? —dijo la azafata.

—Sí, por favor. Y no, gracias —respondió Allan.

—Para mí lo mismo, por favor —añadió Julius.

Más tarde les sirvieron una cena de tres platos (tampoco es que tuvieran hambre, pero una cosa gratis es una cosa gratis) y después del postre, si apretaban el botón correcto, podían tumbarse sin que hiciera falta irse a la cama.

—¿Qué más se les va a ocurrir? —dijo Allan.

—Mmm, mmm —contestó Julius, que ya se había tapado con una manta.

—¿Quieres que te lea algo de mi tableta?

—No, salvo que quieras que te la quite y la tire por la ventanilla.

Suecia

Allan y Julius estaban plantados en medio del vestíbulo de llegadas de la terminal 5 del aeropuerto de Arlanda mirando a su alrededor. Julius resumió la situación así: estaban bien equipados, bien descansados, bien comidos... y con veinte dólares en el bolsillo.

—¿Veinte dólares? —dijo Allan—. Suficiente como para tomarnos una cerveza cada uno.

Dos cervecitas y se les había acabado el dinero.

—Ahora estamos bien equipados, bien descansados, bien comidos y no tan sedientos como hace un momento —dijo Allan—. ¿Tienes alguna idea sobre qué hacer a continuación?

No, así a bote pronto, Julius no tenía ninguna idea. Tal vez tendrían que haberlo pensado mejor antes de beberse el dinero que les quedaba, pero a lo hecho pecho. El asunto de sus finanzas personales era probablemente lo primero en su agenda.

El hombre de los ciento un años asintió: el dinero hacía la vida más fácil en muchos sentidos. ¿Qué tal iban los ingresos de los espárragos? Habían llegado a Suecia; ¿no tenía Julius muchos contactos en el mundillo de los espárragos? Allan no estaba al corriente de cómo se distribuían unos espárragos sueco-indonesios por el mundo, pero daba por hecho que en algún momento pasaban por el país: no hacerlo sería una falta de ética importante, ¿no?

¡Genial! Julius no tenía un montón de contactos, pero sí tenía a Gunnar Gräslund.

—¿Y ése quién es? —preguntó Allan.

Gunnar Gräslund era un conocido del pasado. Mucha gente se refería a él como Gunnar *el Asqueroso* porque eso es lo que era: nunca se duchaba, se afeitaba una vez por semana, mascaba rapé y soltaba muchos tacos. Además, se había pasado la vida timando a la gente (Julius no lo culpaba por este último detalle). Él era la persona a quien habían encomendado la tarea de vender los espárragos de cultivo local de Gustav Svensson y, por muy asqueroso que fuera en todo, había cumplido con su cometido.

—Sólo tenemos que ir a ver a Gunnar, explicarle nuestra situación y él sacará la cartera.

—Ir a verlo... ¿cómo? —preguntó Allan.

—A pie —respondió Julius.

•

Suecia tiene mil seiscientos kilómetros de longitud, aunque no es demasiado ancha. De todas formas, es una superficie relativamente grande a compartir entre sólo diez millones de personas.

En la mayor parte del país uno puede deambular durante horas sin encontrarse a nadie, ni siquiera un alce. Si bien es posible comprar un valle con lago incluido por una cantidad de dinero con la que no alcanzaría ni para adquirir un estudio andrajoso de un solo ambiente en las afueras de París, el inconveniente de dicha compra es que uno descubrirá enseguida que está a ciento veinte kilómetros de la tienda más cercana, a ciento sesenta de una farmacia y mucho más lejos todavía de un hospital, sobre todo si pisa un clavo y tiene que ir a la pata coja; y si le quiere pedir un poco de leche para el café al vecino más cercano es bastante probable que tenga que caminar unas tres horas de ida y otras tantas de vuelta: el café se habrá enfriado mucho antes de que llegue a casa.

No todo el mundo quiere esa clase de vida. Los que menos la quieren han hecho un pacto silencioso para amontonarse en Estocolmo y sus alrededores, y con ellos van las empresas: H&M, Ericsson e IKEA dan prioridad a las zonas donde viven dos millones y medio de clientes potenciales antes que a otros lugares menos habitados, como el pueblo de Nattavaara, al norte del Círculo Polar Ártico, donde hay setenta y siete personas que aún no se han ido.

De modo que no es ninguna sorpresa que el almacén regional para la distribución de los espárragos de Julius Jonsson y Gustav Svensson estuviera ubicado en las afueras de Estocolmo y no en otro lugar. Además, como cualquier empresa que importara o exportara por vía aérea, el almacén obtenía ciertas ventajas de estar situado en los aledaños del aeropuerto de Arlanda, más concretamente en Märsta o, aún más concretamente, a un paseo de dos horas desde el aeropuerto de Arlanda. Dos y media, tratándose de un viejo.

La otra opción era un trayecto de quince minutos en taxi, pero ésa se la habían bebido para desayunar.

Indonesia

Gustav Svensson había tenido que arreglárselas demasiado tiempo sin su socio. Primero, Julius había desaparecido (el día del cumpleaños de Allan y todo eso que ya sabemos). Gustav tenía asuntos pendientes con el hotel y no podía pasar por allí a buscarlo, pero hizo algunas averiguaciones y descubrió que Julius y Allan se habían ido al mar en un globo aerostático.

Al cabo de unos días, dio por hecho que Julius había muerto, pero casi una semana después su teléfono móvil recibió una llamada. ¡Estaba vivo! Le hacía algunas preguntas sobre el negocio, pero no había dejado un número para devolverle la llamada.

Luego siguieron unos cuantos días de silencio hasta que volvió a dar señales de vida: otro mensaje en el buzón de voz. Gustav se prometió a sí mismo que no volvería a quedarse sin batería. Esta vez su amigo le decía que había viajado de Pyongyang a Nueva York. ¿Se había ido a Estados Unidos? ¿En un globo aerostático? ¿Pasando por Corea del Norte?

En cualquier caso, la cuestión de dónde estaba Julius y cuándo pensaba volver era secundaria si la comparaba con la necesidad de tener a alguien que tomase las decisiones comerciales importantes para el negocio. Mientras tanto, a Gustav no le había quedado más remedio que sentarse a la mesa de Julius y tomar él mismo esas decisiones tratando de emular el espíritu de su socio. Así pues, en ausencia de Julius, Gustav había hecho caso a un importador/exportador que, visto que sus espárragos parecían tan suecos, le había aconsejado llamarlos «suecos» también en Suecia: así podrían subir más el precio todavía.

Gustav recordaba vagamente haber hablado en algún momento con Julius acerca de los peligros que implicaba esa decisión, pero sólo era un recuerdo vago. Lo bueno del arak era que liberaba los pensamientos, y lo malo era que no sólo quedaban libres, sino que además a la mañana siguiente habían desaparecido.

De haber tenido ocasión, Julius habría impedido este intento de suecificación de los espárragos de Gustav Svensson: la última vez que un estúpido intermediario había dado un paso en ese sentido, se había cargado todo el negocio.

Suecia

Así fue como Allan y Julius, tras una lenta caminata de dos horas y media, llegaron al almacén del socio sueco el día siguiente de la redada de la policía que había terminado con el arresto de dicho socio. En la puerta del almacén había un cartel amarillo con un recuadro rojo y un texto negro: PRECINTADO DE ACUERDO CON EL CÓDIGO DE PROCEDIMIENTO JUDICIAL, CAPÍTULO 27, PÁRRAFO 15. EL ALLANAMIENTO ESTÁ PROHIBIDO POR LA LEY. Firmado: LA POLICÍA.

—¿Qué ha pasado? —le preguntó Allan a una mujer que paseaba a su perro.

—Una redada contra uno que se dedicaba a la importación ilegal de verduras —dijo la mujer.

—Maldito Gunnar *el Asqueroso* —dijo Julius.

—Bonito perro —dijo Allan—. ¿Cómo se llama?

Los dos amigos estaban otra vez desorientados y tan sin blanca como antes. Encima, Julius tenía una ampolla en el pie. Cojeando, intentó seguirle el paso al hombre de ciento un años camino al centro de Märsta, pero cada vez le resultaba más difícil. Al final, tuvo que renunciar.

—No doy ni un paso más —dijo—: esta ampolla está a punto de matarme.

—Morir no es tan fácil —dijo Allan—, lo sé por experiencia. Tendrás que dar unos cuantos pasos más.

Señaló hacia una tienda que había en una esquina, en la otra acera; por lo visto, compartía pared con una funeraria.

—Qué agradable, ¿no? Si entras por la puerta de la izquierda puedes comprar una venda, y si no tienen te puedes morir después de entrar por la de la derecha.

Allan entró en la tienda de la esquina con su amigo cojo siguiéndolo a dos metros de distancia. Sentada tras la caja registradora había una mujer de mediana edad con tres amuletos distintos colgados del cuello. Los miró sorprendida: no era que la gente se peleara por entrar.

—Buenos días —dijo Allan—. ¿Tiene usted vendas? Mi amigo Julius se ha hartado de su ampolla.

Sí, tenían vendas. La mujer señaló un estante lleno de artículos de higiene personal. Julius se acercó a trompicones, encontró lo que necesitaba y regresó a trompicones junto a la señora de los amuletos, que pasó la venda por el escáner y le comunicó el precio.

—Son treinta y seis coronas, por favor.

—Verá —improvisó Julius—, la cuestión es que me he dejado la cartera en casa. ¿Puedo volver mañana a pagarle?

—No hay ningún problema, aquí le guardo su venda —dijo la mujer, agarrándola con tal rapidez que sus amuletos repicaron.

—Es que la ampolla la tengo ahora y el dinero sólo lo tendré después: déjeme llevarme la venda y ya vengo mañana a pagar.

Pero la mujer no era simplemente una cajera; de hecho, era la dueña del negocio. Le dirigió una mirada muy severa a uno de sus primeros clientes del día y dijo:

—Soy la propietaria de esta tienda y me deslomo trabajando aquí. Llevo esperando un cliente desde las ocho de la mañana y, cuando por fin aparece una persona que necesita algo de lo que vendo, ¿me sugiere que se lo regale?

Julius suspiró. No estaba nada seguro de tener la energía necesaria para el diálogo que se avecinaba; sin embargo, respondió que entendía el punto de vista de la mujer y que ojalá ella pudiera entender el suyo: era una situación muy particular; él era una persona honrada, un diplomático, de hecho, que acababa de llegar de Estados Unidos, adonde había ido por un asunto urgente, y se había dejado sin querer la cartera en la embajada.

—¿Y por qué no va a buscarla?

—¿A Estados Unidos?

La mujer de los amuletos clavó una mirada extralarga a Julius, luego a Allan y después de nuevo a Julius. Uno de ellos era mayor que ella, el otro parecía mayor de lo que era posible imaginar y ninguno de los dos tenía pinta de diplomático, fuera cual fuese la pinta de los diplomáticos.

—¿Y por qué no llama a algún amigo?

El talón izquierdo de Julius estaba sangrando y el derecho también reclamaba atención. Además, llevaba varias horas sin comer nada.

—No tengo amigos —dijo.

—Eso no es cierto —intervino Allan, que seguía por ahí—: me tienes a mí, Julius.

—¿Y cuánto dinero tienes?

—Ninguno, pero aun así soy tu amigo.

La señora de los amuletos seguía la conversación de los dos caballeros.

—Lo lamento, si no hay dinero no hay venda: es la política de esta pobre tiendecita, aplicada por mí, la dueña, Sabine Jonsson.

—Anda, si Julius también se llama así —dijo Allan—; ¿no es razón suficiente para hacer una excepción?

La mujer de los amuletos negó con la cabeza y los amuletos la siguieron.

—Debe de haber casi cien mil Jonsson en este país; ¿qué pasaría con mi economía si les regalara las vendas a todos?

Allan le dijo que en tal caso su negocio seguramente se iría a pique, pero que en ese momento estaban hablando de un solo Jonsson, no de cien mil. De todos modos, para más seguridad le recomendaba poner un cartel en la puerta donde quedara bien claro que el resto de las personas de apellido Jonsson en el país no deberían molestarse en preguntar.

La señora de los amuletos estaba a punto de contestar, pero Julius había llegado al límite de la desesperación: ya no lo soportaba más, era imposible plantearse la posibilidad de salir de allí cojeando sin vendarse el pie.

—¡Deme la venda ahora mismo! —dijo—. ¡Esto es un atraco!

La señora de los amuletos parecía más sorprendida que asustada.

—¿Qué quiere decir? ¿Un robo? —preguntó—. No tiene con qué robarme, ni siquiera una pistolita de agua. Si va a robar a alguien, al menos haga las cosas bien.

Julius nunca había atracado a nadie, pero se sintió ofendido en nombre de todos los atracadores profesionales del mundo; ¿cómo podía ser tan irrespetuosa la víctima de un atraco?

Allan preguntó si la señora vendía pistolas de agua. Tal vez ésa fuera la solución para salir del laberinto en el que estaban atrapados.

No vendía pistolas de agua. Además, ¿cómo pensaba pagar la pistola? Y si tenía dinero, ¿no era mejor pagar el rescate de la venda de su amigo?

Allan se dio cuenta de que tenía razón, pero también percibió un atisbo de perdón en el aire: a lo mejor la mujer de los amuletos no quería seguir discutiendo. Enseguida diseñó un plan para la paz.

—Veo que ahí tiene un pequeño rincón para el café; si mi amigo y yo nos sentamos con la venda, ¿querrá acompañarnos con un café, señora? ¿No le parece que sería una forma inesperada y agradable de dar un giro a los acontecimientos?

La mujer de los amuletos sonrió por primera vez. Le pasó la venda a Julius aclarándole que él y su amigo le debían, además de las treinta y seis coronas, otras veinte: cada taza de café costaba diez coronas.

Julius asintió agradecido y se arrastró hasta la silla más cercana. Allan se preguntó si les cobraría algo más por un terrón de azúcar.

—El azúcar y la leche están incluidos. Tomen asiento, enseguida estoy con ustedes.

Suecia

Sabine Jonsson llegó con tres tazas de café, un cuenco lleno de terrones de azúcar, tres decilitros de leche de la nevera y tres bollos de canela que acababa de calentar en el microondas. Julius ya había terminado de vendarse, pero quería quedarse un poquito más sin zapatos, sólo con calcetines.

—Simplemente para llevar las cuentas al día —dijo Allan—, ¿cuánto le debemos por los bollos?

—Ah —contestó Sabine—: les saldrán gratis, como todo lo demás. Mi economía se está hundiendo de todos modos. Como habrán observado, no sirvo para llevar un negocio.

Lo que Allan había detectado, sobre todo, era que Sabine tenía ganas de hablar. Tal vez pasarse el día sola detrás del mostrador no le resultara demasiado divertido, y sin duda no ayudaba demasiado tener clientes que no podían pagar.

—A mí me parece que es una persona generosa, señorita Sabine —dijo Allan—. Háblenos un poco de usted, yo me iré comiendo el bollo mientras tanto.

Resultó que Allan había analizado correctamente la situación: fue como accionar un interruptor.

¿Qué quería saber? ¿Que tenía cincuenta y nueve años, estaba soltera y no tenía amigos ni parientes, al menos en ese lado de la vida?

—¿A qué lado se refiere? —preguntó Julius.

—A éste: según mi madre, también hay otro lado.

Allan dijo que quería saber más del otro lado y que le encantaría preguntárselo a su madre.

—¿Dónde está?

—En el otro lado.

—¿Está muerta?

—Sí.

Alan terminó de masticar el bollo y se lo tragó.

—En ese caso, señorita Sabine, ¿le importaría resumir lo que habría dicho su madre de haber estado en cualquier otro lugar?

Claro que sí. El lado de los espíritus era desconocido para la mayoría; sin embargo, la madre de Sabine le había explicado, de niña, que, al igual que ella, tenía dones que los demás no tenían. Su madre, Gertrud, había pasado a mejor vida, pero hasta el día de su muerte había dirigido El Más Allá, S.L. con la ayuda de su hija, quien siempre le ocultó que no veía lo que al parecer veía su madre. La empresa se había especializado en la videncia, lo que significaba que madre e hija celebraban sesiones de espiritismo a petición de sus clientes. Además, impartían cursos para aprender a manejar a los espíritus malignos o recompensar a los benignos que rondan por las casas viejas. Para establecer contacto, usaban péndulos, cuarzos, varitas de zahorí, sonidos y esencias, todo ello con la intención de tender un puente entre el mundo conocido y el desconocido, o sea, el más allá: por eso se llamaba así el negocio.

—¿Y esos amuletos que lleva usted colgados? —preguntó Allan.

—Herencias de mamá. Son casi todo lo que me dejó. Simbolizan la tierra, la fertilidad y las bendiciones; o tonterías, tonterías y más tonterías, si lo prefiere así.

—¿No cree en el más allá? —preguntó Julius.

—Bastante me cuesta creer en el aquí: llevo una vida bastante desgraciada.

Sabine tenía aún más cosas que contar. Muchas de ellas estaban luchando por salir de su pecho, pero le pareció que ella también se merecía roer algún hueso. Había llegado el momento de escuchar a los caballeros. ¿A qué se dedicaban, además de a asaltar tiendas? ¿Eran diplomáticos? Aunque Sabine disfrutaba mucho con una buena historia, en este caso prefería conocer la verdad.

Julius asintió con la cabeza, avergonzado, y se disculpó por el intento de robo: en ese momento estaba sufriendo un dolor insoportable en el talón y en el alma. Y, por cierto, no se le había pasado.

—Hay ibuprofeno en un estante, al lado de la caja —dijo Sabine—. Deje en el mostrador el dinero que no tiene.

Julius le dio las gracias y se fue cojeando. Mientras tanto, Allan comenzó su historia. En cierto sentido sí que eran diplomáticos, o al menos tenían pasaportes diplomáticos. Lo de la cartera, en cambio, no era cierto. La casualidad los había embarcado en un viaje involuntario desde Indonesia, donde trabajaban como comerciantes de verduras. En ese viaje habían conocido a la ministra de Asuntos Exteriores de Suecia, quien los había ayudado y los había convertido en diplomáticos... Por una cuestión práctica, todo hay que decirlo. Una vez en Estados Unidos, Allan y la ministra se habían reunido con el presidente Trump a petición de éste; después de eso, Allan y Julius habían llegado a la conclusión de que lo mejor era volver a Suecia y ese mismo día a primera hora de la mañana los dos habían llegado a Arlanda con veinte dólares en el bolsillo, pero debido a una serie de circunstancias desafortunadas ahora estaban completamente pelados. Sin un öre en el bolsillo, no les había quedado otro remedio que caminar, hasta que no pudieron dar un paso más.

Unos vendedores de verduras que habían llegado a Suecia con pasaporte diplomático después de haberse reunido con el presidente de Estados Unidos, pero no tenían cartera... Sabine sospechó que faltaban ingredientes en esta historia y Allan lo admitió:

—Pero quizá no sea necesario contarlo todo de una vez, ¿no?

No, claro que no. Sabine estaba feliz de no haberlos echado a la calle a escobazos, una opción que había sopesado en algún momento.

—Hace rato que le vuelve a tocar a usted —le advirtió Julius.

Ya casi estaba tan enamorado de esta mujer como lo había estado de la ministra Wallström.

—¿Qué ocurrió con El Más Allá? Doy por hecho que no es un negocio floreciente; si no, usted no estaría llevando esta tienda.

Lo que había ocurrido era que su madre había muerto el verano anterior con ochenta años y unos pocos días. Ella era el motor del negocio: todos aquellos años había estado comunicándose sin parar con los espíritus... y colocada de LSD.

—¿Lo hacía a menudo? —preguntó Julius.

—Sin parar, ya se lo he dicho, pero el verano pasado tuvo un viaje particularmente complicado y se quitó la vida. O quizá sólo se fue al más allá.

—Ay, querida, ¿y cómo ocurrió?

—Se suponía que ella tenía que ir sola a una sesión de espiritismo en Södertälje, pero me pareció que era mejor acompañarla porque estaba alucinando mucho. Sin mí sería incapaz de llegar, o de volver. En el andén le dio por ver un fantasma, dijo que era peligroso y empezó a empujarlo hacia las vías. No tuve tiempo de detenerlos: le pasó por encima el tren de las once y veinticinco a Norrköping.

—Ay, querida —repitió Julius.

—¿Y qué le pasó al fantasma? —preguntó Allan.

Es el tipo de comentario que sólo puede salir de la boca de alguien que jamás en la vida ha pensado antes de hablar. Sabine miró con hastío a Allan.

—Es difícil matar a un fantasma.

Siguió contando, en un tono monocorde, cómo el dinero de las ganancias de El Más Allá se iba todo en pastillas de LSD, diminutas y dulces, o en sellos de LSD, bastante más grandes pero igualmente dulces y con dibujos de personajes divertidos. Aun así, madre e hija habían podido salir adelante, en parte gracias a que vivían gratis en una casita en las tierras de la abuela de Sabine. La abuela también había muerto el verano anterior, a los noventa y nueve, así que su madre se había ido al más allá, o adondequiera que estuviese cazando fantasmas, sin saber que había heredado una casa entera para despilfarrar en drogas.

—Noventa y nueve —dijo Allan—, ¡eso no es ser viejo! Pero, dígame, ¿qué clase de relación tiene usted con los narcóticos?

—Ninguna —contestó Sabina—; quizá por eso fui una aprendiz tan incompetente para mi madre. Siempre me decía que tenía que soltarme un poco. A lo mejor es que pienso demasiado.

—Mmm —dijo Allan—, Julius se pasa la vida pensando y yo no veo que sirva para nada.

El pensador acusado hizo caso omiso del comentario de Allan.

—¿Así que heredó la casa de su abuela? —prefirió preguntar.

Sabine asintió.

—Una vez vendida, después de pagar el funeral y todo lo demás, me quedaron dos millones. Tras pensar qué quería hacer, llegué a la conclusión de que había nacido para ser empresaria: los números se me dan increíblemente bien. Si quieren saber mi opinión, ésa es la palabra más hermosa del mundo, ¡«empresaria»!

Julius estaba de acuerdo: había palabras y expresiones que destacaban sobre las demás: una era «empresario»; otra, «sin recibo».

Pero luego todo había salido mal. Para empezar, el dinero por supuesto no alcanzaba para un local en el centro de Estocolmo, donde están todos los clientes. Por eso estaba ahora sentada allí, cuarenta kilómetros al norte de donde estaba toda la actividad. Sin duda había tomado el camino equivocado al hacer precisamente lo que Allan acababa de recriminarles: pensar demasiado.

—¿Y puedo preguntarle cuál fue el pensamiento que la llevó a montar un quiosco en Märsta? —preguntó Allan.

—Creo que ya lo ha hecho —contestó Sabine—. Me senté en la cocina de mi abuela con un papel y un bolígrafo. Creía que cuanto mayor fuera el público potencial, mayores serían mis probabilidades de éxito, lo que me llevó a dos verdades universales: la primera era que los seres humanos no dejamos nunca de comer mientras estamos vivos; la segunda, que a pesar de ello algún día nos llega la muerte; a todos, sin excepción.

—Tal vez con la excepción de Allan —dijo Julius—: cumplió ciento uno hace poco.

—Caramba —dijo Sabine—, eso se llama tener un pie en el otro barrio. Lástima que no tengan dinero; si no, les habría vendido un ataúd.

Allan echó un vistazo a su alrededor: no había sección de ataúdes.

—Un momento —dijo—: ¿la funeraria de ahí al lado también forma parte del negocio?

Sabine sonrió ante el razonamiento deductivo de Allan.

—¡Bravo! —lo felicitó—. Para poder vivir hace falta comida, por eso tengo esta tienda. Y, cuando te mueres, te entierran: de ahí la necesidad de ataúdes y la posibilidad de venderlos. Es así de sencillo.

La historia de Sabine hizo que Allan se pusiera filosófico.

—La vida y la muerte —dijo—, y los fantasmas entre una y otra.

—Pero con los fantasmas podías ganar dinero; eso sí, tenías que estar dispuesto a morir de una sobredosis. Mi vida, al menos con esta versión de plan de negocios, no tenía sentido, incluso antes de que ustedes dos empezaran a vaciarme la tienda sin pagar, y la muerte todavía menos.

Julius sentía lástima por su recién conocida, y se avergonzó ligeramente de su intento de atraco fallido.

—¿No ha dicho que se le daban tan bien los números?

—¡Así es! Si quiere puedo decirle exactamente cuánto voy a perder el próximo cuatrimestre, y en cuánto aumentará el porcentaje de pérdidas el cuatrimestre siguiente.

—Ya veo.

Sabine siguió hablando.

—Lo cierto es que los vivos no quieren aceptar que su estado es transitorio: la gente no es consciente de que va a morir, lo que significa que no encarga su ataúd por adelantado. La muerte siempre los pilla a todos por sorpresa, así que es imposible hacer negocio con ellos.

—Pero al menos tendrán que comprar algo de comida antes de morir, ¿no? —apuntó Julius—; quiero decir, para mantener alejada a la muerte.

—Sí, eso sin duda... Sin embargo, no me la suelen comprar a mí.

Un primer, último y único anuncio en el periódico local gratuito («Comestibles y ataúdes a bajo precio») acabó provocando un rumor que se extendió hasta llegar al inspector de sanidad y seguridad municipal, que le hizo una visita sorpresa para asegurarse de que no almacenaba ningún cadáver con los productos lácteos.

—De entre todas mis malas ideas, ésa fue la peor.

Julius quiso saber qué pensaba hacer, si el negocio iba tan mal a ambos lados de la pared. Sabine no lo sabía, lo único que sabía era que estaba harta de todo. ¡Si su madre no le hubiera sorbido el coco con aquel rollo sobrenatural...! Lo que ella tenía de verdad, aparte de su habilidad con los números, era talento artístico.

—¿Talento artístico? —preguntó Allan.

—Sí, puedo pintarle un retrato si quiere. ¿Lo dejamos en cuatro mil? Ah, no, claro que no.

Allan se disculpó por lo que acababa de recordarle Sabine: que no tenía dinero.

—Sin embargo, hablando de eso, me siento responsable del joven Julius y su bienestar: esa ampolla de la que se queja sin cesar, incluso desde antes de que apareciera, no tiene buena pinta. ¿Podemos ayudarla en algo, señorita Sabine, para que a cambio nos permita quedarnos una o dos noches? Podemos dormir en el suelo, ahí al lado de los yogures, si hace falta. Le prometo no morirme mientras esté durmiendo para no crearle más problemas con las autoridades sanitarias.

Julius se apuntó.

—Se me da bien la carpintería, quizá la colección de ataúdes necesite incorporar algún modelo nuevo.

¿Dejarles quedarse a pasar la noche? Eso sí que era moverse rápido: de clientes sin dinero a huéspedes nocturnos en menos de media hora. Pero la verdad era que Sabine, como ya había sospechado de buen principio, se sentía muy a gusto con esos ancianos, así que... ¿por qué no? Se volvió hacia Julius.

—Joven Julius —dijo—, ¿adónde va a ir con esos talones? Si lo he entendido bien mientras me estaban robando, por mucho que usted pudiera andar, no tienen adónde ir.

La verdad era que no quería deshacerse de Allan y Julius.

—En la planta de arriba tengo un apartamento de dos habitaciones. Uno de ustedes puede dormir en la cama de invitados, en el salón; el otro, en el sofá del tanatorio o en uno de los ataúdes, si les parece más cómodo. Encontrarán cepillos de dientes y dentífrico junto a las vendas, que ya saben dónde están.

—¿Y una maquinilla de afeitar quizá? —sugirió Allan—. No creo que eso vaya a suponer gran cosa ante la bancarrota inminente.

—Claro, cojan dos: las añadiré a la cuenta.

Suecia

Cuando Sabine bajó del apartamento a la mañana siguiente, Julius estaba en plena faena, haciendo ataúdes; Allan seguía en el sofá, mirando.

—¿Qué está haciendo? —preguntó, sorprendida.

—No lo sé —dijo Allan—, ¿prepararse para partir?

—Buenos días —saludó Julius—, es para compensar el alojamiento y la comida. Siempre se me ha dado bien la carpintería, ¿no se lo había comentado? Y ya puestos, ¿no deberíamos seguir adelante y barnizar los ataúdes? Eso incrementaría las ventas.

—¿De nada a casi nada? —dijo Sabine—. ¿Han tenido tiempo de coger algo de desayuno de la tienda?

No se habían atrevido, pero Julius le propuso que si los dejaba quedarse en el cuarto de invitados y haciendo carpintería unos días más él podía abrir la tienda por las mañanas, así Sabine podría estar un rato más en la cama: tal vez no tuviera la oportunidad de hacerlo demasiado a menudo.

Sabine respondió que era una oferta digna de ser tomada en cuenta, pero que una decisión de este tipo no se podía tomar con el estómago vacío.

—Venga, comamos algo.

El desayuno consistió en un panecillo con queso, un zumo y café de la máquina. Mientras tanto, la tienda recibió a cuatro clientes y cada uno hizo una pequeña compra. Por lo visto, Julius era una suerte de talismán, y además demostró que se manejaba bien con la caja registradora.

—Cincuenta y ocho coronas, por favor. Gracias. Dos coronas de cambio, que tenga un buen día.

Sabine pensó que el falso diplomático parecía mejor tipo de lo que había creído al principio, y por ahora no le estaba saliendo demasiado caro: en total, el coste ascendía a una venda, varias tazas de café, un panecillo, un bollo, tres decilitros de zumo y un ibuprofeno o tal vez dos. El que se llamaba Allan no era tan útil, pero el caso es que salía más barato todavía.

Así que había buenas razones objetivas para dejarlos quedarse, más allá del hecho de que disfrutaba con su compañía.

—Claro que pueden quedarse por un tiempo —dijo—, pero no haga demasiados ataúdes: sólo servirá para aumentar el coste de almacenaje.

Estados Unidos

La canciller Merkel acababa de terminar su primera reunión con el presidente Trump en Washington. En el transcurso de la misma, Trump le había dicho que la OTAN no servía para nada... y que la OTAN era fantástica, que amaba a Alemania y también que Alemania debía retractarse de una serie de cuestiones, que los lazos entre ambos países eran fuertes y que lo único que la canciller y el presidente tenían en común era el hecho de que Obama les había pinchado el teléfono a ambos.

Ahora se encontraba ya en la embajada alemana, donde la habían hecho entrar de inmediato en una *situation room* protegida contra toda clase de grabaciones. Allí la esperaban el embajador de Alemania en Estados Unidos, el embajador ante la ONU y el director de los servicios secretos alemanes en el país norteamericano.

La canciller, que había dado por hecho que el día ya no podía empeorar, se dio cuenta de que sí podía, y mucho. El director de los servicios secretos dirigía la reunión.

El asunto era que, tal como se había informado en su momento a la canciller, Corea del Norte había conseguido llevar de contrabando cuatro kilos de uranio enriquecido a Pyongyang en un barco llamado *Honor y Fuerza*. El suizo experto en armamento nuclear, a quien Kim Jong-un había exhibido en una rueda de prensa, había resultado ser sueco. Se llamaba Allan Karlsson y no estaba del lado de Kim Jong-un, como se había temido al principio. Por el contrario, había conseguido salir de Pyongyang en dirección a Nueva York. Y se había llevado consigo el uranio enriquecido.

—¿A Estados Unidos? ¿El uranio está aquí? —preguntó la canciller.

—Sí —confirmó el oficial de inteligencia—, no puede estar más aquí.

Unos días antes, Allan Karlsson se había reunido con el presidente Trump y la ministra de Asuntos Exteriores de Suecia, Margot Wallström, que también era la representante sueca en el Consejo de Seguridad de la ONU.

—Sí, ya sé quién es —dijo Angela Merkel—, una mujer competente. ¿Sabemos qué se dijo en esa reunión?

—No exactamente. Parece que el presidente Trump confirmó que Wallström y Karlsson no habían hecho nada mal... y les advirtió que no volvieran a hacerlo.

—Típico del presidente Trump —dijo Angela Merkel.

La canciller no era una recién llegada: podía notar en el ambiente que eso no era todo.

—¿Y...? —preguntó.

—Bueno, después de la reunión, el embajador Breitner se encontró con Allan Karlsson en los aledaños del cuartel general de la ONU. En una reacción admirable, el embajador detectó la posibilidad de obtener información secreta y los invitó a cenar a él y a su amigo Jonsson.

El oficial de inteligencia parecía angustiado, pero no tanto como el embajador ante la ONU, que estaba a su lado.

—¿Y...? —volvió a preguntar Angela Merkel.

—El embajador les prometió a Karlsson y a su amigo que los ayudaría con un maletín que querían entregar a la República Federal y que, según le dijeron, contenía información importante relacionada con el armamento nuclear. En un principio, Karlsson había decidido llevárselo al presidente Trump, pero había cambiado de opinión al conocerlo en persona.

La canciller sintió un destello de solidaridad hacia Karlsson: parecía que habían tenido la misma experiencia con el presidente norteamericano.

—Y ahora me va a dar esa información para que yo valore si debemos mandársela a nuestros analistas en Berlín.

—Bueno... —dijo el oficial de inteligencia—. Resultó que el maletín contenía... los cuatro kilos de uranio enriquecido, además de una carta para usted, *frau* canciller, escrita en tres servilletas.

—¿En tres servilletas? —dijo la canciller.

Pero en realidad estaba pensando: «¿Cuatro kilos de uranio enriquecido? ¿Aquí? ¿En la embajada de Alemania en Washington?»

Al finalizar la reunión de inteligencia, la canciller ya estaba al corriente de que la palabra «espárrago» del mensaje cifrado significaba 'espárrago' y nada más, y también de que Karlsson, según su propio relato, había oído que Pyongyang esperaba recibir un cargamento mucho mayor de uranio enriquecido: en torno a los quinientos kilos. El oficial de inteligencia de Dar es Salaam ya había sido informado debidamente. Como el envío de prueba había ido de África a Pyongyang, había buenas razones para creer que los norcoreanos volverían a intentarlo por la misma ruta.

La canciller Merkel lo sabía casi todo, pero ignoraba si había que considerar a Breitner, el embajador ante la ONU, un héroe nacional o uno de los mayores idiotas de la República Federal. Por el momento, lo situó en un punto intermedio.

Suecia

Fueron pasando los días. Julius abría la tienda cada mañana y, una hora más tarde, Sabine se levantaba y preparaba el desayuno para ella y los dos ancianos. Luego Allan sacaba la tableta negra y leía en voz alta mientras Julius y Sabine hacían una competición de suspiros. Después de comer, Sabine se sentaba tras la caja registradora, Julius se ponía a trabajar como fabricante de ataúdes y Allan se instalaba en el sofá.

Al ver que los diplomáticos se sentían como en casa, a Sabine le pareció oportuno establecer algunas normas, sobre todo en lo referente a la higiene. Sacó cuatro mudas de ropa que había dejado su abuelo y exigió una ducha diaria seguida de un cambio de ropa.

A Allan y Julius les pareció bastante estricto, pero obedecieron.

La suerte que supuestamente había llevado Julius el día que entraron cuatro clientes durante el desayuno resultó ser pasajera: por lo visto, la cantidad de personas que consideraba necesario comer para vivir era limitada. En cuanto a clientes que quisieran prepararse para la muerte, no apareció ninguno.

Julius andaba por ahí en calcetines mientras sus talones se curaban. Con permiso de Sabine, introdujo una mejora en los ataúdes: los pintó de distintos colores. Había visto en algún lugar que cierta gente los prefería así y le pareció que no tenían nada que perder, aparte del coste de la pintura. Sabine hizo sus cálculos para asegurarse de que, en el próximo cuatrimestre, los números seguirían teniendo el tono de rojo adecuado.

El escaparate de la tienda quedó engalanado con cinco ataúdes de pino macizo pintados de blanco, azul paloma, rosa, verde oliva y gris. Además, en el almacén había varios ataúdes terminados, aunque sin pintar, y otros dos a medio hacer.

De todos modos, la demanda de ataúdes al norte del norte de Estocolmo parecía agotada. Cuando Julius preguntó a Sabine con qué criterio decidía los precios y la estrategia de posicionamiento, recibió una evasiva por respuesta; cuando quiso saber quién era su competencia en la zona, le contestó que a ella también le encantaría saberlo.

Al cabo de dos semanas, las llagas de Julius estaban curadas, mientras que la venta total de ataúdes seguía a cero. Vía internet llegó a la conclusión de que el tanatorio Berglund's era su competidor más cercano desde un punto de vista estrictamente geográfico. Sabine prometió ocuparse de todos los clientes que no se iban a presentar y él partió en viaje de reconocimiento.

Julius llegó a Berglund's dando un agradable paseo de veinte minutos. Al entrar, lo recibió una mujer con chaqueta negra y falda a cuadros, le dio la bienvenida y se presentó como Therese Berglund, propietaria del negocio junto con su marido, Ove, que lamentablemente se encontraba ausente en ese momento. Julius le estrechó la mano, pero no le pareció necesario decirle su nombre.

—¿En qué puedo servirle? —preguntó Therese Berglund.

—Estoy interesado en sus ataúdes —dijo Julius.

Therese Berglund no estaba acostumbrada a que la relación con sus clientes empezara de ese modo. Normalmente, lo primero que ocurría era que le decían quién había muerto y entonces ella respondía dando las condolencias correspondientes.

—Ah, vale —contestó con cierta vacilación.

—Veo que los ofrece en varios colores; ¿le puedo preguntar de qué material son?

Therese Berglund dijo que sus *féretros* eran de masonita y que por eso tenían un precio tan bueno. Sin embargo, en Berglund's no se escatimaba en el tratamiento de las superficies, lo que les permitía ofrecer féretros que irradiaban dignidad por los cuatro costados, pero a un precio mucho más bajo de lo que aparentaban.

—¿Y a cuánto salen? ¿El rosa y el azul?

—A seis mil cuatrocientas coronas cada uno.

—Caray —soltó Julius sin poder reprimirse.

Los ataúdes de pino macizo que hacían él y Sabine tenían que venderse por cerca de quince mil para no perder dinero, y los de masonita eran igual de bonitos.

—Aunque nos encanta ofrecer soluciones integrales, así que disponemos de diversos paquetes que no sólo incluyen el féretro, sino también otras cosas como esquelas, programas, arreglos florales y tarjetas de agradecimiento. Cuando fallece un ser querido tenemos que pensar en muchas cosas y la pena nos embarga, así que la funeraria está preparada para involucrarse tanto como convenga a los deudos y a sus bolsillos.

—Bueno, pues ya está —dijo Julius—, aunque en mi caso no ha muerto ningún ser querido.

La directora del tanatorio, Therese Berglund, miró a su cliente, que por lo visto no era un cliente.

—Entonces por qué... —empezó.

—Ah, bueno, es que la muerte siempre está a la vuelta de la esquina, así que es de sabios estar preparado. ¿Los ataúdes los hacen ustedes, por cierto?

—¿Los féretros? —dijo Therese Berglund—. No, nos los fabrican en Estonia. Para encargos especiales hay una demora de dos semanas, pero tenemos casi todos los modelos en el almacén. Aunque no acabo de entender su interés en nuestros féretros, si nadie...

—No la voy a molestar más —acabó Julius—, gracias por dejarme echar un vistazo. Muy bonitos sus ataúdes, de verdad; da gusto verlos, ¡y a tan buen precio! Nos vemos cuando la palme. Bueno, yo no la veré, claro, pero usted ya me entiende.

•

La mala noticia era que los ataúdes de Berglund's eran muy parecidos a los de ellos, pero costaban menos de la mitad; la peor era que los paquetes que ofrecían los Berglund convertían en irrelevante cualquier cosa que pudieran hacer Julius, Sabine y el tipo de la tableta negra, y por lo visto ya no podían llamarlos «ataúdes»: eran féretros.

Sabine pensaba que los podían llamar como quisieran siempre que aumentaran las ventas. Los dos participantes en la reunión de urgencia decidieron por unanimidad que había sólo dos caminos: o enterraban el plan de los ataúdes o lo expandían.

—Déjame pensar —dijo Julius.

—Ufff —contestó Allan desde su sofá.

•

Julius pensó.

Pensó que alguien que encargaba un ataúd rosa, por ejemplo, lo hacía por alguna razón. La industria funeraria prefería llamar a ese color «rosa palo».

Siguió pensando.

Un ataúd con el que poderse identificar... ¿Y si hacían ataúdes temáticos?

¿Un ataúd de arcoíris para los que desean, incluso muertos, seguir defendiendo su derecho a amar a alguien de su mismo sexo?

¿Un ataúd Harley Davidson para alguien con esa obsesión?

¿Un ataúd en forma de cruz para los más cristianos?

¿Un ataúd respetuoso con el medio ambiente?

¿Uno con los colores del equipo de los amores del cliente? Para mucha gente, el fútbol es una cuestión de vida o muerte, y a lo mejor hay quien querría que su muerte pareciera una victoria.

¿Y un ataúd Elvis Presley? De joven, Julius había conocido a un imitador de Elvis que cantaba increíblemente mal y que encima se parecía más a Gustavo V de Suecia que al Rey del Rock. Corría el rumor de que alguien lo había matado a palos en un karaoke muchos años después por este segundo motivo precisamente, pero si aún estaba vivo y ya estaba pensando en criar malvas, sería un buen ejemplo de cliente potencial.

—Parece que empezamos a concretar —dijo Sabine cuando Julius compartió con ella lo que había pensado—. Podría pintar todo lo que has incluido en esta lista y otras muchas cosas: podría pintar un ataúd Harley Davidson en dos o tres días; el de estilo Elvis me costaría más, una semana, aunque creo que sería mejor que recordara al Elvis de la primera época: de joven no era tan gordo, así no gastaría tanta pintura.

Julius estaba encantado con los elogios que indirectamente le estaba haciendo Sabine. El siguiente paso sería encontrar la manera de hacer publicidad. Probablemente no valía la pena poner otro anuncio en el periódico local de Märsta, ¿verdad?

—No —confirmó Sabine—, creo que nuestro concepto es más bien internacional. ¿Te parece que podríamos encontrar una feria comercial que nos convenga: una feria de ataúdes?

Julius nunca había oído hablar de una feria de ataúdes, pero el mundo estaba loco, así que... ¿por qué no?

—Déjame que investigue un poco —dijo, y le pidió a Allan que le prestara la tableta negra.

—¿Perdón? —dijo Allan desde el sofá—. ¿Y quién te va a contar lo que ocurre o deja de ocurrir en el mundo?

—¿Qué tal nadie? —replicó Julius.

Sabine evitó la pelea entre los dos ancianos.

—Voy a buscar mi portátil, vuelvo en un minuto.

•

Tenía que ser una feria internacional: era muy razonable dar por hecho que el noventa y nueve por ciento del potencial comercial de un ataúd Elvis Presley, por poner un ejemplo, tenía que estar más allá de las fronteras de Suecia.

Julius encontró lo que buscaba en la ciudad alemana de Stuttgart. La feria de viajes y turismo más grande del mundo se iba a celebrar pronto y les iba como anillo al dedo: habría dos mil expositores de noventa y nueve países entre agencias de viajes, cadenas hoteleras, oficinas de turismo y fabricantes de autocaravanas, campings, tiendas de campaña, mochilas y un par de cientos de artículos más.

—¿Ataúdes? —dijo el alemán organizador de la feria cuando llamó Julius para reservar un stand—. No solemos meternos con lo que desean presentar los expositores, pero debería tener algo que ver con el tema general de la feria.

—Ah, pero es que lo tiene —explicó Julius—: el viaje final es, sin lugar a dudas, un viaje único, quizá el más importante de todos, ¿no le parece?

El organizador de la feria, que ese mismo día había recibido una solicitud de un fabricante esloveno de calzadores, se dio cuenta de que ya nada podía sorprenderlo.

—Por supuesto, señor. Le mando los documentos: nos encantará poder darle una cálida bienvenida a usted... y a sus ataúdes.

Había llegado la hora de establecer prioridades. Sólo se podía llevar una cantidad de muestras limitada; ¿qué tema decorativo sería mejor desde una perspectiva internacional?

Sabine se preguntó qué podría emocionar a los alemanes en particular, ¿un ataúd inspirado en el lema «No a la energía nuclear»?

Hasta entonces, Allan sólo les había prestado atención a medias. En ese momento intervino para decir que eso no iba a funcionar, ni en Alemania ni en ningún otro lugar: los alemanes ya habían decidido renunciar a la energía nuclear; ¿qué sentido tenía manifestarse en contra de eso ahora? Para todos los demás, el accidente nuclear de Fukushima ya era agua pasada: la gente prefería preocuparse por lo que estaba por llegar más que por lo ocurrido en el pasado o, como en ese caso, lo que seguía en curso.

Una posible excepción era precisamente Japón: allí la media de vida de los recuerdos de la gente no era tan corta. Además, había que tener en cuenta que el nivel de radiactividad de los peces del litoral de Fukushima seguía estando dos mil veces por encima del límite permitido y los niveles de radiación del reactor destruido, que se habían medido recientemente, eran de más de quinientos sieverts por hora.

—¿Y eso qué significa? —preguntó Julius, aunque en realidad no deseaba saberlo: ya había descartado la idea del ataúd antinuclear.

—El nivel máximo permitido para garantizar la supervivencia es tres —explicó Allan.

—¿Trescientos?

—No, tres.

Sabine murmuró que el panorama no parecía muy optimista. ¿En la tableta negra de Allan había algo que pudiera ser útil para el negocio?

—Quizá —respondió Allan.

Lo que ofrecía la tableta era, esencialmente, noticias de todos los rincones del mundo, un poco de música y unas cuantas mujeres desnudas. Allan se centró en lo primero.

—Hay un sentimiento que prevalece ahora mismo: a quienes nos va bien no queremos saber nada de a los que les va mal.

—¿Y cómo se convierte eso en un modelo de negocio?

Allan no estaba seguro, pero cada día se ahogaba una enorme cantidad de gente en el Mediterráneo, y cuando sus cuerpos llegaran flotando a las orillas sin duda necesitarían ataúdes.

Sabine opinó que, si los refugiados «vivos» ya no cumplían con el perfil de cliente potencial, mucho menos los que se ahogaban.

Allan estaba bastante de acuerdo.

Julius estaba impresionado por los términos que Sabine iba soltando: «Modelo de negocio», «perfil de cliente potencial»...

—Me parece que tienes buen olfato para los negocios —le dijo.

—Para los malos negocios —lo corrigió Sabine.

—¿Tienes alguna experiencia en ferias comerciales? —preguntó Julius

—Pues, de hecho, sí.

En una ocasión, veinte años atrás, su madre la había llevado de viaje a Las Vegas. Allí habían asistido a una feria de «crecimiento espiritual», lo que, en pocas palabras y para hacerlo inteligible, suponía una gigantesca reunión entre su madre y veinticinco mil personas como ella provenientes de todos los rincones del mundo.

Su madre había ido principalmente porque estaba interesada en asistir a una charla sobre «curación a través de la energía espiritual», pero al final se la había perdido (como prácticamente todo el resto de la convención) porque, nada más llegar al recinto, había descubierto que en las proximidades se vendía LSD (que los estadounidenses llamaban «ácido») bajo todas las formas imaginables. Así, la madre de Sabine le había explicado a su hija que no le quedaba más remedio que probar todas las variedades estadounidenses para asimilar esos nuevos conocimientos espirituales.

Al final lo que ocurrió fue que su madre se quedó tres de los cuatro días encerrada en la habitación del hotel, donde hizo varios intentos de teletransportarse junto con Sabine de vuelta a Suecia. Según decía, ella lo conseguía cada vez, pero su hija, tan rígida de pensamiento, siempre se quedaba colgada en Las Vegas.

Julius sentía que estaba a un paso de volverse loco de amor.

—Pobrecita, eres maravillosa —dijo—. Lo que has tenido que aguantar.

—Ya —exclamó Sabine sonrojándose.

En realidad, los viajes de LSD en Las Vegas no parecían tan distintos de los que su madre solía emprender en casa. Mientras la madre (o al menos su espíritu) viajaba de un lado a otro del Atlántico, Sabine se pateaba los stands de la feria y aprendía los principios básicos para comunicarse con su ángel de la guarda. Al cabo, le ofrecieron todo un programa de iniciación que incluía un DVD, un manual y un CD con noventa minutos de silencio absoluto por dos mil ochocientos dólares.

El título de este último era *Palabra de Ángel*, y la carátula explicaba que estaba vacío porque los ángeles, en general, no hablan.

Todo esto hizo que el cultivador de espárragos retirado recordara en contra de su voluntad que el mundo era un mercado donde cabían infinitas ideas de negocio.

—Si nuestro proyecto de ataúdes fracasa, tal vez podamos insuflarle una nueva vida al negocio de tu madre —propuso.

—Tal vez —dijo Sabine.

Rusia

Gennady Aksakov se crió en la década de 1950 en Leningrado. Su padre era profesor de filosofía, su madre trabajaba en un banco. Eran padres cariñosos que adoraban a su único hijo. Por su décimo cumpleaños, le regalaron un palo de hockey y un par de patines, pero el hockey sobre hielo no estaba hecho para él: era demasiado colectivo, lo mismo que el fútbol.

En cambio, se enamoró inmediatamente del sambo, un deporte de lucha, de defensa personal sin armas. Era hombre contra hombre, sin ayuda de nadie: esto encajaba mejor con la personalidad de Gena. Y, además, en el gimnasio conoció a Volodya. Tenían la misma edad, un nivel parecido sobre la colchoneta y una visión de la vida similar. Se reían de las mismas cosas. Se hicieron amigos íntimos y seguían siéndolo cincuenta y cinco años después.

Gena se paseaba como Pedro por su casa por la oficina de Volodya: era la única persona que se salvaba de los minuciosos controles de seguridad cada vez que entraba. De hecho, ni siquiera llamaba a la puerta para entrar en el despacho de su amigo. Tampoco ese día lo hizo.

—Hola, Volodya —saludó—. Acabo de hablar con nuestro amigo de Chabarovsk. Un joven ambicioso, debo decir. Por desgracia, empieza a parecerse mucho al hombrecito de Pyongyang.

—¿Y eso? —preguntó el presidente Putin.

—Quiere la centrifugadora, dice que la necesita para que los estadounidenses y los chinos se pongan a gritar a coro.

Putin sonrió al imaginarse la escena que había pintado su amigo: un chino gritando y un estadounidense imitándolo a su lado. Fantástico.

El «amigo de Chabarovsk» era el nuevo director de la fábrica de plutonio al norte de la capital norcoreana. Daba la casualidad de que al primer responsable de dicha instalación lo habían condenado a muerte por haber fracasado en su tarea y sustituido por un hombre que, para todos aquellos que lo rodeaban, no tenía otro nombre que el de «señor Ingeniero». Después de que el ingeniero en cuestión se ahorcara con un alargo en el almacén helado del laboratorio, el puesto había quedado vacante unas cuantas semanas, hasta que Kim Jong-un consiguió que Putin se apiadara de los coreanos y de la situación en que se encontraban. Al menos eso era lo que creía el Líder Supremo, que prefería pensar que a los apóstatas rusos del Verdadero Camino aún les quedaba un poquitito de espíritu comunista.

Lo cierto era que Putin y su mano derecha secreta, Gennady Aksakov, no tenían otra agenda que desestabilizar ciertas partes del mundo para reforzar indirectamente la posición de Rusia. Entonces como ahora, Volodya y Gena no tenían la menor intención de mandarle una centrifugadora de plutonio al loco de Pyongyang; en cambio, le ofrecieron un ingeniero siberiano altamente cualificado que viajaría desde Chabarovsk, no muy lejos de la frontera entre Corea del Norte y Rusia.

El hombre de Chabarovsk tuvo un principio difícil, pero pronto demostró ser tan valioso como pregonaba el presidente ruso. A las pocas semanas de asumir el cargo, realizó con éxito su primera detonación subterránea. Eso, por supuesto, provocó un barullo tremendo entre los hipócritas del resto del mundo: todo salía conforme a los planes. El hecho de que el propio Putin y Rusia entera sonaran tan indignados como el resto del mundo formaba parte del acuerdo al que habían llegado el presidente ruso y el Líder Supremo.

El nuevo ingeniero le debía lealtad a Moscú, además de que todo el uranio que se usaba era ruso. Informaba regularmente a Gennady Aksakov; así, Gena y Volodya habían conocido los últimos detalles del caso del sueco de ciento un años que había hecho un cameo en el laboratorio y había provocado un follón de mucho cuidado. Kim Jong-un casi había matado de aburrimiento al presidente Putin de tanto insistirle en que los rusos, con su red global de agentes, tenían que localizar a Karlsson y cortarle el cuello, pero a Putin lo divertía aquel anciano: se lo imaginaba en Pyongyang, a sus más de cien años de edad, cabreando de aquella manera al pequeño gran hombre. Aunque el viejo no hubiera desaparecido, el presidente lo habría dejado en paz: lo más probable era que ese problema se resolviera por sí solo en un futuro no muy lejano.

En cualquier caso, la noticia del día era que el hombre de Chabarovsk se había sumado al lloriqueo de Kim Jong-un para pedir una centrifugadora de plutonio. Volodya ya sabía lo que pensaba Gena: lo llevaba escrito en la cara.

—Mmm —dijo el presidente—. Mándales la maldita centrifugadora, pero no iremos muy lejos, ¿verdad, Gena?

Suecia, Alemania

Al ataúd de arcoíris se sumaron un Harley Davidson, un Ferrari, uno que proclamaba que no hay nada en el mundo como el golf, uno dedicado a John Lennon e *Imagine*, uno con unas palomas blancas volando sobre un fondo azul celeste, uno con unas hadas bailando en un prado y otro con una puesta de sol en el mar.

Sabine era rápida de reflejos y encontró un coche fúnebre de segunda mano en venta. Tan rápida que sólo al terminar la compra se dio cuenta de que los ocho ataúdes que planeaban llevar a Stuttgart no cabían en el coche: cabían dos como mucho; en realidad, tan sólo uno. Julius la consoló diciéndole que resultaría útil en los años venideros, cuando llegara el momento de entregar los pedidos. A continuación la envió a alquilar un camión pequeño a la gasolinera más cercana. Antes de la fecha de partida, Sabine consiguió pintar, siguiendo el consejo de Julius, un ataúd del VfB Stuttgart en rojo, blanco y un poco de amarillo con el lema «Amor desde 1983» en alemán con la ayuda del traductor de Google.

—¿VfB Stuttgart? ¿Qué es eso? —preguntó Allan.

—El equipo de fútbol local —dijo Julius—: podría funcionar.

Sabine cerró y dejó un cartel en la puerta: CERRADO. TOTAL, TODOS COMPRÁIS EN OTRO SITIO. Luego partieron hacia el sur, los tres, con nueve ataúdes en el maletero.

•

Tardaron dos días en llegar, haciendo noche en Copenhague y Hannover. Disfrutaron de una cena agradable para tres en ambas ciudades; es decir, tan agradable como podía ser una cena con Allan, empeñado en compartir con ellos constantemente las últimas noticias que llegaban a su tableta, como si Sabine y Julius no fueran ya conscientes del estado del mundo. La última de sus divertidas historias tenía que ver con una premio Nobel de la Paz que últimamente parecía más ocupada en promover un genocidio que en fomentar la paz.

En Hannover, Allan se fue a la cama después de cenar. Julius le prometió que se acostaría enseguida, pero era una promesa que no iba a cumplir. En lugar de eso, durmió en la habitación de Sabine; resultó que hacía tiempo que los dos se lo estaban planteando.

—Vaya, vaya —dijo Allan cuando el trío se reunió al día siguiente para el desayuno—, parece que la ministra de Asuntos Exteriores ya no nos gusta tanto.

—Idiota —replicó Julius.

Sabine y él habían pasado muchas horas juntos desde que se habían conocido, meses atrás. Era cierto que Allan siempre estaba por ahí, en algún rincón, pero apenas se levantaba del sofá y no representaba ninguna amenaza para el amor de Julius, mucho más joven que él, y Sabine, mucho más joven todavía.

Quizá sería exagerado hablar de amor a primera vista, al fin y al cabo su historia había empezado cuando Julius intentaba robar una venda a su futura prometida, pero a partir de ese momento su relación había evolucionado sin parar, y la tarde anterior en Hannover había dado paso a una noche de la que ninguno de los dos se arrepintió a la mañana siguiente.

Julius tenía la sensación de que Sabine hacía de él una persona mejor. No se limitaba a recibir, también daba. Él se sentía... orgulloso de ella.

—Es mejor tarde que nunca —opinó Sabine a propósito del hecho de haberse enamorado poco antes de su sesenta cumpleaños.

—Mucho mejor tarde que nunca —dijo Julius, alzando su vaso de leche del desayuno para brindar.

—Vale, vale —dijo Allan—. ¿Sabéis lo que hizo Trump anoche?

Alemania

La feria fue un éxito: de los dos mil expositores, pocos despertaron tanto interés como los del stand D128, el que tenía nueve ataúdes y unos estandartes con lemas como «El cielo no puede esperar», «Pasaje al paraíso» o «El último viaje». Sabine no estaba segura de qué mensaje intentaba transmitir, pero le había tocado diseñar el stand y quería que, a pesar de hacer negocio con la muerte, el ambiente fuera lo más alegre posible.

El primer ataúd que voló fue el del VfB Stuttgart. Un aficionado radical del Karlsruhe les ofreció tres mil euros: su objetivo era utilizar el ataúd para humillar al Stuttgart cuando se presentara la ocasión y, si ésta no se presentaba en un tiempo razonable, pensaba colocar el ataúd en algún lugar público y cobrar diez euros a los aficionados del Karlsruhe que quisieran aliviar dentro sus necesidades; luego podría pegarle fuego y colgar el vídeo, que tenía muchos números de volverse viral.

—¿Está seguro de que la ya-me-entiende arde de verdad? —le preguntó Sabine al cliente, que había compartido más información sobre sus intenciones de la que la vendedora hubiera deseado tener.

Julius intervino para explicar que el propósito del ataúd era honrar a la institución del VfB Stuttgart, no burlarse de ella. Además, siguió Julius, ahora entendía mejor que antes por qué parecía tan remoto el concepto de paz en la Tierra. Y por último, sinceramente le daba mucha pena que el comprador del ataúd pusiera el odio por encima del amor.

—Dicho esto, con tres mil euros cerramos el trato.

La segunda venta fue un encargo para hacer uno del Karlsruhe. Resultó que, con tanto lío, la conversación anterior había llegado a oídos de un aficionado del Stuttgart que había reaccionado en consecuencia.

—Quien mea último mea mejor —le dijo Julius al aficionado del Karlsruhe una vez encargado el ataúd y firmado el acuerdo.

A partir de ahí, los dos aficionados empezaron primero a reñir y luego a pelearse, hasta que los de seguridad se los llevaron de allí y los echaron de la feria.

Antes de terminar el día habían vendido doce ataúdes, incluyendo los encargos. De los que habían llevado, el único que no despertaba interés era el de la puesta de sol en el mar, pero Julius creía que podía deberse a que, más que ponerse, parecía que el sol estuviera saliendo.

Catorce ataúdes a tres mil euros cada uno eran cuarenta y dos mil euros. La empresa Morir con Orgullo ni siquiera estaba establecida todavía, pero parecía tener por delante un futuro brillante.

Si no hubiera sido por esa maldita mala suerte.

Dinamarca, Suecia

Povl Riis-Knudsen era el líder del Movimiento Nacional Socialista de Dinamarca hasta que le dio por liarse con una árabe y lo obligaron a abandonar el partido. Pillado con las manos en la masa, intentó argumentar que la árabe tenía una piel muy blanca. No funcionó: una árabe era una árabe.

Sin embargo, como líder del movimiento había conseguido dejar huella. Salía por la tele danesa para defender que había que expulsar a todos los extranjeros del país y solicitaba la pena de muerte para todos aquellos que contagiaran el SIDA. Quería meter a sus oponentes políticos en campos de trabajos forzados y esterilizar a quien no tuviera el color de piel adecuado. De acuerdo a una lógica hipercomplicada, también le apasionaba el fundamentalismo islámico, aunque no habría tocado a un musulmán ni con una vara de tres metros (salvo que fueran árabes blancas). Recientemente había publicado varios libros en los que pretendía demostrar que los campos de concentración de la Segunda Guerra Mundial no habían existido.

Este danés era una fuente de inspiración para los neonazis suecos del Movimiento de Resistencia Nórdico, que pensaban que lo que estaba en peligro no era Dinamarca o Suecia, sino la raza aria y a largo plazo la humanidad entera.

Eso, por supuesto, implicaba colocar la biología y la ecología por encima de la geografía.

Dentro del movimiento estaban los que adoptaban la apariencia de tranquilos demócratas suecos y otros que preferían la acción urgente y drástica. Kenneth Engvall pertenecía a la segunda categoría, hasta el punto de que un día agarró a su hermano y fundaron juntos la Alianza Aria. La gota que había colmado el vaso, para Kenneth, fue que el Movimiento de Resistencia Nórdico hubiera pedido permiso para convocar una manifestación. ¿Qué clase de resistencia era ésa? ¿Y a quién tenían que pedir permiso? ¡A la misma élite de judíos corruptos contra los que supuestamente luchaban!

Para Kenneth era bien simple: la democracia real implicaba, entre otras cosas, tener el derecho de echar a cualquiera que no tuviese nada que hacer en los países nórdicos. Si no se iban por su propia voluntad, había otras opciones. El gobierno del pueblo, en el verdadero sentido de la palabra, significaba que gobernaran de verdad los que los nacionalsocialistas pusieran en el gobierno: la gente correcta.

Sin embargo, a pesar del poco respeto que le merecía el Movimiento de Resistencia Nórdico, no le había dado razones concretas para librar una guerra en dos frentes distintos. La Resistencia podía continuar; al fin y al cabo, no todos eran malos. Durante la última manifestación, en Gotemburgo, algunos habían hecho el saludo nazi a los espectadores. ¡Así se hace! Pero le molestaba que luego lo hubieran llamado «un saludo amistoso a los aliados», para acabar diciendo que sólo la élite en el poder buscaba interpretarlo de otro modo.

A mucha gente le parecía divertido negar lo obvio, a Kenneth le parecía cobarde: lo único que merecía la pena negar era el Holocausto. Después de todo, de ahí sacaba su combustible la mafia judía. No eran los neonazis quienes tenían que rendir cuentas por los seis millones de judíos que habían desaparecido durante esos años. ¿Por qué tendrían que hacerlo? ¿Acaso la gente no era libre de hacer lo que le diera la gana con su vida?

Discutir con el poder era legitimarlo, y Kenneth se negaba a hacerlo. La tarea más urgente de los tribunales populares que pronto sustituirían el sistema de falsa justicia controlado por la élite en el poder sería purgar a todos los traidores raciales de Escandinavia, además de a los árabes, judíos y gitanos, por supuesto. ¡Y no esconderlo! Finalmente, sólo quedarían los puros y blancos: la gente que la élite actual se esforzaba sin cesar en destrozar. Esto sí que era un genocidio. Era insoportable y, sin embargo, lo permitían.

¿Y qué hacía el Movimiento de Resistencia Nórdico? ¡Manifestarse! Y negarse a sí mismo.

•

Un observador objetivo habría colocado a Kenneth Engvall en lo más alto de la lista de personas peligrosas de Suecia. Su escuela había sido la rama de Los Ángeles de la Hermandad Aria, donde había hecho carrera de nazi y fascista sin saber siquiera en qué se diferenciaban. Ascendió rápidamente en sus filas cuando usó una motosierra para partir en dos a un hombre con la actitud y la raza equivocadas. Por ello estuvo cuatro años encerrado, cuatro años nada más, porque el abogado de la organización, con un talento excepcional, se las arregló para que este asesino brutal sólo fuera condenado por el delito de imprudencia grave.

Cuando apenas llevaba una semana en la cárcel, Kenneth mató a otro preso: un mexicano que se había atrevido a opinar sobre los numerosos tatuajes de su espalda, uno de los cuales consistía en el lema «en memoria de Adolf Hitler» con una esvástica debajo, y otro, en la cruz del Ku Klux Klan acompañado de la frase «supremacía blanca».

Según el mexicano, sólo alguien con el encefalograma plano podía identificarse con las ideas de Hitler y el KKK. Por decir eso, recibió una estocada de bolígrafo en el ojo que le perforó los sesos y lo integró de golpe en las filas del selecto grupo de los que poseen un encefalograma plano.

Las siete personas que compartían celda con el asesino y su víctima se las habían ingeniado para mirar a otro lado mientras eso ocurría. Como no hubo testigos, no hubo a quién castigar, pero en los tres años y cincuenta y una semanas de condena que le quedaban a Kenneth Engvall nadie se quejó de sus tatuajes ni de sus convicciones.

Había pasado el tiempo, Kenneth estaba en libertad y de vuelta en su país de nacimiento. Él y su hermanito Johnny se habían inscrito en el Movimiento de Resistencia Nórdico y, con el tiempo, ambos habían logrado ascender. Sin embargo, el lugar que le correspondía estaba en la cima, y ahí no había llegado. Decían que era demasiado franco al hablar. ¿Qué coño significaba eso? Porque si algo necesitaba Suecia era franqueza.

Y así fue como, en cooperación con la Hermandad Aria de Los Ángeles, nació la Alianza Aria. Apenas acababan de comenzar; aún no se podía hablar de estructura. Kenneth y su hermanito estaban dando los últimos toques a un plan de acción para tomar el poder y, mientras tanto, dedicaban el tiempo libre a agredir y asesinar extranjeros. Sobre todo a agredir: en los tiempos que corrían, un reguero de asesinatos podía llamar la atención de los dirigentes políticos y sus lacayos del cuerpo de policía, y pasarse veinte o treinta años a la sombra no era precisamente el camino más corto para alcanzar un nuevo orden.

El dinero también era un problema: los estadounidenses contribuían con una cantidad mensual, pero ya les habían advertido de que, con el tiempo, la pasta tendría que fluir en la dirección contraria. Así que le aconsejaron a Kenneth que le arrebatara el negocio de la venta de cocaína en Estocolmo a la coalición turco-italiana que controlaba ese mercado. Por supuesto, le parecía muy buena idea, pero eran más de ocho objetivos bien protegidos y sólo dos personas para hacerlo: necesitaban un plan. «Tómate el tiempo que necesites», contestaron los estadounidenses: confiaban en Kenneth.

Rusia

Era casi como si Gennady Aksakov no existiera. No tenía título, ni jefe ni una función oficial. En cambio, sí tenía dos pasaportes: uno ruso y uno finlandés. El segundo lo había obtenido en 1998 con ciertas dificultades, pero con el apoyo de quien entonces dirigía el Servicio Federal de Seguridad de la Federación Rusa, un tal Vladímir Vladimirovitch Putin.

Como era finlandés cuando le convenía, Gennady Aksakov podía viajar a placer por los países nórdicos. Él era probablemente el mejor del mundo en lo suyo, y es obvio que tenía cosas mejores que hacer que desestabilizar Escandinavia, pero le parecía un mercado de un tamaño decente en el que poner a prueba ideas nuevas.

En esos tiempos había partidos nacionalistas bien establecidos en los cuatro países nórdicos. Todos se oponían a la Unión Europea. Eso, sin saberlo, los convertía en herramientas para Gennady. Al mismo tiempo, estaba claro que políticamente se habían estancado. Tomemos, por ejemplo, a los populistas suecos: amplificaban los problemas existentes o se inventaban otros que no existían para polarizar a la población y hacer que todos temieran a su vecino, luego señalaban lo que ellos mismos habían creado y se presentaban como los únicos que podían solucionarlo.

El método no era nuevo: en 1933, Hitler, Goering y Goebbels habían sabido inflar un simple incendio provocado hasta convertirlo en una conspiración comunista de alcance internacional. Eran expertos en asustar a la gente un día y presentarse al siguiente como la solución; al fin y al cabo, el miedo exige respuestas. En poco tiempo, casi cuatro mil personas fueron encarceladas sin un juicio previo, se aprobaron leyes de emergencia, se prohibieron los partidos políticos que competían con ellos y, de paso, también algunos medios de comunicación.

Y sólo era el principio. Pero, de todos modos, eso era en aquel entonces: el nuevo siglo exigía soluciones nuevas. Sin duda, los Demócratas Suecos, los Verdaderos Finlandeses, Amanecer Dorado, el PVV, el BNP, el AfD, el FPÖ y otros ingredientes de la sopa de letras podían intentar lo que había funcionado en 1933 si lo deseaban, pero nunca llegarían hasta el final.

La realidad era que sólo uno de cada cinco suecos se imaginaba votando al líder de un partido que afirmaba sin tapujos que para ser sueco no bastaba con haber nacido y crecido en Suecia y saber jugar al fútbol (en ese norte renacido, no podías tener un nombre que empezara por Z). El líder de los Demócratas Suecos se había acercado al partido por una mujer. La susodicha primero había compartido con él sus ideas políticas y luego se había ido pitando a una manifestación pronazi vestida con un uniforme que incluía botas brillantes, pantalones de cuero, camisa y pañuelo. El futuro líder del partido se sumó al movimiento y, poco a poco, mientras ascendía, fue edulcorando de tal forma sus argumentos políticos que se volvieron prácticamente irreconocibles. Se hizo arreglar la dentadura y ahora estaba recogiendo los frutos de muchos años de duro trabajo. Lo había hecho todo bien, y sin embargo cuatro de cada cinco suecos estaban en su contra. Para Gennady Aksakov era la prueba definitiva de que los populistas de derechas nunca conseguirían romper en pedazos la Unión Europea.

Sin ayuda, no.

El dinero no era un problema: Gennady y sus amigos tenían miles de millones, si se contaba en coronas: cientos de millones en euros o dólares. Cuántos rublos suponía eso importaba menos, pero sostener económicamente a los Demócratas Suecos, a los Verdaderos Finlandeses y a todos los demás podía ser arriesgado y, más importante aún, no parecía viable a largo plazo: la lógica humana funciona de tal modo que muy poca gente se tiene a sí misma por extremista. Mientras los Demócratas Suecos fueran el partido más extremista que podía ofrecer Suecia, siempre habría mucha gente que se negaría a votarlo por muy de acuerdo que estuviera con sus ideas, y esto no iba a cambiar por mucho que Gennady consiguiera llenar las arcas del partido para que pudieran decir las mismas verdades de siempre en voz más alta que nunca.

Sin embargo, si contribuía a la creación de una voz alternativa, a la derecha de quienes estaban más a la derecha, ocurrirían dos cosas: en primer lugar, los Demócratas Suecos señalarían a los neonazis y dirían: «¡Mira qué horribles son ésos! ¡Nosotros, desde luego, no somos como ellos!» En segundo lugar, la gente estaría de acuerdo. De pronto, votar a los Demócratas Suecos se volvería socialmente aceptable: el quince por ciento de apoyo electoral podía convertirse en un treinta, el tercer partido podía convertirse en el segundo o tal vez incluso ponerse en cabeza. Un primer ministro de los Demócratas Suecos no necesariamente implicaba la salida de Suecia de la Unión Europea, porque para eso hacía falta el voto mayoritario del Parlamento, pero el mapa político se transformaría. Los conservadores, liberales y socialdemócratas encontrarían motivos para revisar su política exterior; al fin y al cabo, nadie quiere morir, y esta verdad se aplica a los partidos políticos tanto como a las personas.

Por encima de todo, si el experimento funcionaba en la pequeña Suecia, sólo haría falta que más adelante alguien hiciera lo mismo en un lugar donde de verdad importara.

En Alemania, por ejemplo.

• • •

Gennady Aksakov tenía que escoger entre el Movimiento de Resistencia Nórdico, ya establecido, y la recién formada Alianza Aria. El problema del primero era que en los círculos de Gennady se daba por hecho que los cuerpos de la Policía de Seguridad de Suecia se habían infiltrado en la organización hasta tal punto que ya no era posible saber quién era qué. El problema de la Alianza Aria, por otro lado, era que de momento eran menos que nada.

Pero Gennady no tenía prisa: mejor hacer las cosas bien que hacerlas rápido.

Se reunió con Kenneth Engvall y su hermano un lunes (con nombre falso, por supuesto), y para el martes ya había puesto cuatro millones de euros a disposición de la honorable misión de la Alianza Aria. En lo concerniente a los orígenes de Gennady y a su devoción por la causa, los hermanos Engvall creyeron lo que les convino creer. Probablemente todo habría salido bien si esos idiotas se las hubieran arreglado para seguir vivos.

Suecia

Al poco de haber recibido la inversión, Kenneth Engvall murió repentinamente en unos hechos relacionados con una manifestación espontánea.

Todo empezó cuando los hermanos llegaron a un centro comercial de Bromma, no muy lejos del aeropuerto nacional de Estocolmo. Conducía el hermano pequeño, que estaba buscando una plaza de aparcamiento. El mayor, sentado a su lado, vio a un mendigo en una de las entradas del centro comercial, se llevó un disgusto monumental y decidió hacer algo en el acto.

—Espérame aquí con el motor en marcha. Iremos a comprar a otro sitio, sólo quiero... dejar las cosas claras.

Johnny se imaginó más o menos lo que pretendía hacer Kenneth y estuvo de acuerdo con su propuesta: después de eso lo mejor sería ir a comprar a otro sitio.

El hermano mayor se bajó del coche y se acercó al gitano rumano que se había sentado en la entrada con la esperanza de que los que pasaban por allí le dieran una o dos coronas, debido a que en Rumania la minoría gitana se encontraba en una situación de extrema pobreza (todo ello mientras Suecia entera prefería discutir si la mendicidad debía o no ser legal en vez de insistir en la necesidad de que Rumania, un país de la Unión Europea al fin y al cabo, mejorara sus condiciones de vida).

—Hola —dijo el rumano al ver a Kenneth Engvall.

—Hola tú, puto gitano —respondió Kenneth, al tiempo que se bajaba la visera y aceleraba el paso con la intención de propinarle una buena patada en el cuello como si eso aliviara las necesidades del mendigo.

El problema fue que alguien había tirado al suelo, en un charquito, un folleto que anunciaba precios de oferta en carne picada. Kenneth plantó el pie en la carne (orgánica, con denominación de origen sueca, ciento nueve coronas el kilo), resbaló, perdió el apoyo de la otra pierna, giró noventa grados en el aire y, sin siquiera tocar al mendigo, aterrizó golpeándose en la cabeza con la base de hormigón de la papelera tras la cual este último se resguardaba del viento. Kenneth Engvall se partió el cráneo, sufrió un derrame cerebral masivo y murió en la ambulancia que lo trasladaba al hospital.

•

La que tal vez fuera la persona más peligrosa de Suecia había dejado de existir y, de un solo golpe, la Alianza Aria había perdido a la mitad de sus miembros. Lo único que le quedaba a la otra mitad era organizar el funeral.

Johnny acababa de regresar a casa de una de esas ceremonias. El difunto era conocido suyo, además de vendedor de drogas duras: un subordinado de uno de los ocho miembros del cártel de cocaína que Kenneth y Johnny tenían en su lista secreta de asesinatos pendientes. La fase uno de absorción de aquel negocio, según Kenneth, consistía en infiltrarse. No le había dado tiempo a decir en qué consistiría la fase dos.

En cualquier caso, el subordinado ya no tenía que preocuparse de si algún día lo iban a convertir en fiambre, porque ya lo era. Le había ocurrido por darle la espalda a una yonki desesperada, una mujer pequeñita, ligera como una pluma, incapaz de matar a una mosca.

O no.

El camello le acababa de comunicar que ya no le pasaría más droga mientras no soltara algo de pasta. Como estaba seguro de que aquella mujer no podía soltar nada, salvo algún escupitajo, se largó. Y se llevó una sorpresa enorme al notar un dolor agudo en la espalda: la pesopluma había tenido la jeta de clavarle un cuchillo. Joder, pues se iba a...

Ya no pasó de allí: nadie llega demasiado lejos cuando le acaban de cortar la arteria subclavia. En cinco segundos se produce la pérdida de consciencia y muy poco después el paro cardíaco irreversible.

Al conocido de Johnny lo enterraron al cabo de dos semanas y lo encomendaron a la eternidad. Lo más destacado del funeral no fue que al camello lo hubiera matado una yonki: esas cosas pasaban de vez en cuando. No, fue el ataúd: un ataúd Harley Davidson pintado con laca negra brillante y con las palabras «*Highway to Hell*» en ambos lados. Johnny nunca había visto en una iglesia algo tan digno y de tan buen gusto.

•

Johnny Engvall no era un estratega como Kenneth, pero su reputación podía compararse con la de su hermano. Contaba con al menos tres asesinatos en su historial: un marica, un negrata y un poli que además era negrata. El último ocurrió tras una manifestación nazi en el centro de Estocolmo: uno de los uniformados se acercó demasiado, agarró a Johnny por el brazo y empezó a decirle algo.

—No me toques, cerdo asqueroso —le dijo Johnny.

—Calma, maldita sea —dijo el poli—, sólo quiero...

Pero Johnny ya había sacado el Colt Trooper de 1984 del bolsillo interior y disparó al agente en el cuello a menos de medio metro de distancia.

Más adelante, Johnny llegó a reconocer que había actuado con demasiada brusquedad, pero nadie es perfecto. Se armó un gran escándalo, claro, y eso que el poli ni siquiera tenía una vieja o unos críos que lloriquearan por él en los periódicos. Seguro que era marica.

Lo bueno de que las cosas hubieran acabado así fue que desde entonces Johnny era muy respetado en los círculos adecuados no sólo por el mero hecho de ser hermano de su hermano; lo malo era que ya nunca sabría qué quería en realidad aquel marica negro.

El asesinato del policía nunca se aclaró: ninguno de los posibles testigos de lo que había ocurrido quería correr el riesgo de que le ocurriese lo mismo a él. Los investigadores de la policía ni siquiera llegaron a señalar a nadie extraoficialmente y a puerta cerrada.

Pegarle un tiro a un poli en público y salir bien parado era algo bastante notable, pero el hermano pequeño seguía siendo el pequeño: nada podía competir con haber estado en la cárcel por partir a un hombre por la mitad con una motosierra. Además, Johnny no había pasado tanto tiempo en Estados Unidos como Kenneth: Estados Unidos sí que valía para crearte una buena imagen.

Suecia

Sabine había cerrado la tienda a su regreso de la feria comercial en Alemania: muerte a lo viejo, vida a lo nuevo y fuera la pared que separaba los dos negocios. La tienda de ataúdes duplicó su tamaño de la noche a la mañana. Sabine colgó un cartel en la puerta de lo que antes era la tienda de comestibles: CERRADO PARA SIEMPRE, COMPRAD LA COMIDA EN OTRO SITIO. POSTDATA: NO OLVIDÉIS QUE SOIS MORTALES. AHORA MISMO, DIEZ POR CIENTO DE DESCUENTO EN ATAÚDES. POR LA OTRA PUERTA.

Nunca entraba ningún cliente de la calle, pero la lista de encargos de Suecia y de toda Europa era enorme. Sabine alababa a Julius por sus dotes organizativas y por su agilidad; a cambio, él le dedicaba palabras amorosas sobre su talento artístico y la belleza de sus ojos.

—Ay, sí, sí —decía Allan.

Sabine se ocupaba de las entregas. O bien las llevaba ella misma en el coche fúnebre, o llamaba a DHL para llegar a los rincones más lejanos del planeta. Si ella estaba conduciendo por ahí, Julius se encargaba de contestar al teléfono.

—Morir con Orgullo, ¿en qué puedo servirle?

—Bueno, supongo que eso ya lo veremos. Me llamo Johnny; ¿hacen ataúdes por encargo?

—Sí, y nos encanta personalizarlos. Es nuestra especialidad.

—En ese caso, necesito su ayuda.

—La cosa está un poco apretada en este momento...

—Tienen cinco días.

—Ya le digo, muy apretada, creo que no...

—¿Cuánto?

Julius podía oler el dinero: llevaba al menos sesenta años haciéndolo sin interrupción, y acababa de dar con un cliente para el que el dinero no era un problema.

—Bueno, supongo que no sería imposible... Normalmente damos nuestros precios en euros porque somos una empresa internacional, por así decirlo. Cuatro mil eu...

—Le doy cinco mil si hace el ataúd como le digo y sin refunfuñar.

—Por supuesto —dijo Julius, pensando que tal vez podría ordeñar un poco más a este cliente—. Cinco mil más impuestos, claro.

—No, cinco mil sin impuestos ni factura; y sin rechistar, en efectivo.

Aunque el cultivador de espárragos ya sospechaba que la decoración no sería cursi precisamente, en los minutos que siguieron ahogó más de un grito. El cliente, Johnny, tenía una idea muy vaga de lo que quería en el ataúd, por lo que prestó mucha atención a las sugerencias artísticas del proveedor. Al cabo de unos cinco minutos, Julius consiguió resumir lo que se les había ocurrido. No quería que hubiera la menor confusión, desde luego.

—Bueno, veamos... La mayor parte del ataúd será negra, encima pintaremos una esvástica roja. ¿Está totalmente seguro de eso, entonces? De acuerdo. Sigamos: en ambos lados se leerá: «Nuestra sangre es nuestro honor», en rojo sobre fondo blanco, seguido de una cruz céltica. Y en los extremos pondrá: «Poder blanco» en blanco, seguido del logo de las SS. ¿Eso también le parece bien? De acuerdo. En todas las zonas que queden vacías nos aseguraremos de pintar unas llamas. ¿Lo he captado todo correctamente?

—Sí —dijo Johnny Engvall—, yo diría que está todo correcto.

—O sea que quitamos lo de que todos los polis y los traidores de la raza deberían morir y todas esas frases sobre los homosexuales y los judíos, ¿no?

—Sí. Dice usted que eso ya le parecería un poquito excesivo, ¿verdad?

Julius se esforzó por encontrar las palabras adecuadas: hacía un buen rato ya que aquello le parecía no un poquito excesivo sino excesivamente excesivo. A pesar de todo, Johnny tenía algo que hacía que no quisieras decirle que no, con independencia del dinero.

—Bueno, es importante que el ataúd conserve cierto grado de dignidad. Por ejemplo, yo tendría mis dudas a la hora de mandar un mensaje sobre quién debería morir junto con la persona del ataúd, que ya está muerta.

—Se lo compro —dijo Johnny Engvall—. Entréguenlo en la funeraria que le he mencionado a tiempo para el funeral del sábado, ¿de acuerdo? Le mando el dinero en una bolsa, en taxi, ahora mismo.

«¿En taxi?», pensó Julius, pero dijo algo más práctico:

—¿El sábado? Es una opción un poco rara para un funeral. Lo normal...

—Lo normal es que la gente escuche lo que yo digo —contestó Johnny Engvall.

Estaba harto de tanta pregunta. Los invitados al funeral llegarían desde Estados Unidos y no había tiempo para escoger el día adecuado en función de la tradición sueca.

—Lo he escuchado con mucha atención —contestó Julius—, me parece bien.

Lo último no era cierto: no le parecía ni medio bien. Por lo visto, habían atraído a un cliente nazi. No podían hacer ninguna chapuza con este encargo.

Y Sabine no la hizo.

Y aun así pasó lo que pasó.

Suecia

—Ciertamente, tu obra es muy variada —afirmó Julius mientras observaba los tres últimos ataúdes, todos listos para la entrega.

El de la izquierda era negro con esvásticas y símbolos de supremacía blanca; el del medio, amarillo, rojo y azul en homenaje al club de hockey de Djurgården; y el de la derecha era azul claro y a ambos lados tenía conejitos blancos saltando con mucha dignidad por un prado verde. En la tapa había unas nubes blancas y esponjosas con el lema: «Dios, que tanto quieres a tus hijos, cuida de mí mientras duermo aquí.»

—Sí —dijo Sabine mientras se lavaba las manos—, hoy esvásticas, deporte y conejitos; mañana me espera Lenin: por lo visto, aún quedan comunistas, salvo que el último sea el que acaba de morir. Pero ¿podríamos salir esta noche y celebrar en algún restaurante?

—Me encantaría, aunque ¿celebrar qué?

—Lo que quieras: decide tú. ¿Que nos hayamos conocido? ¿Que empieza a irnos bien económicamente? ¿Que no te han salido ampollas en varios meses?

Julius pensó que el mejor motivo de celebración era que se hubieran conocido.

—¿Vamos en coche fúnebre o en taxi? —preguntó.

•

Para hacer un féretro Lenin, Sabine empezó lacando toda la madera con el tono de rojo adecuado. Mientras se secaba la pintura, se puso a practicar el retrato del héroe. Le salía bien cada vez: la cara tenía la angulosidad idónea.

—No es un Picasso, pero le falta poco —se dijo complacida.

Luego se quitó el delantal que usaba para pintar y se arregló para salir a entregar los encargos de esa semana. Dos ataúdes iban al mismo tanatorio del sur de la capital y un tercero a otro, a treinta kilómetros de allí. A medida que iba entrando dinero, cada vez recurría más a DHL para las entregas. Una vez, al principio, había ido en coche a Sundsvall, ida y vuelta, pero últimamente usaba transportistas para todos los encargos que había que llevar más allá del valle de Mälaren y sus aledaños.

Era viernes y sólo faltaba un día para el desastre.

Suecia

Vestido con camisa blanca, su mejor cazadora de cuero negra, pantalones negros de cuero y guantes negros, Johnny Engvall se plantó fuera de la iglesia para recibir a los asistentes al funeral. Había previsto que sería una reunión íntima y digna. Los cuatro líderes de la Hermandad Aria de Los Ángeles eran los invitados de honor; los únicos invitados, de hecho: cuatro hombres iracundos y peligrosos. Y luego estaba Johnny, también iracundo y peligroso.

Johnny sabía que después del funeral se enfrentaría a una serie de preguntas molestas sobre cómo se las iba a arreglar el único miembro de la Alianza Aria para dominar el mercado de la cocaína de Estocolmo y a continuación derrocar al gobierno. Pero en una ocasión los estadounidenses ya les habían dicho que se tomaran el tiempo necesario: si Johnny jugaba bien sus cartas, tal vez se lo volvieran a decir. Aún no sabían nada de los cuatro millones de euros del inversor finlandés secreto. Kenneth había retrasado el momento de compartir esa información: quería buscar la mejor manera de decirlo. Ahora Kenneth ya no existía y Johnny se preguntaba cómo habría sonado esa mejor manera en boca de su hermano.

Hasta cierto punto, ahora que el finlandés se había sumado a la causa correcta, los estadounidenses ya no eran tan necesarios, aunque aportaban estabilidad a toda la operación. Gracias a ellos, Johnny tenía la sensación de formar parte de un grupo más grande. Si reaccionaban mal ante la idea de un inversor alternativo, podía ocurrir cualquier cosa, incluida la ejecución de Johnny.

Cada cosa a su debido tiempo. En ese momento, tocaba el funeral.

El hermanito quería honrar a Kenneth y cuidar todos los aspectos de la ceremonia, por eso había dispuesto que hubiera bebidas para los invitados cuando se acercaran a la escalinata de la iglesia. Kenneth tenía una debilidad especial por el whisky; tenía que ser doble, con cuatro gotas de agua. De sus años en California corría una historia sobre un camarero de Malibú que había terminado con un cuchillo clavado en la mano por haber cometido el error de servirle al hermano mayor de Johnny un Jim Beam Kentucky Straight Bourbon, y sin una gota de agua.

Al volver a Suecia, Kenneth había ampliado un poco sus preferencias: si hacía el frío suficiente, podía mezclar el whisky con café, azúcar moreno y nata. Calentito, delicioso e inspirador, siempre y cuando el ingrediente principal procediera de Irlanda y de ningún otro lugar.

Así que había café irlandés: le parecía más propio para una ceremonia. Una vez reunidos y entrados en calor los cuatro hombres, Johnny pronunció un breve discurso de bienvenida. Primero explicó por qué se habían reunido nada menos que en una iglesia. Iban a enterrar allí a Kenneth, en la parcela de la familia, tal como él habría querido. Sí, eso significaba que sería un pastor quien presidiera todo el proceso, pero Johnny había hablado con él y le había explicado que no debía mencionar a Dios ni a Jesús en la ceremonia si no quería reunirse con ellos antes de lo previsto.

—Todos sabéis cuánto quería a mi hermano. Os invito a entrar y a imaginar lo orgulloso que estaría Kenneth del ataúd que he escogido para él.

Se alzó un murmullo de curiosidad. Algunos asintieron, sorprendidos: estaba claro que el hermano menor de Engvall sabía lo que hacía.

Johnny se situó estratégicamente en la escalinata de la iglesia para estrechar la mano de cada uno de los hombres a medida que iban entrando. Hacía lo que hacía por un sentimiento auténtico de respeto a su hermano, pero en el fondo había algo más, y a Johnny le costaba mucho reconocérselo a sí mismo.

Los estadounidenses aún no habían señalado formalmente al sucesor de Kenneth. Por supuesto, sólo podían escoger a Johnny, pero el dictamen aún tenía que producirse. La otra opción era cerrar la rama sueca ahora que su fundador ya no estaba con ellos, pero le costaba creer que los líderes estadounidenses hubieran cruzado el Atlántico sólo para darle esa información. Cabía la posibilidad de que ascendieran a Johnny esa misma tarde.

El líder inminente de la rama sueca estaba tan absorto en sus pensamientos que no oyó el follón que se estaba armando dentro de la iglesia. Fue el último en entrar y al hacerlo topó con una visión horrible.

Ninguno de los cuatro invitados se había sentado en los bancos. De hecho, estaban todos rodeando al pastor y el ataúd, dos a la izquierda y dos a la derecha. Entre ambos grupos, Johnny pudo ver sin obstáculos lo inimaginable.

El pastor sonrió a Johnny y sus acompañantes, señaló el ataúd con una inclinación de cabeza y comentó que le parecía encantador. Si los caballeros procedían a sentarse, la ceremonia podría comenzar.

Nadie lo escuchaba, todos esperaban a Johnny, que pasó por delante de ellos lentamente y no se detuvo hasta llegar al fondo. Tocó con cautela el ataúd para confirmar que lo que estaba viendo era real.

Y lo era.

Lo que había encargado Johnny como muestra de respeto y en honor a su hermano era un ataúd azul claro, y no negro; en vez de esvásticas y fuego, los lados mostraban conejitos blancos que saltaban en un prado verde. La tapa estaba decorada con nubes blancas y esponjosas y una frase en dorado: «Dios, que tanto quieres a tus hijos, cuida de mí mientras duermo aquí.»

—Entiendo que estén todos tan emocionados —dijo el pastor, un poco vacilante—; por favor, tomen asiento.

El líder de la Hermandad Aria rompió el silencio del grupo. Se había tatuado la esvástica en la frente y no en el pecho, como los demás.

—No tiene demasiada importancia, Johnny, pero... ¿qué significa la frase de la tapa?

—Significa... —empezó Johnny, pero no pudo terminar—. No quieras saber lo que significa.

De hecho, sí quería, por pura curiosidad. Aunque no hacía falta: los conejitos hablaban por sí mismos, y también las nubes esponjosas sobre el fondo azul claro.

—Me largo de aquí —dijo.

Y así lo hizo. Los estadounidenses número dos, tres y cuatro lo siguieron.

El pastor estaba perplejo: el hermano del difunto le había dado diez mil coronas a cambio de la promesa de que no se quejaría por el diseño del ataúd ni mencionaría a Dios, pero ¿por qué iba a quejarse de aquel ataúd? Era difícil imaginar algo hecho con más buen gusto.

Sólo entonces Johnny despertó de su parálisis cerebral: ¿acaso los estadounidenses lo creían culpable de aquel despropósito?

—Un momento, chicos, no iréis a creer...

En ese instante el pastor cometió de lejos el error más grande de su carrera. Convencido de que el hermano pequeño del difunto necesitaba consuelo, caminó hacia él dispuesto a darle un abrazo largo y cálido.

Un minuto después, el hombre había recibido tal paliza que no lo habría reconocido ni su madre. Johnny le pegó una y otra vez, como si así pudiera hacer desaparecer el ataúd y todo lo demás, aunque sólo consiguió que los cuatro estadounidenses se fueran antes de que él pudiera explicarse. El ataúd seguía allí, a la vista de todos; el pastor estaba allí, tirado en el suelo.

El hermano pequeño volvió a la realidad. Se limpió las manos ensangrentadas en los pantalones y miró de nuevo la monstruosidad del ataúd. Lo contempló lleno de dolor.

Si Kenneth estaba ahí dentro, era una catástrofe; si no... ¿dónde demonios estaba?

La carrera de Johnny como líder de la rama sueca había terminado antes de empezar, y no había más que agregar. Además, ahora tenía asuntos más importantes que resolver. Por supuesto, alguien tenía que morir por lo que le habían hecho a su hermano, pero lo primero era averiguar dónde cojones estaba Kenneth.

Uy, el pastor se estaba moviendo. Johnny se agachó para susurrarle algo al oído. El hombre, ensangrentado, asintió con la cabeza. Johnny y él acababan de ponerse de acuerdo en que el pastor había resbalado y se había caído por la escalera.

Johnny lo dejó allí tirado, montó en el coche y cogió el teléfono. Buscó el número de la morgue y llamó.

Le contestó una tal Beatrice Bergh. Johnny se presentó y dijo que quería saber dónde estaba la señora Bergh porque tenía la intención de presentarse y matarla a palos.

Beatrice Bergh tenía todos los motivos del mundo para estar asustada.

Suecia

El negocio iba sobre ruedas. El teléfono para encargos sonaba incluso en fin de semana, por ejemplo ahora, un sábado por la tarde.

—Morir con Orgullo, aunque tal vez no todavía —dijo Allan, que por casualidad tenía el teléfono de la empresa en una mesita auxiliar, al lado del sofá que casi nunca abandonaba.

«Beatrice Bergh, la de la morgue de un pueblo cercano», dijo para presentarse, con la voz ahogada por el pánico. Allan y ella no se conocían, pero él sabía que Sabine le había llevado ataúdes en varias ocasiones, la última el día anterior.

—Vaya, hola, buenos días, señora directora de la morgue; ¿usted un sábado? ¿Hay alguien con mucha prisa por estar bajo tierra?

Beatrice Bergh no respondió en el acto. Luego dijo algo, pero resultó incomprensible: la mujer parecía completamente desequilibrada, se le atropellaban las palabras. Al final, renunció y se puso a llorar.

—¡Perdóneme! —sollozó—. ¡Perdóneme!

Allan se incorporó en el sofá: ésa no parecía una llamada normal.

—Seguro que la perdonaré, señora Bergh —dijo—, pero me resultará más fácil hacerlo si sé qué es lo que debo perdonarle. ¿Es por llamarme en sábado? Si se trata de eso, cuelgue y olvidémoslo todo.

Como creyó que la mujer necesitaba desahogarse, Allan la dejó llorar un poco más, hasta que se hartó.

—Me parece que ya va siendo hora de que recupere la compostura, señora Bergh; de lo contrario, tendré que replantearme lo del perdón. Cuénteme qué ocurre.

—Gracias, de acuerdo, bueno... Ay, madre —dijo Beatrice Bergh.

Y sí, al final consiguió contarle toda la historia.

Era fácil trabajar sola en el turno de sábado de la morgue. Sin embargo, ese día en particular había dos muertos pendientes de entregar a sus respectivos entierros. Dos más de lo habitual. Uno era una chica: la familia había escogido el sábado para que pudieran acudir sus compañeros de clase; el otro... algo absolutamente horrendo.

—Bueno, estoy segura de que ya sabe de qué ataúdes estoy hablando, señor: ambos los pintó su colega, Sabine Jonsson.

Allan no conocía los detalles de los quehaceres de Julius y Sabine, pero sí recordaba el ataúd de la chica de doce años: era precioso. Al verlo, Allan había pensado que le habría encantado donar parte de sus ciento un años a la chica de doce de haber sido posible, aunque por supuesto no lo era. En cambio, no sabía a qué se refería la directora de la morgue cuando hablaba de un ataúd «horrendo».

—¿Uno a lo Elvis? —preguntó.

—¡No! —exclamó Beatrice Bergh—. Uno con esvásticas y supremacía blanca y a saber qué más. Llevo dieciocho años trabajando aquí. Dieciocho años. ¡Y nunca se ha cometido un error!

—¿Hasta ahora? —adivinó Allan.

—Hasta ahora.

Beatrice Bergh estaba a punto de echarse a llorar otra vez; sin embargo, consiguió explicarle que el transportista uno había recibido el féretro del dos, mientras que el transportista dos había recibido el del uno.

—¿Eso es todo? —dijo Allan—. ¿Y no bastaría con redirigirlos?

No, el mal ya estaba hecho y era demasiado tarde para arreglarlo.

La mujer había recibido dos llamadas telefónicas con escasos minutos de separación. La primera era de un pastor indignado que había anulado el funeral de una chica de doce años antes de que su familia llegara a ver el ataúd más horrible que uno pudiera imaginar. Y al cabo de un minuto otra de... Beatrice Bergh se calló a media frase.

—¿De? —preguntó Allan.

—¡De un hombre que decía que iba a venir a matarme! Llamaba para averiguar dónde estoy.

Y sollozó de nuevo.

Pero Allan no tenía intención de padecer otra ronda de lágrimas.

—Calma, calma, señora Bergh. Si alguien está en camino para matarla, lo que es bastante difícil de creer, ¿no es mejor que se vaya, en vez de quedarse ahí llamando por teléfono y sin conseguir hablar claro de una vez...?

—Quien se tiene que ir no soy yo —exclamó la señora Bergh—, ¡es usted!

•

Allan convocó a los tortolitos Jonsson y Jonsson, que estaban en el piso de arriba. Como al bajar se lo encontraron de pie, y no tumbado en el sofá, dieron por hecho que se trataba de algo importante.

—Por lo visto hemos hecho un ataúd con esvásticas y referencias a Hitler y cosas por el estilo, ¿es cierto? —preguntó.

Sabine y Julius asintieron.

—No es que salga Hitler, pero ésa es la línea —concretó Sabine.

—Acabo de hablar con la morgue. El ataúd de la esvástica se perdió y fue reemplazado por ese tan bonito que pintaste, Sabine, el de las palomas y las nubes y todo eso. El comprador del de la esvástica está muy enfadado, según he podido entender: ha llamado a la morgue hace un rato y quería matar a la mujer responsable de la confusión.

—¿Y...? —preguntó Julius, preocupado.

—Y... bueno, ella ha salvado el culo echándonos la culpa a nosotros, con nuestra dirección y todo. Parece que un nazi cabreado viene de camino hacia aquí. Si no recuerdo mal, la historia nos ha enseñado que con los nazis cabreados hay que tener cuidado..., y con los nazis en general.

—¿Qué coño...? —dijo Julius—. ¿No podrías haber empezado por ahí? ¡Nos tenemos que largar! ¡Ahora mismo!

—Me parece una conclusión correcta —dijo Allan—, supongo que deberíamos recoger lo...

Estaba a punto de decir «lo esencial», haciendo referencia a la tableta negra que ya tenía en las manos, pero antes de que pudiera terminar la frase se desató el infierno. Los tres escaparates del taller reventaron a la vez. Un estridente ra-ta-ta-tá sugería que fuera había alguien disparando hacia el taller con un arma automática. Allan, Julius y Sabine sobrevivieron a la primera ráfaga y consiguieron reptar hasta la puerta para salir al patio, los tres en fila. Tras un breve parón, el tiroteo se reinició en el otro lado del edificio.

Julius ayudó a Allan a montar en la parte trasera del coche fúnebre mientras Sabine se sentaba al volante. Al cabo de unos segundos, Julius pudo ocupar el asiento de la derecha.

—¡Vamos! —exclamó un segundo después de que Sabine arrancara.

—¡Esto está muy apretado! —dijo Allan—. ¿Hay alguien dentro del ataúd o me puedo meter yo?

•

El coche fúnebre salió a toda prisa de Märsta y se dirigió al sur por la autopista E4. Allan se metió en el ataúd blanco pintado con rosas rojas que ya no entregarían el lunes siguiente. Con cuatro ajustes de poca importancia, hubiera sido verdaderamente cómodo, y sólo con arreglarlo para que dentro se pudiera disponer de oxígeno suficiente habría podido cerrar la tapa y quedarse dentro cada vez que los tortolitos se acaramelaban. Pero era mejor callarse esa clase de sugerencias: el hombre que iba sentado delante parecía muy afectado por la lluvia de balas que les había caído encima. Seguro que para Julius era la primera vez. Allan se acordaba como si fuera ayer de Guadalajara en 1937, donde todo aquel que quisiera sobrevivir tenía que caminar con la cabeza gacha. ¡Qué tiempos aquéllos! Le habían dado una buena paliza a Franco. Y luego pasó lo que pasó, terminó como terminó: así es la vida.

Mientras Allan pasaba el rato dejando que su cabeza viajara ochenta años atrás, Julius iba sentado junto a Sabine en silencio, con el corazón desbocado y la mente totalmente en blanco.

Sabine aceleró un poco. Allan se removió en el ataúd para quitarse la chaqueta y ponérsela debajo de la cabeza, luego sacó la tableta negra: qué suerte, había salido indemne, sin un solo arañazo.

—¡Tiroteo en Märsta! —exclamó al cabo de un rato.

—¿En serio? —respondió Sabine.

Allan tenía su tableta, Sabine tenía el volante, pero Julius tan sólo tenía un cerebro en proceso de lenta recuperación. Se obligó a hacer recuento de la situación del trío, a modo de terapia.

—Os voy a resumir el estado de la cuestión —les dijo a los otros dos, y respiró hondo.

Ahora Morir con Orgullo, S. L. no era un negocio operativo y en un futuro inmediato seguiría sin serlo. La empresa tenía en el banco unas cien mil coronas, sin descontar impuestos, y lo mejor que podían hacer era dejarlas allí, sin descontar impuestos. Aparte de eso, los tres miembros de la empresa estaban huyendo de un nazi que, sin lugar a dudas, quería matarlos. Para huir, se habían montado en un vehículo reconocible a cientos de metros de distancia, y lo más probable era que el nazi los estuviera siguiendo por la misma carretera.

—No vamos a cambiar de coche, ¿verdad? —dijo Allan nervioso—. Aquí voy muy cómodo.

—Empecemos por cambiar de carretera —dijo Sabine, y salió de la E4 en Upplands Väsby sin esperar la aprobación de los demás.

Suecia

Las emociones se habían desbordado. Johnny estaba en la acera, disparando con el arma apoyada en la cadera en vez de caminar sigilosamente y en silencio entre los féretros para convertir en carne de cañón a quien se interpusiera en su camino.

Sólo logró cargarse un portátil que había quedado en una mesa, cerca de los ataúdes; por lo demás, en la tienda no había ni un objeto de valor, y sobre todo no había nadie.

No obstante, Johnny llegó a vislumbrar un coche fúnebre negro que salía por el patio de atrás con una vieja al volante y un viejo sentado a su lado.

Hacía cinco minutos de su partida. Era imposible saber adónde se dirigían, pero parecía razonable suponer que habían tomado la E4 rumbo al sur. Aunque llevara cinco minutos de retraso, se veía capaz de alcanzar a un coche fúnebre.

Montó en su BMW y condujo hacia Estocolmo a ciento setenta y cinco por hora, mirando siempre adelante en busca de la trasera de aquel coche negro.

Justo al sur de Upplands Väsby, pudo valorar su situación con algo más de sobriedad: si planeaban esconderse en el centro de Estocolmo, a esas alturas ya los tendría que haber atrapado, pero no lo había hecho.

En algún lugar entre Sollentuna y Kista, Johnny abandonó la búsqueda y ralentizó la marcha. Se dio cuenta de que ya había pasado por una docena de salidas que apuntaban en todas las direcciones posibles. No tenía sentido continuar: era mejor irse a casa y planear el siguiente paso.

•

El viaje los llevó por Mälarvägen hacia la autopista 267 y luego por la E18 hacia Oslo.

—Nunca he estado en Oslo —dijo Allan.

—Ni lo estarás —contestó Sabine—; ¿qué se nos ha perdido en Oslo?

La pregunta entonces era adónde deberían ir y qué harían luego con sus vidas.

Al cabo de varias decenas de kilómetros en dirección a la capital de Noruega, Sabine puso de nuevo rumbo hacia el sur, aunque sin seguir una dirección concreta. Veinte minutos después, Allan descubrió una noticia muy grave en su tableta: un posible ataque terrorista en Estocolmo. Un camión descontrolado había atropellado a una multitud y algunas informaciones sueltas hablaban también de disparos.

Por una vez, Julius y Sabine quisieron que Allan les contara más.

Bueno, hacía ya algunas horas que había sucedido, y el conductor del camión había conseguido huir. Por lo visto, no se había detenido a nadie. Había barreras de control en todas partes y la policía estaba evacuando el centro de la ciudad. Se temía que hubiera unos cuantos muertos. La tableta no tenía mucho más que decir al respecto.

Sonaba terrible. Julius se avergonzó por permitirse pensar, con un escalofrío de pies a cabeza, que si aquella tragedia había tenido lugar al menos había llegado en un momento oportuno: con policías y controles por todas partes, el nazi tendría que mantener un perfil bajo mientras ellos aumentaban la distancia respecto a la consternada capital de Suecia.

Justo estaba pensando esto, sin ir más allá todavía, cuando Sabine se topó con un control de carretera de la policía.

—Voy a cerrar la tapa —anunció Allan.

Uno de los dos agentes saludó y los informó de que los controles se habían establecido para inspeccionar vehículos y ocupantes a la luz del dramático incidente ocurrido en Estocolmo.

—Nos acabamos de enterar —dijo Sabine—, es verdaderamente horrible.

El policía la miró a ella y luego a Julius; después, observó el ataúd de la parte trasera y comentó que entendía que era un viaje de trabajo.

—Efectivamente —dijo Sabine.

—Viaje de trabajo —confirmó Julius.

Sólo que la conductora y el hombre que iba a su lado no parecían vestidos para una entrega de ese tipo: él llevaba una chaqueta muy colorida, la camisa arrugada y unos pantalones andrajosos de tela de gabardina; ella parecía una hippie retirada, con aquellas medallas colgadas del cuello.

Ser precavido no sólo era una virtud, sino también una obligación de todo policía.

—¿Puedo ver alguna identificación, por favor?

—Claro —dijo Sabine—. Claro que no, ahora que lo pienso: me temo que me he dejado la cartera en la funeraria. Algunas tareas son más urgentes que otras, incluso en nuestro sector.

Pero Julius acababa de descubrir el bolso de Sabine en el suelo: un golpe de suerte. Sacó el carnet de conducir de su compañera y lo entregó junto con su propio pasaporte.

—¿Es usted un diplomático? —le preguntó el agente, que sonaba tan sorprendido como estaba.

—Acabo de llegar de la embajada de Nueva York —dijo Julius.

—¿La embajada no está en Washington?

—Acabo de llegar del edificio de la ONU en Nueva York y antes de eso estuve en la embajada de Washington.

El policía se lo quedó mirando un buen rato.

—Un momento —dijo, y se encaminó hacia su colega. Intercambiaron unas palabras, luego se acercaron los dos al coche fúnebre.

—Buenos días —saludó el colega, con la misma pinta de poli que el otro.

—Buenos días —contestó Sabine—. Tenemos una entrega urgente, por así decirlo. ¿Hay algún problema, comisario?

—Inspector —la corrigió el colega—. No hay ningún problema, claro que no, pero tenemos que cumplir órdenes; ¿les importa abrir atrás?

Era exactamente lo último que deseaba hacer Sabine.

—¡Ah, por favor, inspector! —exclamó—. ¡Piense en la inviolabilidad de las tumbas!

El inspector dijo que él tenía que pensar ante todo en la seguridad de la nación. Luego abrió el portón trasero, observó el ataúd blanco y los raíles que lo sostenían, tiró de él, se disculpó por lo que estaba a punto de hacer... y abrió la tapa.

—Que la paz sea con usted, comisario —dijo Allan—. Mejor dicho, inspector. Le ruego que me disculpe por seguir tumbado mientras lo saludo.

El inspector se tambaleó hacia atrás y cayó de culo al suelo; su colega soltó un taco del susto. Cuando los ánimos se calmaron, los dos supuestos empleados de la funeraria y su más-que-vivito cadáver fueron escoltados hasta la comisaría de Eskilstuna para someterse a un interrogatorio.

Tras un arranque algo tenso, el tono de las preguntas se fue suavizando. Es justo atribuir el mérito al interrogador,

Holmlund, quien entendió rápidamente que, si bien la situación era más que extraña, con toda probabilidad no tenía nada que ver con el ataque terrorista de Estocolmo.

Sabine explicó que los tres miembros del grupo se dedicaban a fabricar ataúdes, que tenían asuntos que atender en el sur y que se habían visto obligados a buscar una solución creativa ante el problema de encajar a tres personas en un vehículo pensado para dos.

—No sólo creativa —aclaró Holmlund—: ilegal. Todos los pasajeros de un vehículo han de llevar el cinturón puesto, los del asiento delantero desde 1975 y los del trasero desde 1986.

—Claro, pero yo no iba sentado —dijo Allan—, iba acostado. ¿Y cuál es la definición de «asiento trasero»? Yo diría que iba en el maletero.

Pero no era el primer interrogatorio de Holmlund.

—Karlsson, ¿cuál es su nombre de pila? Estoy a punto de dejarlo pasar por esta vez pero, si de verdad cree que replicarme con insolencia es una buena idea, tal vez deba replanteármelo.

—No, no —intervino Julius—. Karlsson tiene ciento un años, pero está tan atontado como si tuviera ciento once. No le haga ni caso. Por supuesto que le pondremos el cinturón al viejo, no se preocupe. De hecho, ya nos habíamos planteado ponerle una camisa de fuerza.

—Venga ya —dijo Allan—. De todos modos, señor Agente Interrogador, aunque tengo el oído un poco duro he oído lo que me estaba diciendo. Le ofrezco mis disculpas en mi nombre y en el del joven Jonsson.

El interrogador jefe Holmlund asintió. No tenía tiempo para locos en un día como ése y no había razones para una investigación más exhaustiva. Habían comprobado que la mujer era propietaria de una empresa en el sector de los ataúdes.

—Ya pueden irse —dijo—, y si Karlsson se va a meter otra vez en el ataúd será mejor que vaya bien atado, al menos mientras siga vivo; luego ya me importa un comino lo que hagan con él.

Al llegar al coche, Julius señaló que tenían que buscar algo parecido a un cinturón para que Allan pudiera ir detrás.

—Ah —dijo Allan—. Déjalo: la próxima vez me haré el muerto.

Suecia

Habían ocurrido demasiadas cosas para un solo día. Al este de Eskilstuna, Sabine encontró una pensión en la que pudieron alojarse para recuperar el aliento y acaparar provisiones.

El problema era que acababan de perder su casa, el taller, el negocio y el futuro. Sólo les quedaba un coche fúnebre.

La encargada de la pensión, la señora Lundblad, era una mujer rolliza de unos setenta y cinco años. Estaba encantada de recibir huéspedes inesperados.

—Claro que tengo habitaciones disponibles para los señores y la señora de la funeraria. Hay cinco habitaciones en total y da la casualidad de que las cinco están vacías, así que pueden escoger. ¿Querrán cenar? Puedo ofrecerles crema de guisantes con jamón o... bueno, una crema de guisantes con jamón.

Según Allan, la crema de guisantes, con o sin jamón, nunca había hecho feliz a nadie, pero tal vez hubiera alguna bebida que ayudara a bajarla.

—Eso suena bien —dijo—, pero ¿qué habrá para beber? ¿Cerveza, tal vez?

—Leche, por supuesto —contestó la señora Lundblad.

—Por supuesto —dijo Allan.

• • •

Después de la crema, Sabine convocó una reunión en el cuarto que compartía con Julius. Ella misma empezó afirmando lo que Julius ya había constatado: su negocio de ataúdes estaba muerto, tanto como hubiera querido verlos a ellos aquel nazi. Había que dar por hecho que el tipo había averiguado el apellido de Sabine; al fin y al cabo, ella estaba al frente de la empresa. Y si no era tonto de remate debía de haber encontrado también a Allan en la oficina de registros, pero no a Julius.

—Necesitamos una nueva fuente de ingresos —dijo Sabine—; vidas completamente nuevas, en realidad, y a poder ser antes de que nos quedemos sin dinero. ¿Alguna idea?

Julius había coqueteado tiempo atrás con una idea, pero sin tomársela demasiado en serio. Aunque eso era antes; ahora, en cambio...

—¿Y si honramos la memoria de tu madre y volvemos a entrar en el sector de la adivinación?

Allan estaba a punto de saltar de emoción: hablar con los muertos le parecía una idea apasionante, mientras que las aportaciones de los vivos no solían tener demasiado interés. Había excepciones, claro. En la residencia de ancianos de Malmköping, el tipo de la habitación contigua a la suya había cavado trincheras en la Guerra de Invierno de Finlandia: un trabajo fascinante. Bueno, en realidad no, pero la historia que contaba sí lo era: aunque tenían una pausa de diez minutos cada hora, los soldados no dejaban de cavar para no morir congelados.

Sabine había dejado de escuchar a Allan para concentrarse en sus pensamientos.

—¿Os parece un camino viable? —preguntó Julius.

—¿Cavar trincheras?

Sabine fulminó con la mirada al hombre de ciento un años y le contestó a Julius:

—No. O tal vez sí. Depende.

Si daban por cierto que su madre había sido una vidente de verdad, no tenía sentido seguir adelante: Sabine no había heredado ni una pizca del talento de su madre.

Pero, si en realidad había sido una charlatana, o si simplemente se creía sus propias fantasías gracias a la ingesta habitual de píldoras de la felicidad, bueno, eso arrojaba una luz distinta sobre las cosas.

Julius pertenecía a ese reducido grupo de personas que consideran adorables a los charlatanes, por eso le dijo a Sabine, enfáticamente, que no debía preocuparle si su madre lo había sido.

Sabine le agradeció a Julius sus amables palabras, pero le dijo que la explicación más probable era la de sus fantasías:

—Y ésas se pueden copiar, o incluso desarrollar más todavía.

Durante todos aquellos años, su madre hablaba a menudo de que quería llevar su negocio (y de paso a sí misma) a otro nivel, y Sabine se sabía esa cantinela de memoria. Por varias razones, nunca ocurrió nada en ese frente y, hacia el final, su madre a duras penas podía salir de la cama.

Su historia favorita era sobre Olekorinko.

¿Y si él seguía con vida? ¿Y si, gracias a internet, conseguía dar con él y su negocio?

—Mi tableta ni la toques —dijo Allan.

—Claro que la voy a tocar.

Suecia

Los estadounidenses se volvieron a Los Ángeles sin ponerse en contacto con Johnny, y tampoco permitieron que lo hiciera él: no hay nada de que hablar con alguien que ha enterrado a un miembro de la hermandad en un ataúd azul cielo con conejitos. En todo caso se lo podría matar a palos, pero ése era precisamente el problema: el hermano pequeño de Kenneth se había librado porque era el hermano pequeño de Kenneth. Con eso, la sucursal de Estocolmo cerró: había muerto con su fundador. Todos los pagos que había previstos para Alianza Aria se cancelaron de inmediato.

Sin embargo, Johnny se empeñaba en mirar al futuro con optimismo. Una vez ejecutados los culpables de la confusión con los ataúdes, intentaría volver a contactar con Los Ángeles.

La mujer de la morgue, presa del pánico, logró decirle que, aunque el ataúd hubiese acabado en el lugar que no le correspondía, al menos Kenneth había terminado en el ataúd adecuado, y ahora que ya se lo habían devuelto podía celebrarse un nuevo funeral. Por desgracia, el pastor se había caído y estaba recuperándose de sus heridas. Johnny descartó la idea de encontrar otro pastor: no tenía tiempo. Compró un ramo de tulipanes en la tienda más cercana y visitó al pastor apalizado a última hora de la tarde en el hospital.

Éste le agradeció que se preocupara por él, le contó que tenía la nariz rota y una fractura en el pómulo derecho y que no podría volver a prestar sus servicios hasta seis u ocho semanas más tarde.

—Le doy dos y media —le dijo Johnny.

Mientras tanto, Kenneth permanecería en la morgue. Para consolarse, Johnny se dijo que allí hacía tanto frío como bajo tierra.

Sus prioridades estaban claras. Antes que nada, los malnacidos del ataúd debían morir ahogados en el amasijo de sus propias vísceras. Gracias a la web de la funeraria, sabía que iba tras una tal Sabine Jonsson; sin embargo, al llamar para encargar el ataúd había hablado con un hombre que probablemente era el mismo que iba sentado a su lado al huir en el coche. Si lograba dar con Sabine y el coche fúnebre, atraparía también a aquel hombre tan raro.

No le costó demasiado averiguar más cosas sobre aquella mujer por internet.

Era la directora general y único miembro permanente de la junta directiva de Morir con Orgullo; el otro miembro era un tal Allan Emmanuel Karlsson, que debía de ser el que iba con ella en el coche: ya no podía seguir ocultando su identidad. Sabine también había pertenecido en otros tiempos a la junta directiva de El Más Allá, S.L., ya liquidada. ¿El Más Allá? ¿Qué demonios era eso?

A ver, entremos en internet. ¡El Más Allá se había especializado en videncia! Hablaban con personas que habían dejado de vivir en la Tierra. De pronto, a Johnny lo asaltó el deseo urgente de pasar un rato más con Kenneth: tener una última conversación. ¡No, maldita sea! No tenía sentido creer en esas tonterías.

Sabine Rebecka Jonsson y Allan Emmanuel Karlsson, en un coche fúnebre registrado a nombre de la empresa, con una dirección a la que parecía extremadamente improbable que regresaran... Sabía que los iba a encontrar, aunque no sabía cómo.

Rusia

—Buenos días, Volodya. ¿Qué tal va todo? Pareces preocupado.

Sí, era cierto: el presidente Putin tenía algunas cosas en las que pensar. Su colega, Trump, estaba a punto de descarrilar del todo.

—Ese idiota de Washington ha conseguido cabrear en serio al loco de Pyongyang —dijo—; ¿qué vamos a hacer, Gena?

Gennady Aksakov tomó asiento junto al escritorio de su amigo. Eran una pareja imbatible. No es que fueran buenos: eran los mejores, igual que en otros tiempos lo habían sido en sambo y judo.

Sin embargo, como suele decirse, se puede morir de éxito, y era eso, más o menos, lo que tenía al presidente ruso tan taciturno en aquel momento.

Bajo el discreto liderazgo de Gena, Rusia había declarado la guerra a Estados Unidos sin decírselo a nadie. Un ejército entero de hombres y mujeres jóvenes había marchado hacia internet, se había puesto una gorra de béisbol americana, había abierto una lata de Dr. Pepper y se había lanzado al ataque.

Desde dentro.

Las batallas se libraban en Facebook, Instagram, Twitter, en blogs y sitios web. Desde esas posiciones, los falsos soldados estadounidenses de la red disparaban en todas las direcciones: un día socavaban los movimientos de izquierdas y al siguiente los de derechas; defendían en Facebook el derecho de los jugadores de la NFL a hincar la rodilla en el suelo delante de la bandera y en Twitter llamaban «antipatriotas» a esos mismos jugadores; manifestaban su apoyo a la aprobación de leyes más estrictas para la restricción de las armas de fuego al tiempo que protestaban exactamente contra eso mismo; exigían muros contra México y lo contrario; alababan y criticaban cualquier nuevo intento de emprender una reforma sanitaria; defendían todas las opiniones posibles sobre los asuntos relacionados con el movimiento LGBTQ; enardecían a las masas sin importarles quiénes eran ni qué representaban.

El objetivo era poner a Estados Unidos en contra de Estados Unidos: al fin y al cabo, un país dividido es un país debilitado.

Cuando el polvo del combate se asentó, el presidente y su amigo descubrieron que sus tropas habían ganado todas y cada una de las batallas; pero ¿qué pasaba con la guerra?

Putin se preguntaba si no habría ido todo demasiado bien. Gena había conseguido incluso lo imposible: colocar en la Casa Blanca a Trump, el gran divisor. ¿Se trataba de una victoria pírrica? ¿Habían creado un monstruo cuyas riendas ya no podían manejar?

Estados Unidos se estaba partiendo definitivamente en pedazos; hasta ahí, todo bien. Pero las naciones son como el tigre siberiano: heridas, pueden resultar letales. Estados Unidos seguía siendo la potencia militar más grande del mundo y, por culpa de su incapacidad monumental para el cargo, el hombre que estaba destruyendo su propio país con la ayuda de Rusia podía estar a punto de iniciar una guerra nuclear contra Corea del Norte..., que quedaba justo al ladito de Rusia.

No habían contado con eso, y era imposible predecir las consecuencias que pudiera tener. Viéndolo ahora en retrospectiva, no tendrían que haber mandado nunca la maldita centrifugadora de plutonio.

—Tal vez no —admitió su amigo—, pero a lo hecho, pecho.

En su momento había parecido una buena idea, pero estaba a punto de salirle el tiro por la culata: si, mientras Estados Unidos y China negociaban posibles acuerdos comerciales, se realizaban más pruebas nucleares en Corea del Norte, a Rusia se le iba a complicar el asunto: no le interesaba nada que los estadounidenses y los chinos mantuvieran buenas relaciones.

El riesgo más grande era que se dieran cuenta de que tenían un enemigo común, y Xi Jinping había encontrado la manera de hablar con Trump. O a lo mejor sólo se había limitado a dejarse ganar por una buena cantidad de golpes en sus partidas de golf. Fuera cual fuese su truco, daba la sensación de que funcionaba.

—A lo hecho, pecho —dijo Gennady Aksakov una vez más—. Déjalo ya, Volodya: concentrémonos en Europa.

Putin asintió.

—Entonces, ¿te has pasado por Suecia? ¿Qué tal va todo por allí?

Gena hizo una mueca.

—Creo que preferirás no saberlo. Mejor hablemos de España y Alemania: te traigo buenas noticias de Alemania.

Putin sonrió.

—¿Ah, sí? ¿Eso significa que el culo gordo de Merkel no está aposentado tan cómodamente como ella cree?

Suecia

La periodista Bella Hansson, del *Eskilstuna-Kuriren*, quería lectores; si no, ¿qué sentido tenía su trabajo? Cumplir ese objetivo en un día como aquél implicaba entregar algo relacionado con el terrorismo; ¿sobre qué otra cosa iba a querer leer la gente?

Ojeó el informe de incidentes de la policía. ¿Una pelea en un bar el día anterior? ¿Denuncias de maltrato de animales en una granja? Cualquier otro día del año le habría parecido indignante, pero ese día no.

Tampoco se podía vincular con el terrorismo la noticia de dos coches que habían chocado en el aparcamiento de un hipermercado, por mucho que uno de los conductores fuera musulmán.

Un momento..., más adelante había algo interesante.

La policía había registrado un coche fúnebre pocas horas después del atentado de Estocolmo. No se había tomado ninguna medida. Caso cerrado.

Pero sí se había producido un interrogatorio.

¿Por qué?

En Suecia existe algo llamado «principio de acceso público»; éste significa que cualquier ciudadano tiene derecho a solicitar información sobre lo que hace, escribe, dice y, prácticamente, piensa un funcionario público. En general, los ciudadanos apenas se toman la molestia de pedirla, pero los periodistas ya son otra cosa.

El interrogador-barra-inspector Holmlund, con rostro picado de viruela, volvía a casa tras una larga jornada de trabajo (en sábado, encima), pero tuvo la mala suerte de encontrarse con la joven reportera Bella Hansson en la puerta. Con un suspiro inaudible, la invitó a entrar en su despacho.

Él tenía demasiada experiencia como para mentirle a la cara. De todos modos, optó por guardarse parte de la verdad: imaginó que así a ella dejaría de interesarle la historia y él podría ahorrarse el trabajo extra de responder a las preguntas incómodas que llegarían después.

Lo cierto, en definitiva, era que en un control rutinario la policía había detenido un coche que transportaba un ataúd y se había interrogado a los ocupantes. No, en el ataúd no había ningún muerto, los agentes lo habían corroborado en el acto. Y al menos una de las personas viajaba en el vehículo sin cinturón.

—¿Han traído a la comisaría a los empleados de una funeraria para interrogarlos porque uno de ellos no llevaba el cinturón puesto? —preguntó Bella Hansson.

En realidad no eran de una funeraria, sino fabricantes de ataúdes, pero Holmlund optó por no corregir a la reportera.

—Como usted sabe, ha sido un día muy especial.

Bella Hansson dedicó una mirada cargada de escepticismo al inspector Holmlund.

—¿A qué conclusiones ha llevado el interrogatorio? ¿Se ha encargado usted de él?

—Sí, lo he hecho yo. Sinceramente, no ha llevado a nada más que al sermón que me ha soltado el hombre que iba sin cinturón.

Era evidente que no había forma de relacionar aquella noticia con el terrorismo, pero tras hacer algunas preguntas más y recibir las respuestas correspondientes, Bella cambió de perspectiva: se le acababa de ocurrir una idea mejor todavía. De hecho, el artículo que ya casi tenía redactado en su cabeza era demasiado bueno para publicarlo online. Pero los domingos no salía edición impresa del periódico.

Sería digital. Sin embargo, Bella se guardó su noticia hasta la mañana siguiente para que saliera al principio de todas las búsquedas durante el máximo tiempo posible. En este mundo nuevo, era importante acumular clics.

Suecia

Sí, efectivamente, Olekorinko estaba más activo que nunca. Ser un curandero de su talla parecía un negocio lucrativo, pero para copiar sus ideas Sabine necesitaba estudiarlas *in situ*, y como África no quedaba precisamente a la vuelta de la esquina por ahora tendría que conformarse con lo que ya sabía.

Lo primero era averiguar qué pinta tenían los médiums de la competencia. Sabine se pasó la tarde y parte de la noche en la pensión analizando el mercado. Era un trabajo deprimente, no sólo porque Allan se quejaba sin parar de que le había robado el juguetito, sino también porque podía ver claramente la gran explosión que había experimentado el sector de la videncia en todas sus versiones durante el año anterior: la oferta era enorme. Sería fácil entrar de nuevo en ese campo, pero le iba a costar posicionarse para que fuera económicamente viable, más allá del hecho de que Sabine no tenía talento para dirigir negocios viables desde el punto de vista económico.

Julius la dejó en paz, en parte porque creía que ella lo necesitaba y en parte porque estaba ocupado averiguando qué había pasado con los malditos espárragos. La vieja de la pensión tenía un teléfono de los antiguos en una mesa del recibidor; habría podido tomarlo prestado para hacer una llamada internacional aprovechando que ella había salido a hacer la compra, pero no encontraba el papelito con el número de Gustav Svensson. Seguro que se lo había dejado encima de la mesa de aquel restaurante de Nueva York.

Sin el número de Gustav Svensson y sin que Gustav tuviera un número en el que pudiese localizar a Julius (que ni siquiera tenía teléfono), había un riesgo considerable de que esos dos amigos y socios no volvieran a verse jamás. Julius reflexionó y se dio cuenta de que casi podía dar por seguro que así sería. Le pareció trágico por varias razones: el sueco-indio le caía bien y además necesitaba pegarle en la cabeza con algo bien duro.

Mientras Sabine y Julius estaban ocupados en otras cosas, Allan encontró un sofá donde instalarse en la sala comunitaria de la pensión. Esperaba ahí tumbado los pequeños descansos de Sabine, que él aprovechaba para coger la tableta y surfear la red poniéndose al día. Entre otras cosas, de la rabia de los suecos porque el correo postal no funcionaba como debería. En demasiados casos, las cartas tardaban en llegar dos días en vez del día único estipulado. La solución del servicio postal había sido cambiar las normas en lugar del método: de acuerdo con la nueva regulación, a partir de entonces todas las cartas tardarían dos días. De pronto, casi el cien por cien de las entregas llegaban a tiempo. Allan imaginó que al director del servicio postal le esperaba un buen bonus.

En otra noticia, un líder del Frente Nacional de Francia se había sentado a comer cuscús en un restaurante norteafricano ¡y le había gustado! Esto iba más allá del antipatriotismo: lo habían echado enseguida del partido, o quizá había dimitido él por su propia voluntad. Allan no estaba seguro de qué era el cuscús, a lo mejor era el equivalente árabe a la crema de guisantes con jamón. Si se viera obligado a comer mucho más de eso, él también se plantearía dimitir. ¿Dimitir de qué? Esto ya no estaba tan claro.

Antes de que Sabine le pidiera de nuevo la tableta, Allan consiguió leer algo sobre que el ejército sueco había invertido en una flota de helicópteros tan caros que ahora no había dinero para usarlos; pero los helicópteros quedaban muy bien plantados en el suelo.

Después de trabajar toda la noche, Sabine había conseguido elaborar una lista de cuarenta y nueve mujeres y un hombre que ofrecían sus servicios en el mismo campo al que se había dedicado su madre.

—¿Qué tal va? —quiso saber Julius mientras desayunaban juntos.

Se dio cuenta de que Sabine estaba muy ceñuda.

—No muy bien.

Le dio una larga explicación al respecto. Ahí fuera, el mundo estaba lleno de cartas de ángeles, cartas de tarot y péndulos. Mujeres que se dedicaban a la sanación a distancia, a romper los bloqueos espirituales, a hablar con animales, a adivinar el futuro amoroso de la gente, a ofrecer guía telepática, a dominar las leyes universales de la energía, a ver el pasado, el presente y el futuro en la ceniza, en los posos del café o en una bola de cristal.

—Ver el pasado no puede ser demasiado difícil —dijo Allan—: yo también lo veía, hasta que me empezó a fallar la memoria. ¿Y el presente no es el presente?

No era tan sencillo: el pasado estaba hecho de sucesos paralelos que, al juntarse, creaban el presente de una persona y perfilaban su futuro.

—Sin el conocimiento adecuado de los ángeles guardianes estás perdido espiritualmente, y si en la sala no fluyen las energías adecuadas, aún peor.

Hacía mucho tiempo que Julius sabía que Sabine estaba tan perdida espiritualmente como él, por no hablar de Allan.

Pero el negocio era el negocio; ¿qué enfoque creía Sabine que debían adoptar ellos en este embrollo de las videncias?

Bueno, ahí estaba el asunto. La noticia razonablemente buena era que muy pocos médiums se centraban en los fantasmas: en echarlos o en conversar con el más allá. Sabine veía un posible éxito comercial en la que antaño fuera la especialidad de su madre.

Allan les dio la buena noticia de que otra persona se había sumado a las filas del más allá: les leyó lo que decía la tableta sobre la viuda de un granjero uzbeco, de ciento diecisiete años, que había muerto al sentársele encima la única vaca que poseía.

Cada día que pasaba, Sabine estaba más harta del anciano: a lo mejor cuando Allan cumpliera los ciento dos le regalaba una vaca; con un poco de suerte...

Suecia

El día siguiente del atentado terrorista en Estocolmo, el *Eskilstuna-Kuriren* publicó varias pruebas que revelaban la increíble incompetencia de una comisaría local de la policía a cien kilómetros de allí. En plena histeria de la caza al terrorista, no habían dudado en aterrorizar a unos ciudadanos inocentes. Ni siquiera la muerte los había frenado. (Bella Hansson decidió omitir que no había ningún muerto en el ataúd y, debido a la discreción del inspector, no había llegado a saber que dentro viajaba un cadáver viviente.)

En su artículo, los agentes y jefes de policía quedaban retratados como una banda de bobos que no entendía lo que significaba respetar prioridades. ¡Acosar a un coche fúnebre! ¿Cuál sería el siguiente desmán?

El artículo era duro, a pesar de que iba suavizándose poco a poco hasta llegar al final, y también era bastante largo. Por eso, en el último segundo, Bella había borrado la parte en que el inspector le aseguraba que, si había decidido ponerse serio con los implicados (algo que por cierto no había ocurrido), había sido a causa de la sospecha de que, efectivamente, podían estar conectados de algún modo con el acto terrorista.

A la gente le gusta leer en los periódicos locales que los policías son tontos.

Y en los periódicos nacionales también.

De inmediato, las ediciones digitales de los periódicos de Estocolmo publicaron al unísono una recapitulación de la historia del coche fúnebre.

De resultas de ello, ocurrieron dos cosas.

Una fue que un policía no tan tonto de Märsta detectó una posible relación entre ambos sucesos. Investigaba el despiadado tiroteo que se había producido el día anterior en un taller de ataúdes y esa nueva pista quizá lo haría avanzar en sus pesquisas, sólo tenía que hacer un par de llamadas.

La otra era que la junta directiva de Alianza Aria (es decir, Johnny Engvall) se enteró de que los que debían morir habían emprendido un viaje por Suecia.

«Vais hacia el sur, cerdos —se dijo—; por carreteras secundarias, ¿eh?»

Primero sonrió por su destello de inteligencia, luego se dio cuenta de que en el norte de Suecia había muchas carreteras secundarias entre las que escoger, y el rastro ya estaba muy frío.

Johnny necesitaba saber más cosas aparte de las que contaba el artículo de aquella periodista.

Suecia

El desarrollo de concepto seguía su curso. Mientras Allan, a sus ciento un años, enseñaba a Julius, de sesenta y seis, cómo potenciar el alcance de los anuncios de Facebook entre el público objetivo, Sabine iba de aquí para allá en el coche fúnebre para conseguir péndulos, cuarzos, varitas de zahorí y un poco de esa resina de mirra tan apestosa. Tuvo que ajustarse al limitado presupuesto del grupo. Como péndulo llevó una plomada que había encontrado rebajada en Byggmax y sisó una rama del jardín de la pensión para tallarse su propia varita de zahorí. Un puñado de sal marina natural haría las veces de cuarzo. En cuanto a la mirra, la sustituyó por un candil cuyo combustible consistía en una parte de sopa de gambas por nueve de petróleo, aunque el auténtico secreto era su mecha doble: una que quemaba y la otra que sólo brillaba, lanzando humo y aroma.

La encargada de la pensión observó con curiosidad los numerosos utensilios profesionales de Sabine y les preguntó tímidamente para qué necesitaban todo aquello. Sabine casi le dijo la verdad: no sólo tenían una funeraria, también se habían especializado en contactar con aquellos que ayudaban a meter bajo tierra. Esto inflamó el entusiasmo de la señora Lundblad; ¿la dueña de la funeraria le estaba diciendo que era capaz de contactar con Börje?

Al poco rato de estar con aquella anciana ya habían notado que mentaba a su marido cada dos frases y, en menos de veinticuatro horas, Sabine se había enterado con todo detalle de las idas y venidas del hombre, que por lo visto llevaba muerto quince años. Al fin y al cabo, en el campo de la videncia conocer el contexto lo es todo.

¿Por qué no? Les iría bien un ensayo general antes de arrancar en serio el negocio.

La escena que hubo a continuación impresionó mucho a Allan y Julius. De no ser por lo que sabían, los dos habrían creído que el muerto le estaba hablando realmente a su viuda desde el más allá a través de Sabine. El marido le juró amor eterno y sonó consternado al enterarse de que hacía ocho años que había muerto el gato, a los dieciséis. También juró que había dejado de fumar cuando se lo preguntaron a bocajarro.

Habría sido un éxito espectacular si la mujer no hubiera tenido un paro cardíaco cuando su difunto marido dijo que la echaba tanto de menos que todas las noches se acostaba llorando.

—¡Anda! —exclamó Julius al ver que la anciana se inclinaba hacia delante y golpeaba la mesa con la nariz.

Sabine saltó horrorizada de su sillón especial para las sesiones de espiritismo y encendió la luz del techo. Julius observó con atención a la anciana.

—¿Está muerta? —preguntó Sabine.

—Creo que sí —dijo Julius.

El único que conservó la calma fue Allan.

—Así pronto volverán a estar juntos —dijo—: si el viejo ha mentido en lo del tabaco, será mejor que lo vaya dejando.

Sabine le dio una palmada en la espalda por su falta de respeto, después de soltarle que definitivamente estaba mal de la cabeza. Luego recogió sus cosas y convocó una reunión urgente del gabinete de crisis en la cocina. De momento, dejarían a la vieja donde estaba.

Se sentaron a la mesa de la cocina, Sabine con el ceño fruncido, Julius con papel y boli y Allan con la prohibición de hablar.

—No nos podemos quedar aquí —dijo Sabine—, pero ¿adónde ir, y por qué?

Julius la felicitó por su brillante actuación: estaba seguro de que así podían ganarse bien la vida. Propuso que fueran a algún lugar donde hubiera una cartera de clientes suficientemente amplia. Era el momento de tomar una decisión rápida, en su papel escribió: «Estocolmo», debajo: «Gotemburgo», y debajo: «Malmö.»

Descartaron Estocolmo de inmediato: había demasiados nazis. Julius escribió: «No.»

¿Y Gotemburgo? La segunda ciudad más grande de Suecia. Mmm.

¿O tal vez Malmö? Estaba cerca de Copenhague y allí vivían casi cuatro millones de personas contando las de ambos lados del puente.

Julius escribió: «Sí.»

Su destino quedó decidido con un resultado de dos a cero tras declarar inválido uno de los votos; sólo les quedaba decidir qué hacer con la difunta.

—No llamemos a la policía —propuso Julius.

No, presentarse en la policía con una muerta al día siguiente de que los hubieran pillado con un vivo dentro de un ataúd sólo podía acarrearles problemas.

Julius echó un vistazo al libro de cuentas de la mujer: había una reserva para dos viajeros griegos al cabo de un par de días, no se iba a quedar sola mucho tiempo.

—Cuando estás muerto, estás muerto —dijo Julius—, no es que vaya a sufrir más.

Y eso fue todo: la señora Lundblad se quedaría donde estaba.

—Buena decisión —opinó Allan.

—¿No se suponía que ibas a guardar silencio? —dijo Sabine.

•

El fin de semana del inspector Holmlund había sido un desastre. Casi deseaba no haber detenido a aquellos tres gamberros del ataúd: aún no había hecho su pausa para el café de la tarde de domingo y ya había tenido que dedicarles tiempo y esfuerzo mental por culpa de dos llamadas telefónicas, a cuál más rara.

La primera era de una mujer que dirigía una pensión en las afueras de la ciudad. Estaba enojada y quería saber si podía denunciar a tres personas concretas por intento de asesinato: el trío había pasado una noche en su pensión y le había ofrecido una sesión de espiritismo con el objetivo de conversar con su marido. Ella se había desmayado por la impresión y entonces la habían dejado allí tirada en la mesa y habían desaparecido.

—Un momento —indicó el inspector Holmlund—. ¿A quién querían matar? ¿A usted, a su marido o a alguien más?

—A mí, por supuesto: mi marido ya está muerto.

—¿Desde cuándo? ¿No dice que habló con él?

El inspector no estaba familiarizado con el funcionamiento de la videncia.

La mujer se lo explicó: al decirle su marido, que llevaba quince años muerto, cuánto la echaba de menos, había sido como si su cerebro se quedara sin oxígeno y ya no recordaba nada más. La médium y los otros debían de haber creído que había muerto, pero ella no pensaba irse tan fácilmente: era bastante más resistente que eso y ahora exigía justicia.

Lo que quería el inspector Holmlund era centrarse en lo esencial, pero no lo dijo. En vez de eso se puso a explicarle cómo funciona la ley: desmayarse por estar hablando con un muerto no entra en la definición de intento de asesinato.

De hecho, hasta donde el inspector alcanzaba a comprender, no entraba en ninguna categoría: las bobadas no solían castigarse.

—Por desgracia —añadió.

Y acababa de colgar cuando volvió a sonar el teléfono.

Esta vez el hombre se presentó como «un ciudadano preocupado»: quería saber más sobre la detención de un coche fúnebre el día anterior.

Como los ciudadanos preocupados tendían a pasar de preocupados a enojados, lo cual multiplicaba por mucho el trabajo a la policía cuando ellos sólo querían salir indemnes en la medida de lo posible, el inspector se lo contó. El caso se refería a tres personas que iban en un coche fúnebre y se habían topado con un control rutinario que había dado pie a un breve interrogatorio en el que se habían aclarado todas las dudas. No podía calificarse de detención en absoluto.

No hubo manera de disuadir al ciudadano preocupado: quería saber adónde había ido el coche fúnebre tras el interrogatorio.

¿Qué le pasaba a la gente? ¡El inspector no tenía tiempo para eso! Pero... ¿y si ponía en contacto al ciudadano preocupado y a la anciana? ¡Así podrían entretenerse mutuamente! ¡Qué buena idea!

—No descarto que la gente por la que usted pregunta haya pasado la noche en las afueras de Eskilstuna. Si desea más información, le aconsejo que llame a la señora Lundblad, de la pensión Klipphällen. Es una mujer encantadora, estoy seguro de que tendrán muchas cosas de que hablar.

Clic. El ciudadano preocupado había colgado: ya no parecía tan preocupado. Fantástico.

Johnny no tenía intención de llamar a la señora Lundblad. En realidad, pensaba visitarla... a ella y a sus tres huéspedes, si es que seguían allí. Por cierto, ¿tres? Sabine Jonsson, Allan Karlsson ¿y quién más?

Bueno, podía preguntarle el nombre antes de cortarle el cuello.

Había pasado una semana desde el accidente de Kenneth y un día desde el funeral cancelado; Johnny echaba de menos a su hermano con toda el alma.

•

Siguiente parada: Malmö. De los tres, dos iban sentados en los asientos delanteros, el tercero en el ataúd de atrás, tumbado boca arriba con su tableta negra, con la tapa cerrada y unos agujeritos de ventilación recién perforados. Circulaban por la autopista 55.

Al sur de Strängnäs, Allan abrió la tapa un momento.

—Antes de que intentaran encerrarme en la residencia de Malmköping, vivía por aquí. Si no hubiera hecho volar la casa por los aires podríamos haber pasado a verla, ¡qué lástima!

—¿Te cargaste tu propia casa? —preguntó Sabine.

—No le hagas ni caso —dijo Julius.

Pasado Malmköping, el trío terminó de nuevo en la E4, esta vez al norte de Norrköping. Desde allí se dirigieron al sur por la autopista más concurrida de Suecia.

Allan se dio cuenta de que Sabine y Julius le contestaban con un ladrido dijera lo que dijese, salvo cuando les hablaba del ataque terrorista: los tres estaban angustiados por lo que había ocurrido en la capital.

Les contó que el país parecía consternado y desconcertado por la tragedia: habían muerto varias personas. Se había detenido al terrorista, por supuesto, quien tras su confesión había añadido que Alá era el más grande. Allan no acababa de estar seguro de en qué medida se podía culpar a Alá por los atentados: con los dioses nunca se sabe, todos tienen sus asuntos pendientes. Según la Biblia, uno mató deliberadamente a diez niños por una apuesta con Satán.

Sabine nunca había oído hablar de eso, pero Julius sí.

—Se refiere al libro de Job, del Antiguo Testamento —dijo.

Y no agregó nada más, sólo se estremeció al recordar a su padre, un tirano que, cincuenta y dos años antes, lo había obligado a confirmarse. De todas formas, su contacto con la Biblia en la niñez se había limitado a robar algunos ejemplares para después venderlos: era sorprendente que se le hubiera pegado algo.

Según la prensa internacional, Suecia, ese paraíso en la Tierra, había perdido la inocencia y había sido castigado por su generosidad con los llamados «refugiados».

Allan iba murmurando mientras leía. Durante su breve historia, Suecia había sufrido a izquierdistas que volaban barcos, derechistas que volaban editoriales y facciones del Ejército Rojo que volaban embajadas. Y luego estaba el tipo que quería secuestrar a una ministra sueca y encerrarla en una caja, y los que iban por ahí disparando al azar a los extranjeros hasta que alguien conseguía detenerlos y meterlos entre rejas.

Lo que todos ellos compartían era que tenían un motivo para hacerlo, incluido el que oía voces y mató al ministro de Asuntos Exteriores por esa causa. Aunque también era cierto que jamás sabríamos lo que estaba pensando el hombre que le disparó al primer ministro en plena calle, en parte porque estaba muerto y en parte porque no había nada de particular en sus intenciones: podía haber sido cualquier otro.

Era todo muy triste, por supuesto, pero respecto a la «inocencia» de Suecia, Allan sospechaba que había pasado a mejor vida con los vikingos.

—¿Qué murmuras tú ahí detrás? —preguntó Julius.

—No sé —contestó Allan.

Antes de la tableta todo era mucho más fácil.

Más aburrido, pero más fácil.

El hombre de ciento un años siguió surfeando: últimamente se dedicaba casi exclusivamente a eso.

Por lo visto, los basureros se habían metido en un lío en Alvesta, en la provincia de Småland: alguien había descubierto que la empresa municipal, Alvesta Refuse, usaba las siglas ARAB desde hacía treinta y cinco años y había presentado una reclamación al ayuntamiento al considerar que con esta palabra se insinuaba que los árabes en general olían mal.

A Allan le gustó esa noticia y creyó absolutamente necesario compartirla con el grupo.

—¿La gente ya no tiene vida propia o qué? —se preguntó Julius.

—Alvesta no queda muy lejos de aquí, ¿verdad? —dijo Allan—. ¿Y si nos acercamos a echar un vistazo?

—¿Para qué? —preguntó Sabine.

Allan no lo sabía, así que no contestó, pero le dio un beso a su tableta negra por la noticia sobre los camiones de la basura. Sin rencores.

El trayecto continuó hacia el sur. Cuando se acercaban a Värnamo, empezó a oscurecer. Con ayuda de la tableta de Allan, Sabine encontró otra pensión, de tipo más bien rústico. La dirigía otra anciana parecida a la que habían dejado con la nariz pegada a la mesa.

—Con ésta nada de sesiones de espiritismo, ¿de acuerdo? —dijo Julius.

Suecia

Ya era de noche cuando Johnny Engvall llegó a la pensión Klipphällen. No había ningún coche fúnebre fuera: llegaba tarde.

La encargada de la pensión, que en realidad no había muerto en la sesión de espiritismo, estaba en la cocina preparando una nueva olla de sopa de guisantes cuando irrumpió el visitante sorpresa.

Éste se esforzó por no asustar a la anciana. En vez de sonsacarle a la fuerza todo lo que sabía, decidió intentar que se lo contara por su propia voluntad.

—¡Buenos días, señora! —la saludó, odiándose por el hecho de adoptar ese tono tan amable.

—Buenos días tenga usted —contestó la señora Lundblad—; ¿anda buscando dónde pasar la noche?

La sopa de guisantes era uno de los platos favoritos de Johnny, sobre todo acompañada con un poco de mostaza en el borde del cuenco, una rebanada de *knäckebrod* y un buen vaso de leche.

—Tal vez —respondió—, y quizá algo de comida; ¿es posible?

La señora Lundblad lo invitó a tomar asiento: la sopa casi estaba lista. Mientras ponía dos platos en la mesa le dijo que estaba encantada de tener compañía porque había tenido un día absolutamente horrible y le apetecía contárselo a alguien.

Y le soltó toda la historia. Johnny ni siquiera tuvo que preguntar.

El día anterior se habían presentado allí tres personas horribles... ¡en un coche fúnebre! Apenas unas horas antes de la llegada del joven caballero la habían invitado a participar en una sesión de espiritismo y le habían ofrecido la posibilidad de hablar con su difunto marido.

Todo había ido bien, pero ella se había desmayado a causa de la emoción y los muy patanes se habían largado. Era tan poco cristiano que no tenía palabras para describirlo.

Johnny quería preguntarle si sabía adónde habían ido, pero otra idea tomó la delantera.

—¿Una sesión de espiritismo? —dijo—. ¿Y de verdad habló con su marido, señora?

—Ah, sí. Está feliz ahí arriba, en el cielo. Ahora lo tengo claro. ¿Y sabe qué? Ha dejado de fumar. ¡Mi querido Börje, siempre tan listo, ha dejado de fumar!

Por segunda vez, al nazi lo asaltó el pensamiento, absurdo y maravilloso al mismo tiempo, de que tal vez podría contactar con Kenneth en el más allá. Esta vez le costó más descartar la idea.

La sopa estaba deliciosa, y por lo visto la vieja había tenido el pelo rubio antes de encanecer, lo que hacía que su sopa supiera aún mejor.

—Debo admitir que es una cocinera excelente. Dígame, ¿sabe adónde ha ido esa gente tan horrible?

No, claro que la vieja no lo sabía: estaba inconsciente cuando se habían ido.

—Lo entiendo. ¿Y se han llevado algo? ¿Han dejado algo?

No, por lo visto no eran ladrones. El único rastro era una nota que habían dejado en la encimera. Le pasó una hoja suelta que ponía:

Estocolmo - no
Gotemburgo - mmm
Malmö - sí
¡Malmö!

Era allí adonde se dirigían.

—¿Desea un segundo plato, caballero? —preguntó la anciana.

—No, no lo quiero, vieja zorra —contestó Johnny Engvall, y se fue.

Qué a gusto se había quedado al decirlo.

Suecia

—¿Y qué ha hecho Trump desde la última vez? —preguntó Julius en cuanto se sentaron a desayunar al día siguiente.

Mejor irse pronto: sólo faltaban ciento cincuenta kilómetros hasta Malmö. Aún no habían decidido dónde se alojarían al llegar, pero ya verían: una cosa detrás de otra. Con eso en mente, Julius se había propuesto que terminaran cuanto antes con las noticias de la tableta negra de Allan, así saldrían más rápido de allí para encaminarse a su destino.

—Me encanta que me lo preguntes —contestó Allan—: había pensado que nos lo podríamos saltar por hoy, teniendo en cuenta la difícil situación en que nos encontramos, pero es verdad que han ocurrido un par de cosas mientras estábamos durmiendo... o haciendo lo que sea que hacíais vosotros dos. Por cierto, me ha parecido oír algo al otro lado de la pared.

—Vamos al grano —dijo Sabine.

Ah, sí, Trump. Había nombrado a un nuevo director de comunicaciones que había comunicado de inmediato su intención de despedir a cuantos lo rodeaban, momento en el que él mismo había sido despedido.

—Gracias por ponernos al día —dijo Julius—. Bueno, vamos a...

—¡Espera! Eso sólo te lo he contado para que entiendas el contexto. Dicen que el hombre que se esconde tras la estrategia presidencial de despedir a la mayor cantidad de gente posible en la menor cantidad de tiempo posible es nuestro amigo Bannon.

—¿Nuestro amigo quién?

—Steve Bannon, el jefe de estrategia. Aquel gruñón de mejillas sonrosadas que nos recibió en el aeropuerto de Nueva York.

—Ah, ¿se llamaba así? No sabía que fuera el principal estratega del presidente.

—No lo es. Ya no.

•

Malmö estaba cada vez más cerca. Julius se había adormilado en el asiento de la derecha, Allan iba dando cabezadas en el ataúd, siempre dispuesto a hacerse el muerto si era necesario, y Sabine estaba absorta en sus pensamientos: no le hacía demasiada ilusión empezar un nuevo negocio en Suecia, país en el que habían conseguido indignar a un nazi. Un país extranjero sería más seguro, pero ¿cuál? No bastaba con contactar con gente del más allá: era indispensable entender lo que decían. Además, no estaba segura de si sería viable económicamente.

Y eso la llevó de vuelta a la idea inicial.

Olekorinko: el curandero, o *mganga* según el dialecto local; el hombre con el que tan a menudo hablaba su madre, Gertrud, tenía un modelo de negocio único en el mundo.

En África.

«Mierda, mierda, mierda.»

Había maldecido para sus adentros, pero Julius oyó el silencio y se despertó.

—¿Qué estás pensando? —preguntó.

—Nada.

No veía otra solución aparte de seguir con el plan y la campaña de Facebook que habían preparado Allan y Julius, donde Sabine anunciaba sus dones como «la médium Esmeralda», con base en Malmö, a seiscientos kilómetros de Estocolmo y del nazi cabreado, pero sólo a un puente de distancia del gigantesco mercado de Copenhague.

•

No es fácil encontrar un local para un negocio cuando quieres pasar desapercibido, ni, para el caso, un lugar donde vivir. La solución fue exponer a Julius a un cierto nivel de riesgo: era el único del grupo que no aparecía en el registro mercantil. Había varios apartamentos de alquiler en la zona, entre ellos uno de dos habitaciones en la zona sur de Rosengård, a apenas siete kilómetros del centro de Malmö, por sólo seis mil coronas al mes. No era la parte más atractiva de la ciudad, pero precisamente por eso era una buena opción para ellos. Comprar un piso céntrico por tres o cuatro millones era, desde luego, impensable.

Dejaron a Julius frente a las oficinas de la Administración de la Vivienda Pública (que no estaba en Rosengård, a diferencia del apartamento que querían alquilar) para que manifestara su interés.

Para su sorpresa, le dijeron que no.

—Tenemos normas que cumplir —dijo la funcionaria de la administración, una mujer que rondaba los cuarenta años.

—¿Y cuáles son? —preguntó Julius, que tenía por norma odiar las normas.

—Bueno, por lo que entiendo usted no puede aportar una dirección fija ni unos ingresos regulares, y eso complica las cosas.

Julius se la quedó mirando.

—Por lo que concierne a la dirección fija, eso es precisamente lo que intento obtener: no puedo presentarme diciendo que vivo en uno de sus apartamentos mientras ustedes no me permitan vivir ahí, ¿no?

—Eso es verdad —concedió la mujer—, pero por su edad sospecho que habrá vivido antes en algún otro lugar, aunque eso no es lo que consta en el formulario que ha rellenado, y cuando busco su nombre en el sistema no me sale ningún resultado.

¡Qué país! ¿Es que ya nada podía ser privado? ¿Podía escoger por lo menos el dentífrico que le diera la gana? Pensó todo eso, pero no lo dijo.

—Oiga, señorita —prefirió decir—, como diplomático al servicio del Ministerio de Asuntos Exteriores, no he tenido dirección fija en Suecia desde la crisis de los misiles en Cuba. Me he visto acuciado por la nostalgia muchas veces, pero nunca la he sentido con tanta fuerza como ahora, al ver que un funcionario municipal me da la espalda de esta manera.

Y a continuación dejó el pasaporte diplomático sueco en la mesa.

La mujer observó el documento y luego lo abrió. Pareció reflexionar unos instantes.

—¿Y lo de los ingresos regulares? Tiene usted que entender que...

—Como es natural, no he cobrado mi sueldo en Suecia —dijo Julius, con la sensación de que se estaba poniendo realmente en el papel—: mire en el Banco de Inversiones de las Seychelles, por favor, y estoy seguro de que encontrará lo que anda buscando.

Por suerte para Julius, la mujer se rindió sin más: se había inventado el nombre del banco y si ella le hubiera llegado a pedir que deletreara «Seychelles», no habría sabido cómo hacerlo.

—Creo que entiendo el dilema, señor —dijo la funcionaria, cavilando—. Veré qué puedo hacer.

—Dese prisa, por favor, estoy en pleno *jet lag* —dijo Julius—: acabo de volver de un viaje relámpago a la embajada sueca en Nueva York... o sea, en Washington.

La mujer habló un momento con su jefe. Por extraño que fuera que un diplomático quisiera vivir en Rosengård, la Administración de la Vivienda Pública le daría la bienvenida: era un tanto que ellos podían anotarse.

—Hemos decidido no tener en cuenta el hecho de que no puede aportar pruebas de sus ingresos, señor diplomático. Se le permitirá alquilar la vivienda en cuestión pagando tres meses por adelantado; espero que no sea demasiado.

•

El apartamento de dos dormitorios estaba en la primera planta de un edificio de cinco. Tenía un dormitorio para Allan, otro para Julius y Sabine, una cocina y una habitación que podía funcionar como sala para sesiones de espiritismo y prácticas espirituales. Compraron muebles de segunda mano; hubo que hacer dos viajes con el coche fúnebre cargado para llevarlo todo. Antes de eso, Julius y Sabine, amparados en la oscuridad, habían subido el ataúd blanco con rosas rojas al apartamento.

—Queda bien en la sala de sesiones —afirmó Sabine complacida.

—No acabo de decidir dónde quiero dormir —declaró Allan—: en mi habitación hay persianas, pero sé que echaré de menos el ataúd; bien pensado, podría dormir ahí y cerrar la tapa...

—Dormirás en la cama que te hemos comprado —dijo Sabine—, con la puerta cerrada.

Suecia

Pasado el fin de semana, el inspector Viktor Bäckman, de la policía de Mårsta, contactó con su colega Holmlund, de Eskilstuna, que ya no tenía fuerzas para sorprenderse al oír que los del ataúd habían sido víctimas de un tiroteo. De hecho, sintió cierta empatía por el tirador, así que se limitó a contestar con educación y exactitud las preguntas de su colega y a desearle buena suerte.

Allan Karlsson, Julius Jonsson, Sabine Jonsson.

Viktor Bäckman procesó la información.

Dos de ellos eran miembros del cuerpo diplomático sueco y al menos dos tenían también algo que ver con la tienda de ataúdes de Märsta, que había recibido una ráfaga de como mínimo sesenta disparos. Después de eso, en vez de denunciar el incidente a la policía, los tres habían huido hacia Eskilstuna, donde habían topado con un control de tráfico. Uno de ellos iba dentro de un ataúd, aunque vivito y colcando.

¿Qué estaba pasando?

Ninguno de los tres era sospechoso de ningún delito, pero el inspector Bäckman quería interrogarlos para obtener información.

Sabine Jonsson y Allan Karlsson estaban empadronados en la misma dirección que la tienda de Märsta, mientras que Julius Jonsson acababa de registrarse aquel mismo día en un apartamento de Malmö. Era pertinente hacerles una visita para aclarar las cosas, pero antes quería seguir cavando donde se pudiera.

Decidió no contactar con el servicio de seguridad; total, nunca respondían a las preguntas de la policía. En vez de eso, llamó al Ministerio de Asuntos Exteriores para confirmar que efectivamente había un diplomático que se llamaba Allan Emmanuel Karlsson y otro Julius Jonsson, sin más.

La llamada del inspector pasó de la operadora de la centralita a otra persona y luego a otra, después tuvo que esperar un minuto y a continuación otros tres; al final, alguien atendió su llamada.

—Margot Wallström, ¿en qué puedo servirle?

El inspector Bäckman se quedó de piedra, pero se recuperó enseguida. Primero se disculpó por haber molestado a la ministra de Asuntos Exteriores: no era su intención, pero necesitaba confirmar dos identidades: las de los diplomáticos Karlsson y Jonsson.

Margot Wallström no solía contestar al teléfono cuando alguien llamaba al ministerio, pero al ver a los funcionarios subiéndose por las paredes porque no encontraban los nombres de Karlsson y Jonsson en el sistema se había puesto en alerta. Le había parecido más sensato intervenir antes de que la situación se le fuera de las manos.

—Le puedo confirmar que esos caballeros existen y que son diplomáticos —dijo Margot Wallström—, ¿hay algún problema?

—No, no —dijo el inspector Bäckman—, sólo que parece que alguien les disparó con un arma automática y desde entonces han desaparecido.

Margot Wallström se imaginó en el acto su carrera desmoronándose. ¿Tendría que haber dejado a su suerte a esos dos tipos raros en Pyongyang? No, en ningún caso: aquello habría implicado correr el riesgo de que Kim Jong-un dispusiera de armas más poderosas de las que ya tenía; eso tenía que pesar más que...

—¿Cómo ha dicho? ¿Que les dispararon? ¿Y ellos respondieron?

El inspector Bäckman se lo contó todo con más detalle: los diplomáticos no habían disparado ni un tiro. Tampoco había señales de que estuvieran heridos, pero había ocho ataúdes y un portátil perforados.

La historia era tan increíble como sus personajes principales. «La mejor defensa es un buen ataque», pensó Margot Wallström, y rogó a un poder superior que la dejara caer de pie.

—¿Ha dicho que se llama Bäckman? Bien. En primer lugar, déjeme decirle, inspector Bäckman, que en mi condición de ministra de Asuntos Exteriores no tengo ninguna intención de impedir que haga su trabajo. Si los diplomáticos Karlsson y Jonsson están bajo sospecha de algún delito, tiene usted sin duda todo el derecho, o mejor dicho la obligación, de seguir investigando. Si no, dispongo de información secreta que compartir con usted.

El inspector Bäckman reiteró que por el momento los caballeros no eran sospechosos de nada, pero que agradecería tener la ocasión de hablar con ellos.

—Por desgracia, en eso no puedo ayudarlo —dijo Margot Wallström—: la última vez que vi a alguno de ellos fue durante una reunión secreta con el presidente Trump en Nueva York. Por supuesto, puede usted hacer lo que le parezca oportuno con esa información, pero yo me permitiré confiar en que se la va a guardar para usted por el bien de la paz mundial.

Viktor Bäckman lamentó haber llamado a la ministra de Asuntos Exteriores: Margot Wallström acababa de cargarlo con la responsabilidad de la paz mundial, algo que no le habría deseado ni a su peor enemigo.

—Entiendo lo que me dice, señora ministra —dijo—. Una vez más, habida cuenta de que los diplomáticos no son sospechosos de ningún delito, no tengo razón alguna para emprender su búsqueda. ¿Me permite que aproveche la ocasión para preguntarle si tiene alguna sospecha de quién puede haberles disparado?

Lo cierto era que Margot Wallström no tenía ni idea.

—No tengo ni idea —respondió—, pero quizá merece la pena hablar con el presidente Trump y con el secretario general Guterres para ver si ellos lo saben. ¿Le parece bien si les digo que se pongan en contacto con usted, inspector, por si resulta que saben algo?

Se la estaba jugando, pero funcionó.

—Uy, mierda, no —se le escapó a Viktor Bäckman.

Ya era suficiente, ¡por Dios! Viktor Bäckman se acababa de comprometer, su novia y él estaban planeando un viaje a Portugal para jugar al golf, en su tiempo libre entrenaba a un equipo de fútbol femenino, el Märsta IK, que había tenido cierto éxito la temporada anterior en las competiciones locales, una vez por semana acudía a una clase nocturna sobre liderazgo y teoría de la organización con la discreta esperanza de que eso le garantizara conseguir un ascenso en el futuro, el último sábado de cada mes salía con los amigos a jugar una partida de póker y tomar unas cervezas...

No estaba preparado para sacrificar todo eso por pasar a la historia como la persona que había provocado la Tercera Guerra Mundial.

—Por favor, disculpe el uso accidental de una palabra malsonante por mi parte, señora ministra, pero creo que no proseguiré con la investigación, al menos por ahora. De todos modos, por si le interesa, tengo una posible dirección del señor Jonsson: es un apartamento en Malmö.

Margot Wallström quería sobre todo olvidarse de Allan Karlsson y su amigo esparraguero, pero quizá resultaría sospechoso si se le notaba.

—Me interesa mucho —dijo—, es posible que Theresa May necesite algo de Jonsson en el futuro, así que estaría bien tener su dirección.

¿La primera ministra británica? ¿Qué era eso? No, Viktor Bäckman no quería saberlo, no... quería... saberlo. Así pues, le dio la dirección a toda prisa a la ministra Wallström y se apresuró a despedirse para poder largarse corriendo al entrenamiento de fútbol. Llegó a las instalaciones el primero, cuarenta minutos antes.

Margot Wallström se sentía un poco culpable por lo de Theresa May, pero no había mentido, aunque las posibilidades de que May quisiera algo de Julius Jonsson eran muy reducidas, en parte porque no tendría ni idea de su existencia y en parte porque estaba muy ocupada desmantelando su país.

Suecia

La extensa campaña de publicidad en sueco y danés en Facebook se tradujo la primera semana en siete mensajes que dieron lugar a cuatro citas, una con una joven danesa y tres con personas provenientes de Suecia.

La oferta ofrecía dos tipos de servicio: contacto con el más allá y ayuda con espíritus conflictivos. Las sesiones se celebraban en el apartamento de la médium en Rosengård, al precio de tres mil coronas cada una; la expulsión de espíritus y entes similares funcionaba mejor, claro está, en el lugar de residencia del espíritu, lo que implicaba cargos adicionales por el viaje y la estancia de Esmeralda y su ayudante.

Esas primeras cuatro consultas estaban relacionadas con clientes que deseaban comunicarse con un ser querido que había fallecido, así que tuvieron lugar en Rosengård. Tres de las sesiones salieron bien. En cuanto a la cuarta, tenía que ver con un pescador que se había ahogado hacía poco. Su novia, desesperada, quería hablar por última vez con su amado. Esmeralda logró contactar con él, pero en ese mismo momento también lo hizo la novia. El ahogado no se había ahogado: su barco había aparecido frente a la orilla de Bornholm, a la deriva y con un motor averiado. Por supuesto, lo primero que hizo el hombre tras ser rescatado fue llamar a su amorcito, que rompió a llorar de alegría y luego les exigió que le devolvieran su dinero.

Suecia

Johnny estaba sentado en un café de la plaza de Gustavo Adolfo, en Malmö, tomándose el café de la mañana. También se estaba comiendo una ensalada, tras pedir que le lavaran dos veces la lechuga: pertenecía al grupo de neonazis que da crédito a la afirmación de que en la sociedad actual los niveles de homosexualidad están aumentando de forma alarmante debido a las toxinas de los alimentos.

Tal vez la plaza de Gustavo Adolfo no fuera el mejor lugar para comer, pero uno no puede estar siempre pendiente de todos los detalles o se volvería loco. En general, Gustavo Adolfo IV había sido un rey inútil: provocó una disputa con Napoleón, perdió Finlandia contra los rusos y al cabo su propia corona. Fue destronado, exiliado y murió pocos años después, alcoholizado y sin blanca, en una taberna de algún lugar de Suiza. Después de ser rey, tuvo que conformarse con el título de conde, luego pasó años haciéndose llamar «coronel Gustavsson» y finalmente murió convertido en un borracho: no fue que digamos una carrera ilustre.

Después de la ensalada, llegó el momento de sacar el mapa de la ciudad una vez más, como había hecho cada mañana en los últimos días. Había recorrido ya la parte baja, la zona del puerto, Arlöv y sus alrededores; le faltaban los barrios del oeste y el sur. Su tarea consistía en recorrer una calle hacia arriba y la siguiente hacia abajo hasta dar con el coche fúnebre, ya fuera aparcado o circulando.

Sin embargo, no le resultaba fácil concentrarse: seguía pensando en su hermano y, por tanto, también en la zorra de la pensión de las afueras de Eskilstuna. ¿De verdad habría hablado con su difunto esposo?

Sabine Jonsson era la presidenta de la junta directiva de una empresa llamada El Más Allá, S.L., especializada en videncia. Era obvio que de ahí había pasado al negocio de los ataúdes, pero todo apuntaba a que había retomado la videncia tras el episodio de la pensión.

Una idea podía ser obligarla a contactar con Kenneth mientras sostenía un cuchillo contra su cuello, pero... ¿podría fiarse de ella? ¿Y si durante la sesión su hermano le decía que era mejor que dejara viva a la médium? En ese caso, ¿cómo saber quién hablaba, Kenneth o Sabine Jonsson?

No, aquella mujer que tenía que morir no era una opción válida como intermediaria entre los dos hermanos, pero debía de haber otras, ¿no? Aunque le parecía imposible creer en todo eso. Sin embargo, Johnny tenía la sensación de que Kenneth seguía por ahí, siempre a su lado: eso tenía que significar que andaba por ahí, en otra dimensión, por fuerza.

Johnny buscó en internet y encontró direcciones por todo el país. Cuando limitó la búsqueda al sur de Skåne, se redujeron a dos docenas. La mayoría se podían descartar porque no ofrecían lo que iba buscando. Mientras los filtraba, se preguntó si Sabine Jonsson haría publicidad. Ya había sido bastante estúpida al circular por ahí con el coche fúnebre, pero dar información a la persona que andaba tras su paradero era demasiado. No, nadie era tan estúpido.

Al final le quedaron cuatro nombres: Bogdan, Angelique, Harriet y Esmeralda.

Bogdan saltó de la lista de inmediato, Harriet no sonaba demasiado a médium. ¿Y Angelique? A Johnny ese nombre le recordaba a estrella del porno, y la industria del porno la controlan los judíos, como es obvio.

Sólo quedaba Esmeralda. A lo mejor era una negrata, pero eso siempre se podía averiguar.

Suecia

Habían ingresado nueve mil coronas y la mitad se había ido en gastos de arranque del negocio. Con eso no cubrían ni de lejos los pagos a Facebook, y como los resultados del anuncio se habían diluido rápidamente, era obvio que esta iniciativa empresarial no era viable a largo plazo.

A los pocos días, sin embargo, recibieron tres nuevas peticiones. Las dos primeras no se tradujeron en nada y la tercera contactaba para una sesión de espiritismo. Un hombre que quería comunicarse con su hermano, muerto en un trágico accidente. Como siempre, obtener información previa sobre el cliente era clave para el éxito de la sesión. Esmeralda se sentó en la cocina y llamó al hombre desde el ordenador. Cuando volvió a la sala con los dos ancianos, estaba pálida. Julius estaba sentado en el sillón, Allan tenía la tableta y estaba tumbado boca arriba en su ataúd blanco con rosas rojas.

—¿Qué pasa? —preguntó Julius.

Sabine no contestó, pero Allan sí.

El nuevo presidente de Francia había dicho algunas palabrotas cuando creía que nadie lo escuchaba y la canciller alemana le había soltado un sermón a Putin en Moscú sobre diversos asuntos relacionados con los LGBTQ. Allan no sabía qué eran los LGBTQ: sonaba como una agencia de noticias norcoreana, aunque ya se imaginaba que no tenía nada que ver con eso.

Julius le soltó un ladrido a su amigo: no le hablaba a él. ¿De verdad no se daba cuenta de que Sabine estaba absolutamente consternada?

—No —dijo Allan: la tapa del ataúd le impedía ver.

Pero si Sabine deseaba aclarárselo todos saldrían ganando. ¿Se equivocaba al pensar que su preocupación podía tener que ver con ese asunto de los LGBTQ? Si ése fuera su problema, podía contar con todo el apoyo de Allan, sobre todo si le explicaba qué significaban esas siglas.

Sabine dejó de oír a Allan: había aprendido a ignorarlo cuando era necesario. Se limitó a decir que acababa de cerrar una sesión con un tal Johnny que quería hablar con su hermano Kenneth.

—Fantástico —exclamó Julius—; ¿qué sabemos de Kenneth?

—Demasiado —dijo Sabine—: es el que se suponía que tenía que ir en el ataúd nazi que hicimos.

—¿El que luego nos tiroteó? —preguntó Allan.

—No, para entonces ya no estaba en condiciones de disparar. El del arma era su hermano, viene mañana a la una.

Suecia

Johnny Engvall tampoco tuvo demasiada suerte en el sur de la ciudad. Al día siguiente tenía que acudir al este de Malmö, pero había decidido investigar algo distinto primero. Se dirigía a ver a la médium, Esmeralda, para ver si lo ayudaba a superar el dolor profundo por la pérdida de Kenneth.

¿Y si de verdad tenía el don que afirmaba tener? ¿Y si Johnny podía mandar un último saludo a su hermano y recibir uno a cambio? O puestos a pedir: ¿y si los dos hermanos conseguían abrir una línea de comunicación de ida y vuelta, de modo que ninguno de los dos tuviera que volver a sentirse solo jamás?

Johnny iba bien de tiempo. Por lo visto, Esmeralda tenía el despacho en su propia vivienda. Estaba en Rosengård, a tan sólo cuatro o cinco manzanas de donde se encontraba Johnny en ese momento, pero ¿qué demonios...?

De pronto, ahí estaba.

El coche fúnebre.

Aparcado.

Era el mismo coche, pero allí había muchos edificios y todos muy altos: no podía ir llamando a todas las puertas.

Johnny se bajó, anduvo hasta el coche fúnebre y tocó el capó. Estaba caliente: hacía poco que había estado en marcha. Como el billete del parquímetro que había puesto por dentro del parabrisas era válido hasta la mañana siguiente, lo más probable era que ya no saliera más por ese día.

Sólo tenía que vigilarlo hasta que aparecieran Sabine Jonsson y los demás: ése sería el plan.

«No te precipites, Johnny», se dijo. «No te precipites.»

Era casi la una. Esmeralda lo esperaba a pocas manzanas de allí.

Johnny decidió acudir a la cita; una vez más pensó: «No te precipites.»

•

Por alguna razón incomprensible, el nazi de la metralleta de Märsta había aparecido en Malmö y encontrado a Esmeralda, la médium: no podía ser una coincidencia... salvo que lo fuera. ¡Tenía que ser una coincidencia!

Por mucho que se devanaran los sesos, los amigos no hallaban una sola grieta en su tapadera: no había conexión entre Sabine Jonsson, por un lado, y aquel apartamento que quedaba a siete kilómetros al sudeste del centro de Malmö, por el otro.

El que figuraba en el contrato de alquiler era Julius y en ningún lugar constaba ninguna conexión entre él y Sabine, ni en la empresa de ella ni en el apartamento de Märsta.

—No veo cómo... —dijo Julius.

Pero enseguida cayó en la cuenta de que Allan, Sabine y él, los tres, habían presentado sus carnets de identidad en la policía de Eskilstuna, así que él aparecía en los archivos de la policía junto con sus amigos. ¿Habría tenido acceso a ellos el tal Johnny?

De todos modos, la conclusión a la que llegaron era que el nazi había reservado una cita con Esmeralda con la intención de ejecutar a los que pudiera durante la sesión.

Pero, en ese caso... ¿por qué demonios había llamado sin ocultar su nombre?

Llegaron a la conclusión de que no era posible llegar a ninguna conclusión, así que decidieron fluir con los acontecimientos: a lo mejor el nazi estaba por casualidad en Malmö y en realidad había buscado a una de las muchas médiums disponibles. Era casi imposible creérselo, pero la alternativa tampoco resultaba muy creíble.

—Me estoy volviendo loco —dijo Julius.

—Yo también —dijo Allan, para mostrarle su apoyo.

—Tú ya lo estabas —terció Sabine.

Así era como lo iban a hacer:

Antes de la sesión, Sabine, alias *Esmeralda*, recibiría ella sola a Johnny *el Nazi*, mientras Allan y Julius se escondían en el apartamento tan armados como lo permitieran las circunstancias. Si la cosa se tornaba peligrosa, saldrían y... ¿Y qué?

Era un plan débil y los tres lo sabían; aun así, Julius se fue de compras y volvió con un bate de béisbol y una pistola de aire comprimido.

—Nosotros no somos exactamente Kim Jong-un, ¿verdad? —dijo Allan—, y yo no tengo fuerzas para levantar el bate, ¡pásame la pistola!

Mientras tanto, Sabine también se preparó a su manera: hizo café y trituró cuatro somníferos en una taza. Seguro que no les perjudicaría que a su asesino potencial le entrara sueño antes de ponerse a asesinar. Ella misma se mareó un poco con sólo darle un sorbito a la mezcla; le pasaba siempre: ¡nunca podía beber nada realmente divertido!

En el último momento se le ocurrió trasladar el coche fúnebre cuatro manzanas más allá: incluso en el caso improbable de que la suerte los acompañara, era mejor no tentarla demasiado.

• • •

Los minutos avanzaban lentamente: las once... y cuarto... y diecisiete; las doce menos diez... las doce y veinte... la una menos veinte.

A la una en punto sonó el timbre: había llegado el momento.

Allan estaba en la cocina con la pistola de aire comprimido, Julius en el armario del pasillo con el bate de béisbol, Sabine llevaba puestos sus amuletos. La sala de sesiones estaba bastante oscura, con un bonito ataúd en un rincón, y había mirra, una tela granate y piedras calientes en la mesa.

Nerviosa, Sabine abrió la puerta y saludó...

—¿Ministra Wallström? ¿Qué hace usted aquí?

—Vaya, me ha reconocido. Busco a Julius Jonsson y a su amigo Allan Karlsson: son conocidos míos y necesito hacerles unas preguntas.

Sabine creía estar lista para cualquier cosa, pero no para algo así. ¿La ministra de Asuntos Exteriores había usado un nombre falso para reservar...?

Antes de que Sabine pudiera ahondar en esa idea, apareció otra persona por detrás de la ministra. ¿Su guardaespaldas? No.

—Hola, soy Johnny. ¿Es aquí?

Suecia

La ministra de Asuntos Exteriores había asustado al inspector Bäckman para que dejara de investigar a Karlsson y Jonsson, pero eso no quería decir que se hubiera olvidado del asunto. ¿Qué había sido de ellos al volver a Suecia? ¿Era cierto que alguien había ametrallado una tienda en la que estaban ellos?

Una idea inquietante asaltó a la ministra: ¿y si los servicios de seguridad de Corea del Norte estaban operando en Suecia y pretendían ejecutar a ciudadanos suecos? Al fin y al cabo, hacía bien poco que se habían cargado a un norcoreano en Malasia. Aunque de eso a hacerle lo mismo a un ciudadano sueco en Suecia había un largo trecho... ¿O quizá no?

Pero el método... ¿Pasar del veneno al tiroteo salvaje?

¿Y por qué Karlsson y Jonsson no habían informado de ese incidente a la policía? ¿Porque tenían miedo? No le había parecido que estuvieran muy asustados ni delante de Kim Jong-un ni de Donald Trump; ¿quién podía ser peor que ellos?

Todo eso y algunas cosas más reconcomían a la ministra. Tenía una dirección de Julius Jonsson en Malmö, pero no se veía a sí misma viajando desde Estocolmo para emprender una suerte de investigación privada de dos diplomáticos a los que ella misma había cometido el error de proveer de pasaportes.

Hasta que dio la casualidad de que tuvo que acudir a la ciudad por trabajo.

Durante más de un año, la frontera entre Dinamarca y Suecia había sido una fuente de irritación para los dos países. Al principio de la crisis de los refugiados, las cosas funcionaban así: después de un largo viaje dictado por la pura necesidad a través de Europa, los refugiados llegaban a Dinamarca y, una vez allí, los daneses los ayudaban encantados a cruzar el golfo y llegar a Suecia.

Esto funcionó hasta que dejó de funcionar: cuando la pequeña Suecia había recibido ya más refugiados que todo el resto de Europa junta a excepción de Alemania, el sistema se colapsó. Los refugiados no tenían dónde vivir. Si el país no estaba capacitado para hacer las investigaciones pertinentes para concederles el estatus de refugiados en un plazo de tiempo razonable, mucho menos lo estaba para ofrecerles un futuro digno. Para colmo, un porcentaje aterrador de los niños que llegaban solos declaraba tener diecisiete años, aunque no fuera verdad, porque la ley dice que sólo los mayores de diecisiete pueden solicitar que el gobierno les pague la formación educativa indispensable para obtener la ciudadanía sueca: sus familias, que seguían en algunos de los rincones más miserables del mundo, y en particular los cabezas de familia, cuya única satisfacción consistía en asegurar la supervivencia de los suyos, los enviaban como avanzadilla. Otros se habían criado en la calle y no habían aprendido más que a cometer delitos, o eran adictos a la heroína (¿de qué otro modo, si no, podían aguantar todo aquello?).

El resto de Europa se reía de la estúpida Suecia, aunque unos pocos llegaron a una conclusión bien distinta: si los demás países de la UE hubieran seguido la línea marcada por Suecia y Alemania, la situación de los refugiados habría sido manejable. Hacerse el sueco en medio del Juicio Final no era una opción.

Finalmente, Suecia se vio obligada a cerrar su frontera con la vecina Dinamarca: nadie podía pasar el puente sin someterse previamente a una inspección exhaustiva. Miles de personas que iban de un lado a otro de la frontera por trabajo sufrían unos atascos terribles.

Esto produjo resultados inmediatos: Suecia perdió su reputación de paraíso en la Tierra y el número de peticiones de asilo descendió: pasó de todos a casi nadie. Mientras tanto, la relación cotidiana entre las dos grandes ciudades de Malmö y Copenhague se vio alterada: por primera vez en décadas, se hizo evidente que Suecia y Dinamarca eran dos países distintos y que sus habitantes no podían desplazarse de uno a otro cuando les diera la gana, más allá de su color de piel.

Sin embargo, pasada la crisis, era hora de iniciar el deshielo: Suecia tenía la intención de dejar de exigir identificación a todos los que llegaran desde Dinamarca; en lugar de eso, controlaría de manera más efectiva la frontera sueca. El caso es que la policía fronteriza de Suecia iba a necesitar más herramientas y, por ello, la primera ministra había pedido a la ministra de Asuntos Exteriores, Margot Wallström, que viajara a Malmö para hablar con la policía fronteriza sobre la nueva política del gobierno y, de ser posible, tranquilizar a los funcionarios, angustiados ante la perspectiva de tener que prepararse en tan poco tiempo. Sin duda, la ministra encontraría la manera de dar a su discurso la dimensión internacional que les permitiría a aquellos funcionarios, siempre comprometidos, entender que eran una pieza importantísima dentro de un todo mucho mayor.

«Sentirse parte de algo», como dicen los políticos.

La ministra tomó un vuelo comercial de Estocolmo a Malmö y, una vez terminada la reunión con la policía fronteriza, que además había ido muy bien, contaba con tres horas libres. Después de darle varias vueltas, informó a su equipo de seguridad de que se disponía a hacer una escapada breve para ocuparse de un asunto privado en Malmö antes de regresar a la capital.

¿Una escapada, sin más? Los guardaespaldas querían detalles. La ministra les respondió que quería visitar a unos viejos amigos (no concretó hasta qué punto eran viejos) que no representaban ninguna amenaza. Así pues, acordaron que la escoltarían hasta esa dirección y que al llegar al portal del edificio la dejarían a su aire: la seguridad era importante, pero la privacidad también.

Suecia

A Johnny Engvall, una de las dos mujeres del recibidor le pareció conocida. Era obvio cuál era Esmeralda: la de las baratijas en el cuello, pero la otra, que tenía pinta de mujer de negocios, le resultaba vagamente familiar.

Margot Wallström había dado media vuelta: de pronto ya no se sentía tan segura en aquella situación. El hombre que acababa de aparecer por detrás de ella llevaba mucho cuero y tenía pinta de ser violento. La ministra se encaró de nuevo a Sabine.

—Como le decía, busco a Julius Jonsson y Allan Karlsson, pero veo que tiene visita, tal vez sea mejor que venga más tarde.

Sabine pensó deprisa.

—Aquí no hay nadie que se llame así.

Pero Johnny Engvall lo había oído y empezaba a atar cabos.

—¿Allan Karlsson? —preguntó, aparentando calma.

El coche fúnebre estaba aparcado a pocas manzanas de allí, ¡qué idiota había sido!

—Yo conozco a un tal Allan Karlsson —siguió Johnny—: forma parte de la junta directiva de una empresa del norte de Estocolmo que hace ataúdes y que está conectada con otra empresa que se dedica al espiritismo...

—No tengo ni idea de qué... —dijo Sabine, pero él la interrumpió.

—Y el coche fúnebre de Karlsson está aparcado a la vuelta de la esquina.

—¿Coche fúnebre? —replicó Sabine.

—¿Coche fúnebre? —dijo la ministra Wallström en un tono decididamente más sincero.

Sin embargo, aquel tipo tan extraño ya había sacado una navaja.

—Señoras, ¿puedo pedirles que entren en el apartamento? Tenemos unas cuantas cosas de que hablar. Creo que hoy es mi día de suerte.

Esto último no era del todo exacto, pero era imposible que él pudiera saberlo.

Johnny se entristeció al darse cuenta de que el resto del día ya no le deparaba entrar en contacto con su hermano mayor, pero enseguida la tristeza se convirtió en ira: se puso en su papel y cambió de tono.

—Llevo varios años sin matar a nadie a puñaladas, así que le tengo muchas ganas; pero antes —dijo dirigiéndose a Sabine— tendrá que decirme dónde está el hombre que me atendió cuando encargué el ataúd. Se llamaba Karlsson, ¿verdad? Me los quiero cargar a usted y a él a la vez, si es posible. En cuanto a usted —añadió, volviéndose hacia la ministra de Asuntos Exteriores—, creo que también entrará en el paquete. ¿Nos conocemos de algo?

Finalmente, Margot Wallström había entendido que era mejor evitar a Allan Karlsson y a sus amigos, pero ya era demasiado tarde. De pronto, los guardaespaldas que la habían dejado frente al portal parecían estar muy lejos. La cuestión era: ¿aumentarían o descenderían sus probabilidades de sobrevivir si le contaba a aquel hombre quién era ella?

—Qué interesante —replicó la ministra—, a mí usted también me suena: ¿puede ser que en algún momento haya sido el embajador de Suecia en Madrid? En ese caso, tal vez seamos colegas: yo dirijo el Ministerio de Asuntos Exteriores en Estocolmo.

Johnny se puso nervioso... durante un segundo.

—¿Usted es la ministra de Asuntos Exteriores? —dijo—. Pero ¿qué coño está pasando aquí?

Sabine aprovechó su oportunidad.

—¿Se pueden callar los dos, por favor? Noto que estoy estableciendo contacto. ¿Kenneth? ¿Eres tú, Kenneth?

Su ocurrencia tuvo el efecto deseado: Johnny abrió mucho los ojos al ver que Sabine alzaba las manos al aire y miraba hacia arriba. En la penumbra, sus movimientos resultaban inquietantes; largas sombras se proyectaban en el ataúd del rincón.

Puede que Johnny no hubiera tardado más de diez segundos en pillar el truco de Sabine, pero la ministra de Asuntos Exteriores sólo necesitó la mitad para calibrar la situación y eso definió las cosas. Los primeros dos y medio los dedicó a preguntarse si sería capaz de gritar tan fuerte como para que los guardaespaldas la oyeran y acudieran al rescate, los siguientes los dedicó a abandonar esa idea en beneficio de otra: coger la lámpara que había en una mesa auxiliar a su lado y golpear al nazi en la cabeza.

Johnny Engvall se desplomó, inconsciente o muerto: eso estaba por verse.

—¡Manos arriba!

Allan acababa de entrar en la sala por la puerta de la cocina con su pistola de aire comprimido.

—Se suponía que lo ibas a distraer antes de que yo le diera con el bate en la cabeza, no después —dijo Julius, que acababa de entrar por el otro lado.

—Y se suponía que tú le ibas a dar con el bate en la cabeza antes de que la ministra de Asuntos Exteriores lo hiciera con una lámpara —terció Sabine.

La ministra había descargado un buen golpe y después se había quedado allí plantada con la lámpara en la mano. Se sentía completamente agotada.

—¡Muy bien hecho, Margot! —exclamó Julius—; ¿puedo tutearte?

La ministra asintió con la cabeza.

—Por supuesto —dijo.

Las cuestiones de protocolo estaban al final de su lista de prioridades.

Allan y Julius habían oído toda la escena desde sus posiciones respectivas. ¿Qué hacía allí la ministra de Asuntos Exteriores?

Según el plan original, Allan tenía que aparecer por una de las puertas de la sala, la que daba a la cocina, y mostrar el arma. Durante los segundos que el nazi tardara en darse cuenta de que la pistola era tan inofensiva como el abuelo centenario que la sostenía, Julius lo golpearía por detrás con el bate de béisbol.

—Bueno, al final todo ha salido bien —resumió Julius—, aunque no precisamente gracias a los reflejos de tortuga de Allan.

—Ni a ti —apuntó Sabine.

—¿Que todo ha salido bien? —terció la ministra Wallström—. A mis pies hay un hombre que podría estar muerto, en cuyo caso lo habría matado yo.

—Bueno, bueno —dijo Allan—, no permitamos que una menudencia como ésa nos enturbie el ánimo.

—Creo que aún respira —intervino Sabine—. Por cierto, no he podido saludarla debidamente, ministra. Me llamo Sabine Jonsson. Aunque tengamos el mismo apellido, no estoy casada con Julius, pero nunca es tarde.

La ministra, aturdida, estrechó la mano que le tendía Sabine.

—Margot Wallström —dijo.

—Sí, ya sé.

—¿De verdad quieres casarte conmigo? —preguntó Julius con la cara iluminada.

—Sí, cariño.

Esto insufló una chispa de vida en la ministra, que los miraba con estupefacción.

—Por favor —intervino—, ¿pueden comprometerse en otro momento? No vaya a ser que me vuelva loca del todo.

Rodeado de una ministra de Asuntos Exteriores al borde de un ataque de nervios y de dos tortolitos que sólo tenían ojos el uno para el otro, Allan sintió que le tocaba a él hacerse con las riendas de la situación.

—Creo que lo mejor será que usted, señora ministra, mire hacia otro lado mientras los demás nos encargamos de limpiarlo todo lo mejor que podamos. Me imagino que verse obligada a explicarles a Suecia y al mundo qué hacía en una sala de espiritismo de un barrio de Malmö mientras un nazi yacía inconsciente en el suelo no la beneficiaría demasiado, ni a usted ni a su carrera.

—Les importaría si... —dijo la ministra.

—¿Si se va? ¡En absoluto! —contestó Allan—. Sería complicado explicar que quien se ha cargado con sus propias manos al nazi ha sido la jefa de la *diplomacia* sueca: se pueden decir muchas cosas buenas sobre lo que acaba de hacer, pero muy diplomático no ha sido. ¿Se ha visto metida en algún lío así antes, señora ministra?

No, nunca.

Allan pensó que por lo menos se merecía una explicación antes de irse, así que le contó una versión resumida de cómo él y Julius habían acabado en Märsta y conocido a Sabine, de cómo se habían asociado con ella para dar forma a la brillante idea de producir ataúdes con algo de personalidad, de por qué se había enfadado con ellos de un modo tan irracional el hombre que ahora yacía en el suelo, hasta el punto de ponerse a disparar como un loco, y de cómo esto último los había obligado a huir.

—¿Y por qué no llamaron ustedes a la policía? —preguntó Margot Wallström.

—¿A la policía? ¡Nunca! —dijo Julius—. Sólo se llama a la policía cuando es imprescindible; y ni siquiera entonces, si se puede evitar.

—Pero... —dijo la ministra.

No pasó de allí. El hombre que había caído inconsciente al suelo hacía unos minutos empezaba a moverse. Gruñó y dijo algo ininteligible. Sabine se acercó a él.

—Siéntese, señor nazi; así, en el suelo. Tome, una taza de café para que se espabile. ¿Se puede creer que ese rayo le ha dado en la cabeza?

—¿Café? —dijo la ministra de Asuntos Exteriores—. ¿De verdad le parece una...?

«Una buena idea», iba a decir, pero Johnny Engvall ya estaba sentado y con la taza en la mano.

—¿Un rayo? —preguntó él, intentando recordar dónde estaba.

Y apuró hasta la última gota del café con todos los somníferos. Estaba completamente ido cuando Julius le ató las manos a la espalda, aunque protestó un poco.

—Pero ¿qué hace? —murmuró—. ¿Quiénes son ustedes? ¿Dónde estoy?

—Ya está —dijo Sabine—: se acaba de tomar cuatro somníferos, así que en unos minutos dejará de molestar durante un buen rato.

Ésa fue la gota que colmó el vaso: la ministra no quería saber más, no quería involucrarse en nada más. Se volvió hacia Allan:

—Para saber a qué atenerme, ¿me puede contar sus planes, señor Karlsson? Tengo dos representantes del servicio de seguridad ahí fuera...

—La policía no —dijo Julius.

Lo que Allan proponía era que la ministra de Asuntos Exteriores se fuera inmediatamente, a ser posible en compañía de unos guardaespaldas que a todas luces no necesitaba porque era evidente que sabía cuidar de sí misma. Los demás harían lo que estuviera en sus manos para encargarse del nazi, que seguía en el suelo, más dormido que nunca. No había razón alguna para que la señora ministra se preocupara: aunque era cierto que uno o dos accidentes habían ocurrido, digamos, en los alrededores de Allan a lo largo de los años, esta vez se aseguraría de que aquel personaje sobreviviera, no porque lo mereciese, sino por una cuestión de mera decencia.

¿Decencia? La ministra de Asuntos Exteriores cerró los ojos. Sentía que su carrera estaba a punto de acabar; sin embargo, no conseguía entender qué había hecho mal, al menos desde un punto de vista moral: ¿cómo podía acabar esto así, cuando su única ambición había sido asegurar la paz en la Tierra?

Cuando todo saliera a la luz, sus disculpas y explicaciones no servirían para nada. Si todo lo que había estudiado sobre las dinámicas inherentes a los medios de comunicación era cierto, los periódicos y la televisión la iban a descuartizar.

Aunque pueda parecer extraño, al entender que todo estaba perdido se sintió más calmada: asumiría lo que había hecho y caería al abismo con la frente bien alta.

Pero antes de que la realidad la atrapara todavía podía hacer el bien: al día siguiente tendría una larguísima reunión con la primera ministra para analizar los primeros movimientos del nuevo presidente de Francia y la relación que éstos pudieran tener con las inminentes elecciones en Alemania, y la semana próxima se iba a celebrar una reunión de ministros de Asuntos Exteriores en Bruselas. Cuando esa reunión se había convocado, la convicción de todos era que el futuro de la Unión Europea estaba en juego, entre otras cosas porque al presidente de los Estados Unidos de América le faltaba un tornillo. Ahora se daba cuenta de que eso mismo implicaba que el órdago no era sólo para Europa, sino para el mundo entero, y Suecia tenía un papel importante que representar, pese a que su representante estaba en una habitación de un suburbio de Malmö con un neonazi noqueado y drogado a sus pies.

—Escuchen esto —dijo Allan, que había tenido tiempo de agarrar la tableta negra después de pasar unos minutos sin ella—: Donald Trump acaba de ordenarle a su secretario de Estado que se someta a un test para averiguar su cociente intelectual.

¿Qué era lo que acababa de oír? No, se negaba a renunciar: el mundo aún necesitaba a Margot Wallström, y punto.

—Me voy —anunció.

Se encontró con los dos guardaespaldas en la calle, junto al coche.

—¿Todo bien, señora ministra? —dijo uno de ellos.

—Por supuesto —respondió Margot Wallström—, ¿por qué me lo pregunta?

•

La ministra de Asuntos Exteriores y sus guardaespaldas se marcharon; Allan, Julius y Sabine se quedaron formando un semicírculo en torno al nazi, dormido en el suelo. Había que sacarlo de allí y dejarlo tirado en algún sitio antes de que se le metiera en la cabeza la idea de recuperar la consciencia.

—¿Y si lo enrollamos en una alfombra? —propuso Julius.

—Si tuviéramos alfombra... —dijo Sabine.

—Podéis tomar prestado mi ataúd —sugirió Allan.

El rostro de Sabine se iluminó.

—¡Hay que ver! Por fin se te ocurre algo más o menos razonable, Allan.

Julius y Sabine levantaron al nazi mientras Allan caminaba a su lado y aprovechaba que estaba inconsciente para repasarle los bolsillos.

—¿Qué haces? —preguntó Julius.

—Conocer mejor al enemigo —dijo Allan.

Encontró las llaves de un coche, una lata de rapé y una cartera que contenía su carnet de conducir, tarjetas de crédito y tres mil setecientas coronas en efectivo.

—Gracias, Johnny Engvall —dijo mirando la foto del carnet.

Se quedó el dinero del nazi y tiró lo demás a la papelera.

Cuando acabaron de meter al nazi en el ataúd, Sabine cogió por banda al hombre de los ciento un años con su tableta negra, lo sentó a la mesa de la cocina y le ordenó que permaneciera allí hasta nueva orden. A Allan le pareció una buena idea.

Sabine y Julius fueron a comprar una maleta de ruedas. De vuelta en el apartamento, a Julius le correspondió la tarea de meter allí todas las pertenencias del trío mientras Sabine iba a buscar el coche fúnebre: no podían recorrer cuatro o cinco manzanas a plena luz del día llevando un ataúd en andas. Sabine decidió que ella y Julius cargarían el féretro y Allan se ocuparía de la maleta de ruedas.

Una hora y media después de la sesión de espiritismo con la ministra de Asuntos Exteriores y el nazi, el trío se disponía a abandonar el apartamento. Julius y Sabine se deslomaban tratando de manipular el ataúd con el nazi durmiente mientras Allan bajaba tarareando unos pasos más atrás. Sólo había medio tramo de escalones hasta el portal, pero no tenía por qué ser sencillo. Previsiblemente, se encontraron a una vecina cargada con dos bolsas de la compra que miró horrorizada el ataúd.

—Sobredosis —dijo Allan—. Heroína. Es terrible.

La mujer no contestó, a lo mejor era extranjera.

—Heroinski —aclaró Allan.

Suecia, Dinamarca

Allan, Julius y Sabine se apiñaron en el asiento delantero del coche fúnebre, mientras que el nazi ocupaba el de atrás.

Diez minutos más tarde ya habían conseguido deshacerse del lastre inconsciente: Johnny Engvall estaba sentado en un banco de un parque que no quedaba lejos del centro. Allan había tenido el detalle de ponerle la taza de café vacía en la mano; así, el nazi se había convertido en un mendigo que se había quedado dormido.

—No permanezca demasiado rato ahí sentado, señor Johnny, no vaya a pillar un resfriado —le dijo Allan a manera de despedida.

Pese a todo, el problema del nazi no estaba ni mucho menos resuelto: la situación seguía siendo extremadamente complicada. Pero con tanto esfuerzo y un poco de aire fresco, el cerebro de Sabine volvía a funcionar.

Se puso a pensar soluciones: alguna resultaría.

Y enseguida tomó una decisión.

Julius lo notó, pero decidió no decir nada: ya sabría ella cuál debía ser el siguiente paso.

Dejaron atrás Malmö, luego entraron en una autopista y enseguida se encontraron acercándose al puente de Dinamarca. Sabine frenó y se preparó para pagar el peaje.

—En vista de lo ocurrido, será mejor que salgamos del país —dijo.

—A Dinamarca —dijo Julius.

—Me encanta Dinamarca —intervino Allan, que había vuelto a ocupar su ataúd, donde iba la mar de cómodo—, o eso creo: nunca he estado allí... ¿O sí?

—Iremos a Dinamarca, pero ése no es nuestro destino final —aclaró Sabine—: si nuestro propósito es alejarnos de los que quieren matarnos, Dinamarca está demasiado cerca. Por otra parte, nuestro modelo de negocio es un fracaso.

A continuación les explicó que desde hacía días había pensado mucho en el futuro de los tres y que las cosas habían alcanzado un punto álgido con la irrupción del nazi en el apartamento y el golpe de lámpara en la cabeza.

—Esa bombilla sí que se ha encendido a tiempo —dijo Allan—: si el año que viene estoy vivo, que me aspen si no voto a los socialdemócratas.

—Pero ¿tú votas? —preguntó Julius.

—Que yo sepa, no.

Sabine pidió a los dos hombres que se callaran un momento y continuó:

—En cualquier caso, no podemos seguir circulando por ahí con el coche fúnebre: el nazi lo tendría fácil para encontrarnos. Y con toda seguridad ahora está más enfadado que nunca.

Allan estuvo a punto de comparar la presunta rabia del nazi con la de Kim Jong-un y Donald Trump, pero recordó que le habían pedido que guardara silencio.

—Así que basta de Suecia y basta de coche fúnebre —reiteró Sabine.

Allan se incorporó dentro del ataúd y no pudo evitar decir:

—Me da la sensación de que la señorita Sabine tiene un plan muy bien pensado.

—Estoy de acuerdo —dijo Julius.

Lo tenía. Si querían sobrevivir más de una semana y hacer que su negocio floreciera, debían pensar en clave internacional: estaba claro que al nazi y a su banda les costaría mucho más encontrarlos ahí fuera, en el ancho mundo; en cuanto al negocio, estaba claro que no bastaba con vender la posibilidad de hablar con quienes ya habían pronunciado sus últimas palabras...

—Entonces ¿qué necesitamos? —preguntó Julius.

—Desarrollar el producto —dijo Sabine.

—¿Y en qué lugar de este bondadoso planeta verde te parece a ti que podemos desarrollar mejor nuestro producto?

—¿Estáis sentados? —preguntó Sabine.

—Yo sí, como puedes ver —contestó Julius.

—Yo me acabo de tumbar de nuevo, pero que no sea por eso —dijo Allan volviéndose a incorporar.

—Bien. Ahora mismo entraremos en Kastrup, donde aparcaremos para siempre el coche fúnebre y compraremos tres billetes de avión a Dar es Salaam.

—¿Dar es qué? —dijo Julius.

Rusia

Después de una serie de reveses de naturaleza diversa, Gennady Aksakov podía oler el aroma de la victoria una vez más, y era un aroma dulce. Por lo visto, era el único que se daba cuenta de que Merkel, pese a vencer en las elecciones, estaba a punto de ser derrotada en Alemania: después de todo, ¿qué clase de triunfo era ser incapaz de gobernar?

Gennady administraba su dinero y el de su amigo: cantidades escandalosas que había puesto a salvo en bancos extranjeros. Para mayor protección, contaba con su pasaporte finlandés: incluso si el mundo entero decidía imponer sanciones a Rusia y a sus ciudadanos, nadie podría congelar el patrimonio de un ciudadano de Finlandia. Sus finanzas estaban a salvo, y también las del presidente.

En los últimos tiempos, su suerte había sido bastante variable.

Primero, con la ayuda de ciento dieciséis mil cuentas de Twitter, Aksakov y su ejército de soldados de internet se habían trabajado a los votantes británicos antes del referéndum del Brexit. De haber sido un aficionado, habría permitido que todas las cuentas fueran manejadas por bots, pero él sabía que el secreto para que la gente no notara nada raro consistía en emplear una mezcla perfectamente equilibrada de cuentas automatizadas, semiautomatizadas y cien por cien humanas. Más allá de eso, el mensaje era relativamente uniforme: es decir, que los británicos debían dar la espalda a Europa.

El resultado del cincuenta y dos por ciento a favor de la salida de la Unión Europea le arrancó a Volodya una carcajada de pura felicidad. Felicitó a su amigo, pero éste respondió con humildad que, incluso sin su contribución, habría sido fácil que los partidarios del «no» alcanzaran el cincuenta y uno por ciento.

Poco después se celebraron las presidenciales en Estados Unidos: éstas habían salido tan terroríficamente bien que el terror seguía en el aire.

Las elecciones parlamentarias de Holanda y Francia, en cambio, demostraron que Gena y Volodya no eran invencibles: pese al apoyo de Moscú, los números del PVV holandés no mejoraron lo suficiente como para provocar un caos político. Al centro derecha le costó más de doscientos días formar una coalición de gobierno, pero al final lo consiguió.

En Francia, los rusos estuvieron a punto de perder de paliza. El plan consistía en tomar posiciones tanto en la izquierda como en la derecha y provocar polémicas de modo que Marine Le Pen terminara por adelantar a todos los candidatos salvo a uno, momento en que los rusos hundirían a su competidor. Pero cuando ese cabrón metió la pata hasta el fondo, Moscú aún no estaba lista para hundirlo, y entonces apareció de la nada un nuevo candidato centrista. Gena no tuvo tiempo para reposicionarse y Francia terminó con un presidente amigo de los estadounidenses. Ni siquiera los rumores difundidos por trolls acerca de la doble vida de Macron y su homosexualidad habían servido, salvo para movilizar al propio Macron y a sus votantes: si había algo a lo que uno podía entregarse en cuerpo y alma en Francia era a las relaciones amorosas alternativas.

Poco después de ese error garrafal, llegó el fiasco de Suecia: los cuatro millones de euros para apoyar a aquel neonazi que había agradecido la ayuda financiera suicidándose. Lo más absurdo, sin embargo, había ocurrido después: los informes de los servicios de inteligencia indicaban que el hermano del neonazi muerto, tan neonazi como el otro, era el responsable de un tiroteo contra un taller de ataúdes, ¡y que su objetivo era ni más ni menos que Allan Karlsson! ¡El hombre de ciento un años que había provocado aquel jaleo en Pyongyang y luego había sido ascendido a diplomático, tras lo cual, por lo visto, había decidido pasarse al negocio funerario y, por segunda vez en un período muy corto de tiempo, actuar en directa oposición a los intereses de Rusia! Gran parte de esa información provenía de una conversación interceptada entre un inspector de policía y la ministra sueca de Asuntos Exteriores, que, en un alarde de dejadez, había usado un teléfono desprotegido en su propio ministerio. A lo mejor Kim Jong-un tenía razón: tendrían que haberle seguido el rastro para cortarle el cuello. En cualquier caso, el viejo había vuelto a desaparecer.

Gennady había decidido esperar una o dos semanas antes de ponerse de nuevo en contacto con el hermano vivo del neonazi muerto para reafirmar los términos y condiciones del acuerdo o, de lo contrario, hacerlo desaparecer de la ecuación.

Mientras tanto, pensaba en Merkel. La debilidad del candidato socialdemócrata hacía pensar a todo el mundo que la victoria de la canciller era inevitable. Gennady, sin embargo, veía más allá: cuanto peores fueran los resultados electorales de los socialdemócratas, más dispuestos estarían a negarse a formar parte del gobierno de Merkel porque lo contrario supondría un suicidio político. La táctica rusa consistía en seguir debilitando lo que ya era débil de por sí y a la vez apoyar al partido nacionalista de derechas, el AfD; así atacarían a Merkel por dos frentes sin llegar a tocarla realmente. La canciller ganaría las elecciones, pero no sería capaz de formar un gobierno de coalición y acabaría por renunciar. Lo último que necesitaba Rusia era tener a aquella zorra desesperantemente fuerte en Berlín.

—Los socialdemócratas han perdido tres puntos más en la última encuesta —le dijo al presidente—, dos han ido a parar a nuestros amigos del AfD.

—Eres un genio, Gena —respondió Putin—, ¿te lo había dicho?

—Muchas veces, señor presidente. —Su mejor amigo sonrió—. Tantas que empiezo a creérmelo.

Dinamarca

Sabine conducía en silencio mientras cruzaban el puente y tomaban el túnel camino al aeropuerto internacional de Copenhague. Reflexionaba sobre su decisión de emigrar.

Llevaba tanto tiempo pensando en Olekorinko y en Tanzania que los había idealizado: eran la solución para todo. El país, en sí mismo, ya implicaba muchas ventajas: por ejemplo, aún no se había inventado el nazismo tanzano y, en una altitud así, probablemente tampoco habría demasiadas serpientes. Las serpientes estaban entre las pocas cosas que le desagradaban tanto como los nazis: no soportaba las serpientes, a los nazis, las guerras y las enfermedades mortales, en ese orden (Karlsson quedaba en quinto lugar por poco). Afortunadamente, la guerra y la violencia no figuraban entre la lista de cosas que ofrecía el país africano, así que sólo quedaban las enfermedades mortales, aunque le parecía probable que ahí abajo tuvieran remedios para esas cosas, sobre todo con la ayuda de Olekorinko, si había que creer todo lo que su madre le había contado de él (algo que por supuesto no debía hacer).

Sabine había hecho los deberes y había averiguado que cerca de allí había otras posibles fuentes de inspiración: el lado keniata de la frontera eran los dominios de una mujer de negocios llamada Hannah. Se hacía llamar «la Reina» y de lunes a viernes se dedicaba a deshacer maldiciones, a dar consejos leyendo las brasas de una hoguera y a curar las dolencias de sus clientes (los casos más graves de cáncer y SIDA precisaban un pago extra). Dedicaba los sábados al descanso y los domingos iba a la iglesia, por precaución.

Le gustaba enseñar su lujosa residencia y sus quince coches a todo aquel que quisiera verlos.

—Soy una bruja, y de las buenas —solía repetir, plantada entre los coches—, en el nombre del Padre, del Hijo y del Espíritu Santo.

Hannah era notable en muchos sentidos, pero no resultaba lo suficientemente atractiva como para que Sabine la prefiriera frente a Olekorinko; al fin y al cabo, ella ya sabía leer las brasas de las hogueras.

Olekorinko, un pastor evangélico retirado, y su concepto eran radicalmente distintos a lo que practicaba la Reina. El antiguo pastor había construido una ciudad con tiendas de campaña en la sabana, en pleno Serengueti. En un anexo de la tienda principal tenía el laboratorio donde creaba su medicina milagrosa según una fórmula única y parcialmente secreta.

Sólo aceptaba pequeñas cantidades como pago: su estrategia tenía que ver, más bien, con atender a grandes masas, y su medicina sólo funcionaba allí, en la ciudad campamento, y sólo a partir del momento en que él mismo la bendecía.

Sabine quería saber más de ese proceso: las reuniones multitudinarias serían una novedad en el espiritismo moderno europeo, eso su madre ya lo había entendido. Y ése era el camino que debían seguir Sabine, su amado ayudante y el hombre de ciento un años que los acompañaba, tanto si querían como si no.

Suecia

Johnny Engvall se despertó cuando alguien echó una moneda de cinco coronas en la taza blanca que tenía en la mano. ¿Dónde estaba? ¿Por qué tenía tanto frío? ¿Quién acababa de darle una moneda y por qué?

Eran los efectos secundarios de un golpe en la cabeza con una lámpara de mesa y una sobredosis de somníferos. Lo primero no lo recordaba, lo segundo sólo podía imaginarlo.

Se daba cuenta de que estaba sentado en un banco de algún parque, pero todavía no había tenido tiempo para averiguar dónde cuando alguien se inclinó hacia él y le dijo:

—¿Qué pasa, querido?

Era una mujer, y tenía el rostro a menos de medio metro del suyo. ¿Quién era? ¿Qué estaba pasando?

Su visión se aclaró al tiempo que reaparecía su personalidad.

—¿Que qué pasa? —dijo—. ¿A ti qué te importa? Además, qué fea eres.

La mujer se había apiadado de aquel mendigo que dormía en un banco del parque, había buscado una moneda en su bolso y de pronto se había dado cuenta de que se estaba despertando. Tenía una pinta espantosa el pobrecito.

—Vaya por Dios —dijo—, no tiene por qué enfadarse conmigo, ¿no cree? Camine un poquito conmigo y a lo mejor encontramos un sitio donde pueda invitarlo a un plato de sopa.

«¿Sopa?», repitió la mente enfangada de Johnny. Intentó levantarse, la mujer lo ayudó.

—Apártese, maldita inútil —dijo, dándole un empujón tan fuerte a la buena samaritana que casi la tiró al suelo.

El vocabulario de Johnny también había vuelto: informó a la mujer de lo que él y su navaja deseaban hacerle. Ella se echó hacia atrás, horrorizada, un paso primero, luego otro, pero era más valiente que la mayoría.

—Como puede ver, me estoy apartando; pero ¿qué hacemos con lo de la sopa?

Johnny sacó su navaja del ejército americano con una hoja de treinta centímetros perfectamente afilada y se la acercó al cuello.

—Vuelva a decir «sopa» —la retó.

Pero la mujer no lo hizo: no dijo nada. Johnny se fue sin hacerle daño: le dolía demasiado la cabeza.

Unas manzanas más allá, el nazi, aún mareado, encontró un bar en el que pudo pedir un sándwich y un café y recuperarse un poco.

Hasta este momento sus esfuerzos por matar a los que habían ofendido tan gravemente a su hermano el día del entierro se habían visto afectados por algo parecido a la visión de túnel; sin embargo, cuando estaba a punto de cumplir la tarea que se había impuesto, le había caído encima un rayo salido de la nada. No podía dejarlo pasar, ¿o sí? Tenía cuatro millones de euros y una causa por la que luchar para honrar la memoria de Kenneth.

La capacidad mental de Johnny no era tan limitada como para no entender que lo habían vencido una vieja y una ministra de Asuntos Exteriores: no conseguía sacarse ese detalle de la cabeza y tampoco hacerlo descender radicalmente de nivel en su lista de prioridades. Los cuatro millones y lo que podía conseguir con ellos tendrían que esperar. La ministra podía seguir viviendo si no se cruzaba de nuevo en su camino, ¡pero esa bruja y su pandilla jamás!

Sólo tenía que encontrarlos, y si le costaba días, semanas o meses, pues mala suerte. En ese momento su móvil se iluminó: una noticia importante.

SOSPECHAS DE UN NUEVO ATENTADO TERRORISTA, ESTA VEZ EN EL AEROPUERTO INTERNACIONAL DE COPENHAGUE-KASTRUP.

El café y los sándwiches también tendrían que esperar.

Dinamarca, Suecia, Alemania

Por segunda vez en poco tiempo, Sabine tuvo que admitir que Allan había hecho algo útil. Como ella iba conduciendo, le había indicado que buscara en su tableta cuándo salía el primer vuelo que podían tomar a Dar es Salaam y Allan había encontrado uno que salía bien pronto. Daba un poco de vuelta (hacía escalas en Fráncfort y Addis Abeba), pero servía. La cuestión es que aún tenían que llegar a tiempo al aeropuerto. Sabine aceleró y decidió que aparcaría de la manera más creativa posible cuando llegaran.

Encontró un buen sitio en la acera que quedaba justo delante de la terminal correcta. Tuvo que hacer un poco de eslalon entre las dos señales que prohibían aparcar y los conos que lo impedían, pero lo consiguió. Incluso Julius, que nunca comulgaba con la legalidad, quedó impresionado.

Compraron los billetes en el mostrador. Sólo llevaban equipaje de mano, y casi ni eso, porque Allan se había olvidado la maleta junto al coche fúnebre cuando arrancaron después de subir el ataúd con el nazi.

—Sólo tenías que acordarte de una cosa —protestó Sabine—, una sola cosa.

—Pues alégrate de que sólo fuera una —dijo Allan.

En cualquier caso, precisamente por eso facturaron más rápido y a los veinte minutos de llegar al aeropuerto ya estaban sentados en la segunda fila del avión con destino a Fráncfort.

—¿Champán? —preguntó la azafata.

—Me ha leído la mente —contestó Allan.

El vuelo 831 de Lufthansa fue el último que pudo despegar antes de que se cerrara el aeropuerto. El nivel de alerta de seguridad, que ya era muy alto, se había elevado al máximo después del atentado de Estocolmo, y ahora un vehículo sospechoso estaba aparcado justo delante de la entrada de la terminal 3 de un modo que incumplía todas las normas.

En general, los daneses creían que sus vecinos suecos habían hecho de la importación de terroristas suicidas una auténtica vocación. Durante la guerra de Siria, una gran oleada de gente (mayor que la población total de Dinamarca) abandonó el país huyendo de tanques, bombas y ataques aéreos con armas químicas. La mayoría huyó a Turquía, donde no fueron bien recibidos, así que muchos continuaron hacia el norte, sorteando lo mejor que podían las trabas del camino, que en Hungría incluían vallas eléctricas y disparos de gases lacrimógenos.

Los que llevaban al menos seis mil dólares en el bolsillo pudieron evitar los gases lacrimógenos y tuvieron la oportunidad de seguir avanzando hacia países aún más lejanos en los que tampoco fueron bien recibidos; como Dinamarca, por ejemplo, que a su vez los derivó hacia Suecia, que los recibió atónito y sin tener la menor idea de qué hacer. Aun así, decidió ofrecerles cobijo en vez de vallas eléctricas y gases lacrimógenos porque no estaba probado que todos los que decían haber huido para salvar la vida fueran en realidad terroristas, si bien era cierto que un selecto grupo de suecos, que lo tenían más claro, se dedicaron a prender fuego a todos los campos de refugiados que pudieron para dar una buena lección a esos criminales.

De resultas de todo eso, los daneses concluyeron que un coche fúnebre con matrícula sueca tenía que estar lleno de explosivos y destinado a causar una gran destrucción. Se cancelaron de inmediato todas las salidas, se desviaron todos los aviones que llegaban y los artificieros de la policía se presentaron llevando un robot especializado en desactivar bombas.

Apenas unos minutos después de haber sonado la alarma, la noticia llegó a internet: ¡un coche fúnebre negro sin identificar aparcado, de manera estratégica, peligrosamente cerca de miles de viajeros!

—¡Ajá! Así que ahí estáis —dijo Johnny Engvall—, y lo habéis hecho perfecto para no poder salir, putos idiotas.

Dio por hecho que Sabine Jonsson y su pandilla estaban tan atrapados en el aeropuerto como todos los demás. Como tenía el coche a varios kilómetros de allí, paró un taxi por la calle.

—A Rosengård, por favor.

Cuando llegaron, Johnny se dio cuenta de que no llevaba encima las llaves del coche. El conductor quiso cobrar, por supuesto, pero Johnny tampoco tenía dinero. Le pidió al conductor que esperase mientras él forzaba el maletero de su propio vehículo; gracias al arma automática que tenía guardada dentro, consiguió que el conductor cambiara de idea.

—¿Cómo te llamas? —preguntó Johnny con el cañón del arma presionando la frente del taxista.

—Bengt —dijo, y rompió a llorar.

—Encantado de conocerte, Bengt —le dijo Johnny—, ¿crees que podemos llegar a un acuerdo que te permita llevarme al aeropuerto de Kastrup sin compensarte por tu trabajo?

—¡Por favor, no me mate!

—Me lo tomaré como un sí.

•

Al llegar al puente de Øresund, Bengt hizo el gesto de frenar para pagar el peaje.

—¿No pensarás engordar las arcas del Estado sueco pagando el peaje del puente? —objetó Johnny enfadado.

Durante el trayecto, Bengt se las había arreglado para asustarse aún más que al principio: había escuchado en la radio la noticia de que se estaba produciendo un posible atentado terrorista en el mismo aeropuerto al que se dirigían él y el hombre del arma automática; la conclusión lógica era que aquel tipo también era un terrorista.

Así que Bengt hizo lo que le decía: pisó el acelerador y pasó a ciento veinte por hora junto a la caseta mientras las cámaras de seguridad le sacaban unas cuantas fotos.

Y después pasó por el puente aún más rápido: ya sólo quedaban unos minutos para llegar a Kastrup.

Hasta entonces, el miembro sobreviviente del *think tank* Alianza Aria ni siquiera había empezado a analizar la situación. Pese a todo, cuando apenas quedaban unos pocos kilómetros para el aeropuerto, ordenó a su chófer involuntario que redujera la velocidad: era crucial dar los pasos adecuados ahora, no podía equivocarse.

«Nada de tomar decisiones precipitadas, ¿vale?»

Vale. Así que el trío que había mancillado la memoria de Kenneth estaba atrapado en Kastrup por culpa de algo que ellos mismos habían hecho y, según las últimas noticias en directo de los medios de comunicación (sin duda dirigidos por judíos), aún no se había detenido a nadie: ¡tenían que estar con los demás viajeros evacuados en el hangar que había mencionado la radio!

El objetivo número uno era encontrar el hangar.

•

La gente huía de la guerra, el horror, la miseria y, por razones que no resultan difíciles de comprender, en la medida de lo posible buscaba refugio en lugares donde, en general, no hubiera guerras, ni horror, ni miseria: de lo contrario, huir no habría tenido ningún sentido.

Suecia cumplía las tres características mencionadas; así pues, lo normal era que quienes huían quisieran entrar en el país más que huir de él. Esto, a su vez, implicaba que el control policial ubicado en el lado sueco del puente de Øresund, en la frontera entre Suecia y Dinamarca, funcionara de un modo peculiar: mientras que todos los vehículos que entraban en Suecia pasaban una inspección, los que circulaban en la dirección contraria sólo tenían que pasar por un simple peaje.

Eso no significaba, sin embargo, que uno pudiera saltarse dicho peaje a, por ejemplo, ciento veinte kilómetros por hora y pensar que no habría la menor reacción. En esos casos, se informaba a la policía del lado danés de la marca y el color del coche, así como del número de la matrícula. Y si en ese momento concreto daba la casualidad de que también se estaba produciendo un atentado terrorista en, por ejemplo, el aeropuerto internacional de Copenhague... se introducía el impago en una base de datos de investigaciones en curso, donde quedaría etiquetado como «investigación sin resultados concluyentes» y luego sería borrado.

A menos que el conductor del vehículo sospechoso cometiera la imprudencia de toparse con un control policial y accediera a detenerse.

•

A ochocientos metros de la terminal de salidas internacionales de Copenhague-Kastrup, la policía había instalado una barrera y una hilera de conos. Los automovilistas tenían la oportunidad de dar media vuelta y volver sobre sus pasos, pero si se decidían a continuar, un agente, después de hacerles un saludo militar, les informaba brevemente sobre la actividad policial en el aeropuerto, cerrado hasta nueva orden, y les aconsejaba que permanecieran atentos a los medios de comunicación para enterarse de cuándo se iba a reabrir. Mientras tanto, otro agente, más joven, aprovechaba la oportunidad para comprobar el número de matrícula: un gesto puramente rutinario.

El agente Krogh se puso en guardia nada más ver al conductor del taxi de matrícula sueca al que le tocaba atender en ese momento: parecía aterrado. Junto a él, en el asiento de la derecha, viajaba un cliente que no sólo parecía extraordinariamente alerta, sino que además daba señales inequívocas de llevar algo escondido bajo la chaqueta de cuero. Cuando Larsen, el agente más joven, se puso a carraspear, Krogh entendió que la comprobación de la matrícula le había indicado algo y que tenían un caso entre manos.

—¿Puedo ver su identificación? —preguntó el agente de más edad—. La suya también, por favor —añadió dirigiéndose a Johnny Engvall.

Cerca de ellos, otros dieciocho colegas armados hasta los dientes tomaron nota de que podía estar ocurriendo algo.

Bengt llevaba su carnet de taxista.

—Lo siento, pero me he dejado el carnet de conducir en casa —dijo Johnny.

Larsen puso al día al agente Krogh: el vehículo acababa de pasar desde Suecia sin pagar en el peaje.

¿Sólo eso? Bueno, aun así había que registrarlos.

—¿Puedo pedirles que salgan del coche? Los dos, por favor —dijo el agente Krogh.

Bengt abrió la puerta, plantó un pie en el suelo, luego el otro, y enseguida se tiró de cabeza al asfalto.

—¡Terrorista! —gritó—. ¡El tipo del coche es un terrorista! ¡Y lleva un rifle!

Este último término no describía con exactitud el arma automática de Johnny, pero qué se le va a hacer.

Después de una vida de violencia, Johnny había aprendido que las situaciones espinosas se manejan mejor con el arma en la mano. Como la policía danesa no dispara tan a la ligera como, por ejemplo, sus colegas estadounidenses, tuvo tiempo de empuñar la automática y estuvo a punto de liberar el seguro antes de que los doce agentes que no se habían quedado paralizados se pusieran a dispararle a conciencia. Así pues, la inactividad de ocho que se quedaron pasmados no afectó al resultado final. Johnny fue herido de gravedad con el primer disparo y murió con el segundo; con los siguientes treinta y cinco murió una cantidad de veces imposible de determinar.

Quince minutos después se registró el coche fúnebre. Éste no contenía nada de lo que habían tenido razones para temer.

De este modo, la policía había evitado el atentado contra el aeropuerto internacional de Copenhague, retenido al vehículo sospechoso como prueba y eliminado a un terrorista fuertemente armado. Y, por si fuera poco, el héroe del día era sueco: se llamaba Bengt Lövdahl y era taxista.

Antes de sentarse a esperar el siguiente vuelo, Sabine, Allan y Julius aprovecharon la escala en Fráncfort y se compraron ropa nueva.

Por supuesto, Allan llevaba su tableta. Les comentó lo contento que se sentía de haber dejado atrás Escandinavia porque, aunque les costara creerlo, los terroristas habían actuado por segunda vez en muy poco tiempo, esta vez en Kastrup, donde ellos mismos habían estado apenas unas horas antes.

—Uau —dijo Sabine—, ¿qué está pasando en el mundo?

Alemania

Cuando el líder del mundo libre hubo dedicado suficientes jornadas de trabajo a acosar en Twitter a distintos ciudadanos y gupos de ciudadanos de su propio país, el mundo tuvo que buscarle un reemplazo: lo encontró en la persona de Angela Merkel, de sesenta y tres años de edad.

Hija de un pastor luterano, la canciller no vivía en un palacio, sino en un apartamento del centro de Berlín. De lunes a viernes dormía cuatro horas cada noche, pero algunos fines de semana se permitía dormir hasta que salía el sol. Entre sus excesos se contaba también una pasión desmedida por la sopa de repollo: le gustaba comérsela con una cerveza; al fin y al cabo, era alemana.

En sus horas libres trabajaba un poco más o tomaba del brazo a su marido y se iban a la ópera. En las ocasiones especiales salían un poco más lejos: a pasear por los Alpes italianos.

Ella era física, entre otras cosas; él, profesor de química física y teórica. La química entre ellos se había producido en algún momento de 1984.

Como canciller, Angela Merkel era lo opuesto al presidente Trump: no gritaba, era atenta y analítica. Entendía mejor que nadie la importancia que eso tenía en un mundo con tantos conflictos. Tenía previsto retirarse al otoño siguiente, pero ¿qué ocurriría entonces con Trump, Putin y todo lo demás?

Decidió seguir otros cuatro años si así lo deseaban los votantes; luego, tanto ellos como el mundo tendrían que arreglárselas solos.

•

Los cuerpos de seguridad alemanes en Berlín tenían una serie de ases en la manga; uno de ellos eran las notificaciones que recibían de manera automática si alguien a quien tenían bajo vigilancia escogía viajar con Lufthansa.

El suizo-sueco Allan Karlsson, experto en armamento nuclear, había desaparecido de sus radares tras hacer llegar cuatro kilos de uranio a la embajada alemana de Washington y largarse en avión a Suecia.

Pero el viejo se había puesto en marcha de nuevo: acababa de viajar de Copenhague a Fráncfort. ¿Por qué demonios haría algo así?

Una segunda mirada desveló que el trayecto completo era Copenhague-Fráncfort-Addis Abeba-Dar es Salaam. La pregunta era la misma: ¿por qué demonios haría algo así?

Los cuatro kilos habían partido originariamente de una central de enriquecimiento de uranio situada en el Congo y, contra toda razón, patrocinada en otros tiempos por la CIA. Gracias a un trabajador de la central, el BND había conseguido reunir la cantidad suficiente de piezas del puzle para seguir la ruta del uranio por toda África, aunque con cierto retraso.

Lo habían llevado a Tanzania y luego hacia el sur por Mozambique y Madagascar. Allí se lo habían entregado a un carguero norcoreano, el *Honor y Fuerza*, que por casualidad estaba realizando de nuevo un viaje de ida y vuelta a Cuba a través del Atlántico y el Índico.

¿Acaso los almacenes de uranio norcoreanos se habían quedado vacíos y había llegado el tiempo de volver a llenarlos? Y si era así, ¿cuál era la función de Allan Karlsson? Estaba claro que él sabía algo: él mismo se lo había dicho a la canciller Merkel en un mensaje escrito a mano en una servilleta; ¡esta vez eran quinientos kilos!

Sin embargo, todo el asunto era muy confuso: si Karlsson pretendía pasar de contrabando la mayor cantidad de uranio que el mundo había visto jamás, ¿por qué decírselo de antemano a la canciller alemana? ¿Y por qué en una servilleta?

El director del BND quería informar personalmente a la canciller Merkel, que no tenía tiempo para él: cuanto más se acercaban las elecciones al Parlamento, más ocupada estaba ella en no hacer nada y no decir nada. Las encuestas certificaban su ventaja, y el miedo de que los rusos intentaran interferir en las elecciones mediante una campaña de desinformación se había esfumado. De hecho, en las redes sociales todo el mundo parecía coincidir en que el socialdemócrata Schultz era la incompetencia personificada y también en que las crecientes ambiciones de la ultraderecha no bastaban siquiera para acercarlos al triunfo.

Los analistas políticos atribuían la ventaja de la canciller a que el líder de la oposición no había encontrado ningún punto débil por donde atacarla, puesto que sus ideas políticas eran prácticamente idénticas a las de los socialdemócratas... y a las de la gran mayoría de los alemanes. La mayoría de los alemanes, además, pensaba que la canciller era más o menos competente, sobre todo teniendo en cuenta el estado general del mundo: Estados Unidos tenía un presidente que necesitaba urgentemente un diagnóstico; en Gran Bretaña se había celebrado el año anterior una consulta basada en una pregunta retórica de Cameron: «¿Verdad que no deberíamos echar a todos los extranjeros de una patada?», a la que el pueblo había respondido: «¿Y por qué no? ¡Pero si es una gran idea!»; en Polonia protestaban contra la democracia tanto como podían; en Hungría ya no tenían necesidad de protestar, puesto que ya habían conseguido su objetivo; y a todo esto había que sumar que, en España, Madrid parecía incapaz de meter en vereda a Cataluña (o Cataluña de meter en vereda a Madrid), por no hablar de ese hombre que pronto iba a tener lo mismo de peligroso que de gordo: Kim Jong-un.

En medio de todo eso, la canciller Merkel parecía tan estable como un roble centenario en un prado: todo se cimbraba a su alrededor, pero ella seguía en su sitio.

Si los sucesos internacionales y el debate sobre política interna quedaban congelados hasta el día de las elecciones, ella tendría otros cuatro años por delante, para alivio del mundo entero salvo, tal vez, Rusia, y salvo el tipo de Estados Unidos, que un día se levantaba sin saber qué pensar al respecto ni por qué y al siguiente ya había cambiado por completo de opinión.

Merkel accedió finalmente a la visita del director del Bundesnachrichtendienst. Cuando llamó a la puerta del despacho, la canciller le indicó que entrara.

Acudía a informar de que aquel individuo sueco y problemático, Allan Karlsson, había aparecido de nuevo en sus radares en Fráncfort, y de camino ni más ni menos que a Tanzania.

Le dio a la canciller todos los detalles, hasta el punto en que los conocía, y le recordó los quinientos kilos de uranio enriquecido. Ella respondió aumentando en ese preciso momento el presupuesto total del BND en diez millones de euros.

Añadió que el director del BND debía ponerse en contacto con ella de inmediato ante cualquier movimiento de

Karlsson en relación con el armamento nuclear (no había modo de sacarse de la cabeza esos quinientos kilos de uranio enriquecido por muy cerca que estuvieran las elecciones). El director se sonrojó y admitió que en unos días se iba de viaje a las Bahamas con su familia, pero que naturalmente seguiría a su servicio cada minuto de las vacaciones. El único problema era que durante al menos diez horas estaría en un avión, volando de Berlín a Nassau, y no estaba seguro de si podría mantenerse en contacto permanente con los agentes que se hallaban en Tanzania.

—Perdóneme el atrevimiento, canciller, pero ¿le parecería razonable que el oficial de inteligencia de África Oriental se pusiera en contacto directamente con usted en el caso de que ocurriera algo grave mientras yo esté desconectado? De lo contrario, por supuesto, cancelaría mi viaje.

Bajo el disfraz de canciller, Angela Merkel tenía su corazoncito: no quería que el director del BND se viera obligado a decirle a su mujer y a sus hijos que tenía que cancelar las vacaciones para quedarse sentado al lado del teléfono.

—Dele mi número privado al oficial al frente de Dar es Salaam —dijo—, y ordénele que llame a cualquier hora del día o de la noche si Karlsson se acerca a menos de trescientos kilómetros de cualquier central de enriquecimiento de uranio o a cualquier sospechoso de contrabando. Que tenga un buen viaje, salude de mi parte a su mujer y a sus hijos.

•

Una de las últimas cosas que hizo el director del BND antes de tomarse un descanso por primera vez en seis años, fue mandar un informe a los dos agentes de inteligencia que tenían Dar es Salaam como base de operaciones:

Karlsson y su banda aterrizarían a las trece y veinte del día siguiente en un vuelo de Ethiopian Airlines con origen en Addis Abeba, el número de teléfono que les adjuntaba tenía línea directa con la canciller y debían usarlo si ocurría algo grave, aunque sólo si no podían dar antes con él.

Rusia

Gennady Aksakov colgó el teléfono después de atender la llamada extraoficial del servicio de inteligencia desde Estocolmo, o mejor dicho estampó el auricular en su sitio. Luego le dio una patada a la silla vacía que tenía al lado.

—¿Qué pasa, Gena? —le preguntó el presidente Putin, sentado al otro lado de la mesa.

—El puto Allan Karlsson, eso es lo que pasa.

—¿El de los ciento un años?

—Sí. Ese cabrón ha matado también al segundo nazi: cuatro millones de euros tirados por el desagüe.

Putin le comentó que nadie se iba a arruinar por eso; sin embargo, le interesaba saber qué había pasado.

El nazi se había enfrentado a un gran número de agentes de la policía y de los cuerpos antiterroristas daneses y lo habían cosido a balazos en el acto.

Putin preguntó qué tenía eso que ver con el hombre de los ciento un años; ¿no había sido un coche fúnebre lleno de explosivos lo que había disparado las alarmas?

—El coche no tenía nada peligroso dentro: sólo estaba mal aparcado.

—¿Mal aparcado? ¿Por quién? No, espera, no digas nada: ya lo entiendo.

Tanzania

La ciudad-campamento donde Olekorinko administraba su medicina milagrosa estaba en el Serengueti, a orillas del río Mara. Allan, Julius y Sabine se subieron a un taxi en el aeropuerto de Dar es Salaam y gracias a su simpático conductor se enteraron de que iban a tardar un día entero en acercarse siquiera al río en coche y luego media vida en encontrar el camino al campamento propiamente dicho: el río Mara tenía la particularidad de medir unos cuatrocientos kilómetros de largo y el Serengueti abarcaba unos quince mil kilómetros cuadrados.

—Tienen mucho *lebensraum*, los leones —dijo Allan.

—Necesitamos una dirección más exacta —dijo Julius.

—Y un medio de transporte distinto a un automóvil —añadió Sabine.

Había quinientos metros entre la terminal internacional del aeropuerto Julius Nyerere y la de vuelos internos.

Como los tres estaban ya sentados en el taxi, le indicaron otro destino al conductor: su viaje de un día entero vino a sustituirse por otro de dos minutos. El conductor ya no estaba tan contento: apenas tuvo tiempo de poner en marcha el taxímetro antes de tener que pararlo. Tendría que haberse puesto en marcha directamente, guardándose las explicaciones para más adelante.

Detrás del taxi iba un Passat negro con dos agentes del Bundesnachrichtendienst cuya tarea consistía en no perder de vista a Karlsson e informar de inmediato al director del BND, o en su caso a la canciller, si al anciano le daba por cometer alguna estupidez.

El Congo

La mina de uranio de Katanga, en el Congo, llevaba varios años cerrada oficialmente: la ONU se había encargado de que así fuera. Eso había interrumpido el abastecimiento del centro de investigación nuclear adyacente, que en su momento se había puesto en marcha con la bendición de Estados Unidos, agradecido por haber recibido el uranio necesario para las bombas de Hiroshima y Nagasaki, allá por los años cuarenta.

Nadie, a excepción de Estados Unidos, había considerado jamás una buena idea que ese tipo de instalación existiera en un país donde, por la cantidad de dinero adecuada, todo podía comprarse, pero los estadounidenses, a los que si algo les sobraba era dinero, hicieron prevalecer su punto de vista. Básicamente, compraron el país.

Sin embargo, incluso Estados Unidos acabó dando su apoyo a las exigencias del resto de los miembros de la ONU para que se restablecieran la ley y el orden en el Congo. En consecuencia, la mina de Katanga dejó de ser una amenaza para la frágil paz mundial.

¿O no?

Una empresa de vigilancia local, financiada exclusivamente por la ONU, tenía la tarea de constatar que no se producía ninguna actividad que implicara la extracción de uranio, y el laboratorio adyacente permanecía precintado.

Cada fin de mes, el director de dicha empresa, Goodluck Wilson, mandaba por fax un informe a la Agencia Internacional para la Energía Atómica, en Viena: «Todo tranquilo, confíen en nosotros.» Siempre decía lo mismo, más o menos.

Goodluck Wilson había escogido personalmente y uno por uno a los demás miembros del equipo, conformado por sus tres hermanos y los siete primos con los que tenía más confianza. Todos tenían la misma misión en aquella empresa de vigilancia: hacerse asquerosamente ricos. Por supuesto, jamás hablaban de lo que podía ocurrirle al mundo como consecuencia de dicha misión.

Cada mañana, cuatro antiguos auxiliares de laboratorio entraban reptando por un túnel subterráneo en el centro para la investigación atómica sin necesidad de romper ningún precinto y una vez allí se dedicaban a enriquecer todo lo que podía enriquecerse. En teoría, quince personas compartirían los beneficios, pero en la práctica sólo serían once: los cuatro antiguos auxiliares sufrirían un accidente en cuanto dejaran de ser necesarios. El beneficio neto presupuestado era de cincuenta millones de dólares para Goodluck, más cinco para cada uno de sus diez hermanos y primos. Los mineros oficialmente inexistentes recibían ocho dólares al día y se daban por satisfechos, hasta que el pozo de acceso de la zona oeste se hundió dejándolos enterrados, todo esto seis años después de cerrada la mina. Una cosa así no le habría llamado la atención a nadie de no ser porque se trataba de diecisiete trabajadores que no tenían por qué estar allí y cuyos cadáveres demostraban inequívocamente que habían estado allí. No hubo manera de silenciarlo. La AIEA preguntó qué hacían los trabajadores en una mina cerrada donde estaba «todo tranquilo». Sin esperar la respuesta, enviaron a sus inspectores.

Goodluck y sus hombres tenían planeado esperar hasta llegar a la media tonelada de uranio enriquecido, que era lo que habían pedido los norcoreanos a través de los rusos, pero ahora se habían visto obligados a envolver en plomo a toda prisa los primeros cuatrocientos kilos y esconderlos en una choza de un poblado cercano. Después del último corrimiento de tierras había muchas chozas disponibles. Los cuatro auxiliares de laboratorio (incluido uno en nómina del BND) también consiguieron convertirse en víctimas cuando el túnel subterráneo del centro de investigación nuclear se derrumbó, tal como estaba planeado, la mañana anterior a la llegada de los observadores de Viena.

Los representantes de la AIEA no encontraron ninguna irregularidad; sin embargo, tuvieron la precaución de despedir a la mitad de los miembros de la empresa de vigilancia y poner en su lugar a gente de confianza o, en opinión de Goodluck Wilson, gente en la que no se podía tener confianza.

Todo llega a su fin: el jefe de la empresa de vigilancia sabía que ya no podía seguir ordeñando esa vaca. Los beneficios habían alcanzado los ochenta millones de dólares, más de la mitad de los cuales habían ido a parar a los bolsillos de Goodluck. Habrían podido ser más, pero tenía que contentarse con lo poco que había conseguido ganar.

Tanzania

En un banco de la zona de salidas de la terminal de vuelos internos del Aeropuerto Internacional Julius Nyerere, Sabine se sumergió en la investigación geográfica que hasta entonces no había tenido tiempo de acometer. Para tal propósito, Allan tuvo que dejarle a regañadientes su tableta negra (cuyo tráfico de datos en *roaming* seguía pagando un director de hotel de Bali que no podía estar más engañado).

Como resultado, se decidió que cogerían el primer vuelo que saliera hacia Musoma, en el Serengueti, y que allí averiguarían adónde debían dirigirse. El campamento donde Olekorinko administraba su medicina milagrosa era famoso en toda África, por lo que encontrar a alguien en Musoma que les mostrara el camino no debía de ser demasiado difícil.

El avión tenía un solo motor y capacidad para trece pasajeros sentados. Nueve eran ya de una consultora italiana que celebraba su vigésimo quinto aniversario llevando a sus ejecutivos al Serengueti para un safari de varios días (desgravable, porque se aseguraban de celebrar una reunión de quince minutos cada día). El grupo de suecos reservó tres de los asientos restantes justo antes de la salida.

Los dos agentes del BND que seguían al hombre de ciento un años tenían la misión de mantenerse alertas ante la posible entrega de uranio al *Honor y Fuerza*. La última vez, un cargamento mucho menor había recorrido Tanzania y Mozambique antes de seguir hacia el sur. Pero además, Berlín les había ordenado que por ningún motivo perdieran de vista a Allan Karlsson, y éste iba en la dirección contraria.

Al egocéntrico y arrogante agente A le desagradaba la idea de tener que viajar en dirección contraria al uranio simplemente porque a la vieja bruja de Berlín se le había metido una idea entre ceja y ceja. Además, por cierto, ¿por qué tenía que ser él quien llevara cargando la carpeta con los documentos de la investigación? El jefe era él, no la mujer que tenía al lado.

—Toma esto —le dijo a su dócil colega— y sácanos dos billetes. Me voy a tomar un café.

Por lo visto, la compañía Precision Air estaba de parte del hombre arrogante ese día: sólo quedaba una plaza. El agente A pudo asignar la pajita más corta a la agente dócil con la conciencia tranquila (y una sonrisa burlona); mientras tanto, él pensaba vigilar la frontera de Tanzania y Mozambique: si quería ascender en la jerarquía, tenía que estar cerca de la acción en el lugar y el momento precisos.

La pajita más corta, en cambio, implicaba seguir a Karlsson para ver qué estupidez estaba tramando, bien lejos del núcleo de la acción.

Seguir a alguien, incluso si se trata de un hombre de ciento un años, no es algo que nadie desee hacer en solitario: el riesgo de ser descubierto es demasiado grande.

Como era de esperar, la perdedora tuvo la mala suerte de que el único asiento libre estuviera justo al lado de su perseguido, a quien supuestamente de ningún modo debía revelar su identidad.

La agente B decidió entregarse al servicio en vez de a una depresión profunda. Entablaría conversación con Karlsson: tal vez averiguara algo útil. Lo saludó y enseguida dio un rodeo para no revelar su nombre. Le dijo que era una empresaria.

—Me parece fantástico —dijo Allan—, espero que los negocios vayan bien.

—Van bien, sí, gracias —dijo la agente, y cambió de inmediato de tema.

Quería sonsacar al caballero qué lo llevaba a... a...

—¿A Musoma? —dijo Allan—. Vamos a Musoma, espero que usted también.

La agente B se maldijo, ¡cómo podía haber olvidado el nombre de su destino! Lo de la terminal había sido un caos: el país era enorme, tenía tres veces el tamaño de Alemania. Ella se conocía Dar es Salaam como la palma de la mano, y la capital, Dodoma, y Morogoro, claro, y Arusha.

Pero ¿Musoma..., allá arriba, en el noroeste? Ni siquiera la había oído nombrar hasta ese día.

Sin la menor reserva, Allan le contó que Sabine («la señora que viaja dos filas más allá») trabajaba como médium y estaba buscando nuevas fuentes de inspiración, así que los había convencido para acompañarla a conocer a un curandero extraordinario que se suponía que vivía en el Serengueti y que se llamaba Olekorinko, un nombre que, desde su punto de vista, no tenía nada de malo, sobre todo porque todos tenemos que llamarnos de algún modo. Su amigo Julius («el tipo sentado al lado de Sabine»), a veces le cambiaba el nombre a la gente como si cambiar de nombre fuera igual que cambiar de camisa, pero eso a Allan no le parecía bien.

—¿Un curandero? —dijo la agente B.

—O quizá un brujo: me cuesta recordar las palabras difíciles. Bastante problema tengo ya con las fáciles.

El plan consistía en visitar a Olekorinko, aprender de él y regresar con energía espiritual renovada. Si a la empresaria le interesaba el tema, Sabine podía contarle más.

—Supongo que usted no se dedica al sector del espiritismo; ¿al del turismo tal vez?

¿Qué era todo esto? Karlsson, experto en bombas y sospechoso de ser contrabandista de uranio, ¿iba a ver a un brujo en la sabana para cargarse de energía espiritual? Ya que tenía que estar ahí sentado contando mentiras, ¿no podía mentir de un modo menos burdo?

No, la agente no se dedicaba al espiritismo: dijo que era agente inmobiliaria.

Era la tapadera que usaban los agentes A y B en Dar es Salaam.

Pero eso tampoco tuvo el efecto deseado. A Allan le pareció «interesante» y comentó que seguramente en la sabana de Tanzania había muchas chozas de barro maravillosas a la venta.

¿El tipo de los ciento un años se estaba poniendo sarcástico o tal vez sólo era que a ella le costaba interpretarlo? La agente se sentía incómoda en su presencia. Fingir que era una agente inmobiliaria en la ciudad más grande de Tanzania era una cosa, pero ese cuento no funcionaba tan bien en zonas donde no había propiedades que gestionar. ¿Cómo sería Musoma?

—Bueno, las chozas de barro no son mi objetivo principal —dijo, esforzándose por dar aplomo a su voz—, pero de vez en cuando tengo que echar un vistazo a algún campamento para safaris.

—Ah, o sea que al final sí que está en el sector del turismo, ¿no?

Allan y la agente apenas volvieron a intercambiar una palabra durante el resto del vuelo: las cosas no estaban yendo como la agente alemana había previsto y necesitaba tiempo para concretar los detalles de su tapadera. No se sintió más confiada ni siquiera cuando el avión empezó el descenso y resultó que Musoma era una ciudad de verdad, con más de cien mil habitantes y una gran cantidad de edificios de estilo europeo.

—¡Mire! —exclamó Allan señalando por la ventanilla—. Parece que ahí tiene mucho ladrillo al que hincarle el diente, señora agente inmobiliaria. ¡Imagínese si lo hubiera sabido antes! ¡Por lo visto no sabía ni adónde iba!

La agente, que se odiaba a sí misma desde siempre, ahora odiaba también a Karlsson, maldito viejo.

•

La pista de aterrizaje era de tierra y no medía ni un metro más de lo estrictamente necesario ni a lo ancho ni a lo largo. Estaba en medio de la ciudad, que daba la espalda a la orilla sur del lago Victoria.

Fuera del pequeño edificio de la terminal había varios conductores de taxi deseosos de emprender una carrera. Por desgracia, aunque todos sabían dónde encontrar a Olekorinko, ninguno necesitaba el dinero tan desesperadamente como para llevar a tres extranjeros ante su presencia. Era un viaje de unos ciento cincuenta kilómetros y las carreteras estaban en tan mal estado que todos estaban del todo seguros de que con un Fiat, un Honda o un Mazda se iban a quedar tirados por el camino.

Sin embargo, Sabine atisbó no muy lejos de allí un Land Cruiser que descargaba pasajeros y maletas. Era un vehículo abierto, con tres filas de asientos y unos neumáticos gruesos que no daban la impresión de que se quedarían atascados en cualquier parte. Cuando el conductor terminó de descargar las maletas y se despidió de los pasajeros, Sabine se acercó a preguntarle si estaba disponible.

No lo estaba: no era de allí y se proponía regresar de inmediato a su campamento, en el Masái Mara. Al cabo de dos días llegarían más huéspedes y tenía que estar de vuelta para entonces.

Sabine no se dio por vencida. Durante la conversación había entendido que el lugar donde trabajaba el hombre estaba en Kenia, pero en los límites del Serengueti; es decir, a apenas unas decenas de kilómetros del campamento de Olekorinko. Se lo hizo ver al conductor y éste se dio cuenta de que la propuesta de los tres extranjeros era muy interesante: cobrar por un viaje de regreso que tenía que hacer de todos modos sería algo así como un bonus, aunque implicara un pequeño desvío.

A unos ochenta metros de allí, la agente alemana observaba la escena con mala cara: no había otro Land Cruiser a la vista y ya estaba al corriente de las limitaciones de los taxis.

B llamó a su jefe en Dar es Salaam para comentarle la situación y él la puso al día con las últimas noticias: los estadounidenses acababan de mandar información sobre la ubicación del *Honor y Fuerza*. Faltaban pocos días para que la embarcación llegase al extremo sur de Madagascar.

Si era correcta la información proporcionada en su momento por Karlsson, había muchas posibilidades de que se produjera en ese lugar y en ese momento la nueva entrega de uranio enriquecido. Este nuevo cargamento sería mucho mayor que el primero. Gracias al auxiliar de laboratorio desaparecido, ahora se conocía con bastante exactitud la ruta de los contrabandistas, cuyo desafío más grande era cruzar la frontera entre Tanzania y Mozambique, situada a unos mil ochocientos kilómetros de donde se encontraba en ese momento la agente B.

B creía que Karlsson posiblemente formaba parte de la operación de contrabando y que les habría pasado aquella información previa con la intención de despistarlos. Si algo podía alegrarle el día a B, era tener la oportunidad de lucirse ante su jefe.

—¿Qué dices que ha dicho que iba a hacer ahí arriba ese tal Karlsson?

B reprodujo algunas partes de la conversación.

A se echó a reír.

—Ahora mismo no te iría nada mal un poco de videncia; ¿no puedes pedírsela prestada?

—¡Que está loco perdido, maldita sea! —dijo la agente dócil en un tono algo menos dócil de lo habitual.

El agente al mando mintió al decir que la acompañaba en el sentimiento. Él, por su parte, haría las maletas y saldría de inmediato hacia la frontera con Mozambique, donde pensaba presionar al jefe del control fronterizo para obtener información: para algo lo tenían en nómina.

—Tú quédate ahí para que la Merkel esté contenta. No es un plan muy divertido, pero qué se le va a hacer. Y no te preocupes si al final resulta que yo me llevo todo el mérito cuando neutralicemos esos quinientos kilos; al fin y al cabo, todos somos una pieza importantísima dentro de un todo mucho mayor, ¿no es cierto?

La agente B suspiró. Allí sólo había taxis. Seguro que iban muy bien sobre asfalto, pero eran inservibles en la sabana, o así se lo habían dado a entender.

—Pues cómprate un Land Cruiser —dijo su jefe— o un helicóptero.

Al menos lo de Karlsson tenía un lado positivo: el BND había recibido más dinero para subir las apuestas.

¿Comprarse un todoterreno? Lo que de verdad necesitaba comprarse era una vida.

—Ya veré qué puedo hacer —dijo, y colgó sin despedirse.

•

Aún faltaban diez kilómetros para llegar al campamento de los milagros de Olekorinko cuando el tráfico se detuvo: no es difícil que eso ocurra cuando diez mil personas intentan llegar al mismo tiempo al mismo lugar y la carretera que lleva hasta allí es tan estrecha que a duras penas se puede circular en ambos sentidos. Una multitud de coches, llevando a los que ya habían recibido tratamiento, intentaba pasar en dirección contraria.

También era cierto que no todo el mundo llegaba en coche, ni mucho menos: había gente en moto y ciclomotor, otros iban en bicicleta y los más pobres a pie. Cada vez que el picabuey graznaba en el cielo, todos entendían que una manada de búfalos africanos se estaba acercando más de la cuenta, y los que no iban en coche trepaban al capó o el techo de cualquier vehículo de cuatro ruedas que tuvieran cerca o bien intentaban abrir las puertas y echarse en el regazo de alguien. Cuando las aves desaparecían, volvía a reinar el caos previo. Por suerte, no había razón para preocuparse por los leones o los leopardos: dormían de día, y a los elefantes sólo se los veía y oía a lo lejos.

De vez en cuando el tráfico se aligeraba y el Land Cruiser avanzaba quinientos metros o un poco más hasta que tenía que volver a detenerse.

El conductor que habían contratado se llamaba Meitkini y le preocupaba no llegar a tiempo de vuelta a su trabajo como guía. Aun así, no lamentaba su decisión: los tres viajeros eran agradables y pagaban bien.

Allan iba delante, en el asiento del pasajero, y le había pedido prestados sus prismáticos. A ratos se dedicaba a comentar todo lo que veía, desde jabalíes hasta jirafas, o bien navegaba con su tableta negra y les leía en voz alta lo que estaba pasando en el mundo, más allá de la sabana. También consiguió que Meitkini le contara la historia de su vida. Julius y Sabine iban en la fila de detrás y hacían lo que podían por contribuir al ambiente alegre. A una pregunta de Julius, Meitkini respondió que, aunque no estaba seguro del todo, no creía que el clima del Serengueti fuera óptimo para el cultivo de espárragos.

Meitkini era un masái de Kenia y no estaba acostumbrado a pasar tiempo a ese lado de la frontera. Si estaba por allí era porque los clientes que acababa de dejar se habían empeñado en volar desde Musoma pese a que él les había aconsejado que no lo hicieran. Él había decidido no preocuparse: ya se darían cuenta, cuando intentaran abandonar el país por el aeropuerto de Dar es Salaam, de que habían entrado en Tanzania ilegalmente.

—Una semana en el calabozo y unos miles de dólares en multas —calculó Meitkini.

—¿O unos miles más y nada de calabozo? —preguntó Allan.

Sí, tal vez eso funcionara, pero los tanzanos eran orgullosos. Meitkini aconsejó a Karlsson obedecer las leyes del país.

—Jamás se me ocurriría hacer lo contrario —respondió Allan.

Julius se revolvió en su asiento: esa actitud general de sometimiento a la ley se estaba extendiendo de un continente a otro como una epidemia.

Meitkini no creía en la magia, ni en curas milagrosas, sólo creía en Dios y en la capacidad de los seres humanos para vivir en armonía con los animales salvajes. Los masáis ya no cazaban: eso había quedado varias generaciones atrás. En aquellos tiempos, nadie se hacía hombre hasta que no mataba su primer león; en la actualidad, el rito de paso a la edad adulta implicaba primero la circuncisión y luego sobrevivir un año entero solo en plena naturaleza. Los que lo superaban alcanzaban la condición de auténticos guerreros masái: así era como los llamaban, aunque nunca participaran en una guerra.

—Parece que Merkel está a punto de ganar las elecciones en Alemania —dijo Allan, tras consultar su tableta negra—. Esto debería mantener a Europa unida un tiempecito, salvo que estalle una guerra civil en España: los catalanes están hartos de Madrid. Sé cómo se sienten, la última vez que pasó estuve allí.

—Eso fue en mil novecientos treinta y seis —puntualizó Julius—, tal vez las cosas hayan cambiado un poco desde entonces.

—Tal vez —dijo Allan.

Julius se volvió hacia el conductor.

—¿Estás seguro de que no sería posible cultivar espárragos en esta zona, Meitkini?

•

La agente B iba al volante del Land Cruiser que acababa de alquilar. El tráfico estaba prácticamente parado y, de vez en cuando alguien se subía a su coche sin pedir permiso. Se quedaban allí unos quince minutos o más, sin dar ninguna explicación, y luego se bajaban de un salto, como si hubieran recibido una señal.

Absolutamente todo había salido mal: lo más probable era que se encontrara a miles de kilómetros de donde se iba a producir la acción y, además, Allan Karlsson ya sabía quién era ella. ¿Cómo iba a explicar su presencia en aquel campamento milagrero? Eso suponiendo que consiguiera llegar y volviera a encontrarse con el objeto de su vigilancia. Aunque, por otro lado, si no encontraba al viejo, ¿qué sentido tenía todo?

Por cierto, ¿qué sentido tenía todo?

Ah, bueno, ya empezaban a moverse: a lo mejor estaba a punto de deshacerse el atasco. No, no era así.

•

—Creo que hemos llegado —dijo Meitkini despertando a Allan, que había echado una cabezada.

El viaje distaba mucho de estar bien planeado: empezaba a oscurecer y los tres amigos no tenían dónde alojarse. Por lo visto, los miles de tanzanos esperanzados en ver al doctor milagroso al día siguiente estaban preparando hogueras para dormir alrededor. El fuego asusta a los animales salvajes: una buena fogata y un vigilante armado con lanza y bastón montando guardia en turnos de dos horas durante toda la noche incrementaban las posibilidades de supervivencia casi hasta el cien por cien.

Allan aceptaba las cosas tal como venían, pero a Julius y Sabine no les gustó el plan de la hoguera, sobre todo porque antes tenían que adentrarse en la sabana para conseguir unas ramas secas, y cada minuto que pasaba se hacía más oscuro.

Sabine habló con Meitkini para saber qué intenciones tenía. ¿Se quedaría hasta el día siguiente para que todos pudieran dormir en el coche?

Bueno, el viaje no había durado tanto como había temido Meitkini, pero ¿qué iban a hacer después? Probablemente querrían regresar a Musoma y Meitkini no iba en esa dirección: tal como les había dicho ya, otro grupo de turistas estaba en camino y él tenía que hacerles de anfitrión durante cuatro días. Hasta entonces no iba a estar disponible para una excursión de vuelta a la frontera tanzana.

—La verdad es que no tenemos mucha prisa —dijo Allan—, puede ser agradable quedarnos y conocer el lugar donde vives.

Meitkini dijo que el reino de los masáis tenía el mismo aspecto a ambos lados de la frontera, pero que en cualquier caso eran bienvenidos en su campamento si querían pasar unos cuantos días allí. Estaban en temporada baja y él se aseguraría de que se les cobrara el precio que tocaba. Pero esa parada tenía que ser rápida: como muy tarde, debían salir de allí al anochecer del día siguiente.

Allan, Julius y Sabine opinaron que con un día de milagros sería suficiente.

Todos estaban de acuerdo entonces. Meitkini estacionó el coche en la cuneta y repartió mantas para los cuatro. Nadie había pensado en la cena, pero ese problema se resolvió solo: cuando se reúnen diez mil personas en el mismo sitio, surge automáticamente alguna clase de actividad comercial, así es la naturaleza humana. Parejas de mujeres se acercaban al coche con cestas llenas de exquisiteces de todo tipo. Julius hizo una oferta por ocho sándwiches y cuatro Coca-Colas.

—Me imagino que no tendréis ningún licor, ¿verdad? —quiso saber Allan.

—¿Nunca piensas en otra cosa? —intervino Sabine.

—No le han entendido porque sólo hablan maa y suajili —explicó Meitkini—, pero le voy a contestar por ellas: sólo pueden vender Coca-Cola.

—No se puede tener todo —se lamentó Allan.

—Bueno, a lo mejor sí —le dijo Meitkini abriendo la guantera para sacar una botella grande de konyagi.

—¡Mira tú! ¿Qué clase de delicia es ésa?

Era la bebida alcohólica más popular en Tanzania; mucha gente la toma con una rodaja de lima y unos cubitos de hielo, o con zumo de arándanos.

—¿Y directo de la botella?

—Así lo tomo yo —dijo Meitkini.

—Creo que esto es el principio de una bonita amistad —dijo Allan.

—Brindo por ello —contestó Meitkini, tirando el corcho por encima de su hombro.

—¿Aceptáis compañía? —preguntó Julius.

•

Cuando la agente B llegó por fin al campamento, había oscurecido del todo. Las mujeres habían desaparecido con sus mercancías, así que B tuvo que instalarse en una de las filas de asientos sin comida ni mantas. Casi un año antes le habían ofrecido un traslado a Singapur, y en ese momento se preguntó cómo habría sido su vida si hubiera aceptado. Como hacía demasiado frío para dormir, se vio obligada a reflexionar la mayor parte de la noche.

Había rechazado la oferta del sureste asiático por Franz: a él le encantaba su trabajo como dentista y se negaba a irse. Pero sólo tres semanas después de que B diera el «no gracias» por respuesta a sus jefes, se enteró de que a Franz no sólo le gustaba el trabajo, sino también su higienista, con la que tenía una relación desde hacía unos cuantos meses: ella y sus dientes perfectos gracias a la ortodoncia.

La separación fue tumultuosa. Franz le dijo que estaba harto de no saber nunca dónde estaba su mujer y ni siquiera en qué trabajaba exactamente. Al principio de su relación, la agente B le había dicho que era una funcionaria del Estado y que no podía contarle nada más. Durante un tiempo a él le pareció emocionante, pero cuando llevaban tres años casados y ella seguía repitiendo lo mismo, dejó de gustarle. ¿Se suponía que debía formar una familia con una mujer llena de secretos? ¿Qué escribiría su hijo o hija en una redacción del colegio sobre la profesión de su madre? ¿«Hace cosas que nadie puede saber»? Los profesores creerían que era prostituta; a veces incluso el propio Franz lo sospechaba.

Y a todo esto, ella quería mudarse a la otra punta del mundo «sin dejar de ser funcionaria». ¿Irse del barrio de Rödelheim? ¿Para qué? Ya era bastante malo estar casado con una mujer llena de secretos, pero estar casado con una mujer llena de secretos en un país extranjero ya era demasiado. Y además estaba la higienista... y sus dientes. B se moría de ganas de partírselos de un puñetazo, pero probablemente no serviría de nada.

Desde entonces no sólo estaba llena de secretos: también estaba sola. La tarea casi imposible de encontrar uranio enriquecido de contrabando en África había sido una vía de escape de todo lo demás. Le habían ofrecido el puesto de trabajo en Dar es Salaam a las nueve de un miércoles; a las nueve y cinco había dicho que sí.

•

La ceremonia del día siguiente iba a empezar a las once y duraría hasta la una, seguramente en medio de un calor insoportable. El campamento volvía a estar lleno de vida a las siete de la mañana. Volvieron las mujeres con las cestas de comida. Por todas partes había carteles que explicaban, en inglés y en suajili, que quien quisiera curarse tenía que pagar cinco mil chelines (o, en su defecto, dos dólares) para recibir un sorbo de la bebida milagrosa, además de la bendición y los conjuros de Olekorinko.

—Dos dólares no es mucho —dijo Julius—: no cuesta más que un manojo de espárragos vendido al por mayor.

—No —aceptó Sabine—, pero diez mil manojos de espárragos por día son bastantes.

Aparte de los veinte mil dólares que recaudaba en la gran reunión, Olekorinko ofrecía consultas privadas en su tienda: veinte minutos por mil dólares o sesenta por dos mil quinientos. La demanda era abrumadora.

Sabine no era la primera en la cola, pero sí la segunda. Reservó una consulta de veinte minutos para las tres de la tarde: confiaba en salir de allí con toda la información que necesitaba.

Para dirigirse a la multitud, Olekorinko utilizaba un micrófono y dos altavoces enormes alimentados por ocho baterías de coche. La organización del campamento era impresionante. Sabine calculó que habría unas doscientas mujeres dándole *kikombe cha dawa* (un traguito de la medicina milagrosa) a todo aquel que pudiera pagarlo y, de vez en cuando, también a algunos que no podían, pero que parecían suficientemente desesperados.

Julius y Sabine probaron el bebedizo: tenía un sabor amargo y no producía ningún efecto inmediato. Allan descubrió que aún quedaba un poco de konyagi en la botella ya sin tapón: eso sí que le parecía un milagro.

El curandero estaba en una plataforma elevada, bastante lejos de ellos, y se había puesto a cantar algo en suajili. Cuando se calló, su ayudante ocupó el estrado. Explicó lo que ya habían podido leer en varios carteles: que la medicina sólo funcionaba en presencia de Olekorinko, si él la bendecía (algo que acababa de hacer) y, sobre todo, si no se albergaban dudas.

—Si no crees en Olekorinko, su medicina no cree en ti —dijo la ayudante en inglés, suajili y maa—. Oremos. —Entonces se puso a rezar, primero en inglés—: Dios bendito, dale al *kikombe cha dawa* la energía de tu siervo Olekorinko y deja que esa energía llene los cuerpos y las almas de quienes creen sin dudar y les cure el asma y la bronquitis, el reumatismo y las deficiencias mentales, la depresión y el desempleo, el VIH y el SIDA, el cáncer y la neumonía, la mala suerte y las penas de amor, la infertilidad y los problemas que traen los muchos hijos. Oh, Dios misericordioso, guía a Olekorinko y sus discípulos por el camino correcto; muéstranos tu bondad, Señor, ¡sólo Tú eres nuestro pastor! Amén.

Al lado de Sabine, un hombre se había llevado una decepción porque su prostatitis bacteriana no había sido incluida en el rezo, pero desde prácticamente todas las direcciones llegó el rumor de grandes arrebatos de éxtasis.

Entonces Olekorinko se puso a cantar de nuevo en suajili. Era un canto rítmico y monótono, acompañado por tambores, y duró al menos media hora. Mientras tanto, las doscientas mujeres deambulaban entre el público recogiendo peticiones para más rezos. El hombre de la prostatitis consiguió llamar la atención acerca de su enfermedad y quedó satisfecho.

Entre una cosa y otra, la ceremonia no duró las dos horas prometidas, sino menos de una. La explicación de la ayudante fue que ese día la fuerza espiritual de Olekorinko era más potente de lo habitual y que por eso había transferido más cantidad de energía curativa por minuto: que nadie se sintiera engañado.

Olekorinko permaneció al fondo, asintiendo con la cabeza para agradecer las palabras de su ayudante, y concluyó con un aleluya.

Del campo salieron algunos aleluyas sueltos en respuesta, antes de que diez mil personas se dispusieran a emprender simultáneamente el duro viaje de regreso, más contentas y posiblemente liberadas de sus próstatas inflamadas y del SIDA.

Sólo se quedaron los que habían reservado una cita privada con el curandero... y una agente dócil y deprimida de los servicios secretos alemanes.

•

Al principio de la sesión de veinte minutos de Sabine con Olekorinko, éste se puso a meditar en silencio. Allan, Julius y Meitkini estaban sentados en unas sillas al fondo de la carpa: habían recibido la instrucción de no abrir la boca; si lo hacían, Olekorinko tendría que liberar más energía y la tarifa sufriría el aumento correspondiente.

—Éste sabe ganarse la vida —dijo Allan.

—¡Silencio! —exclamó Julius.

Tras la meditación, Olekorinko abrió los ojos y miró atentamente a Sabine.

—¿Qué puedo hacer por ti, hija mía? —le preguntó.

Sabine no tenía la sensación de que Olekorinko pudiera ser su padre, ni mucho menos, pero por fin estaba donde necesitaba estar. Le habría encantado que su madre, Gertrud, se hallara a su lado.

—Tengo unas cuantas preguntas concretas —le anunció—; la primera es: ¿qué contiene tu bebida mágica, aparte de tu propia alma y la ayuda de Dios?

Olekorinko se la quedó mirando con curiosidad. Se había encontrado antes con periodistas, ¿sería una de ellos? Algunos incluso se habían llevado a hurtadillas la bebida milagrosa para hacerla analizar en un laboratorio. El resultado había sido una declaración oficial de las autoridades en el sentido de que la bebida no era dañina para la salud humana y, en consecuencia, no podía impedirse su venta. En esa época, hasta siete miembros del Parlamento afligidos por distintas dolencias habían hecho el viaje de ida y vuelta en helicóptero para visitar al hombre milagroso.

—El ingrediente activo es el que tú misma has mencionado: la ayuda de Dios a través de mí, su siervo. Pero el Señor y yo trabajamos en simbiosis con la naturaleza: el sabor agridulce, por ejemplo, procede de los matorrales de *mtandamboo*; ¿los conoce?

No, no los conocía, pero se daba cuenta de que Olekorinko no pretendía que su bebida tuviera ningún «ingrediente secreto». Era posible, pues, utilizar algo parecido a aquellos matorrales, revestirlo con una buena historia y exportarlo a Europa como base de un modelo de negocio exitoso. Lo de Dios no sería tan fácil: sus ventajas y desventajas eran ya muy conocidas allí. Además, por cierto... ¿Dios? ¿No se suponía que Olekorinko era un brujo?

—Yo, en mi país, me dedico a expulsar fantasmas y a la videncia; ¿qué experiencia tiene en estos campos?

Los cuatro guardaespaldas de Olekorinko se pusieron repentinamente en alerta y el propio Olekorinko clavó la mirada en su huésped: Sabine acababa de decir algo terriblemente inoportuno.

—La brujería es obra del diablo —dijo Olekorinko—: si eres una bruja, la ingestión de *kikombe cha dawa* puede provocarte la muerte. Está reservada a quienes han escogido el camino verdadero.

¿Y ése cuál era?

—El camino verdadero —murmuró Sabine, notando cómo se había tensado el ambiente dentro de la carpa. ¿Qué se le había escapado en sus investigaciones?

—El camino verdadero —respondió Olekorinko.

Y siguió hablando, en un tono mucho más serio, casi hostil, soltándole algo muy parecido a un sermón sobre la brujería y la mejor manera de enfrentarla. Por fortuna, dijo, en Tanzania cada año morían asesinadas quinientas mujeres acusadas de brujería, pero no era suficiente: el mal siempre iba un paso por delante. El único consuelo era que las brujas y los brujos se atraían entre sí: recientemente, por ejemplo, un chamán del Ngorongoro había matado a una bruja y le había cortado varios trozos que pretendía utilizar como amuletos de la suerte. Lo habían condenado a dieciocho años de cárcel: hasta ahí había llegado su buena suerte. De todos modos, en opinión de Olekorinko, los hechiceros no deberían ir a la cárcel, donde lo tenían demasiado fácil para proseguir con su depravación: tenían que morir, igual que las brujas.

Sabine estaba perpleja: ¿cómo era posible que Olekorinko se expresara así de la brujería en general? ¿Hablaba en serio? Pero si Sabine estaba allí por su fama como hechicero, ¡incluso había llevado a Julius y a Allan!

La invadió la sensación de que su viaje a Tanzania carecía de sentido, ¿o simplemente se habían equivocado de representante en su búsqueda de algo que fuera susceptible de desarrollarse y exportarse? Si beber un líquido sagrado extraído de las raíces mismas de la naturaleza para curarse la prostatitis no era brujería, ¿qué podía serlo?

Cometió el error de preguntárselo. En vez de responder, Olekorinko hizo una señal a los guardaespaldas, que avanzaron despacio hacia Sabine...

Pero en ese instante, Meitkini se levantó y gritó algo en suajili que sonó serio hasta tal punto que los guardaespaldas se detuvieron al instante. Miraron alrededor, hacia la maleza que había fuera de la carpa. Olekorinko no podía permitirse hacer lo mismo: estaba por debajo de su dignidad; prefirió quedarse sentado con la espalda tiesa, mirando intensamente a Meitkini.

El masái había conseguido ganar algo de tiempo para él, Allan, Julius y Sabine. Les indicó que salieran de la carpa de inmediato y se metieran en el coche.

—Pero es que yo también tengo una pregunta —protestó Allan.

—Nada de eso —dijo Meitkini, sin quitarle los ojos de encima a Olekorinko—, haga lo que le digo, ¡ahora!

Al cabo de un minuto más o menos, salían en coche del campamento del hombre milagroso. Un rato después, Meitkini pudo empezar a relajarse. Lo primero que hizo fue disculparse por su brusquedad, pero la amenaza había sido mayor de lo que Sabine y los otros habían llegado a presentir.

—¿Puedo decir algo ahora? —preguntó Allan.

—Adelante.

—¿Ese tipo se cree lo que dice?

Meitkini se permitió una sonrisa.

—Me alegro de que no se haya atrevido a preguntar eso dentro de la carpa, señor Karlsson; de lo contrario, no habría podido envejecer ni un día más.

—Es probable que no envejezca más, en cualquier caso. ¿Qué has dicho para que se detuvieran así de pronto?

—He dicho que había un paisano mío tras el árbol de la flecha venenosa, y que los atacaría si no se calmaban.

—¿El árbol de qué?

—Ellos sabían de qué les hablaba: me he desabrochado el cuello para que vieran, por mi collar, que soy un masái, y les ha parecido verosímil que otro como yo los tuviera vigilados desde detrás de un arbusto, una roca o cualquier otro lugar: había varios para escoger. A estas alturas estoy seguro de que ya se han dado cuenta de que mentía, pero ya es demasiado tarde.

—Salvo que ésos que nos siguen sean ellos —dijo Sabine angustiada.

Meitkini miró por el retrovisor y reconoció el modelo del coche y el adhesivo que llevaba en el parabrisas.

—No, ese coche es de alquiler, de los que llevan por aquí los turistas, no Olekorinko ni la gente como él.

—¿El árbol de qué? —insistió Allan.

—Él árbol de la flecha venenosa: se llama así simplemente porque de ahí sacamos el veneno en el que mojamos las puntas de nuestras flechas y lanzas. Una flecha mojada en esa sustancia y clavada profundamente puede matar a un búfalo de setecientos kilos en diez segundos; para un hombre tan flaco como Olekorinko bastaría con un rasguño.

—¿A quién te refieres cuando hablas en plural? —preguntó Sabine.

—A los masáis.

—Pero ¿no has dicho que erais pacíficos?

—Claro, hasta que alguien se porta mal con nosotros.

—Como un búfalo, por ejemplo.

—Sí, o un charlatán.

Tanzania, Kenia

Sabine seguía sin acabar de entender qué había salido mal: Olekorinko, que era un médico brujo, ¡la había acusado de ser bruja!

—Bueno, es más complicado de lo que le parece, señorita Sabine —dijo Meitkini—; ¿le interesa que se lo explique?

—Mucho.

Y Meitkini se lo explicó.

Ser una «bruja» estaba mal visto en toda África, donde se creía, además, que la mejor forma de tratar a las brujas era matarlas a palos o, aún mejor, tirarles gasóleo por encima y pegarles fuego. Eso era, casualmente, lo que los hombres de Olekorinko habían estado a punto de hacer con Sabine, de ahí que les hubiera indicado que salieran de allí enseguida.

Sabine se estremeció.

—Pero yo he leído cosas sobre la Reina de Nairobi: una bruja con una casa de lujo, quince coches y, al parecer, bastante orgullosa de su profesión.

Meitkini la miró con admiración. Ah, ¿la señorita Sabine había oído hablar de la Reina? Pero ella no era una bruja, sino una *mganga*: una palabra mal traducida a muchos idiomas. Las brujas son especialistas en complicarle la vida a la gente: si cae un rayo en una aldea, la gente suele interpretarlo como una señal de que hay una bruja cerca; entonces conviene llamar a un adivino que estudiará los espejos y las entrañas de los animales, y tal vez hasta eche un vistazo a una bola de cristal, con el objetivo de descubrir dónde vive la supuesta bruja que ha mandado el rayo en cuestión a la aldea. Luego habrá que pegarle fuego a ella y a su casa para estar más seguros.

—¿Sin pruebas? —dijo Sabine.

—No, no: con pruebas, para eso está el adivino.

Aunque las brujas eran muy astutas, sobre todo si sentían que habían entrado en la zona peligrosa donde era más fácil identificarlas como tales.

—¿La zona peligrosa?

—Sí, cuando se han convertido en ricachonas de mediana edad, preferiblemente viudas: mujeres que provocan la envidia del resto de la aldea.

—Una mujer con éxito —explicó Allan—: siempre han ofendido a los hombres de todas las edades en todos los continentes.

—Estás horriblemente sabio estos días —dijo Julius.

Añoraba al amigo que había sido Allan en otros tiempos, antes de contagiarse con esa cosa.

Allan asintió, pensativo.

—Es el lado malo de la tableta negra —señaló—: me disculpo de todo corazón.

Meitkini no sabía cómo funcionaban las cosas en otros lugares, pero en África era sorprendentemente habitual que las viudas adineradas acabaran en la bola de cristal del adivino.

—Has dicho que eran astutas —dijo Sabine—; ¿a qué te refieres?

A Meitkini le gustaba el papel de profesor. Estaba asombrado de lo poco que sabían la señorita Sabine y los otros sobre cómo era la vida en aquel rincón del mundo.

—Se venden más pararrayos en este continente que en todos los demás juntos. Instalar un pararrayos en una colina no cuesta demasiados chelines; así, el rayo va a parar allí y la sospechosa de brujería puede continuar siendo sospechosa un tiempo más.

—Pero ¿la Reina de Nairobi no necesita pararrayos?

—Claro que no porque, como ya he dicho, no es una bruja, sino una *mganga*. A ver si acierto, señorita Sabine, ¿a que quiere que le explique qué es una *mganga*?

No esperó la respuesta obvia.

—Bueno, para empezar, las *mganga* creen en Dios, como es lógico, pero su fe está mezclada con un poquito de todo lo demás: hierbas, rituales y raíces con poderes mágicos. Una verdadera *mganga* entiende que todas las aflicciones a las que se enfrentan los humanos tienen causas no sólo físicas, sino también espirituales: no tiene sentido operar un apéndice infectado si la causa subyacente supera nuestra comprensión. Eso ocurre con el VIH y el SIDA, y en casos así el poder intangible es mucho más efectivo.

—¿El poder intangible?

—La magia, los exorcismos o, por qué no, una taza de medicina milagrosa bendecida por Olekorinko. Pero siempre con la intención de hacer el bien, de lo contrario... ¡atención! ¡Se las podría acusar de brujería!

Julius había escuchado la conversación sin involucrarse, pero en ese momento se dejó llevar por la curiosidad.

—Oye, Meitkini, ¿tú crees que los espárragos verdes podrían tener algún poder intangible?

La idea de negocio que se le acababa de ocurrir era la más grande de todas las que había tenido hasta entonces: «¡Los espárragos milagrosos de Gustav Svensson lo curan todo! ¡Cómpralos hoy!»

—Puede ser —dijo Meitkini—, pero si se trata de mi apéndice prefiero la cirugía.

Sabine necesitaba tiempo para pensar. ¿Y si todas las historias de su madre se basaban en un malentendido lingüístico? ¿Había llegado el momento de abandonar los principios de su madre y aceptar que no era posible fundamentarse en ellos, o acaso había una tercera vía?

•

Tardaron tres horas en llegar a la frontera entre Tanzania y Kenia. Estaba indicada con una piedra bastante grande en la cuneta, pero ninguno de los suecos se habría fijado en ella si el conductor no hubiera bajado la velocidad para señalársela.

—Bienvenidos a mi patria —dijo al cruzar.

—Fijaos, ese coche de alquiler va detrás de nosotros desde el campamento de Olekorinko —comentó Sabine, que seguía desconcertada y afectada por lo que habían vivido.

No tenía ganas de que le pegaran fuego, con o sin petróleo.

Allan le pidió prestados los prismáticos a Meitkini y miró hacia atrás.

Estaba un poco lejos, pero parecía que sólo iba el conductor: una mujer... vestida con un *blazer*... ¡¿Una mujer vestida con un *blazer* en la sabana africana?! Además, era el mismo blazer que...

—Párate ahí, Meitkini, voy a hablar con la mujer que viene detrás: creo que es una vieja conocida.

Empezaba a caer la noche y el masái echó un vistazo a los alrededores. Un rebaño de cebras caminaba tranquilamente por un promontorio a su derecha; a la izquierda, un grupo de babuinos se preparaba para la noche: también estaban tranquilos. Y no se veían aves en el cielo; es decir, no había leones ni búfalos cerca. Aceptó detenerse, pero le advirtió a Karlsson que, fuera lo que fuese lo que estaba planeando, no podía tardar demasiado: en quince minutos se haría de noche y todo el mundo debería estar dentro del vehículo.

¿Pararse? ¿Allí? ¿Qué quería decir con eso de «conocida»? ¿Quién podía tener una conocida en medio de la nada?

Julius se había contagiado de la ansiedad de Sabine: confiar en el sentido común de ese hombre inestable de ciento un años en medio de la naturaleza salvaje no parecía muy recomendable; ¿por qué no seguían avanzando?

—Respira hondo, querido cultivador de espárragos, y hazte a un lado: todo irá bien, ya verás —dijo Allan.

Cuando Meitkini detuvo el coche en la cuneta, el de alquiler hizo lo mismo ciento cincuenta metros más allá. Allan se escurrió fuera y puso los pies en el suelo. Dio unos pasos hacia el vehículo que los seguía, alzó de nuevo los binoculares y confirmó que estaba en lo cierto; los bajó y llamó a la mujer del *blazer*.

—¡Venga con nosotros, doña Agente Inmobiliaria! ¡No sea tímida!

Tanzania, Kenia

La agente B había conseguido al fin dormir unas horas de noche, tiritando en el asiento trasero, y otras tantas por la mañana, cuando el sol ya había calentado el aire. Después, el día no le había servido absolutamente de nada: era normal no coincidir con Karlsson entre diez mil personas, y buscarlo no tenía ningún sentido. Bastante suerte había tenido de reconocer el coche de los suecos. Sólo le quedó vigilar el vehículo y esperar. Más tarde, cuando su espera se vio recompensada, no tuvo otra opción que seguirlos a una distancia segura, o quizá no tan segura, porque no tomaron el mismo camino de vuelta: esta vez se dirigieron hacia el norte por carreteras aún peores que las que los habían llevado hasta Olekorinko.

En todo caso, cualquier agente habría comprendido que seguir a alguien en coche sin al menos dos ayudantes, uno delante y otro detrás, en contacto constante por medio de *walkie-talkies*, era sencillamente una imprudencia.

No obstante, por una vez la agente estaba sola por completo en aquella misión sin sentido, y la carretera no era una carretera: más bien un sendero para el ganado. El riesgo de que la descubrieran era ridículamente grande.

B intentó dejar la máxima distancia posible entre los coches y conducir con los faros apagados para que no se reflejaran en el retrovisor del coche que iba siguiendo, pero no quería perder de vista a los suecos y a su conductor y, si en algún momento tomaban un desvío sin que ella lo advirtiera, lo más probable era que los perdiera para siempre.

Era un equilibrio difícil. Además, los pensamientos de la noche anterior seguían acosándola. ¿Cómo había acabado así? Estaba sola en una carretera sin pavimentar, adentrándose en la sabana africana. Sola en todos los sentidos imaginables, en una misión encubierta y con la sensación de estar trabajando con ahínco para arruinarse una vida ya de por sí bastante ruinosa.

Justo en ese momento, las cosas aún empeoraron más: el objetivo estaba plantado en medio de la carretera y se dirigía a ella como si fueran viejos amigos.

La agente B se planteó la posibilidad de meter marcha atrás y desaparecer, pero la situación era demasiado complicada. De pronto, se abrió a la posibilidad de que el enemigo de ciento un años fuera en realidad un amigo; si no se bajaba del coche, jamás sabría la verdad.

Por otra parte, ¿qué podía perder? En cuanto volviera a casa presentaría la dimisión. ¿Volver a Rödelheim y trabajar como policía local? Eso podía estar bien, pero ¿qué pasaría si le dolía una muela y tenía que acudir a la clínica local?

La agente avanzó lentamente hasta donde la esperaba el viejo. Se bajó y se acercó a Allan sin decir palabra.

—Muy buenos días —dijo Allan—; ¿ha encontrado alguna propiedad interesante desde que hablamos por última vez?

Estaban en el lugar de la Tierra que menos posibilidades tenía de recibir la visita de una agente inmobiliaria.

La agente B se había pasado los últimos siete años de su vida escondida tras un secreto. Estaba agotada, tenía hambre y sed, estaba harta de sí misma y de su vida y se encontraba ante un hombre que tanto podía ser un amigo como un enemigo.

Ya era suficiente: tomó una decisión.

—No, ninguna. Me llamo Fredrika Langer y trabajo para el gobierno de la República Federal de Alemania. Mi objetivo es impedir el traslado de uranio enriquecido desde África hasta, por ejemplo, Corea del Norte.

—Empezaba a sospechar algo así —dijo Allan—: iba detrás de nosotros en la cola del aeropuerto en Dar es Salaam, luego terminamos juntos en el avión, pero no tenía ni idea de adónde iba, y cuando le insinué que no había edificios que vender en Musoma me dio la razón. Menudo ridículo hicimos los dos. La he reconocido fácilmente: no se ha cambiado el *blazer* desde ayer y aquí en la sabana lo único que podría andar persiguiendo es a mí y a mis amigos, ¿no?

—Correcto —contestó la agente: no se había sentido tan poco profesional en toda su vida.

—¿Qué pasa? —preguntó Meitkini.

—Muchas cosas —dijo Allan—, ¿puedo presentaros?

Hasta ese momento, Meitkini había tenido a mano una vara y una navaja, pero por el tono de Allan entendió que no las iba a necesitar. Por su parte, la desgraciada agente cayó en la cuenta de que se había acercado a cuatro enemigos potenciales en medio de la sabana sin ninguna clase de arma; en fin: un error más que sumar al resto.

Una vez superadas las formalidades, Allan sugirió invitar a la nueva integrante del grupo al campamento de Meitkini: tenían mucho de que hablar.

—¿Está de acuerdo, señorita Langer?

Sí, estaba de acuerdo.

—Y ya no podemos quedarnos más rato plantados aquí, ¿verdad que también está de acuerdo, señorita Langer?

Sí, estaba de acuerdo.

—Pues vayámonos —dijo Meitkini—. Sígame, señorita Langer.

Allan decidió viajar en el coche de la alemana para empezar a charlar de inmediato, lo que mejoró un poco el estado de ánimo de la agente: si Karlsson estaba jugando con ella, seguro que tardaría bien poco en ponerse en evidencia, y en este caso seguiría siendo cierto que ella estaba en el lugar equivocado (desarmada, habiendo hablado demasiado), pero al menos lo sabría.

Durante el resto del viaje, a medida que oscurecía en torno a ellos, Allan le contó a la agente una versión breve de cuanto había sucedido a partir del globo aerostático, con algunos *flashbacks* sobre distintos momentos de su vida pasada, y ella le creyó. Por suerte para Karlsson, había muchos datos verificables: si hubiese sido un contrabandista importante con un encargo de uranio para Corea del Norte, ¿por qué iba a huir del país en vez de quedarse allí? ¿Y cómo se le iba a ocurrir a cualquier contrabandista de uranio con dos dedos de frente llevarse cuatro kilos a Estados Unidos con la única intención de hacerlos llegar a la embajada alemana en Washington con una carta de amor para Angela Merkel?

—El director de laboratorio de Pyongyang mencionó un cargamento mucho mayor que el primero —dijo Allan—. Vista su presencia y su interés, ¿será que el uranio en cuestión procede de estas tierras?

Sí, eso sospechaban los agentes: a esas alturas, no había razones para negarlo. El uranio provendría del Congo, para ser más precisa; y el mismo barco que unos meses antes había recogido a Karlsson y Jonsson estaba de nuevo en alta mar siguiendo la misma ruta.

—Estamos bastante seguros de que la entrega tendrá lugar al sur de Madagascar.

—Entonces, ¿qué hace aquí?

La agente Langer se molestó.

—Si no fuera por usted, señor Karlsson, estaría en otro sitio.

—Ah, ya entiendo —dijo Allan.

•

La carretera parecía empeorar a cada momento. En algunos puntos había desvíos debido a los chaparrones africanos, que provocaban torrentes de agua capaces de tragarse partes de la pista cuando no la pista entera.

De vez en cuando, la carretera cruzaba directamente un riachuelo; otras, quedaba partida por la mitad por una roca o un tronco que no estaban donde se suponía que debían estar y, durante un tramo, el tráfico en un sentido y en otro tenía que avanzar por el mismo carril. Para colmo, las señales de tráfico de cualquier tipo son raras en la sabana keniata y, allá donde la carretera se partía, a la hora de elegir entre derecha e izquierda sólo quedaba echar mano del sentido común. Meitkini, que había nacido y se había criado en un país en el que se circula por la izquierda, escogía una y otra vez, con buen criterio, la izquierda.

En cambio, la agente Langer sólo estaba allí de visita, y además en contra de su voluntad. Sumado a esto, se había pasado los primeros cincuenta y tres años de su vida yendo y viniendo por la autopista 5, en las afueras de Fráncfort del Meno. La diferencia fundamental entre la A5 y la carretera secundaria C12 de Kenia no era que en una se circulara a doscientos kilómetros por hora y en la otra a diez, sino que en Kenia no se conduce por el mismo lado de la carretera que en Alemania.

Para decirlo en pocas palabras: la agente, al contrario que Meitkini, esquivó la roca por el lado erróneo. El arroyo tenía dos vados separados por diez metros, el del oeste cumplía su función, mientras que en el del este los últimos aguaceros se habían llevado grandes cantidades de tierra. Un masái atento y concienzudo había puesto una señal para advertir de que el vado ya no tenía treinta centímetros de profundidad, sino más bien un metro y medio, pero como el masái, igual que Meitkini, siempre circulaba por la izquierda, no había hecho el esfuerzo de advertir también a quienes tomaran el otro lado: el que había escogido la agente Langer.

La agente bajó con cautela por la ladera mientras los treinta centímetros de profundidad se multiplicaban por cinco en un segundo; su vehículo se inclinó violentamente hacia delante y las ruedas delanteras quedaron atrapadas en el profundo hoyo que se abría en la superficie. Algunas partes del motor quedaron bajo el agua y éste se apagó en cuestión de segundos.

—Uy —dijo Allan, que se veía obligado a agarrarse para no caer—. Si se me permite hacer una observación, diría que la señorita agente nos ha metido en un lío.

La agente Langer pensó que las cosas no hacían más que empeorar, y a un ritmo enloquecido: unas horas antes le había quedado claro que estaba en un lugar de África donde no debería estar, y ahora encima resultaba que no iba a poder largarse hasta que alguien la sacara de allí como si fuera un pez y le reparase el coche.

Sacar de allí a Allan y a la agente terminó siendo toda una aventura. Meitkini se sirvió de una rama para determinar hasta dónde podía atreverse a meter su coche en el agua para que la alemana y el sueco treparan de un capó al otro.

—Su coche tendrá que quedarse aquí —dijo Meitkini—: habrá que sacarlo remolcándolo desde el otro lado, algo que no conviene hacer en plena noche, rodeados de animales. Además, no creo que el motor esté en condiciones de arrancar porque usted ha escogido meterlo bajo el agua.

—Yo no he escogido meterlo bajo el agua —dijo la agente Langer.

Kenia

La desilusionada agente se sentó en el porche de la tienda que le habían asignado en el campamento donde Meitkini trabajaba como guía. Se sentía muy agitada y no podía dormir; en lugar de eso, disfrutó de ver amanecer en solitario. Las tiendas se esparcían entre colinas y matorrales en un valle verde de la sabana, y apenas doscientos metros más allá de los límites del campamento había un abrevadero. Cuando salió el sol, dos madoquas se acercaron allí a saciar su sed, pero tuvieron que apartarse para ceder el sitio a una manada de elefantes. El valle estaba inmerso en un silencio glorioso. «Como Alemania, y sin embargo tan diferente», pensó la agente Langer.

La paz se rompió con la aparición de Allan y Julius, que se acercaban con sus andares lentos desde la carpa comunitaria del campamento. Como los animales salvajes dejaban de cazar al salir el sol, ya no era peligroso dar un paseo.

—Buenos días, señorita agente, ¿ha dormido usted a gusto? —preguntó Allan.

—Hemos traído desayuno, por si le apetece —dijo Julius mostrándole la bandeja que sostenía.

«¿Señorita agente?» Bueno, vale, ella misma se lo había confesado, y Karlsson tampoco había sido precisamente discreto al contarle lo que sabía.

—Sí, gracias. He dormido bien —mintió la alemana—. Y no me importaría desayunar un poco. Siéntense, por favor.

La mujer y los dos hombres se sentaron, compartieron café, huevos fritos y papaya de la huerta del campamento, y charlaron sobre el futuro. Mientras tanto, el frío del amanecer dio paso a una temperatura diurna sorprendentemente agradable para estar a casi dos mil metros de altura justo al sur del ecuador.

Allan llevaba consigo su tableta negra y anunció que le encantaría compartir lo que fuera que descubriese en ella, aunque pensaba saltarse el dato de cuánta gente se había ahogado en el Mediterráneo desde la última vez porque Julius se había hartado de oír hablar de eso.

Julius le rogó que no atormentara a la agente como hacía con ellos dos (desde hacía ya demasiado tiempo, por cierto), pero la alemana asintió educadamente con la cabeza: podía resultar agradable enterarse de lo que sucedía más allá de la sabana y los matorrales. ¿Se le había ocurrido alguna tontería nueva al Líder Supremo del Este?

Seguro que sí, supuso Allan, aunque su tableta no decía nada de eso. Si estaban interesados, le encantaría ofrecerles algo distinto.

—¡No! —exclamó Julius, pero Allan ya había empezado.

En Suecia, la Agencia de Transporte había enviado voluntariamente toda su base de datos a una compañía de Europa del Este, contraviniendo las recomendaciones del Servicio de Seguridad. Se había externalizado la gestión de información confidencial sobre pilotos de cazas y agentes del gobierno, nada menos. Ahora, los periódicos revelaban que, si bien el director de la agencia había sido despedido y multado con setenta mil coronas, había recibido una indemnización por despido de al menos cuatro millones.

—Permítame adivinarlo, agente Langer: usted no tiene colegas destinados en Suecia. No veo por qué serían necesarios —dijo Allan—: ahí arriba no tenemos secretos ni para nosotros mismos ni para los demás.

Allan se dio cuenta de que Julius miraba enfurruñado desde su rincón. ¿Sólo por una noticia? Seguro que podía aguantar un poco más.

Por lo visto, Trump seguía siendo Trump, mientras que Arabia Saudí parecía desplomarse en caída libre a la decadencia occidental. No sólo les había concedido a las mujeres el derecho a conducir, sino que además tanto a ellas como a los hombres se les permitía ir al cine por primera vez desde el año 1983. Llegados a este punto, en cualquier momento les dejarían tomar una copa y sentirse normales.

Al no recibir comentario alguno sobre sus cavilaciones, y pese a que Julius seguía enfurruñado, Allan cambió de tema.

—A lo mejor esto te anima, Julle —dijo, y les habló de un árbitro de fútbol de Ghana que había sido inhabilitado de por vida por haberle regalado un penalti a Sudáfrica cuando a un pobre jugador senegalés le había rebotado la pelota en la rodilla.

Julius seguía sin reaccionar (aparte de decir que no se llamaba Julle), no así la agente alemana.

—¿No se puede golpear el balón con la rodilla? —se preguntó aquella mujer a la que nunca le había divertido el deporte o, para el caso, ninguna otra cosa.

—Claro: ésa es la gracia precisamente. Pero la FIFA, que por cierto es famosa por su corrupción, ha creído que el árbitro estaba vendido, así que ahora tendrán que volver a jugar el partido.

Su amigo seguía en el sofá con cara de amargado. Sólo le quedaba una cosa por probar: en la jerga deportiva, sería «dejar la pelota en el tejado de Julius».

—Cambiando de tema: ¿tiene usted alguna relación con los espárragos, señora agente?

Era una pregunta que la agente Langer no había previsto.

—¿Espárragos? —dijo—. Tengo una larga, más bien cercana y muy buena relación con los espárragos: mi abuelo nació y se crió en Schwetzingen.

—¿Schwetzingen? —repitió Allan—. Parece el nombre de un cóctel.

La agente Langer dijo que los de Schwetzingen solían tomarse una o dos copas, e incluso tres, cada noche, pero que el nombre de la ciudad no tenía que ver con el alcohol, sino con los espárragos.

—¡Cuénteme más! —intervino entonces Julius incorporándose.

—Bienvenido de nuevo —dijo Allan.

Resultó que Fredrika Langer tenía una larga historia de amor con los espárragos. Los blancos, qué se le va a hacer. Su abuelo, Günther, había sido uno de los principales cultivadores de espárragos de Schwetzingen en su época: gateaba por la tierra arenosa como si tuviera una relación íntima y personal con cada planta. Y en casa, junto con la abuela Matilda, había creado varias recetas fabulosas con aquel oro blanco: ¡primeros, segundos y hasta postres!

—¿Blancos? —dijo Julius—. ¿Los verdaderos espárragos no son los verdes?

Era el único motivo de discusión que había tenido con Gustav Svensson en Bali: el sueco-indio había insistido en que debían diversificar su negocio para que el veinte por ciento de las plantas produjera la variedad blanca en vez de la verde.

La agente Langer sonrió quizá por primera vez en todo un año.

—Con el debido respeto, señor Jonsson; creo que no sabe de qué está hablando.

•

Los clientes del safari de Meitkini llegaron según lo previsto y su guía les dio la correspondiente bienvenida; los suecos y la alemana tendrían que arreglárselas como buenamente pudieran unos pocos días.

Allan los pasó sentado en el gran porche de la carpa comunitaria, con vistas al valle verde y al abrevadero, donde prácticamente a todas horas se podía presenciar el drama de la vida: después de las madoquas llegaban los elefantes, y cuando éstos terminaban se despertaban los leones. También lo visitaba con frecuencia un rinoceronte solitario, y las jirafas, hechas con tan mala pata que para beber tenían que espatarrarse.

El hombre de ciento un años disfrutaba prácticamente con todo. Con las vistas, por supuesto, con las bebidas que John, el joven barman, le servía sin que ni siquiera necesitara pedírselas, ¡y qué decir de los conocimientos técnicos de John! Un ejemplo: si se enlazaba la tableta a algo llamado «red», las noticias de todos los rincones del mundo aparecían a una velocidad cinco veces mayor. Las noticias eran las mismas, eso sí, pero qué se le iba a hacer.

Sabine prefería sentarse dentro de la carpa comunitaria a fin de que las historias de Allan no interrumpieran sus pensamientos continuamente. Estaba fraguando varios planes para transformar el proyecto de videncia en un negocio de masas basándose en un principio fundamental: «Es mejor engañar a diez mil participantes y robar unos cuantos dólares a cada uno, que robar trescientos dólares a uno solo», y con la determinación de no inmiscuir a Dios en el asunto.

—Videncia masiva —murmuró—. El miércoles a las once nos conectamos con Elvis a diez dólares la entrada, veinte para quien quiera hacerle una pregunta personal.

No, así no funcionaba. ¿Y si añadía un té que abriera la mente de los participantes? ¿Un té secreto? Quizá con un poquito de LSD para dar un verdadero empujón a su reputación...

—¿Qué tal va todo? —preguntó Allan, sentado cerca de allí.

—¡No me molestes! —respondió Sabine.

«No muy bien», reconoció para sí.

Julius y la agente Langer pasaban la mayor parte del tiempo en el otro lado de la carpa, con vistas al huerto orgánico del campamento: ambos estaban de acuerdo en que el clima de la zona, a dos mil metros de altura, parecía adecuado para el cultivo de espárragos, pero no podía decirse lo mismo de aquella tierra roja tan rica en hierro. Julius dijo que esos espárragos blancos de mierda probablemente podían crecer en cualquier sitio, pero que los verdes necesitaban un suelo fino y arenoso. La agente Langer contraatacó diciendo que aunque los blancos necesitaban lo mismo, daba igual el suelo en que estuvieran metidos los verdes: seguían siendo incomibles.

En general, los dos amantes de los espárragos se llevaban bien, más allá de la controversia entre verdes y blancos.

En éstas estaban cuando el arrogante agente A los interrumpió: llamaba para informar a Langer de que, en cooperación con el jefe de la patrulla de fronteras (en nómina del BND) y ochenta de sus hombres, se había construido un muro invisible entre Tanzania y Mozambique. Tan sólo era cuestión de tiempo que los contrabandistas se toparan con él.

—Qué lástima que no estés aquí: me llevaré todo el mérito —agregó.

A la agente B, tan dócil antaño, su nueva relación con los espárragos le había infundido confianza; la suficiente, al menos, para desear todos los males a su jefe.

—Cuánto me alegro por ti —dijo—. De todos modos, si el uranio se te escapa, estoy segura de que encontrarás la manera de hacer que parezca que es por mi culpa, ¿verdad que sí?

El agente A no estaba acostumbrado a que B le discutiera nada.

—Bueno, no te enfades sólo por no haber tenido la intuición de saber cuál era el lugar donde había que estar. ¿Qué tal va con Karlsson? ¿Ya lo has encontrado?

—No —mintió la agente B—: me he quedado tirada en medio de la sabana con el coche de alquiler. Dentro de unos días conseguiré ayuda para sacarlo del arroyo con una grúa.

El agente A se echó a reír.

—¡Es lo más gracioso que he oído en mucho tiempo! Así que te quedas ahí arriba...

Le contó que, según todos los informes, el *Honor y Fuerza* seguía navegando rumbo al cabo de Buena Esperanza, el cabo de las Agujas y luego, con toda certeza, hacia el extremo sur de Madagascar. Eso significaba que el paso del uranio de contrabando por la frontera entre Tanzania y Mozambique era inminente.

—Supongo que no tendré más remedio que llamar yo mismo a la canciller y darle la noticia.

El agente A no daría el empujón adecuado a su carrera si quien le comunicaba esas noticias a la canciller Merkel era el director del BND.

La agente Langer volvió a la carpa, junto a Julius. Se dio cuenta de que a su lado sentía algo parecido al goce de vivir.

—Hola, mi desorientado amigo esparraguero: ¿puedo sentarme con usted?

Lo dijo con una sonrisa: ese choque entre blancos y verdes era una pelea cariñosa.

Julius contestó:

—Hola, daltónica. Siéntese.

Kenia

Los turistas partieron satisfechos después de haber pasado unos días en aquella zona considerada como la octava maravilla del mundo, y Meitkini volvió a tener tiempo para Allan, Julius, Sabine y la agente Langer, quien realmente necesitaba ayuda con su coche. Sabine pretendía quedarse unos días más en el campamento, junto con los dos viejos, y le preguntó si no le importaba: la carpa central la ayudaba a pensar y aún no había terminado su plan de negocio.

Meitkini se mostró encantado: le gustaba la idea de pasar más tiempo con los suecos ahora que no tenía trabajo pendiente; salvo rescatar el coche de la alemana, claro.

«"La alemana" o "la señorita agente"», pensó la agente B: se preguntaba cómo sería vivir en un contexto en el que tuviera un nombre y una identidad de los que se pudiera hablar.

—Me llamo Fredrika —dijo—, encantada de saludarlo.

Meitkini se sintió a todas luces avergonzado. Se apresuró a explicarle el plan para rescatar el coche.

De pronto, sonó el teléfono de Fredrika. ¿Y si el jefe había capturado...?

No, todavía no; sólo quería saber, por decimoquinta ocasión, si ya estaba en camino. Fredrika le contestó en tono lúgubre que hacía lo que podía: en una hora más o menos el coche estaría fuera del arroyo, y luego sólo había que conseguir que el motor funcionara. Llegaría a Musoma a tiempo para tomar un vuelo a la mañana siguiente.

—Vuela directamente a Madagascar, nos encontraremos allí. Estos cabrones tienen que haberse colado por algún sitio.

Colgó y volvió a prestar atención a Meitkini.

—Luego deberíamos salir del arroyo y empujar todos juntos el coche, comprobar que funciona y... ¿despedirte..., Fredrika? Mi intención es que los demás montemos un auténtico safari de vuelta a casa antes de que anochezca.

Allan dijo que le parecía interesante observar aún más de cerca la actividad que había presenciado en el abrevadero: siempre podía buscar fotos de jirafas y leopardos en su tableta negra, pero no era lo mismo.

Los otros estuvieron de acuerdo. Julius lamentó que Fredrika tuviera que marcharse, pero entendía la llamada del deber.

•

Por el camino, aprovecharon para observar algunos anticipos del safari que les esperaba, así que tardaron una hora y media en llegar al arroyo donde la agente Langer había tenido la mala suerte de aparcar la mitad delantera de su Land Cruiser unos días antes. El arroyo seguía allí.

Pero no podía decirse lo mismo del vehículo.

—Parece que ya ha venido alguien a ayudar —comentó Meitkini.

—Y se ha quedado el coche como muestra de agradecimiento —apuntó Allan.

Fredrika Langer escondió la cara entre las manos: alguien había robado el coche con el que debía regresar a Tanzania para poder continuar su viaje al sur; ¿qué demonios iba a hacer ahora?

Meitkini intentó animarla: le propuso que regresara con ellos al campamento y disfrutara del safari prometido. Dejarían allí a los suecos y él la llevaría a Musoma por la noche.

—Ya denunciarás el robo del coche antes de tomar el avión. Podría ser peor, ¿no, Fredrika?

Era cierto. Vale, pues ése era el plan.

Pero las cosas no salieron según el plan.

•

El safari fue algo realmente especial. Incluso Allan, que nunca se permitía impresionarse, estaba impresionado por lo que veía. Meitkini tenía el vehículo adecuado y el estatus adecuado para que se le permitiera ir a buscar a los animales y verlos allí donde vivían, no sólo cuando cruzaban por casualidad la carretera... o como quiera que se llamen esos senderos llenos de piedras.

Vieron cachorros de leopardo jugando a pelear mientras su madre vigilaba por si se acercaba alguna leona; vieron manadas de cebras, gacelas y ñus; vieron un elefante inmenso con una cría de una semana tambaleándose entre sus patas traseras; vieron los morros y los ojos de cuatro hipopótamos que esperaban que cayera la noche para poder abandonar el agua y buscar comida. En fin, fue increíble.

Nadie del grupo se había dado cuenta, pero de pronto estaba anocheciendo.

—Vaya —dijo Meitkini—, ha llegado la hora de buscar el camino de vuelta.

Encontró lo que buscaba y emprendieron el trayecto de regreso al campamento.

Cerca del ecuador, el paso del crepúsculo a la oscuridad total se produce muy deprisa. Los ojos de los animales salvajes brillaban a ambos lados del camino: muchos empezaban su jornada de trabajo.

Al cabo de media hora de recorrer la sabana, distinguieron una luz roja a lo lejos. ¿Las luces traseras de un coche? Sí, claro.

—Mira por dónde, un atasco —dijo Allan.

Se acercaron. El vehículo estaba parado: por lo visto tenía algún problema. Meitkini dio unas cuantas órdenes al grupo.

—¡Que nadie ponga un pie fuera del coche! Va por usted sobre todo, Allan.

—Por mí no te preocupes, Meitkini: yo nunca me muevo si no es necesario.

Era una *pick-up* Hilux de color azul que transportaba una gran caja de madera. Parecía que tenía la rueda trasera del lado izquierdo pinchada: Meitkini lo dedujo al ver una llave en el suelo. Al volante había un hombre que miraba con cautela por la ventanilla bajada. Viajaba solo. Meitkini detuvo el Land Cruiser a su lado. Allan, que iba sentado en el asiento del copiloto, se entusiasmó: conocer gente nueva siempre era emocionante.

—Buenos días, señor —saludó al conductor—. Me llamo Karlsson, Allan Karlsson; ¿cómo se llama usted?

El hombre de la Hilux, de mediana edad y baja estatura, era negro. Miró a Allan con suspicacia antes de contestar.

—Smith —dijo—, Stan Smith.

—¡Mira por dónde! —exclamó Allan—. ¿Juega al tenis?

—No, he pinchado —respondió Stan Smith, que desconocía que había un ex tenista blanco que se llamaba como él y medía casi dos metros. Difícilmente alguien hubiera podido confundirlo con él.

Meitkini le dijo que se había fijado en la llave que estaba junto a la rueda pinchada y le preguntó si había abandonado el coche para cambiarla. Si era así, le recomendaba encarecidamente no intentarlo de nuevo.

Stan Smith pareció vacilar antes de contestar:

—Yo no he salido del coche, mi compañero de viaje sí: se lo han llevado los leones hará unos veinte minutos.

Era una noticia terrible. Sin embargo, el señor Smith parecía tranquilo y no había perdido la compostura.

—Lamento mucho oír eso —dijo Meitkini—, ¿quiere subir a nuestro coche y pasar la noche en nuestro campamento? Está cerca de aquí. Me aseguraré de que alguien lo traiga de vuelta y lo ayude a cambiar la rueda a primera hora de la mañana.

Stan Smith dijo que no con la cabeza.

—Muchas gracias, pero no: no puedo abandonar la carga.

Allan miró la caja grande de madera que llevaba detrás.

—¿Le importa que le pregunte qué lleva?

Stan Smith dudó nuevamente.

—Bienes de primera necesidad —dijo.

—De primera necesidad... —repitió Allan—. Sí, ésos siempre está bien tenerlos. Aunque depende de qué clase de bienes sean, claro; supongamos...

Stan Smith vaciló una vez más, a Allan se le daba bien detectar esas cosas.

—Es para los pobres —dijo Stan Smith, que a todas luces no deseaba seguir hablando del asunto—. Ustedes sigan adelante, ya me las arreglaré para pasar la noche.

Meitkini se encogió de hombros y se dispuso a arrancar. Stan Smith tenía razón: si se quedaba dentro de la camioneta hasta el amanecer, lo más probable es que sobreviviera, y si no quería ayuda no tenía por qué recibirla.

Llegados a este punto, el asunto habría quedado zanjado de no ser porque Allan tenía otra idea en mente.

—¡Qué bonito maletín, señor Smith! —dijo.

El hombre de la rueda pinchada se sobresaltó.

—No se lo va a creer, pero yo tuve uno muy parecido hace tiempo. Diseño norcoreano, lo sé seguro porque conozco todo el espectro de maletines norcoreanos, que en realidad es bastante limitado.

No hizo falta más para que la situación diera un giro de ciento ochenta grados. Goodluck Wilson, alias *Stan Smith*, abrió en el acto su maletín norcoreano y sacó un revólver. Abrió el techo solar de la Hilux y, sin moverse de su asiento, apuntó con su arma.

—¡Que nadie se mueva! —dijo.

Por un instante, el tiempo se detuvo; en ese lapso, Goodluck Wilson pudo analizar la situación.

Se encontraba, en plena noche cerrada, en medio de la sabana keniata, donde había más leones salvajes que en todo el resto del planeta. Le quedaban unos siete kilómetros para llegar al aeropuerto local, desde donde la caja que contenía los cuatrocientos kilos de uranio enriquecido debía partir esa noche o, a más tardar, la siguiente. Tenía una rueda pinchada, pero había un vehículo alternativo: tal vez pudiera utilizarlo gracias al arma que blandía en la mano. Los revólveres, al fin y al cabo, son famosos por su capacidad de conseguir que la gente haga lo que desean sus dueños. En ese caso, tendría que pedirles al viejo que había hablado con él, al conductor y a los tres pasajeros que iban detrás que le cambiaran el coche.

Sólo faltaba por solucionar el asunto del uranio: de ningún modo podía dejarlo allí. Quizá podía abrir la gran caja y obligar a sus rehenes a trasladar cuarenta cajas de diez kilos al Land Cruiser de una en una. Pero eso los obligaría a bajar del vehículo; bajo la amenaza del revólver, sí, pero también de los leones. En esas circunstancias, ¿bastaría la pistola para mantener la disciplina en el grupo?

Además, menudo grupo. ¿Quiénes eran? ¿Cómo demonios se las había arreglado aquel viejo blanco para reconocer su maletín? Era surrealista.

Es increíble lo que es capaz de hacer el cerebro humano cuando el tiempo se detiene: Goodluck Wilson siguió cavilando. Otra opción era disparar a todo aquel que supusiera una amenaza para su negocio de millones de dólares, pero con eso no avanzaría mucho, al menos hasta el amanecer, cuando podría cambiar de coche o cambiar la rueda sin necesidad de ayuda; ¿cuántos coches de safari podían pasar por ahí hasta entonces?

Y más o menos en ese momento se terminó el instante y el tiempo empezó a discurrir de nuevo. Como buen masái, Meitkini llevaba un palo arrojadizo sujeto con un lazo al pantalón. Con él, era capaz de golpear a un animal salvaje en movimiento desde cuarenta metros de distancia y el animal recibía un golpe tan fuerte que se lo pensaba dos veces antes de continuar, suponiendo que estuviera en condiciones de pensar.

Entre animales y humanos, en lo esencial no había diferencias: desde sólo tres metros de distancia era fácil golpear en la frente al hombre que se hacía llamar Stan Smith y que probablemente se llamara de otra manera. A un búfalo, un golpe en la sien con aquel palo le dolería; a un ser humano, si le daba en la frente, lo mataría en el acto.

Meitkini actuó, veloz como un rayo.

—Buen lanzamiento —dijo Allan felicitándolo.

—Gracias —respondió Meitkini.

Julius y Sabine no dijeron nada: todo había pasado demasiado rápido. Lo mismo le ocurrió a Fredrika Langer; ella fue la que rompió el silencio.

—¿Qué acaba de pasar exactamente?

Allan respondió:

—Creo que lo que ha pasado exactamente es que usted, señorita agente Fredrika, acaba de encontrar sus quinientos kilos de uranio. ¡Hay que ver qué pequeño es el mundo!

El Congo

Unos meses antes, llevar el cargamento de prueba hasta Madagascar, donde lo habían recogido los norcoreanos, había sido toda una aventura, pero el resto del viaje hasta Pyongyang había ido bien. Unos días antes de ese encuentro desafortunado con Allan y sus amigos, Goodluck Wilson había iniciado la «Operación Jackpot»: el Líder Supremo, muy muy lejos de allí, quería comprar quinientos kilos que, accidentalmente, se habían convertido en cuatrocientos. Había que ser rápidos; al fin y al cabo tampoco iban a dejar el uranio en una choza en medio de la aldea, reduciéndose a la mitad de su peso cada cuatro mil millones de años.

Pero una cosa eran cuatro kilos y otra muy distinta cuatrocientos. Meter la carga en Tanzania desde Burundi, con una serie de sobornos bien escogidos, era fácil, pero la frontera entre Tanzania y Mozambique estaba extremadamente vigilada: allí, los agentes de las patrullas fronterizas se tomaban su trabajo en serio y les tenían una manía especial a los Goodluck Wilson.

Además, como ya había usado esa ruta en una ocasión, seguro que había dejado unos cuantos rastros. A pesar de su nombre, Goodluck Wilson no creía en la buena suerte, sino en la astucia.

Tenía que pensar un nuevo plan.

Y lo había pensado.

Todos los que andaban tras el uranio enriquecido, u otros materiales igual de emocionantes que valían mucho dinero en el mercado internacional, daban por hecho que el cargamento iba de camino a la costa más cercana, la de Tanzania, o a la siguiente, la de Mozambique; así que Goodluck Wilson escogió una ruta distinta: ¡el cargamento iría directamente al norte, hasta el Serengueti, donde se encontraba el reino de los masáis. Los masáis pastoreaban reses y criaban cabras, y por lo general no les interesaba el mundo moderno. Sobre todo, igual que los animales salvajes que migraban al norte cada verano en busca de tierras más fértiles, no tenían en cuenta las fronteras nacionales. La frontera entre Tanzania y Kenia ni siquiera tenía patrullas en territorio masái: decirle a un masái que no podía cruzar más allá de cierta línea en el suelo con sus doscientas reses era simplemente imposible.

El plan consistía en transportar el cargamento de uranio en una Hilux desde el Congo a través de Burundi, avanzar por el sur del lago Victoria hasta el Serengueti, cruzar la frontera con Kenia y seguir hasta el insignificante aeropuerto de Keekorok, que consistía en una solitaria pista de tierra roja rica en minerales y una terminal del tamaño de un quiosco. Air Kenya volaba desde Nairobi para depositar allí a los turistas hambrientos de safari y recoger a los que habían terminado su visita; cuando se ponía el sol, el quiosco se cerraba, el aeropuerto dejaba de funcionar y nadie se asomaba por los alrededores hasta el día siguiente.

Una persona con intenciones no muy claras, pero viajando en un aeroplano con luces de aterrizaje suficientemente potentes y un buen sistema de navegación, podía aterrizar y volver a despegar en la oscuridad sin más testigo que alguna que otra jirafa o cebra. Goodluck Wilson sólo tenía que pedir a los rusos que lo pusieran en contacto con el piloto adecuado; a los rusos, por fuerza, porque no había manera de acceder a los norcoreanos: eran como fantasmas en la noche.

Una vez entregado el cargamento, el avión viajaría hasta la costa y, desde allí, volando a una altitud de cuarenta metros por encima del mar, hasta un campo bien apisonado cerca del extremo sur de Madagascar. Una vez en ese sitio, los norcoreanos, tan sigilosos ellos, se harían cargo; todo esto siempre y cuando tuvieran ochenta millones de dólares para darle a cambio.

Esta última parte preocupaba levemente a Goodluck Wilson, pero sólo levemente. Los cien mil para la prueba inicial se habían pagado de forma correcta y por adelantado: un día, un tipo extraño con pinta de asiático se había presentado de repente en la oficina de Goodluck Wilson llevando un maletín en cada mano y tan sólo había dicho:

—¿Nombre?

—Goodluck Wilson —había contestado el director del servicio de vigilancia, reprimiendo el instinto de preguntar lo mismo a su vez.

El asiático había asentido y, a continuación, le había entregado los dos maletines asegurándole que uno contenía la cantidad de dinero acordada mientras que el otro estaba convenientemente forrado de plomo: en este último debía enviar el uranio.

Y eso fue todo. El asiático se había ido tan deprisa como había llegado y Goodluck Wilson no lo había vuelto a ver desde entonces. No tenía manera de saberlo, pero sospechaba que aquel hombre procedía de la embajada norcoreana en Kampala: era fácil ir de Uganda al Congo y volver; Goodluck quizá habría escogido ir en pesquero por el lago Albert, pero había otras maneras.

Qué más daba. Lo importante era que los norcoreanos habían demostrado que cumplían su palabra, igual que él lo había hecho inmediatamente después. Todo había salido bien entonces, todo saldría bien esta vez.

Eso pensaba Goodluck Wilson.

Kenia

Un Land Cruiser, diseñado para los accidentados caminos de la sabana africana, si sale a menudo sufrirá un pinchazo cada semana; una Hilux, en las mismas circunstancias, los sufrirá un poco más a menudo.

En cualquier caso, las piedras puntiagudas abundan y el riesgo siempre está presente. Al caer la noche, es importante prestar más atención que nunca porque, si se produce un accidente, uno no está tan solo en la cuneta como quisiera: los leones merodean en la oscuridad en busca de comida, y también los leopardos, a los que los masáis llaman «máquinas de matar». Incluso las hienas pueden ser bastante desagradables. Por suerte, los animales más fieros de todos, los búfalos africanos, se acuestan pronto y no es fácil topárselos, salvo que el accidente se haya producido en un lugar poco conveniente. Lo malo es que resulta imposible saber cuáles son esos lugares.

En resumen, si a uno se le pincha una rueda tiene que:

1. Quedarse.
2. En.
3. El.
4. Coche.
5. Hasta.
6. Que.
7. Amanezca.

¿Y si tienes prisa? ¿Y si tienes cuatrocientos kilos de uranio enriquecido en la camioneta y un avión acaba de aterrizar a escondidas en la oscuridad en un lugar remotamente parecido a un aeropuerto que queda a cuarenta minutos de allí y espera impaciente la entrega?

Tal vez no todo el mundo haría lo mismo, pero Goodluck Wilson, en el fondo, creía en la suerte. O quizá no creyera en su suerte, pero sí en la de su primo favorito, Samuel: le dio una linterna y lo envió a cambiar la rueda pinchada. Y el primo desafió todas las estadísticas porque prácticamente consiguió montar la de recambio y colocar todos los tornillos en su sitio antes de que salieran de la nada dos leones, uno por cada lado.

La lógica de los leones es siempre la misma: no tienen la capacidad de distinguir a un ser humano de su vehículo, así que el primero está a salvo siempre y cuando tenga el sentido común de permanecer dentro de dicho vehículo. Por ejemplo, si aparece un todoterreno lleno de humanos de safari, el león verá la totalidad, no a cada uno de ellos como una posible fuente de alimento, y pensará tres cosas: 1) ¿me puedo comer eso? (no, es demasiado grande); 2) ¿me puede comer a mí? (no, la vida me ha enseñado que las furgonetas y los camiones nunca atacan); 3) ¿puedo aparearme con eso? (no, creo que nunca voy a estar tan cachondo como para intentar algo así).

En cambio, cuando alguien abandona la seguridad de un vehículo del tamaño de un elefante, el león obtendrá respuestas muy distintas para las mismas preguntas: 1) ¿me puedo comer eso? (¡sí, y estará delicioso!); 2) ¿me puede comer a mí? (no, ni en broma); 3) ¿puedo aparearme con eso? (no, creo que nunca voy a estar tan cachondo como para intentar algo así).

La especialidad de los leones es asestar el primer golpe a la nariz y la boca de su víctima, por eso Goodluck Wilson no oyó el ataque, sino algo así como un balbuceo amortiguado y el sonido de la llave inglesa contra el suelo duro al caer de la mano de su primo. Entonces vio dos pares de ojos brillantes en la oscuridad y oyó claramente el sonido del crujido de huesos.

Y entonces lo entendió.

Entendió que se había quedado solo. Su primer pensamiento no fue para su primo, o para la familia del mismo, sino que lo dedicó a calcular cómo iba a dividir los cuatro millones de dólares que acababan de quedar libres. La conclusión fue que haría cuanto estuviera en sus manos para quedárselos él para evitar conflictos en el grupo.

Justo después de que las leonas se hubieran llevado los restos de su primo muerto hacia la maleza para que primero los machos y luego los cachorros tuvieran con qué darse un banquete, apareció un vehículo por la carretera. ¿Allí? ¿En medio de la nada y casi en medio de la noche? ¡Mierda!

Kenia

Meitkini había aprendido a manejar la lanza, la navaja y el palo a los tres años, a los cuatro tuvo la mala suerte de toparse de frente con un búfalo cuando hacía de pastor; sin embargo, corrió peor suerte el búfalo: la lanza se clavó casi donde pretendía el niño de cuatro años, que consiguió permanecer escondido bajo un matorral mientras al animal se le iba la vida lentamente. Once años después, siendo un joven de quince, lo enviaron a la sabana sólo con lo puesto y una lanza, una navaja y un palo, nada más; así eran las cosas: los chicos que al cabo de un año regresaban a la aldea eran aceptados en el mundo adulto, eran guerreros masáis de verdad. Si no volvían, nadie se preocupaba por ellos.

Pero Meitkini regresó, como todos sus amigos: para un chico que ha aprendido a sobrevivir desde los tres años no es tan difícil conseguirlo.

Ahora, a los treinta y dos, pidió a sus acompañantes que se quitaran toda la ropa que no fuera absolutamente necesaria y juntaran todas las mantas que había en el coche. Mientras tanto, él subió a la parte trasera y agarró una lata de gasóleo de repuesto.

Amontonó de forma estratégica prendas empapadas en gasóleo alrededor de los dos coches y luego les dio linternas a todos sus compañeros y les dijo hacia dónde debían apuntarlas. A continuación, tiró una cerilla encendida en cada montón de tela y todos ardieron en llamas de inmediato.

—Ya está —dijo—, ahora bajaré y sacaré las cajas para que aquellos que podáis moverlas las cojáis. Con eso debería bastar.

Como última medida, le pasó a Fredrika una palanca que había encontrado junto a la lata de gasóleo.

—Si ves que se acerca algo, le tiras esto.

Ella asintió con cara seria. Por un momento, volvía a sentirse como una agente en servicio.

Al cabo de diez minutos, Meitkini había terminado. Las pilas aún ardían. Fredrika Langer seguía de pie y con la palanca lista. Lo último que hizo Meitkini fue sacar el cadáver de Stan Smith del vehículo y dejarlo tirado en la cuneta.

—¿Lo dejas ahí para los leones? —preguntó Sabine.

—No —contestó Meitkini, que había reconocido cuatro pares de ojos brillantes no muy lejos de ahí, entre la maleza—: para las hienas.

•

De vuelta en el campamento, las cosas habían cambiado. Fredrika no entró en detalles con Meitkini: sólo le dijo que no era urgente ni necesario que salieran a toda prisa hacia Musoma.

—Fantástico —dijo Meitkini—; en ese caso, damas y caballeros, ¿les apetece que le pida a John que nos sirva algo en la carpa antes de que nos sentemos a disfrutar de una cena tardía?

—Lo de beber algo en la carpa suena muy bien —dijo Allan.

Los otros dieron señales de estar de acuerdo con una inclinación de cabeza.

• • •

Fredrika Langer parecía estar disfrutando de aquella bebida en la carpa más que nadie, Allan incluido: la necesitaba. Gracias en parte a Allan Karlsson, ahora mismo ella estaba sentada encima de cuatrocientos kilos de uranio enriquecido, pesado y embalado; o sea, una cantidad cien veces mayor de la que Karlsson había conseguido regalar a la canciller Merkel.

El jefe de la agente Langer había montado un enorme operativo de vigilancia a lo largo de los seiscientos kilómetros de frontera entre Tanzania y Mozambique en busca de un uranio que en ese momento estaba en Kenia, y lo más probable era que ahora estuviera haciendo lo mismo en Madagascar: Fredrika entendió que necesitaba más tiempo para pensar antes de llamar a su jefe para darle la noticia.

¿Qué debía hacer? Eso sin tener en cuenta lo harta que estaba de todo.

—Parece agotada, señorita agente —le dijo Allan—. Fredrika, quería decir. Últimamente todo ha sido demasiado intenso, ¿verdad?

Y además estaba Karlsson... con quien era imposible guardar un secreto.

•

Cuando todos estaban reunidos en torno a la mesa del porche, listos para disfrutar de una cena tardía con vistas a la oscuridad cerrada del valle, dos faros de coche se iluminaron a lo lejos. Al principio parecían un leve parpadeo en la negrura: como si una persona (¿o más de una?) se acercara lentamente al campamento.

Julius empezó a preocuparse.

Sabine empezó a preocuparse.

Fredrika Langer empezó a preocuparse.

Meitkini se aseguró de que tenía su palo a mano.

—¿Visitas? —dijo Allan—. ¡Qué emocionante!

Llegó el primer plato, pero nadie lo tocó. El coche se acercaba. Vaya por Dios, ¡si era un coche viejo, normal y corriente! ¿Un taxi? ¿Cómo había llegado hasta allí?

—Quizá es alguien que ha echado en falta a Stan Smith —dijo Fredrika, que había ido a buscar la palanca para mayor seguridad.

—Mmm —musitó Meitkini—, pero en ese caso ¿cómo habría dado con nosotros?

El taxi se detuvo justo al pie del porche, un hombre dio las gracias al conductor, le entregó algo de dinero y se bajó. Repasó con la mirada a los que lo contemplaban en fila y se detuvo en Julius, el segundo por la izquierda.

—¡Hola, amigo! —dijo Gustav Svensson—. ¡Qué gusto verte!

Indonesia

Solo, allá en Bali, le había costado mucho ser Gustav Svensson. Y volver a ser Simran Aryabhat Chakrabarty Gopaldas tampoco le habría facilitado las cosas.

El mentor de Gustav en la exportación de vegetales de origen dudoso había desaparecido, y el propio Gustav, por una cadena de decisiones erróneas, había provocado que encerraran al mayorista de Suecia por un tiempo indeterminado. Los espárragos estaban a punto, pero Gustav no tenía adónde mandarlos. Tenía espárragos y tenía gastos: necesitaba dinero y necesitaba a Julius.

Gustav se devanó los sesos en busca de las últimas ideas disponibles y no se le ocurrió mejor plan que invertir el poco dinero que le quedaba en la búsqueda de su socio.

Pero ¿dónde estaba? La última señal de vida había llegado desde Estados Unidos, y antes, desde Pyongyang. A esas alturas, Julius podía estar en Argentina, en Nueva Zelanda o en cualquier lugar que quedara entre esos dos.

Gustav deseaba fervientemente poder llamar a su socio, pero no podía hacerlo porque lo último que había hecho Julius antes de desaparecer era regalar su teléfono... a Gustav.

¿Mandarle un correo electrónico, entonces? No, Julius no funcionaba así, y Gustav tampoco, a decir verdad. La única opción que quedaba era la tableta de su amigo Allan.

En Bali, el anciano la tenía permanentemente encendida y era probable que continuara teniendo ese hábito, pero ¿de qué servía?

Salvo que...

Una idea descabellada fue tomando forma.

Él había recibido el teléfono de Julius, que a su vez lo había recibido de Allan, que a su vez lo había recibido del director del hotel, al mismo tiempo que la tableta. Todo se había definido antes de que el hombre de cien años, que desde entonces se las había arreglado para cumplir ciento uno, hubiera aceptado el regalo del director del hotel.

Gustav se había odiado por no tener el teléfono encendido cuando Julius intentó llamarlo; como castigo, se obligó a aprender a utilizar correctamente el aparato. Lo primero que descubrió fue que las baterías se agotan si no las cargas.

Lo segundo fue una cosa llamada «Bluetooth», y luego cosas aún más raras, como el «roaming», el «tethering» y... ¡exacto! La función «encuentra mi iPhone». En aquel entonces, a Gustav le pareció la más rara de todas, sobre todo porque lo tenía en la mano, pero si uno seguía indagando descubría que el servicio cubría también la tableta negra de Allan.

Y si...

No, no podía ser tan fácil, ¿verdad?

Pero ¿por qué no? Hasta ahora casi todo había ido mal y algún día tendría que cambiar su suerte, ¿no?

Kenia, Alemania

Gustav Svensson había encontrado «su» iPad y el grupo le había dado la bienvenida. Ahora sólo faltaba librarse del uranio. Allan tomó el teléfono de la oficina y marcó. El timbre sonó cuatro veces al otro lado hasta que alguien contestó:

—¿Diga?

La canciller Merkel siempre respondía así las llamadas a su teléfono privado, sin revelar quién era.

—Diga usted —contestó Allan—, ¿puede ser que esté hablando con la canciller en persona? Y en ese caso, ¿entenderá usted mi inglés o prefiere el ruso? También podríamos entendernos en mandarín.

—¿Quién es usted? —preguntó entonces Angela Merkel en ruso.

—¿No se lo he dicho? Soy Allan Karlsson: he encontrado una barbaridad de uranio enriquecido y quería añadirlo al que le había hecho llegar, por decirlo de algún modo.

La canciller Merkel aún no había desayunado. Llevaba puesto un salto de cama y estaba sentada a un escritorio pequeño que tenía junto a su cuarto, repasando algunos documentos relativos a sus quehaceres del día, cuando sonó el teléfono. Ese teléfono: el que conocían, como mucho, diez personas.

—Esta conversación me está poniendo nerviosa —dijo con cautela—; ¿de dónde ha sacado mi número?

—Entiendo que se lo pregunte, señora canciller: podría ser cualquiera. ¡Y eso es altamente sospechoso! No la culpo por ser precavida, muy al contrario: lo considero una gran virtud.

—Gracias, pero no ha contestado mi pregunta.

—Ah, ¿no? Lo siento, en estos últimos cuarenta años me he vuelto olvidadizo, pero supongo que creerá que soy quien afirmo ser si le digo que no hace mucho le escribí una carta, con mucha prisa, en un par de servilletas.

La canciller Merkel bajó un poco la guardia.

—Continúe.

—Bueno, pues aquella cena con su embajador ante la ONU fue extremadamente agradable. ¿Cómo se llamaba? ¡Konrad! Eso es. Un buen hombre. Pagó la cuenta y todo, bebidas incluidas. Al final no resultó ser nada tacaño, aunque... ¿puede creerse que los alemanes le ponen manzana al vodka?

Angela Merkel bajó la guardia un milímetro más.

—Bueno, lo de la manzana en el vodka tampoco es que lo mande la Constitución —dijo—, pero quisiera pedirle, señor Karlsson, que me explicara un poco más sobre... sobre esas servilletas que ha mencionado.

Si el hombre que la estaba llamando era capaz de reproducir el mensaje, entonces ella podría plantearse la posibilidad de creer que era quien afirmaba ser. Ya le había dicho en qué idioma había escrito la nota.

—Ah, sí, cierto. Bueno, el caso es que Konrad se había ido al baño; supongo que estaba... o sea, que tardó un poco en volver.

—Las servilletas —dijo la canciller Merkel.

—Bueno, estaban en uno de esos servilleteros del centro de la mesa, así que cogí una y me puse a escribir, y luego otra, y otra más. Tal vez no haga falta entretenernos en el contenido: las ha leído ya, ¿no es cierto? Y yo, en fin, soy quien las escribió.

«O no es quien afirma ser o es muy obtuso», pensó Angela Merkel, pero luego recordó que decían que tenía más de cien años y pensó que podía darle otra oportunidad.

Y con eso bajó la guardia otro milímetro sin siquiera darse cuenta.

—Si hemos de continuar con esta conversación, quiero comprobar que usted es quien dice ser, así que haga el favor de decirme lo que me escribió, suponiendo que fuera usted quien lo escribió... y que yo sea yo.

Esto último lo añadió por si acaso estaba hablando con un chantajista; al hacerlo, acababa de librarse de tener que reconocer que había formado parte de esta extraña conversación.

—Ahora lo entiendo —dijo Allan—: usted... si es que usted es usted (y estoy dando por hecho que lo es porque soy yo quien la ha llamado), recibió un informe mío sobre cómo mi amigo Julius, el cultivador de espárragos, y yo nos habíamos encontrado con cuatro kilos de uranio enriquecido en un maletín norcoreano. Por cierto, ¿sabe que todos los maletines de Corea del Norte tienen el mismo aspecto?

—Continúe, por favor —dijo Angela Merkel.

—Vale. Bueno, primero pensábamos entregarle el maletín a ese como se llame... ¡a Trump!, el presidente de Estados Unidos, pero luego resultó que no era la persona adecuada: un rasgo demasiado común entre los líderes mundiales, por lo que he podido ver, si me disculpa el comentario.

—Siga.

—Total, que pasé de él, como dicen los chavales, pero sí que tengo fe en usted, señora canciller, gracias a mi tableta negra. Imagino que ha resuelto el tema de esos cuatro kilos de la mejor manera posible, así que tal vez tenga un poco de sitio para otros cuatrocientos.

Karlsson era sin duda quien afirmaba ser. La prueba no era sólo que había reproducido gran cantidad de detalles del mensaje de las servilletas, sino que además lo había hecho de forma tan embarullada como en el escrito. La canciller bajó la guardia del todo.

—¿Cuatrocientos? —dijo—. ¿No se suponía que iban a ser quinientos?

Allan pensó que la canciller tenía razón, pero él y Julius habían contado las cajas, las habían pesado una y otra vez, y faltaban cien kilos. Seguro que los contrabandistas habían mandado cuatrocientos kilos por un lado y cien por otro. Aunque, si se trataba de minimizar los riesgos, ¿no habría tenido más sentido dividir el cargamento por la mitad?

—Tiene usted toda la razón, señora canciller —dijo Allan cuando hubo terminado de pensar—, aunque tal vez se deba a que mis fuentes no eran completamente fiables, o a que haya ocurrido algo con las entregas. Lo más probable es que sean las dos cosas.

Reflexionó unos segundos más.

—¿Sigue ahí? —preguntó la canciller cuando el silencio del otro lado se le empezó a hacer un poquito largo.

—Sí, aquí estoy, y he completado mi análisis. Digo: problemas con las entregas.

Angela Merkel se dio cuenta del lío en que estaba metida: faltaban tres días para las elecciones y estaba a punto de dejarse endosar cuatrocientos kilos de uranio enriquecido. Tenía que manejar este asunto con orden y discreción.

—¿Sigue ahí? —preguntó Allan.

Sí, ahí seguía.

—Me habría encantado enviarle directamente los cuatrocientos kilos, pero no es tan fácil como la otra vez: lo que tengo aquí no cabe en un maletín, ni de Corea del Norte ni de ningún otro sitio. Necesito un avión; desde África, que es donde estoy, y una pista de aterrizaje en Alemania, y que esté usted dispuesta a hacer algunas llamadas, señora canciller, para que no seamos abatidos a tiros cuando nos acerquemos. Imagínese el despropósito, ¡una lluvia de cuatrocientos kilos de uranio cayendo sobre Berlín!

La canciller se llevó la mano a la frente y pensó: «Una lluvia de cuatrocientos kilos de uranio enriquecido cayendo sobre Berlín a escasos días de las elecciones.»

Recuperó la compostura y formuló unas cuantas preguntas que se agolpaban en su cabeza. ¿Podía indicarle con más precisión dónde se encontraban tanto él como el uranio? ¿Y podía ser que el señor Karlsson estuviera trabajando en colaboración con algún otro representante de la República Federal? Al fin y al cabo, sabía de unos cuantos que habían sido destinados a África para ocuparse de este asunto.

Allan le dijo que estaba en Kenia y que primero se había planteado ponerse en contacto con el gobierno keniata, pero que se acababan de celebrar unas elecciones (en ese sentido, llevaban un poco de ventaja a los alemanes) que habían terminado en el Tribunal Supremo, donde el ganador había perdido de inmediato lo que había ganado, de modo que las elecciones tenían que celebrarse de nuevo: o bien la oposición había sido víctima de alguna trampa que afectaba el recuento de votos, o bien ésta había hecho alguna trampa para parecer víctima de alguna trampa. El caso es que Allan se iba a sentir más seguro si el uranio estaba en brazos de la canciller.

En sus brazos o sobre sus hombros: mal asunto en cualquier caso, aunque ella ya había entendido el comentario. De todos modos, esto no podía terminar bien si se permitía que Karlsson, un imán para los problemas, volara a Alemania con o sin el cargamento.

—¿Y qué tal han ido los contactos con los representantes alemanes en relación a este asunto? —preguntó Merkel.

—Bien, gracias.

Angela Merkel estaba maravillada con el talento de Karlsson para no contestar las preguntas.

—Creo que será mejor que la República Federal recoja el cargamento en cuestión —propuso—; tenga la amabilidad de darme la información geográfica exacta y veré qué puedo hacer.

¿La información geográfica exacta? ¿Y eso cómo se daba? Y encima con el desayuno en la mesa.

—Me encargaré de dársela, señora canciller, no lo dude, pero la información geográfica exacta no es exactamente mi especialidad: se me da mejor ir a parar a donde haga falta ir a parar. ¿Le importa si vuelvo a llamar mañana por la mañana, a esta misma hora, para repasar los detalles?

La canciller iba a contestar, pero Allan estaba hambriento y no tenía tiempo. Colgó.

—El desayuno está listo, Allan —anunció Julius.

—Ya lo veo, ahora voy —respondió Allan.

Kenia

El grupo estaba a punto de quedarse sin dinero y la llegada de Gustav Svensson significaba una boca más que alimentar. Sabine, como ella misma sabía desde sus tiempos de empresaria en Suecia, era buena haciendo cálculos. Primero había tenido que aprender todo lo posible sobre déficits y después sobre créditos; más tarde, las ventas de los ataúdes se habían disparado, pero ahora podía estar segura de que volvía a estar frente a un déficit.

Y no parecía estar cerca de la solución que haría rentable el espiritismo. En un momento de desesperación, incluso se había planteado probar con un viaje de LSD para desatascarse, pero en el Masái Mara no había mercado de estupefacientes. De todos modos, tampoco habría dado el paso: si en ese estado su madre se había puesto a buscar fantasmas delante de un tren, el riesgo de que a ella le diera por buscarlos delante de los leones era ciertamente elevado.

Mientras tanto, ya no eran sólo Julius y Fredrika los que se sentaban en la carpa a hablar de espárragos: se les había unido Gustav Svensson. Aunque decir que hablaban de espárragos era quedarse corto: lo que hacían era idolatrarlos.

Por lo visto se habían puesto de acuerdo en que el clima ecuatorial a dos mil metros de altura sobre el nivel del mar era perfecto: serían verdes, blancos o de los dos tipos, según a quién escucharas.

Pero en el momento siguiente todo acababa envuelto en un halo de tragedia porque el suelo no era bueno, y no lo había sido desde tiempos remotos: en un valle cercano habían aparecido vestigios humanos de millones de años atrás enterrados en el mismo suelo, duro y rojo, que maldecían los amantes de los espárragos.

—Pues comprad tierra nueva —dijo Allan desde el porche contiguo, con la nariz metida en la tableta—, o mejor dicho, no la compréis, que ya lo he hecho yo por vosotros.

¿Qué acababan de oír Sabine y los amantes de los espárragos?

—¿Has comprado tierra? ¿Para aquí? ¿De qué tipo? —preguntó Julius.

—¿De qué tipo? —preguntó Gustav.

—¿De qué tipo? —preguntó Fredrika Langer.

Allan había surfeado un poco y, harto de tanta queja y lloriqueo, había decidido hacer algo al respecto. Había mucha tierra arenosa disponible en Nairobi: le habían bastado un par de clics para comprarla. Cuatrocientas toneladas para empezar; con eso bastaría, ¿no?

—Déjame que te lo pregunte de una vez: ¿con qué dinero acabas de comprar cuatrocientas toneladas de tierra? —dijo Sabine.

—Con ninguno —respondió Allan—: en África no están tan adelantados, ya nos mandarán la factura.

—¿Y quién crees que la va a pagar?

—Ah, lo dices por eso. ¿Ya no nos queda dinero de la venta de ataúdes?

—No.

—En ese caso, te pediré que me dejes pensarlo un poco.

Los reparos económicos de Sabine quedaron ahogados por el entusiasmo. Fredrika Langer era la más eufórica.

—¡Caramba! —exclamó—. Cuatrocientas toneladas bastarán para casi todo el campo que queda más allá del huerto orgánico. Tendremos que vigilarlo por las noches para que los babuinos no nos estropeen la fiesta.

A Gustav Svensson se le iluminó la cara.

—¡Cuatrocientas toneladas! —dijo, sin acabar de entender cuánto era eso en realidad.

Mientras tanto, Julius había pasado ya a la fase siguiente.

—A ver, ¿dónde cargaremos los camiones? La cuesta empieza casi de inmediato al otro lado del huerto, así que será mejor meterlos entre la tienda de recuerdos y la oficina; ¿cómo lo veis vosotros?

Aparte de Sabine, nadie más se planteó el hecho de que allí no tenían recursos suficientes para pagar la tierra, y nadie, tampoco, cayó en la cuenta de que no vivían donde estaban en ese momento y que al menos una de ellos, Fredrika, tenía otra vida muy lejos de allí.

—¿En qué lío nos has metido esta vez? —dijo Sabine, que había dejado al grupo de entusiastas y se había acercado al porche, donde estaba el anciano.

—¿Lío? —dijo Allan—. Están felices como perdices.

—Pero no tenemos dinero.

—Antes tampoco lo teníamos. ¡Relájate, Sabine! Sólo se vive una vez: ésa es la única certeza de la vida. Por cuánto tiempo... eso ya depende.

Kenia, Madagascar

Fredrika Langer tenía, por fin, el triunfo en sus manos (que esta vez significaba cuatrocientos kilos de uranio), y también el número de teléfono de la canciller, ese que sólo se podía usar en caso de emergencia.

—Emergencias por aquí, emergencias por allá —había dicho Allan—; ¿me encargo yo de llamar?

Y se había encargado, y había quedado en volver a llamar al día siguiente: todo era tan surrealista como estimulante.

Su jefe la había mandado a la sabana, a cientos de kilómetros de donde cabía esperar razonablemente que se produjera la acción, mientras él se colocaba en la posición perfecta, y luego todo se había puesto patas arriba. En cualquier momento el agente A la llamaría desde Madagascar para asegurarse de que iba hacia allá. No es que se preocupara por ella, pero si no la tenía a su alrededor le faltaba alguien en quien delegar los asuntos menos importantes e incluso las cosas más insignificantes.

Fredrika le pidió un vaso de agua a John en el bar; él se lo sirvió y ella consiguió beber el primer sorbo antes de que sonara el teléfono.

—Fredrika Langer, ¿en qué puedo servirle? —dijo, con la intención de molestar a su jefe desde el principio.

—Soy yo, idiota. ¿Has llegado ya a Musoma? Se suponía que ibas a...

Fredrika lo interrumpió.

—No, me salto lo de Musoma: creo que es mejor que me quede aquí... con el uranio.

El agente A pensó que tal vez lo había oído mal. ¿Langer había encontrado el uranio? ¿Ahí arriba?

—Sí, cosas que pasan, ya sabes.

—¡No lo toques! ¡Voy para allá ahora mismo! ¿Dónde estás?

—En Kenia.

—Pero ¿en qué parte de Kenia, por el amor de Dios?

La agente Langer miró a su alrededor.

—En la sabana, creo.

—Contéstame como es debido, Langer, o te partiré la cara allí mismo.

—Antes tendrás que encontrarme.

¿Qué estaba pasando? ¿Estaba poniéndole trabas a su jefe?

—¡Si no quieres que te despida, me vas a dar tu posición exacta ahora mismo!

La amenaza no surtió efecto.

—¿Despedirme? En mi última conversación con la canciller Merkel, ella más bien ha insinuado que me ascendería.

El agente A se quedó de golpe sin aliento. Esa inútil de Langer ¿había hablado con la canciller a sus espaldas? ¿Y de dónde había sacado el número de teléfono?

—Sí, claro, deberías haberlo tenido tú, no yo: al fin y al cabo eres el jefe, por Dios, pero te pareció que no quedaba bien que el jefe fuera por ahí cargando con la carpeta de la operación. Y lo entiendo, desde luego: por lo menos debe de pesar cien gramos.

Esto era una catástrofe absoluta.

—¡Dame ese teléfono ahora mismo! ¡Es una orden!

—No puedo: esta línea no es segura. Es una lástima que te vieras obligado a mandarme al lugar equivocado.

¿Quieres que la llame de tu parte? Ay, no, qué tonta, si eso ya lo he hecho.

Oyó que su jefe tenía la respiración agitada.

—La canciller ha dicho algo sobre una medalla; para mí, claro, no para ti.

—Escúchame —dijo el agente A.

—Pero ¿qué voy a hacer yo con una medalla? Será mejor dimitir. Pero antes... Probablemente me sobran días de vacaciones para un año entero, así que creo que voy a empezar ahora mismo. No tendrás que volver a verme jamás; aún mejor: yo no tendré que verte a ti.

Su relato de los hechos no era del todo preciso: el que había llamado por teléfono a Berlín era Allan, pero cualquier cosa que atormentara al agente A era bienvenida. Y le había sentado increíblemente bien decir lo de la dimisión: ojalá se hiciera realidad lo antes posible.

—Pero, Langer, por favor... —dijo el agente A—. Dime... al... menos... dónde... estás...

El jefe pronunciaba las palabras de una en una, haciendo un esfuerzo por respirar.

—Ya te lo he dicho, en Kenia... creo. Pero estoy muy ocupada: me está llamando Angela por la otra línea, ya sabes. ¡Qué mujer tan simpática! Adiós.

Colgó y tiró el teléfono al riachuelo que serpenteaba plácidamente entre el campamento y el abrevadero.

—¿Todo bien? —preguntó Allan, que había visto lo que Fredrika acababa de hacer.

—Muy bien, gracias —contestó la ex agente Langer—. Muy bien.

Kenia, Alemania

Exactamente veinticuatro horas después de su primera llamada a la canciller, Allan llamó de nuevo. Merkel contestó al primer timbrazo.

—Buenos días, canciller. Creo que lo mejor que puedo hacer es llamarla «canciller» tantas veces como sea posible, canciller: ¡a saber qué pasará el domingo!

—Buenos días, señor Karlsson —respondió la canciller Merkel.

—Llamo para decirle, señora canciller, dónde puede recoger el paquete su gente; o, mejor dicho, la caja... las cajas. El uranio, en fin.

—Bien, esperemos que esta vez sea capaz de decírmelo antes de colgar. Dígame —dijo ella, agarrando el bolígrafo de la mesa que había junto a su dormitorio. Iba vestida con el mismo salto de cama que la mañana anterior.

Allan recomendó que la República Federal se colara en el aeropuerto de Keekorok, en pleno Masái Mara, volando a escasa altitud y que aterrizara en plena noche.

—Si vienen directamente desde Berlín, tienen que tirar un poquito a la izquierda al pasar por encima de Kampala: Keekorok queda en el campo, no muy lejos de allí, justo después del lago Victoria. También pueden venir trazando un arco desde el otro lado; en ese caso, queda directamente a la izquierda de Lamu siguiendo el litoral de Kenia: al cabo de una hora, más o menos, verán Keekorok abajo.

¿Karlsson se había vuelto loco?

—Tal vez se podría buscar un arreglo un poco más legal explicándole la situación al gobierno de Kenia, pero cabe la posibilidad de que, entre el momento de darles la información y el de la recogida, ya haya sido derrocado.

La canciller Angela Merkel no tenía ninguna intención de confirmarle por teléfono el hipotético plan de sobrevolar ilegalmente el territorio de otra nación, y mucho menos dos días antes de unas elecciones. Por el contrario, respondió:

—He oído perfectamente lo que me ha dicho; deme por favor las coordenadas.

¿Coordenadas? Eso quedaba fuera de las capacidades de Allan. Sin embargo, Meitkini estaba a su lado, con el oído pegado, y le anotó lo que pedía la canciller.

—Me acaban de pasar un papel; ah, ya veo: llaman «coordenadas» a eso. De hecho, a primera vista me recuerda a la fisión atómica.

Allan recitó y Angela Merkel tomó nota.

—¿Cuándo calcula usted que el material estará listo, señor Karlsson?

Eso lo podía decidir la señora canciller. Esa misma noche, o tal vez la siguiente.

Sin confirmar el acuerdo de manera directa, Angela Merkel le dijo que lo ideal sería dos noches más tarde. Por ejemplo... a las veintitrés horas.

—¿Hay algo más que debamos comentar hasta entonces? —preguntó.

Allan tuvo una idea brillante.

—Tal vez sí, ya que la canciller tiene la amabilidad de preguntarlo.

—¿Y...?

—Resulta que, para asegurarnos de que el uranio no terminaba en Corea del Norte, nos hemos visto obligados a asumir algunos gastos.

La canciller Merkel intuyó que había gato encerrado. Hasta entonces, Karlsson no había insinuado que quisiera una remuneración.

—¿Gastos? —dijo.

—Entre otras cosas, nos hemos visto obligados a tener que comprar cuatrocientas toneladas de tierra por el bien de la causa.

¿Tierra? ¿Qué tenía eso que ver con el uranio enriquecido? No, prefería no saberlo.

—¿Y qué precio tienen en el mercado esas cuatrocientas toneladas de tierra? —preguntó con un tono gélido.

Era tierra muy arenosa, de la mejor calidad, y transportarla desde Nairobi requería hacer una gran cantidad de gestiones.

—Diez millones, más o menos —dijo Allan.

—¿Diez millones de euros por cuatrocientas toneladas de tierra? —preguntó la canciller Merkel.

Así que, a fin de cuentas, Karlsson era un gánster y pretendía extorsionarla.

—¡No, por Dios! —dijo Allan—: diez millones de chelines keniatas.

Angela Merkel hizo en un instante la conversión de divisas en su portátil. ¡Qué alivio! El chelín keniata estaba a 0,008 euros: lo que Karlsson le estaba pidiendo, al cambio actualizado, equivalía a la cantidad de dinero que su próspero país obtenía como superávit cada dos minutos: la conversación ya había durado el doble de eso.

—Por supuesto, le pagaremos su tierra, Karlsson —dijo sin la menor intención de querer saber qué o a quién pretendía enterrar con ella—. Si me da un número de cuenta, me ocuparé de eso ahora mismo.

—Un momento, señora canciller —dijo Allan, y le pidió ayuda a Meitkini.

El campamento recibía pagos del extranjero de forma habitual; Meitkini anotó una serie de letras y números para Allan.

—Gracias —dijo la canciller—. Y ahora, si me disculpa, voy a colgar: tengo algunos asuntos de los que ocuparme.

Muchos asuntos, de hecho: debía organizar el transporte a Keekorok antes de volver rápidamente a no decir ni hacer nada. Faltaban cuarenta y ocho horas para que se abrieran las urnas.

Alemania

Las elecciones al Bundestag llevaban varias horas en marcha cuando un Transall C-160 aterrizó en la base del ejército alemán en Landkreis Cochem-Zell tras haber finalizado su misión en África.

Cuarenta cajas de contenido desconocido se trasladaron a uno de los vehículos de carga del aeropuerto para emprender un viaje de trescientos metros hasta el autobús blindado que iba a tomar el relevo. El siguiente tramo era ya el último. A nueve kilómetros de allí los esperaba un búnker donde, entre otras cosas, había cuatro kilos de uranio enriquecido. Estaba a punto de recibir más.

El autobus estaba aparcado estratégicamente en la puerta de salida que quedaba más alejada, en el lado este del aeropuerto militar, medio escondido tras dos pósteres de las elecciones de formato alargado. Era como si la canciller vigilara el transporte en persona: miraba hacia abajo desde los pósteres y dedicaba su sonrisa de Mona Lisa a los soldados que iban cargando el uranio enriquecido de un vehículo al otro mientras les decía: «Por una Alemania donde podamos vivir en paz y felicidad.»

Tenía buenas razones para sonreír: las encuestas decían que iba a ganar las elecciones, aunque las negociaciones para formar gobierno se auguraban complicadas. Además, sus enviados habían entrado y salido de Kenia sin incidentes: los keniatas, por suerte, estaban demasiado ocupados preocupándose por su futuro.

Cerca de una hora después, el búnker estaba sellado. La canciller y su marido, el profesor, ya habían ido a votar y estaban disfrutando de una cena tranquila, ellos dos solos.

—Parece que al final el señor Karlsson no va a perturbar el proceso democrático de Alemania —dijo el profesor.

—Bueno, las sedes electorales no cierran hasta dentro de una hora: todavía tiene tiempo —dijo la canciller Merkel.

Kenia

—Nadie es perfecto, y yo menos todavía —se disculpó Allan.

Meitkini y Sabine lo habían llamado a la oficina del campamento para que les explicara de dónde salía el depósito de ochenta mil euros que había entrado en la cuenta. Allan explicó que le había pedido amablemente a la canciller Merkel una ayuda equivalente al coste de la tierra que había comprado, y que ella, con su sincera benevolencia, se lo había concedido.

—Pero ¿ochenta mil no es diez veces el coste de la tierra? —preguntó Sabine.

—Sí, eso tengo entendido: la cantidad de ceros que hay cuando se usa la divisa keniata es tan terriblemente grande que me despisté por completo.

—¿Nos estás diciendo la verdad, Allan? —preguntó Sabine en tono severo—. No puedes ir por ahí robándole dinero a la canciller de Alemania.

En ese momento, Julius entró en la oficina y oyó la última frase.

—¿Por qué no? —preguntó—. ¿Qué sucede?

Suecia

Margot Wallström no había perdido aún su trabajo y todo apuntaba a que las cosas seguirían así; sin embargo, continuaba sumida en un estado de agitación constante.

El nazi de Rosengård, a quien Allan Karlsson había prometido mantener con vida, se había suicidado de manera indirecta al cabo de unas horas en un enfrentamiento con la policía cerca del aeropuerto internacional de Copenhague-Kastrup. No se podía culpar de ello a Karlsson, ¿o sí? A ver, todo el circo del aeropuerto había empezado cuando él (o quienquiera que fuese el conductor) había aparcado el coche fúnebre en la acera de delante de la puerta principal del vestíbulo de salidas: cualquiera habría imaginado las consecuencias que eso podía tener.

La ministra de Asuntos Exteriores había hecho lo posible por mantenerse apartada del trabajo complementario de la policía y ahora la investigación había terminado. Con la ayuda de las cámaras de seguridad y la reconstrucción de todas las piezas, había quedado claro que Sabine Jonsson era la principal sospechosa del delito. Karlsson y Jonsson quizá se merecían la etiqueta de cómplices, pero como el fiscal, tirando a vago, se había dado por satisfecho con la acusación de «estacionar en zona prohibida», no había con qué castigar a aquellos dos hombres. Sabine Jonsson, de todos modos, podía dar por hecho que recibiría una multa de siete mil coronas danesas.

En cualquier caso, le parecía una buena noticia que el trío hubiera abandonado el país y prefería no plantearse si le merecía alguna opinión el hecho de que el nazi hubiera abandonado este planeta: una persona en su posición no debe desearle la muerte a nadie.

La ministra estaba a punto de verse con el primer ministro para analizar los resultados de las elecciones parlamentarias del día anterior en Alemania; Karlsson iba a dejar de ocupar sus pensamientos durante unas cuantas horas y eso le sentaría de maravilla.

•

—Hola, Margot. Toma asiento, por favor —le dijo Stefan Löfven, el primer ministro.

Los dos estaban de acuerdo en que el resultado de las elecciones alemanas no era tan bueno como cabía esperar. En el último instante, la ultraderecha había aumentado su apoyo, al tiempo que los socialdemócratas quedaban por debajo de sus expectativas: dos datos preocupantes.

Margot Wallström tenía una teoría tan curiosa como plausible de por qué se había producido un resultado peor de lo que habían esperado y deseado los poderes razonables: el avance del huracán Irma los días previos a las elecciones. Éste había destrozado Puerto Rico y por momentos se había llegado a creer que amenazaba seriamente Florida, así que, durante toda una semana cargada de dramatismo, Donald Trump no había soltado un solo comentario estúpido. Aún más, los medios de comunicación se habían podido concentrar en otras cosas y no en la permanente idiotez del presidente de Estados Unidos. Durante un tiempo limitado, aunque también crucial para las elecciones alemanas, éste no había contribuido a la sensación general de que era exactamente lo contrario que Angela Merkel, como de hecho lo era. Las masas tenían una memoria relativamente buena, pero indudablemente corta: al dejar de presentarse Trump como una garantía de un mundo menos seguro, Merkel había perdido un porcentaje importante de votos que habían ido a parar a los primos del presidente por el lado de la extrema derecha.

El primer ministro se sorprendió por la franqueza de la ministra de Asuntos Exteriores: su análisis era curioso, pero perfectamente razonable.

Así que decidió llamar a la canciller Merkel para felicitarla, aunque su situación parlamentaria fuese problemática.

—Quédate, Margot: la canciller y yo no tenemos secretos para ti.

Le pasaron la llamada al cabo de diez minutos. El primer ministro Löfven felicitó a la canciller y a Europa en general: la estabilidad que representaba la señora canciller era buena para todos.

La canciller se lo agradeció. Ya había recibido una docena de llamadas de felicitación de líderes de todo el mundo, ésta era una más, y sin embargo... Allan Karlsson, que había tenido un papel tan importante en su vida últimamente, era, por supuesto, sueco.

El primer ministro tenía puesto el altavoz, así que la ministra de Asuntos Exteriores pudo oír algo increíble:

—Gracias de nuevo, primer ministro —dijo la canciller Merkel—. Permítame que aproveche esta oportunidad para enviarle un saludo al ciudadano sueco Allan Karlsson, que realizó un trabajo ejemplar al impedir que Kim Jong-un obtuviera ayuda para algo en lo que nadie debería ayudarlo.

Al primer ministro le sorprendió el giro de la conversación, pero no le dio más importancia. Margot Wallström aún no había encontrado el momento idóneo para contarle sus nuevas aventuras con Karlsson después de lo de Nueva York.

—Se lo daré de su parte —dijo el primer ministro—; ¿desea que le traslade algún mensaje en concreto?

Angela Merkel estaba de buen humor por su victoria y todavía no era de todo consciente de la gran cantidad de asuntos que tendría que resolver para formar gobierno.

—Ah, y dígale que será bienvenido si viene a verme cuando pase por Berlín: me encantaría compartir una sopa de repollo con él.

La ministra Wallström no daba crédito a lo que oía; ¿acaso Allan *Qué-demonios-habrá-hecho-ahora* Karlsson era amigo de la canciller de Alemania?

En cuanto la conversación terminó, le dijo al primer ministro:

—Creo que me voy a ir a casa, ha sido un día muy largo.

Madagascar, Corea del Norte, Australia, Estados Unidos, Rusia

El enviado de Corea del Norte en Madagascar se quedó ahí plantado con los ochenta millones de dólares, esperando una cantidad ingente de uranio enriquecido que nunca llegó. El *Honor y Fuerza* no podía quedarse mucho tiempo a riesgo de despertar la curiosidad de los satélites estadounidenses. Cuando el enviado se dio cuenta de que toda la culpa recaería sobre él, decidió asumir el cargo: cogió los ochenta millones y desapareció.

Kim Jong-un estaba furioso, no tanto por el uranio (total, ya disponía de la centrifugadora de plutonio) como por el dinero. Era evidente que el capitán del *Honor y Fuerza* tenía algo que ver: a su regreso le darían la bienvenida que merecía.

El capitán ya se lo imaginaba y tal vez por eso su barco sufrió una emergencia repentina cuando se hallaba a la altura de la costa oeste de Australia. El capitán aprovechó la oportunidad para pedir asilo político a la autoridad portuaria de Perth y en los subsiguientes interrogatorios cantó todo lo que sabía y habló de todo aquello en lo que había participado, incluido el encuentro con el suizo de ciento un años con el que se había topado flotando en una cesta en medio del océano Índico. Los australianos, a su vez, pasaron toda esa información a la CIA, que encontró razones para informar al presidente Trump.

Todas las andanzas de Allan Karlsson en el Índico estaban disponibles ya en el informe que Margot Wallström había presentado a la ONU, pero a sus setenta y dos páginas le sobraban setenta y dos en opinión de Donald Trump, y lo mismo sucedió con el nuevo informe. El presidente prefirió sacar sus propias conclusiones.

—¡¿Cómo se puede ser tan estúpido?! —gritó—. ¿Un comunista sueco flota por ahí en una cesta en medio del mar y lo recoge un comunista coreano? ¿Casualidad? ¡Y una mierda!

Así que ordenó a la CIA que detuviera a Karlsson y lo sometiera a juicio.

—¿Bajo qué cargos, presidente? —quiso saber el nuevo director de la CIA (nuevo porque el propio presidente había despedido al anterior).

—Eso no tengo que decidirlo yo, joder —objetó el presidente.

Acto seguido, el nuevo director de la CIA se retiró y dejó de lado el asunto, convencido de que el presidente se olvidaría de todo en menos de dos semanas.

•

Gennady Aksakov estaba más confuso que enojado, y eso que estaba bastante enojado.

—¿Qué pasa, Gena? —le preguntó el presidente Putin a su amigo.

—¿Por dónde quieres que empiece? —dijo Gena.

—Empieza por contarme eso que tanto te preocupa —dijo Volodya.

Y así lo hizo.

Su contacto en el Congo, Goodluck Wilson, había fracasado en la misión del uranio. La primera señal era el informe del piloto de un vuelo de transporte controlado por los rusos que había aterrizado por la noche en un aeropuerto minúsculo del Masái Mara en una misión encubierta. Wilson y el uranio no habían aparecido ni a la hora señalada ni al día siguiente, que era la segunda cita que se había establecido por si se presentaban complicaciones imprevistas.

—¿Estará muerto de miedo? —preguntó el presidente.

Más que eso, acertó a contestarle Gena: no estaba muerto de miedo, sino que había muerto de verdad, devorado por una cantidad ingente de hienas, a unos siete kilómetros del aeropuerto. El coche seguía en la cuneta, pero el cargamento había desaparecido. Por lo visto, había tenido un pinchazo.

—Qué mala suerte —dijo Putin—; y entonces, ¿dónde está el uranio?

Esa parte Gena ya no la sabía, aunque los contactos del piloto sobre el terreno habían relatado que un aeroplano sin identificar había aterrizado y vuelto a despegar en el aeropuerto de Keekorok algunas noches más tarde. Con esa información, seguir buscando el uranio en Kenia o incluso en África entera no parecía tener sentido.

—A lo mejor ya está bien así —dijo Putin—: Kim Jong-un ya posee lo que necesita; es decir, más de lo que debería.

Gena tuvo que estar de acuerdo, pero la historia no se terminaba ahí.

—¿No?

No, también estaba la parte de Allan Karlsson.

—¿El que mató a nuestros nazis en Suecia?

—Sí, en Suecia y en Dinamarca.

—¿Qué ha hecho ahora?

—Se dedica a cultivar espárragos.

Al presidente Putin le encantaban los espárragos.

—Fantástico —dijo—. ¿Dónde?

—En un valle en la parte keniata del Masái Mara, entre el aeropuerto y los montes donde las hienas se comieron a Wilson.

El presidente se rió.

—¿Y sabes qué? ¡El muy cabrón va y publica tuits sobre eso!

Putin se rió más todavía.

—¿Mandamos a alguien para que se lo cargue? —preguntó Gena.

Pero el presidente era un buen perdedor.

—Nos ha vencido un hombre de ciento un años, Gena. Dejémoslo en paz: tenemos un mundial del que ocuparnos, ¡que gane el mejor dopado!

Suecia, Estados Unidos, Rusia

El primer año de Suecia en el Consejo de Seguridad estaba llegando a su fin.

«Por suerte», pensó Margot Wallström.

Había acumulado algunos logros, pero no en lo tocante al armisticio entre Corea del Norte y Estados Unidos. Dos egos monumentales, uno a cada lado del océano Pacífico, eran demasiados.

Hubiera deseado echarle la culpa del fracaso a Allan Karlsson, que había conseguido complicar las cosas en cuatro continentes en apenas unos meses. Ya hacía un tiempo que no se sabía nada de él: ¿estaría ocupado preparándose para complicar las cosas en el quinto continente?

Sin embargo, en el fondo sabía que Karlsson no tenía la culpa de nada: simplemente parecía tener el don de estar en el lugar equivocado en el momento equivocado.

Durante ciento un años seguidos.

•

«La democracia muere en la oscuridad», publicó *The Washington Post*, y procedió a repasar todas las mentiras y manipulaciones del presidente Trump durante su primer año en la Casa Blanca. En interpretación libre, ese titular significaba algo parecido a «que la verdad salga a la luz».

Pero no sucedió nada parecido: hacia finales de año, el presidente promediaba 5,5 afirmaciones falsas cada día. En su defensa habría que señalar que para mantener ese promedio repetía las mismas falsedades muchas veces. *The Washington Post* cometió el exceso de contar cada mentira como una mentira, incluso si ya la había dicho el día anterior y el anterior y el anterior.

Contando de esa manera, el presidente había mentido, inventado o tergiversado la realidad sobre la reforma del sistema de sanidad emprendida por su predecesor en el cargo al menos sesenta veces, y respecto de la carga fiscal de Estados Unidos se había desviado de la verdad ciento cuarenta veces, aunque en cada ocasión alguien lo había corregido. Había que decirlo de una vez por todas: los *fake media* eran la maldad personificada.

•

Gena y Volodya celebraron el Año Nuevo juntos, como siempre. La tradición mandaba que los dos brindaran con una taza de té a medianoche. El objetivo común de llevar a Rusia a la posición que merecía en el mundo (y, a poder ser, a una un poco mejor) era demasiado importante para diluirla en alcohol.

Exactamente doce meses antes habían brindado por el desarrollo de las cosas en Estados Unidos y la inminente investidura de Donald J. Trump. La misma noche de las elecciones, una división entera del ejército cibernético de Gena, formado por hombres y mujeres jóvenes, se había dedicado a borrar todos sus rastros. Desde entonces, otras tres divisiones tomaban posiciones nuevas constantemente para asegurar que el colapso de Estados Unidos no se malograra.

Y otros doce meses antes, los dos amigos habían celebrado el Brexit: dos victorias enormes en apenas dos años.

En cambio, el año 2017 no había sido tan pródigo en éxitos. El caos que reinaba en Estados Unidos era fantástico en muchos sentidos, pero también daba miedo: invitaba a encarar el futuro con humildad. El primer lugar en la lista de prioridades era la cuestión de si había llegado el momento de deshacerse de Trump. Si la respuesta era «sí», lo ideal sería deshacerse también de Kim Jong-un. Había una solución alternativa, pero Volodya y Gena tenían que consultarla con la almohada.

Al margen de esto, debían admitir que durante el año anterior se les había escapado la oportunidad de hundir también Europa. Lo que más les preocupaba eran los acontecimientos de Francia: habían preparado el escenario para un duelo entre François Fillon y Marine Le Pen, la derecha contra la ultraderecha. Gena tenía en su poder información que habría dado ventaja a Le Pen. Pero entonces un capullo de *Le Canard Enchainé* descubrió eso mismo y lo publicó... ¡demasiado pronto! Haber pagado a su mujer quinientos mil euros de los impuestos de los ciudadanos por no hacer nada no aumentó su popularidad, claro: Fillon estaba acabado, y con él desaparecían las oportunidades de hundir Europa empezando por París.

Acto seguido le llegó el turno a Berlín, pero parecía que, contra todo pronóstico, la jodida Merkel, con las siete vidas de los gatos, iba a conseguir formar un gobierno de coalición.

En fin, no se puede tener todo. Quedaba la calma relativa en Oriente Próximo: los tontos de la UE y la OTAN se negaban a entender que Bashar al Assad sería apartado con el tiempo, pero había que hacerlo de manera ordenada. Echarlo a bombazos equivaldría a robarle a Rusia su influencia a bombazos, por no mencionar el caos monumental que se produciría en Siria. Dadas las circunstancias, un ataque con armas químicas no tenía por qué condenarse sin más: la semidemocracia de Occidente no había aprendido nada de Libia, eso estaba claro. Aún más, el flujo constante de refugiados hacia Europa era bueno para los propósitos de Rusia: cada pobre desgraciado que conseguía un permiso de residencia en cualquiera de los estúpidos países del continente contribuía a alimentar la xenofobia en el país vecino. La negativa a ayudar era mayor en aquellos lugares que no habían prestado ayuda todavía: así funcionaba el resentimiento humano.

—Brindo por ti, querido amigo —dijo Vladímir Putin alzando la taza de té.

—Feliz Año Nuevo —contestó Gennady Aksakov.

A continuación, intercambiaron sus *novogodnye podarki* —regalos de Año Nuevo— y miraron hacia el futuro.

—¿En qué rincón del mundo crees que tendrá lugar nuestro próximo proyecto? —preguntó Gena—. ¿En Italia?

—No, ésos se las arreglan solitos.

•

La ventaja de brindar con té en Nochevieja es que al día siguiente estás lúcido y con la cabeza despejada. Vladímir Putin se preguntaba cómo estarían las cosas en el otro frente, liderado por Kim Jong-un, cuando levantó el auricular del teléfono presidencial para llamar directamente a su homólogo.

El motivo de la llamada era la desastrosa cadena de acontecimientos que habían provocado entre los tontos de Pyongyang y los de Washington. ¡Había que poner fin a todo eso! Cada día, ingentes cantidades de bienes de primera necesidad se empaquetaban en Vladivostok y se pasaban a escondidas por la frontera con Corea del Norte para que el hombrecito y su pueblo no se murieran de hambre mientras desafiaban al mundo bajo las órdenes de Rusia.

Kim Jong-un contestó al segundo timbrazo.

—Buenos días —dijo el presidente Putin—, o buenas tardes, si lo prefiere.

—Buenas tardes, Vladímir Vladimirovitch —dijo Kim Jong-un—, qué agradable sorpr...

—Cállese —dijo Putin—: de ahora en adelante va a hacer exactamente lo que yo le diga. En primer lugar, anunciará que su país de mierda piensa acudir a los Juegos Olímpicos de invierno en PyeongChang, después dirá...

Cuando estaba a punto de ordenarle que organizara una ofensiva de seducción a Estados Unidos, Kim Jong-un consideró que le correspondía interrumpir.

—Con todos los respetos, Vladímir Vladimirovitch, usted no puede decirme...

—Por supuesto que puedo —dijo Putin—, y es lo que estaba haciendo.

Kenia

«Los espárragos de Fredrika Langer, de cultivo local» se vendían en media Alemania en unos manojos preciosos atados con gomas negras, rojas y amarillas. El precio era un veinte por ciento menor que el de todos sus competidores, que tenían la desventaja económica de criar sus espárragos alemanes en Alemania. El producto local de Fredrika, dicho sea de paso, no era tan local como ella habría deseado: las plantas keniatas aún tardarían un tiempo en dar fruto, así que, mientras tanto, tenía que conformarse con las indonesias; al fin y al cabo, también eran alemanas.

Gustav Svensson ya no era una marca válida en Suecia, pero a Julius Jonsson le daba lo mismo: Gustav seguía siendo muy necesario para el negocio en Kenia. Era el único que sabía cuánta separación había que dejar entre un surco y el siguiente, qué profundidad debían tener los surcos y cuánta anchura dejar en la parte baja; era el que hablaba pacientemente con todas las plantas, de una en una, en hindi, y era el que, con la misma paciencia, experimentaba hasta dar con la mezcla perfecta de fertilizantes: dos partes de excremento de elefante y una de búfalo para los espárragos blancos; dos partes de búfalo y una de ñu para los verdes.

Sabine se pasaba los días en la oficina que había junto a la carpa central. Resultó que era una verdadera inútil como emprendedora, pero una auténtica máquina como contable y gestora de lo que conseguían otros emprendedores: reinvirtió el ochenta por ciento de los beneficios en tierra nueva y, con el veinte por ciento restante, compró el campamento. El dueño lo había heredado de su padre y nunca estaba por allí; además, necesitaba el dinero para continuar destrozándose la vida en Kinshasha a base de vino, mujeres y canciones congoleñas.

Meitkini le envió rosas rojas a Fredrika, desde Kenia, todos los días durante tres meses hasta que por fin a ella se le ablandó el corazón. Cinco meses después, resultó que estaba embarazada. Si era niño, Meitkini quería llamarlo Uvuvwevwevwe.

Fredrika dijo que esperaba que fuera niña.

Todo eso ocurría mientras Allan pasaba los días en el porche con vistas al abrevadero. Su nuevo pasatiempo era Twitter. No sólo había descubierto lo que era, sino que se había animado a abrir una cuenta: aún no había entendido que, al hacerlo, estaba informando al mundo entero de su paradero.

Lo llenaba de satisfacción ver a los chicos tan felices con su vida, pero algo lo reconcomía: había empezado a ver un patrón en el flujo de noticias que llegaban a su tableta negra.

En general, el mundo era un lugar mejor de lo que había sido cien años antes, pese a que el progreso no parecía producirse en línea recta, sino que subía y bajaba cumpliendo ciclos.

Hasta donde Allan podía observar, en ese momento estaba bajando. El riesgo era que no volviera a subir antes de que una cantidad suficiente de gente, durante una cantidad suficiente de tiempo, hiciera una cantidad suficiente de cosas horribles para los demás; después de eso, empezarían a pensar de nuevo.

Siempre había sido así, pero ¿de verdad estaba tan claro que esta vez volvería a ser igual? Los investigadores acababan de anunciar que el nivel medio de inteligencia estaba disminuyendo. Allan leyó que las personas que pasaban demasiado tiempo con sus tabletas negras perdían la capacidad de mantener una conversación: lo que ocurría en realidad era que las tabletas tendían a hablar «a» sus dueños más que «con» ellos. La gente estaba metida todo el día en internet por eso, porque allí había otros que pensaban por ellos, lo que los conducía inevitablemente a convertirse en estúpidos.

Allan se preocupó cuando se dio cuenta de que la verdad también perdía terreno junto con la inteligencia. Antes era fácil saber qué era cierto y qué no lo era: el vodka era bueno, dos más dos no eran cinco...

Sin embargo, desde que la gente había dejado de mantener conversaciones, quien decía más veces la misma cosa ganaba. Algunos habían refinado ese talento y eran capaces de repetirse varias veces en cuestión de segundos, en cuestión de pocos segundos.

Lo que más preocupaba a Allan, de todos modos, era darse cuenta de que estaba preocupado. Las cosas eran como eran; ¿no podía acabar todo como tuviera que acabar, sin causar antes tantas molestias?

Sabine pasó por allí y se dio cuenta de que el anciano había soltado la tableta negra. Estaba sentado con los brazos cruzados y contemplaba la sabana con rostro inexpresivo.

—¿Qué andas pensando, Allan? —le preguntó.

—Demasiadas cosas —dijo Allan—, demasiadas cosas.

Un agradecimiento extragrande para:

La directora editorial Sofia Brattselius Thunfors, por ser más lista que el hambre.

La editora Anna Hirvi Sigurdsson, por lo mismo.

El colega Mattias Boström, por investigar mejor que nadie.

La agente Carina Brandt, por difundir mi libro por todo el mundo.

Mi buen amigo Lars Rixon, por su lectura, sus dudas y decir que le gusta.

El tío Hans Isaksson, por su lectura, sus dudas y gustarle en secreto.

La experta en espárragos Margareta Hoas, del restaurante Lilla Bjers, por sus valiosos conocimientos, ampliamente tergiversados por el autor.

El genio cultural Felix Herngren, por ser quien es y por haber inspirado esta historia.

Gracias también a:

La princesa, Jonatan y mamá. Tal cual.

JONAS JONASSON

ISBN: 978-84-9838-943-2
Depósito legal: B-4.870-2019
1ª edición, abril de 2019
Printed in Spain
Impresión: Liberdúplex, S.L. Sant Llorenç d'Hortons